《诗探索》编辑委员会在工作中始终坚持：

发现和推出诗歌写作和理论研究的新人。

培养创作和研究兼备的复合型诗歌人才。

坚持高品位和探索性。

不断扩展《诗探索》的有效读者群。

办好理论研究和创作研究的诗歌研讨会和有特色的诗歌奖项。

为中国新诗的发展做出贡献。

诗探索 ⑩

POETRY EXPLORATION

作品卷

主编 / 林莽

2018年 第2辑

作家出版社

主　管：中国当代文学研究会

主　办：首都师范大学中国诗歌研究中心

　　　　北京大学中国诗歌研究院

《诗探索》编辑委员会

主　任：谢　冕　杨匡汉　吴思敬

委　员：王光明　刘士杰　刘福春　吴思敬　张桃洲　苏历铭

　　　　杨匡汉　陈旭光　邹　进　林　莽　谢　冕

《诗探索》出品人：北京人天书店有限公司

社　长：邹　进

《诗探索·理论卷》主编：吴思敬

通信地址：北京市西三环北路 83 号首都师范大学

　　　　　中国诗歌研究中心《诗探索·理论卷》编辑部

邮政编码：100089

电子信箱：poetry_ cn@ 163. com

特约编辑：王士强

《诗探索·作品卷》主编：林　莽

通信地址：北京市丰台区晓月中路 15 号

　　　　　《诗探索·作品卷》编辑部

邮政编码：100165

电子信箱：stshygj@ 126. com

编　辑：陈　亮　谈雅丽

目 录

诗坛峰会

诗人熊焱

作者简介

　　熊焱，1980 年生，贵州瓮安人。现居成都。曾获第六届华文青年诗人奖、四川文学奖、2016 名人堂年度诗人等各种奖项。著有诗集《爱无尽》《闪电的回音》，长篇小说《白水谣》《血路》。

诗人熊焱

熊焱创作简历

1998 年，开始学习写诗。

1999 年，1 月，在《少年文艺》发表诗歌作品。从此走上诗歌之路，
　　　　发表诗作若干。

2007 年，参加诗刊社第 23 届"青春诗会"。

2008 年，获第六届华文青年诗人奖。

2009 年，发表长篇小说《白水谣》。

2011 年，出版诗集《爱无尽》。

2014 年，出版诗集《闪电的回音》。

2015 年，获第八届四川文学奖。

2017 年，出版长篇小说《血路》。

我的身体、这纸、这火

熊　焱

当我拾人牙慧地借用米歇尔·福柯的名篇作为我的标题时，我的内心是异常犹豫和忐忑的。但我最终借用了这个标题，是因为它或许与我将要表达的两个问题有关：我最初的写作是为了什么？如今我又是为了什么而写作？

我出生在黔南深处一个闭塞而贫困的小山村，幼时体弱多病，好几次都差点病死了，在死亡线上的挣扎都给我幼小的心灵留下了难以磨灭的阴影。我对死亡充满了惶恐和不安。每当看到村里死人的场景时，我都会需要很长的一段时间才会回过神来。我害怕我像那些死去的人那样去了远方，从此就不再回来。

我十六岁那年的夏天，当贵阳市医院错误地诊断我的病无法治疗时，我无法形容我内心里那是怎样的一种崩溃和绝望。我想活着多好啊！我就开始在纸上涂鸦，写下我对生命的热爱和关怀，对苦难的顽强和悲悯，对生活的感激和信心，还有我这么多年独自承受的孤独和痛苦。这就是我写诗的开端，我也一直以来将其视为我最初写作的动机。后来我读到墨西哥大诗人奥克塔维奥·帕斯的诗句："我写作不是为了消磨时光／

也不是为了使时光再生 / 而是为了我自己活着和再生"。这让我思索了很久，因为我还是第一次听到一个人说他的写作是与他的个体生命有关。再后来，我读到奥地利心理学家阿德勒的《生命对你意味着什么》一书，我才恍然大悟：原来，我最初的写作是因为死亡的经历使我渴望着自己的生命能够从文字里获得永生！

随着写作的不断深入，我的写作总会有意或无意地贯注着某种责任和意义，但我写作的动机却变得越来越模糊了。我最初的写作是从纸上开始的，如今是电脑写作，不管是何种方式，我都喜欢笔尖在纸上划出的沙沙声，以及我敲打着键盘时噼噼啪啪的声响，那就像我放纵着我的灵感无边地飞翔时，它的翅膀掠起了悦耳而柔和的风声。

我想，从某种意义上来说，写作是一个人通过对梦想的建构来解脱内心的焦虑、无助和孤独，甚至来拯救人类精神的苦难和社会信仰的失落。虽然在后现代的随意、破碎、反自我、反历史、无深度的平面性等等为特征的语境下，写作的意义早就从天上降到了人间，但每一次面对着电脑屏幕上的空白文档时，我的内心都是严肃而神圣的，那就像一块待种的肥沃的土地，我需要精心地播下我的庄稼，让它们分行或者不分行地迎着阳光和雨露拔节。

我不能以一种调侃、随意、游戏的心态去自以为是地亵渎一张白纸的纯洁，我必须像蚌孕育珍珠一样地对待我个人的写作，在此，我有必要重复我曾经说过的一段话：于我而言，写诗（作）不再是一种单纯的兴趣或爱好，而是我想承担的某种良知和责任，以及我想表现的某种勇气和信心，还有毕尽一生也要献出的热血和骨头！

福克纳在诺贝尔文学奖授奖辞里说："我感到诺贝尔文学奖不是授予我个人，而是授予我的劳动 —— 一辈子处在人类精神的痛苦和烦恼中的劳动。"我也把写作视为这样一种一辈子处在人类精神的痛苦和烦恼中的劳动。我必须捧出我内心里的血和汗，尤其是付出我持久的、炽烈的热情。这种热情就是一种信徒朝圣般的虔诚，是早已附属于我身体和灵魂中的无法抹去的生命的一部分，是燃烧在我骨子深处的一团不灭的火。这团火在我深夜写作时闪亮着，让我的内心一片温暖和灿烂。它可以烧毁我在写作中的懒惰、不严肃、不真诚等恶性因素，同时，它也将燃烧着我体内的热血、意志、信心和勇气，直到我死亡的那一刻才化为远去的灰烬。

熊焱诗十六首

乡　愁

多少年了，我在城市的灯火中想念故乡
蛙鸣满坡，夏夜的星光映照了多少逝去的岁月
炊烟绕梁，田野上的庄稼葱郁了一年年的时光
枝头上的蝉鸣、鸟声，篱笆外的鸡叫、犬吠
把那些贫瘠的生活吟出了诗意和温情
牧羊的、打柴的、锄禾的……每一个纯朴的乡民
都像这遍地的草木接纳着世界的恩赐与馈赠
这些我身体内滚烫的血液
我血液中奔突的姓氏和母语
就像镇定的药片，多少年了
治疗我在异乡空空的相思和孤寂
可是当我返回故乡，不过寥寥数日
我却又怀念起城市里绚烂的生活与光阴
仿佛我生活的城市是我生命中的另一个故乡
我怀念那些繁华的街道、嘈杂的车流
怀念那些霓虹下的声色、高楼间的风情万种
正如我在城市中怀念故乡的阳光、灯盏和水流
哦，这爱恨交织的乡愁
这苦涩而甜蜜的乡愁
就像我对母亲的爱恋，令我奔波的人生
总能在浮华中找到归航和入口

我记得某些瞬间

十六岁那年，我做了一个大手术
全麻后醒来，下午的阳光正端着颜料
涂抹着窗口的画板。树枝上的鸟儿正拉着琴弦
唱出大海激越的潮音

我欣喜地摁住心跳：多好啊，我还活着呢
多年后，我在悲伤中喝得酩酊大醉
夜半醒来，头疼若绽开的烟火
窗外的灯光仿佛胜利者不屑一顾的讥讽
大街上，疾驰的车辆掠过了呼啸
宛如漩涡中荡起的波涛
我沮丧地问自己：唉，我为什么还活着
再后来，很多年一晃就过去了
我记得某些瞬间，全都隔着茫茫的生死

父 亲

你第一次做父亲的时候才二十二岁
而我二十二岁的时候还单身，正暗恋着一个安静的美人

我当上父亲的时候已经三十四岁
而你三十四岁的时候，正养育着四个孩子

我在成长中，曾一次次地与你争执
一次次地，把你当成了毕生的假想敌
直至今日，我都还欠你一个道歉

这些年我翻遍了育儿经，努力地
学着做一个好父亲。这时我才读懂了
有一本书，唯有时间才能翻阅

我的孩子第一次喊我时，我记得
那世界融化的情景
我相信，我第一次喊你的时候
世界的朽木正在逢春

今年春节我们推杯换盏，大口大口地饮
恍若朋友，恍若兄弟
醉了，就要醉了

可我们之间汹涌的爱，却从未提及

你头上已霜雪尽染，我鬓边正华发渐深
岁月的刻刀一寸寸地深入的这个词，叫父亲
中间系着漫长的血缘和生命

今天是父亲节，我和我的孩子相互表达了爱意
我给你打电话，你已关机
我知道终会有那一天，我喊你时你不再回应
正如终有那一天，我的孩子喊我时我也不再回应
我们成为父亲，全都用尽了生死

母亲坐在阳台上

她坐在阳台上，那么小
那么慈祥。一张沧桑的脸
有着夕阳落山的静谧

磨损了一辈子，她的腿已经瘸了
背已经佝偻了，头上开满深秋的芦花
生命的暮晚挂满霜冻的黄叶

当她出神地望着窗外，院子里那些娇美的少女
一定有一个，是她年轻时的姐妹
一定有一阵暖风，葱郁过她的青春

好几次，我都是连喊了几声
她才迟缓地回过神——
这一条大河的末段啊，是不是需要
更多的泥沙和泪水，才能溅起苍老的回声
是不是要在狭窄的入海口，都要放缓它的奔腾

我是多么爱她！我年近古稀的母亲

我已与她在人间共处了三十多年
而我愧疚于我漫长的失忆
愧疚于我总是记不起她年轻时的容颜
每一次想她，每一次我都只是想起
她坐在阳台上，那么小
那么慈祥。一张沧桑的脸
有着夕阳落山的静谧

那封信正走在途中

给你的那封信，我用的是
最好的宣纸、上等的油烟墨
从称呼到落款，我一会儿用正楷
一会儿用行书，就像我的心情
时而暖阳，时而春雨

那封信出发的时候
蜀地正是春天。锦江边群鸭戏水
狮子山上百鸟齐鸣
我相信这春光中，有一朵花的香
那就是你双眸中的柔情

我常在后半夜，望清冷的月辉
照亮江山，照亮我的相思与无眠
给你的那封信，正走在途中
翻秦岭，越泰山，过黄河
装着烟的轻、蜂的蜜
装着我夜夜压抑不住的心跳与呼吸

如今雨季来临，我守在檐下
听雨打芭蕉，看风拂荷叶
仿佛你唇边的絮语
泛着光，风一样地吹碎了水面
给你的那封信，是另一个我

诗探索10 作品卷 2018年 第2辑

正走在途中，正马不停蹄地奔向你

偶尔，我会整理手札，翻阅信笺
把一些旧事和皱褶慢慢抚平
想想上一次传书的鸿雁
已有些许光景。这过隙的白驹
多么快，多么快呀
给你的那封信，正走在途中
这些时光，是多么煎熬
却又是多么忧伤与甜蜜

一张白纸就是我的故乡

　想老家的时候，就把一缕炊烟搬到纸上
要有低矮的瓦屋、藤蔓缠绕的篱笆
要有布谷催耕，玉米的芽孢在谷雨中破土
还要有蛙鸣浮动，在月光下叫碎我的孤独

哦，一张白纸就是我的故乡
我在纸上写下的每一颗文字
就是田间的小麦和水稻、地头的野花和杂草
它们开清淡的香，结饱满的果
生长着一卷卷恬静的时光

如果卷一卷纸角，抖一抖纸张
我会看到狗在吠，鸡在叫
牛犊在撒欢，马匹在飞跑
河水淌啊淌，流远了多少人一曲曲的柔肠

在这张白纸上，分散的亲人们团聚了
死去的先人们回来了
连远来的客人，也都成为我的乡亲了
我走在他们的中间，道一声祝福
哼一曲民谣。粒粒汉字都是我温暖的呼吸和心跳

怀　念

夜雨落在窗外
像你说话的声音，小小
你在两年前匆匆离开，就仿佛是在昨天
你才出门去买菜。小小
这两年来，我一个人寂寞地过
寂寞地守着我内心的苦、破碎的生活
累了，念一些人，想一些事
或者躺在床上，像一艘破船
我把自己搁浅了。小小
在这里，你的魂还在
你留在枕上的呓语和呼吸还在

从火葬场到家门口的路，只要半小时了
小小，别挤公交，打的吧
你遗留的化妆品、衣服、数码相机……
我都完好地放在柜子里的。小小
它们和我一样，一直在等你回来
小小，现在是十点钟了，夜雨依然在下
我有事要出去了，小小
我把灯开着。那温暖的光亮
就像你，在两年前守候着我在深夜里疲惫的奔波

旅　途

那些云朵、雨水，那些风自吹、水自流
那些来来往往的行人、坐骑和鸟兽……
都是我生命中一截截的时光啊
我走过的山川、车站、码头……像我的鞋子一样
全都跟在我的脚后

诗探索10　作品卷　2018 年　第 2 辑

这些年里，我以月光为药
医治我在清明的哀思和中秋的乡愁
我以烧酒为友
温暖我在夜晚的忧伤和他乡的孤独
我还以苍天为被厚土为枕
容纳我这人生中匆促的奔波、疲惫和劳苦

乱云飞渡，有多少年华远走
寒暑易节，又有多少人非物依旧
看吧，大地上蝼蚁穿梭，草木蓬勃
我便是其中一粒，点缀着这世界的冬夏与春秋

天地无限，人生却有尽头
这几十载的光阴，当歌则歌，当哭则哭
而我忧愁时却愧对这春天的阳光和花朵
而我尽欢时却愧对这人世的苦难和悲楚
哎，就让身随清风吧
就让心随明月吧
乡音渺渺，旅途也就成为家乡
无须叶落归根，无须魂还故土
你看那流水青山，处处皆可埋白骨

前　妻

这些年我一直在回忆往事
回忆那些绕膝的乐、烫心的暖
回忆那一缕微光，你曾轻轻地为我拨亮

这些年我孑然一身
我饮夜晚的黑，饮晨风的冷
饮年岁的雨水和霜降
很多时候，我幻想着你我还执手恩爱
吃饭时我就点两个人的菜
看电影时我就买两个人的票

如果我自言自语，那就是你在陪我说话
如果我开怀大笑，那就是你的双唇吻过我的脸颊
这些年来，我就这样活在你我的爱中
我像孩子在窗前唱歌
如果你正巧经过，请仔细听听
那是风的抚摸，是水的荡漾
是我与过往的时光苦苦相依

我的人生即将进入中年

立秋未至，早霜却已悄悄来临
在篥边，洒落细细的小雪
未时刚到，日影却已渐渐西斜
风提着刀子，在额头和眼角逡巡

父母年过古稀，孩子尚在幼年
生活的负债、尘世的人情
仿佛明天的台历，必须越过今晚漫长的黑夜
才能揭开那一页数字的秘密
这人生残酷的严冬正在前面
我已经三十七岁，人生即将进入中年

逐渐安于现状，平息宏阔的雄心
诸多事情已力不从心呀——
一段路要歇息几次才能走完
一杯酒要分数回才能饮尽
是每日回家后疲倦的身体告诉了我：
岁月已提前给我送来年龄的信件
我已经三十七岁，人生即将进入中年

江湖太大，我无力走得太远
万象缤纷，我只能守住一隅
很多次我从深夜醒来，经常久久不能入眠
窗外万籁俱静，兵荒马乱的内心

诗探索10

作品卷　2018年　第2辑

总是挣扎在往事的泥沼里。这种怀旧
是一种忧伤的疼，就像生活留给我伤口
命运还再往其中加盐，并推着我
挤进熙熙攘攘的人间
我已经三十七岁，人生即将进入中年

乡村墓地

这一片开阔的乡村墓地
我相信是一群无名的人，一群卑微的人
一群踩着泥土追赶太阳的人
来到这里，被风吹碎了一生的孤单和疲惫
累了，就躺下来
从此睡去，听风，听雨
听隔夜的鸟鸣和水声
坟头的青草，是他们生前的兄弟

他们之中有我过去的亲人：粗糙的脸
沸腾的血，都和我一样
都咬着牙，奔跑在生活的背面
当许多年后我又回到他们的中间
请给我立下一块小小的碑，并写上：
熊焱，曾用名熊盛荣，享年七十岁
这一生，他穷困，一无所有
除了那一颗善良、健康的心

当天使就要来到人间
——写给我即将出生的孩子

我知道你没有翅膀。但我相信
你就是上天派来的天使
你就是这人世留给我的最动人的光

我正一天天地掰着指头数日子
我一天天的幸福和喜悦，就像芽孢迎着雨露
一点点地长。就像花蕊迎着春风
一缕缕地泻出它的香

我常常抚摸你母亲受孕的小腹
在那人间最温暖的花园里，你侧身，蹬腿
好奇地探寻着隧道幽深的秘密
每一次轻轻的胎动
都是闪电明亮的回音
是我和你母亲的爱，穿越了千山万水

每晚睡前我都要为你朗诵古诗
那些词语中的彩虹、句子里的鸟鸣
那些平仄和韵脚中起伏的云朵与晴空
都是迎接你的路
迎接你来到人间时啼哭的意境

这是初秋的夜晚，大约还有四十天
你就来到人间。你的母亲斜躺在沙发上
一针一针，为你缝织过冬的毛衣
她脸上的安详，是一汪湖水推远了风的荡漾
在另一边的储物柜里，为你备好的衣帽、奶粉、尿片……
也在翘盼你的到来。我们的心
是一朵跳跃的烛焰
融化的蜡，又软又烫

夜深了，我来到阳台仰望夜空
那些明朗的星辰里，一定有一颗
是你来到人间时捎来的消息
远处灯火辉煌，这纷繁的尘世
就是一场浩大的炼狱
而你的到来，唯有你的到来
将让我宽恕这世界曾经带给我的所有伤害

诗探索10

作品卷　2018年　第2辑

傍晚经过你的城市

动车在经过你的城市时停下来
夕阳正衔着房顶，晚风正吹集暮云
下车的旅人如席卷的江水
同行了一段长路，一旦分散
也许就成永别

那些年我们在这里穿过霜降和谷雨
背影青葱，步履蹒跚
最后一次分别时细雨如酥，天空为谁哭湿了脸

现在时针抵达了六点，秒针嘀嘀嗒嗒的奔跑中
是我们在马不停蹄地赶路
是我们颠沛的人生，有时一阵酸，有时一阵甜

我突然想下车去找你
我突然想大河倒流，时针逆行
我们又一次穿过茫茫人海，在十字的街头相见
岁月苍茫，风为我们掸去白发和细雪

这是二月的傍晚，我经过你的城市
动车只停留了十分钟，却仿佛跑过了漫长的岁月
夕阳正衔着房顶，晚风正吹集暮云
我临窗远望，浩荡的大江正在蜿蜒穿城
一去不回，整夜整夜地为谁压抑着悲声

一生中要做多少梦

一生中要做多少梦，要梦见多少人
才算是没有缺憾的一生
梦见辞世的故人，舀一勺月光
为我清洗双翼上的微尘
梦见健在的亲友，抽出鸟鸣的琴弦

为我奏出心底滚烫的呜咽
很多时候，我在醒来后要么惊魂未定
要么怅然若失。想想这三十多年
我咽下的酸甜苦辣、经过的生离死别
又何尝不是一场未醒的梦境

许多年少时的旧知，早在岁月中走远
如今，我已渐渐回想不起
正如许多梦，翻过几道漫漫长夜
就忘得干干净净。而有的人与我素昧平生
只是在茫茫人海中惊鸿一瞥，却始终记忆犹新
正如有的梦，短暂，残缺
却让我一生都刻骨铭心

现在，我案头上的闹钟还在一圈圈地奔走
这时间的循环往复中，许多次都是它把我从梦中喊醒
每一次醒来，不过是从一个梦中
进入到另一个梦里。在那些纷繁的脚步中
我做着梦，却一次次地看到了另一个梦中的自己

忏悔录

按照正常的寿命，我将苟活七十年
或者八十年，甚至一百年

现在我二十六岁，还有几十年漫长的光阴
我难免和朋友反目，和亲人结怨
和我的敌人与对手斗争
为小小的利益斤斤计较
这一生，我一定会做错很多事
一定会愧对很多人
哎，活在浮世，我有着太多的无耻
太多的贪婪、自私和虚伪

诗探索 10 作品卷 2018 年 第 2 辑

一定有人骂我，有人恨我怨我
有人在明里暗里地整我和算计我
那便由他们去吧，别去报复了
这些牵牵绊绊的恩怨和情仇
在百年之后，不过是一缕清风一把尘土
从此刻起，那些对我的恨
对我的仇、对我的攻击和伤害
全都抛弃吧，算了吧
我原谅他们，却不敢宽恕自己

岁月颂

1

岁月里我有一颗起伏的心
人群中我有一张饱经沧桑的脸

我越来越热爱夕阳、暮春的落红
热爱雨水的泥泞铺满黄昏的脚步

我热爱郁郁苍苍的山坡，那隆起的曲线
是受孕的女人挺起最优美的半弧

2

我记得满坡的蛙鸣叫碎了漫天星光
篱笆外的喜鹊一声声地唤甜我的乳名
我记得出村的小路曲曲弯弯，像风
解开了昼与夜交织的结。我从那里出发
与许多人结伴同行。每一个分岔的路口
总有人走散，总有人诀别
只有年龄还举着刀子，紧紧地跟在我的后面

二十岁时，我意气风发地豪饮最烈的酒
三十岁时，我穷困潦倒地咽下粗粝的风
眼看就要四旬了，我一次次的赶路仍然还像蹒跚学步的孩子

有时渴望深夜里闷雷滚动，把我从梦中喊醒
有时渴望昨日重现，我赶在日出前扶正倾斜的黎明
当我剥开掌心的茧子，第一缕晨曦就掀开了眼角的鱼尾纹

3

年少时我体弱多病，屡次与死亡擦肩
母亲心急如焚，躲在暗夜里啜泣
咸涩的泪水泡软了岁月的荆棘
父亲安慰她。两人就像枝与叶
偎依在一起，承接着呼啸的风鸣与闪电
如今母亲已年过古稀，一身伤病
她摸着生锈的心窝、漏风的关节
微笑着，从容地看尽了生死
而我沉默着，看着她的病痛
就像看着我生病时的女儿，心里汹涌着忧伤与焦虑

4

那时我住在乡下，抬头即见云朵
开门即见青山。林秀若黛，峰峦若聚
青山的容颜年年不改。村外河水在流
春潮温婉微漾，夏洪泥沙奔涌
乡人们苦难的时光沉积在河床，卑微的梦
像破碎的浪花流向远方
现在我生活在大城市，推窗只见鳞次高楼
抬头只见一线云天。道路在反复整修
楼宇在反复重建，奔忙的脚步反复地往返在两点之间
我家的小区外，沙河的水声如琴弦低诉
我夜夜枕着它的音符，却在梦里生出皱纹和悲苦

5

在最初，我哭着来到人间
在泪水中，看到亲人们迎向我的脸
又在泪水中，看到亲人们从这个世界的侧门走远

在泪水中，逐渐变粗的喉结是慢慢调试的琴弦
喊出了肺叶中滚烫的雷霆。在泪水中
我爱上的姑娘有着月光落地的寂静
我摸着生涩的心跳，尝到了初吻的咸

在泪水中，异乡长长的漂泊是一条风霜的路
磕破额头的鲜血、跌倒膝盖的瘀青
都有一个煽情的名字，叫命运
而我在夏至后迎娶了妻子，在霜降后迎来了女儿
稀疏的细雪漂白了我的双鬓

多年后，我才明白泪水是结晶的梦境
我在沉睡中一次次地梦见自己与命运达成了和解
又在醒来后系紧鞋子冲在生活的最前面

6

我曾从长辈们讲述的故事中听到死亡
从一行行文字的背后触摸到生命的终结
从疾病带给我的疼痛中感受到恐惧的迷茫和战栗
——那是多么漫长的孤独啊，我的写作从那里开始
像在钢丝上起舞，在石头上磨刀
一粒粒文字穿过肉体的针孔
缝补我千疮百孔的灵魂
我知道，我的一生都会在词语中煎熬

马蹄跑碎黄昏的鼓点，是我笔尖下的心跳
曾经，我渴望我的写作能让时间变成永恒
让我的生命从文字中获得永生
而现在，我只希望它不要毁坏了我作为一个诗人的声名

7

这些年我认识的人越来越多，能够谈心的
却越来越少。有的人曾被我引为诤友
却在曲终后，看到了他卸下厚厚的脂粉和面具
有的人冲我笑脸相迎，却在背后藏着棍棒和刀剑
有的人我始终保持距离，却终究躲不过他投掷的暗器
哎，世相太繁复，只怕我毕生也看不透人心
而时间，终将会宽宥这一切

8

如今我开始享受众声喧哗中的孤独
也沉迷于万籁俱寂里的安静
我开始学习失败的坚韧，顺从命运的恭谦
——再强大的人生，在时间的面前也是不堪一击
而在草的枯荣中，在花的开谢里
我们乘飞机，坐高铁，穿过山河万里
阅过红尘万卷，这不过是在时间的列车上颠簸和辗转
最终抵达墓园，抵达永恒和寂静

诗人雪君

作者简介

雪君，原名庞雪君，女，四川蓬溪县人，业余写诗，现居遂宁。

诗人雪君

雪君创作年表

1987年开始写作，在遂宁本地刊物《芝溪》《涪江潮》《川中文学》等发表文学作品诗歌、散文、小说等。

1989年至1993年，文学创作集中于散文、诗歌写作。在《星星》发表诗歌《在你的世界里》《我必须是一颗芽》《你是我幸福的金苹果》《无绪的歌》《麦笛》《母亲的礼物》（组诗）等。在《青年作家》发表诗歌《假如你真的要来》《鲁冰花》。在《四川日报》发表诗歌《邂逅》。在《中国文化报》《四川工人日报》《四川农村日报》等发表散文。

停笔九年后，2002年至2006年重新进行诗歌写作，并将在此期间创作的诗歌自费结集出版诗集《亦默香沉》。

再次停笔九年后，2015年又重回诗歌，在《绿风》发表《庞雪君诗四首》，在《星星》发表诗歌《原野》（外一首）；在《西部》发表诗歌《最后一棵树》等；在《作品》发表诗歌《那光一点一点咬我》；在《华西都市报》发表诗歌《树》；在《成都商报》发表诗歌《只有你了》；在《诗刊》发表诗歌《遂宁湿地》《圣莲岛观荷》；在《诗潮》发表诗歌《我在修改留在人间的败笔》（节选）。

雪君诗六首

大 海

1

史上的海难故事
加重了海的苦行
和我的悲悯

2

我不断梦见百慕大和鲸
我没有说出死亡的墓穴

3

大海挣破自己的身子和颓伤
把三岁的艾兰抱上土耳其沙滩
希望把他的魂灵
安放在没有战争的彼岸

4

大海酿制出台风
用梅姬、蝴蝶、白鹿
这些美丽的名字登陆
倾泻它爱恨交集的疼痛

5

海浪卷入了我的发辫
我必须卸下身体的卵石
替代大海越出去

6

我总是梦见挂在窗外的那片海
梦见泊在窗口的那片帆
我总是感觉会有苦疾的影子塞过来

7

海里
成为唯一让我动情的计量单位

8

亿万年前，这颗浊浪排空的星球
终于醒了
露出丰美的胸膛
并把我们推上了海岸

9

面对大海
我想一直蓝下去

那光一点一点咬我

山谷里古树参天
树下喝茶的人越来越多
要么端着一杯光
要么端着一杯松脂的香气
他们畅饮着
像一种仪式
自甘迷途的面庞
深远，静好
宛若一盏盏光辉的月亮

光芒从树上下来
一点一点咬我的发梢
咬我的手
就要咬我的身体我的脚步了
哦，我旁观的心嘭嘭爆裂

风　来

斜倚窗台，我看得见东山
看见由远而近的风
翻南坡，越溪流
摧枝折柳而来

它敲击树林和山峰的琴键
弹拨江河、道路
横吹街区小巷镂空的笛洞
广场，这面架子鼓
在城市中心呼啸
它们的合奏裹挟花朵和闪电

我独自紧闭门窗
书房里有吟诵声渐渐高涨
墙上的花鸟、山水
掀动枝叶，轻腾细浪
头上的灯具叮叮当当
水晶鞋一样舞蹈
花瓣般的书籍
一朵朵飘荡出来

屋内毫无征兆地应和着
为江湖上风的方向起舞，花散叶乱
它们使用穿墙术，互侵、争夺
我要扶住
墙，枯枝般摇晃了

我不在风里啊
我和山川日月
一层一层被击中
一瓣一瓣，一浪一浪
叠积
旋转

傍　晚

我要说
傍晚，是一种特别的味道
我的影子淡淡的，一抹轻烟，一滴湿雾
夜色一叶一叶的飞起来

如果此刻还有点微雨
我会再出小亭去湖边走走
让人间袅袅烟火
和世界的意义更安静

我想和阳光生养一群孩子

我希望和月光繁殖一群星星
和湖泊诞下荡漾的倒影
愿意被蓝天引诱
身孕朵朵白云

我想和一切美好的事情
发生关系
和阳光生养一群孩子

如果这些都被拒绝
就爬藤那样
缝补世间孤独的裂痕

短歌集

1

父亲留下许多疼痛
他的灵魂偶尔从书架上掉一册出来
朗照我

诗探索 10　作品卷　2018 年　第 2 辑

2

一朵小小的桂花
一把小小的心锁

3

我坐在窗口发呆
慢慢长出了一副翅膀

4

不舒服了
我就用石头砌一片江山
不舒服了
我就用伤痕把它砸碎

5

我要驾驶这座生锈的城市
去山顶
晒暖它潮湿的内脏

6

亭台楼角
唇色朱红

7

小时候读过的书上有我咬下的牙印
有时是梯子，有时是苹果
我撕下的部分
卷起了烦恼和快乐的形状

8

想你的时候
任何美好的事物都让我担忧
想你的时候
这个世界一边是断崖，一边是末日

9

我们的交谈
多像秋天的果实
有的挂在天上
有的在沉落

10

一滴水太像眼泪了
我不敢碰它
我在雨里
成了湿漉漉的一滴

11

我在春天的土地上
埋下掌纹
春风和瑕疵

12

我画出花鸟和山水
画出一群孩子
我在修改我留在人间的败笔

13

影子从树的身体里爬出来
像树的各种冥想

14

如果我颤抖
你要耐心吹拂幽暗的月牙
直到我挂满露水和春光

15

我提笔
碰撞了郁积大地的叛乱

16

让我为你再找一个理由
背叛前还能重新爱上你

17

把竹椅移开，茶杯移开
把疾病和不安也移开

18

我深信，我前世是一只鸟
今世的心神至今在天上飞翔

19

那些花儿
风吹一下，掉一瓣
吹一下，又掉了一瓣
毫无办法

20

小时候我抟土捏人
长大后，越来越惶恐
就把这件事交还给女娲了

21

漫步在宁静的江岸
我翻阅地球背面的烽火
叙利亚战事升级

22

一副骨架端坐于大堂之上
手捧圣典
圣典上躺着一只安静的小白兔
掩饰他的垂暮之躯

23

有一种欢乐像残柳
像嘶叫
有一种颓废像瓷器
像花开

诗探索10

作品卷　2018年　第2辑

24

他在夜空下挖坑
为星星寻找墓地

25

他独饮时
从博物架上取下木雕的诗人
对酌

26

挥霍城市的人
取走了我的水分和肺

27

寺院的钟声
慢得像苔藓
经年累月
抱住石径

28

我的诗篇行走在微弱的裂隙里
充满你试图拯救的呼吸

29

我迷恋一滴水落水的声音
迷恋它边缘不惊不乱的弧线
迷恋他灵魂静修的模样

30

花瓣越飞越高
把我舒舒服服地交给了
春天

31

雪花只有自己种
才能开出
足够用的孤独

32

莫要相戏

33

夜是一座危险的海岛

34

一场雨
一场疾病

35

贴满小屋的留言条
都不是写给我的
它们挥动叶子的手
把阳光和风尘送上了我的旅途

36

水滴落在花蕊上
我的花瓣船啊

诗探索10　作品卷　2018年　第2辑

37

我拾起园丁剪下的枝条，说：
拿回家放瓶里，让它多绿几天吧
——园丁手里的剪刀落在了地上

38

我曾经捕了蝴蝶
或压进课本，或贴在镜子上
我一生都在对抗，逃亡

39

对村庄
我知道得实在太少
面对延绵不断的荒芜
我情愿无知包围我

40

小乞丐蹲在通往会所的电梯里
不言语
只伸出一双存在的手

41

烈日下修剪草坪的人
影子深重
他们狠狠地剪下去
影子又覆盖上来

42

鲜艳的海棠依墙怒放
在办公楼沉重的身体上
洪流一样暴涨

43

我没有捡起那枚小小的硬币
现在想起白天这件事
我请求黑夜原谅我

44

距地球一千四百光年的星球
忽略了我
也忽略了什么是国家

45

办公楼前割草坪的人说
"躺在地上比家里的床还舒服啊"
夜里总有荒草扎我的背

46

窗外的花
一枯一荣
互为疑问

47

夜迅速冲刷了地摊上鲜艳的痕迹
清晨的鸟守在树上哑哑啁啾
仿佛已把昨天的怨恨收回

诗探索10 作品卷 2018年 第2辑

48

恐惧和泪水
成为
国家秘密

49

那时候除了昆仑山天下无人
我挥刀断尘
踩住了云的脚跟

50

挤出城市的缝隙
隔一座山，隔一座城
他光明地
松开了自己

51

这双新鞋在挤我
想逆着我奔跑

52

风过字乱
敏感词扑簌簌地掉

53

那棵枯死的树
肯定是被蛀蚀了
留给世界一些空洞

54

蚂蚁在荒原
豪迈地推翻一粒沙

55

你开花
我不忍靠近
你凋零
我亦无力留下

56

儿子说不要杀它
切菜板也战栗了
那条鱼乘浪而去
头也没回

57

走进春天
远山，河流，和花香
带走了我

58

天使飞不高
天真是一种障碍

59

银杏摇起哗啦啦的旗帜
秋天就要天亮了

诗探索10　作品卷　2018 年　第 2 辑

60

华灯闲逸
夜色成林

61

前往诗歌
不带四季和黄金
词语叩响了山川
我的泪光惊起一行行宿鸟

62

芭茅上山
芦苇近水
一个披散山的白头
一个挂出水的游魂

63

在阴阳界行走
时不时会碰见古代的熟人

64

高速行驶的车
把我的脏腑摔在路上
像要被碾碎了

65

荷肥船瘦
经过即细节

66

有时，可以去掉某些
时间，地点，和念头
情愿像一片小小的树叶
挂在枝头

67

菜花地伸出舌头
灿烂，不言语
梨花在高处，掏出怀里的惊雷
锋芒一样划破禁境

68

妈妈收起我放置的粘鼠板
捧出一本经书
在老鼠出没的地方反复念诵

69

蛙鸣，花香
它们在苦练仰望
过往的人
并不知道

70

奶奶天天去我落水的地方
一边打捞一边喊我的名字
她说有魂才守得住肉身

71

缕缕阳光
都是蓝天的指纹
把爱情
搬到了高处

72

她一边亲吻他
一边把他拉上绞刑架

73

每天醒来，你端给我的第一杯水
我已默认成家园
不安时，它就在体内
抚摸我

74

在大江上加点时间月亮来了
樱花林下加点时间我又泪水盈盈了
亲爱的，我想在你的时间里加点时间

75

我看见你隐忍的泪光了，拜伦
我听见你刀剑的叹息了，拜伦
我还是无法给出情爱啊，拜伦

76

他在桃花下凝望
欲言又止
令我退到初春
成为待开的一朵

77

网球幻想把一场毛茸茸的爱情
发给她

78

抱紧，我就能经过嶙峋的风
越过那个深藏波澜的名字
到春天去

79

如果你离开
就留下春天的一个侧面吧
供我夜夜居住

80

树影落在身上
树下行走的人在发芽

81

前世和来生都会击痛现在

诗探索10 作品卷 2018年 第2辑

82

大提琴会在晚霞中绽放的
我像蝴蝶一样等待着

83

花朵是植物的生殖器
春一来，就悄然打开
一朵朵、一簇簇，毫不掩饰
爱的真理和芬芳的美德

84

我玩魔方的时候
魔方不魔

85

孤寂的山野
仿佛和世界隔离
仿佛为这个世界伤感

86

花瓣追蝶
落英纷飞

87

比我还年轻的父亲啊
要庇佑，为你坚守一生
我日渐年迈的母亲
健康着，并忘怀你

88

站在墓碑旁的树
每到春天就悬挂出一页页新消息
向故人招展日渐陡峭的重逢

89

推开窗，才知道
我们一直在悬崖上
哗哗一下，暴雨就翻动了我的城垣

90

花儿在夜色里点灯，涂手指
恐我不安
撞乱她抚摸黑暗
的形状

91

天上的云成为山峰
人间的烟火，云一样
它们相互爱恨，彼此激怒
暴雨终于来了

92

我碰响了一束束洒进画月客栈的阳光
我和这些花儿、陶瓷
和窗外的竹林，及陈掌柜的油画
无比接近了

诗探索 10　作品卷　2018 年　第 2 辑

93

孩子在楼下喊
快来看上帝啊
他划亮了夜空
电闪，雷鸣

94

夜晚的河堤上
清洁工举着长长的竹枝
打理灯罩上的蛛网
她们把一排排发光的星球送上了太空

95

天空用尽力气
爱了很久
终于蓝了

96

萤火虫巫师
在星星熄灭的夜晚
在南瓜地里
把狗尾草变成了一束束荧光棒

97

他用小鸟喂一头死牛
他的脑袋被诗学撑破了

98

我的身体堵不住头脑的巨浪了

99

面对命运我无以自控
当地平线越来越高
我慢慢褪出自己的形体和线条

100

他翻过了
人群的枯树枝
戴上面具

101

我仰望星辰
握在手里的卵石
有几根神经跳了出来

102

在夜的深处
我浮上来
像一只空酒瓶

103

他一手牵着狮子
一手托着孔雀
走在未来的国度里

诗探索 10　作品卷　2018 年　第 2 辑

104

乌鸦的叫喊像黑枝丫

105

大象披挂森林，向远古奔跑
动物学家、植物学家在城市里
写预言

106

我动手撕破了林中捕鸟的网
那些颤抖的羽毛，像我
从囚狱里扑腾出来

107

把心脏放在树上
把头放在溪边
他躺进了自画像里

108

小女孩一直在给石狮喂饭
她以为它可以复活

109

他身上挂满人头
都不是自己的

110

巨鲸树冠一样飞扬
博士在树干里
设计动植物转换的大数据

111

她裸坐于深夜的窗台上
她的想法是白色的

112

巨蟒从月亮上偷回她的吻
沉入深海

113

她裸卧在城市的房价上
一群恐龙纷纷往她的毛孔里钻

114

失眠时
身体的器官像漩涡、星辰
像山峦，起伏

115

他手执树枝
垂钓她嘴上的葡萄

116

蓝莓的汁液
一点一点抽出土里的叫喊
指间的箫声
掐住了雨水和阳光的悲喜

117

他的左手右手
各执一个不同的
小我

118

神奇的光常常在梦里
追赶我
我是黑夜也不能阻挡
的孤独

只有你了：纯粹

——读雪君诗的几点感悟

杏 林

1

我也时不时地读过很多人写的诗歌评论，大多数给我的感觉不是炫耀自己书读得多，就是满篇如脱缰的野马，横冲直撞，或离诗万里……本人心性不高，断然写不出这样的文章来。我也不能像自己当医生、给病人手术一样——神经归神经，血管归血管，纵使流点血又算什么？我只能把诗当诗来敬畏！

2

反复读过雪君的诗以后，有两个字从我的脑海里跳出来，那就是：纯粹！

纯粹这个词，不是贬义。如果用来形容诗，也很容易让人认为缺少厚度和理想。但我喜欢这种纯粹。有朋友就曾多次说我的诗纯粹，我把它当作对我的夸奖。

3

这之前，我几乎没有读过雪君的诗。前不久偶然在一个微信平台上读到她的一组诗，第一感觉：这是合我胃口的那种类型。干净，就像刚刚下过雨的草地；简洁，细细品来而又韵味悠长；温暖，仿佛今天的太阳照在脸上……

4

现在，当我面对着她的诗，我只想把诗句铺开，找一个没有雾霾的地方，让阳光从翠绿的树梢照射下来……我绝对不发出声音，只用心的跳动来应合诗的脉搏。我听见了"草木咬破嘴唇"，但没有听到它说谎；"蝴蝶掠过"，阳光闪动着细细的波纹，但没有"发烧，咳血"。

其实，抛开一切杂念，就"只有你了，我们静静相望"。

5

读雪君的诗，我感觉到她内心是温暖的，但似乎又有几分"孤冷"。她对诗的理解是美好的，对生命的向往也是美好的。她"愿意被蓝天引诱，身孕朵朵白云"，而且"想和一切美好的事情发生关系，和阳光生养一群孩子"，这更是暴露了她内心对绵延不断的生命的渴望和敬畏！

然而，她又是矛盾的。当爱来袭，她会担忧"任何美好的事物"。我想象不出，是什么样的爱或者什么样的人让她担忧美好的事物呢？甚至认为"这个世界一边是断崖，一边是末日"？

真正的诗，会暴露诗人内心的秘密，大概就是这个样子。

6

鲜活的诗句与窗外的阳光相映成趣。难得一见的蓝天，此刻分不清是在诗里还是诗外。于我，肯定不是诱惑，而是一种心境。

由此，我想：为什么总要把诗写得那么艰深呢？"我像一朵小小的桂花，从香气中溢出 / 轻轻喘息，轻轻飞舞"（《秋声》），这样的诗句不好吗？

我为一首诗叫好，主要是这首诗触及了我内心的敏感之处，哪怕是诗中的某一两个句子。"花朵跪覆在大地的伤口上 / 你的美，更在于比我们浅薄而空虚的灵魂虔诚、决绝"（《公园里的花朵》），这仅仅是在写花朵吗？诗人是把自己对世界的感知、感喟黏附在"花朵"上了，把自己的思想嵌入到诗句当中了。

7

如今，诗界有一股反意象之风，但我始终顽冥不化，坚持认为恰到好处的意象将使诗更加具有诗的特征。在一首诗中，意象就是作者的代言人，就像我在自己的一首诗中写的"我不会替语言说话 / 我要语言，替我说话"。

诗人在《指甲》一诗中就比较好地应用了意象的手法，使指甲诗化了、灵动了。"指甲粘满苍茫的草汁 / 剥开芬芳的橘瓣，充盈的香蕉 / 静止的指甲是飞翔的鸟"，"打开你的手 / 指甲是一匹奔驰的马 / 坚韧，挺拔 / 突破我的方向"。从而使司空见惯的指甲具有了内蕴，借此表达出诗人内心奔突的思想。

今天的太阳这么明亮，是出乎我的意料的。我坐在季节的内心，看窗外的树叶轻轻晃动，阳光在树叶上均匀地洒开，纯洁的空气也闪耀动人的光辉。我之所以用这样的语言来结束这篇不是评论的评论，全都因为雪君的诗！

作者简介

杏林，原名田中明，生于 1963 年。职业从医。在《星星》《诗歌报月刊》《诗神》《作品》《鸭绿江》《青年作家》等发表作品数百首（篇）。有作品入选多种选集。出版诗歌合集《诗家》、个人诗集《茶几上的苹果》《时间的形状》。主编诗集《一束火焰在黑暗中》《梦想中的蔚蓝》，主持微信公众号《诗歌阅读》。

探索与发现

探索与发现

作品与诗话

作者简介

　　李田田，土家族。笔名小辫子。1994 年生于湖南湘西永顺县灵溪镇拔出科，从小热爱文学，2012 年正式进行诗歌写作。现为湖南湘西永顺一偏远乡村小学教师。有组诗在《诗刊》2017 年第九期头条发表，散发于《湖南文学》《扬子江诗刊》《中国诗歌》《羊城晚报》《诗歌世界》等。曾获漓江出版社举办的"全国高校诗赛"一等奖。

一位村姑的诗歌之路

李田田

　　我这个人一点也不时尚，像村姑那样身上带着许多土气，淳朴而真实；我的诗也像村姑，自然灵动，藏着大地的味道。现在我二十三岁，虽然写诗的时光差不多有八年了，但我很少投稿。2017 年投了几次，很幸运每次都发表了，其中一组诗还被《诗刊》头条推荐。据说整个湖南我是第一个被《诗刊》头条推荐的女诗人。

　　我生在一个被高山包围的偏僻小寨子里，寨子里没有一栋砖房，全是木制吊脚楼。那时我每天醒来就能看到眼前高高的大山，春天，漫山遍野的杜鹃花，太阳从屋后的山坳里缓缓升起温暖着小寨子。我常常跟随父母去地里干活，美丽而落后的生活环境给了我一颗灵秀多愁的心。

诗探索 10　作品卷　2018 年　第 2 辑

加上父亲过早地离世，家族重男轻女，导致我骨子里始终有一种挥之不去的脆弱和悲伤。我敏感于自己的贫穷，有好几次，由于付不起学费，差点就要失学。可我又不甘心，我迫切地渴望跳出大山，不愿待在山里做一个普通的农民。虽然多年后，我才明白，繁华的生活不见得就比乡村好，有钱人的幸福度不一定就高于穷人。

我在读小学的时候就喜欢写作文，喜欢借助文字表达自己，我发现这样做可以获得很多不可言说的自由，我常常躲在吊脚楼上写下心中的小秘密、小渴望。显然，当时这种写作是非常随意的，它只是情感的记录，甚至只是一种宣泄工具。直到十五岁那年，一个从小到大的好玩伴被隔壁村的两位成年男人用葛藤勒死了，我才第一次出现了"生存意义"的危机，并感到写作是一件非常严肃的事。我究竟该为何而写？我的文字又能改变什么？父亲的离开、朋友的死亡使我想不通生命到底有什么意义？那段时间我常常有万念俱灰的感觉，人生短促，时光如白驹过隙，难道活着是假的？我整夜整夜地恐惧不安。想想，一个人来了几十年后，消失了，就像没有存在一样，其实挺可怕的。可是一个有灵魂的人，是不可能不想这些事情的。于是，我写下了人生中的第一首诗《门前的花》，为我的朋友而写，也为我满腹的疑惑而写。当时那首诗发表在校报上，文学老师给予了较高的评价，我至今记得他的评价："虽然文笔还不成熟，但可见其难得的天赋和悲悯情怀。"就这样，我正式开始了我的文学生涯。

我为什么偏爱以诗歌的形式来诠释我所看到的世界呢？也许是从小学习的古典诗词，"行到水穷处，坐看云起时"让我对生活有一种格外向往的意境美，也许是我喜欢用最简练的语言表达最深沉的感觉，又或者我希望将来生命消逝，能在世上留下一点点痕迹，能够被某个人在很多年后重新认识。虽说人生在世，不得不平庸，不得不琐碎，不得不常态，大家都是这样活着。可是我却不安于常态，我就像一只不知疲倦的蜜蜂，在花丛中飞来飞去，流连忘返。每日从各色各样的花朵里采集那一点点精华，认真品味，不知餍足。我知道，大千世界的点点滴滴，无一不充满了诗意，值得我去捕捉。什么是诗意？难道必须是风花雪月、小资情调才是有诗意的吗？我不这么认为。童年的回忆，情人间的分别，早晨菜市场的吆喝声，流浪者的一个眼神等等都是有诗意的。我想要从最平凡的事物里、从最普通人身上提炼诗意，写下他们的悲欢离合、爱恨情仇。我也想要做一个有良知的人，心观天下，笔写百态。我觉得这是我和世界保持联系的最好方式。我相信，我的句子如果很多年之后还有人读，也像刹那间遇见。

当然在写作的过程中，我也有过动摇，有时候文字显得多么苍白无力。有人说，诗歌是拯救世间的良药。我倒觉得，诗歌是安慰世间的良药。因为无论你怎么写，写得再美妙，也很难达到拯救的效果。其实谁都会写作，凭借着经验与词汇，谁都能写点什么。但真正地提出问题，真正对生命这一深刻的困惑有所涉及，那就很艰难了。我相信一个真正的诗人可以做到，他与生俱来的敏锐目光一定可以触及常人所忽略的地方。他会让世人感受到生活真真切切的美，也可以让世人看到这个世界的痛楚和无奈。比如他会让你看到年轻人都奔向大都市，剩下一个个支离破碎的乡村，他会让你看到边缘人物的挣扎，以及繁华之下的荒凉和虚伪。尽管他无法真正改变现状，但是他可以用最恰当的文字唤醒你内心沉睡已久的温柔。

是啊，人世间充满了许多温柔和遗憾，我对这个世界有哀愁，亦如我对这个世界的缱绻深情。无论怎样哀愁，我总是明亮的，因为人在悲哀中才更像个人，才能与自然更为亲近。所谓明亮就是青蛙跳入水中扑通一声，是秋天里的最后一片落叶，是一个人独自在山间歌唱"大风起兮云飞扬"。只要坚持写下去，就会有所获，无论物质上的、精神上的，我都发现自己比从前拥有得更多。我的心里有一片茂盛的森林正在生长。

最后我想说，感谢生活，感谢诗歌，感谢遇见的每一个人，让我始终保持一种深邃的天真。因为我不想像个沧桑的大人，很不好，我应当充满朝气，像森林里的精灵，越多，就越代表森林的富裕。如同大学里一位文学老师对我说的："你是个感情丰富的人，拥有令人惊叹的想象力！你是活在童话和梦幻里的公主，对生活充满美好的期待和憧憬，生活一定会馈赠于你。"我相信我的未来，如她所言。

李田田诗九首

哑孩子

孩子八岁还不能说话
她在乌云里寻找雷霆
有一天，她在我手心写下她的名字
全世界都该变成了哑巴

记得那年在梨树下哭泣

我们用雪花织成翅膀
春天一到，我就失去舌头
学小草点头，学鲤鱼跳舞
我喜欢与花草说话

在人多的地方
我像个哑巴
我喜欢与花草说话
说着说着，爱情就凋谢了
说着说着，冰雪就化作了春水
说着说着，大学生涯就溜走了
说着说着，我还是孤身一人
谁也没有被我感动
但我感动了自己

孤　独

夜晚是我一天最好的时候
只管把自己交给星星与虫鸣
很久没有陌生人
从我的窗前经过
很久没有人问我
一朵花会在哪个夜晚绽放

拔出科的小河

女人常常蹲河边洗衣服
蔬菜，衣服，头发，还有水里的云彩
都纠缠在一起
有时会冒出一个野男人
对着女人唱哥哥妹妹的山歌
女人就嘻嘻地笑
惊得一只野鸭飞进芦苇里

夏天，有小孩淹死了

母亲就来喊魂
烧纸钱，相信那个孩子
转世成人
很多事情不知道来由

一个冬日，万灵山上
最后一位和尚把自己烧了
很多事情不知道来由
只剩断垣残壁与石头上的雕花
当年暮鼓晨钟，香火鼎盛
我随母亲来烧香许愿
祈求什么都忘记了
如今只想起
佛陀踏着漫山白雪留下的脚印

孤独的寨子

自从许多人搬离寨子
春天就变得空大
漫山野花没有人看
小鸭子的水塘安安静静
一只野白鹤休息
扛柴的爷爷也不会在意
通往山上的泥路上
只有牛草横行霸道
那些吊脚楼，很多不冒烟
只剩下骨头

你所看不见的富裕

他们常常提着桶子跑到小溪里
轻轻地掀开一个个石头寻宝
溪水已经没有从前富裕

诗探索10 作品卷 2018年 第2辑

偶尔蹦出一条小鱼

会让他们惊喜半天

多么自由，看不见忧愁

他们笑了，石头就笑了

这些远离城市的孩子

衣着朴素，生活贫穷

却被大自然宠爱

太阳下，我们都是孩子

太阳下

我带着学生玩丢手绢的游戏

没有考试，没有书本上的真理

孩子们就是我的天堂，我的远方

一个学生喜欢把手帕

放在我身后

而我假装没看见

其实我可以跑得很快

但我会放慢脚步，直到他来捉住我

直到大家都笑了

我也露出小虎牙

桃溪看花

我一个人跑去桃溪

樱桃花在风中盛开

这些远离城市生长的青春

没有人来欣赏

我想起一位四十多岁的乡村女老师

总是给大家翻她年轻时的照片

连忧伤都那么无暇

花落无声，人面不见

不是每个人都可以

假装自己是童话里的仙子

夜　路

夜深了
卖水果的小贩还在守候
摩的师傅故意向我鸣笛
大雪就要来临
这条路走了很多遍
故乡不会走丢
但心会不会丢，就不知道了
我没有火把
眼睛只能落在地上

扎着辫子去见你

我扎着辫子
即使别人比我高
朋友还是能透过那些瀑布
一眼就停在两朵麻花上

记得在道观遇到一位爷爷
他说已经十几年没见过扎辫子的少女了
他说话的时候眼里闪着星星
他的年龄也飞走了

当我老了
我也会带着编织的温情来见你
即使只是在一起坐坐
聊聊过去的时光

诗探索10　作品卷　2018年　第2辑

作者简介

马嘶，本名马永林，1978年9月生于四川巴州。巴金文学院签约作家，参加过《人民文学》第五届"新浪潮"诗会、《诗刊》第33届"青春诗会"，曾获《星星》四川十大青年诗人奖，著有诗集《热爱》《莫须有》《春山可望》。现居成都。

我的来路和去处

马 嘶

　　一个名叫九龙村的地方，那是我出生和成长的老家，但我很少写进我的诗中。诗歌中出现的千丘湾，是我外公外婆的家。九龙村不是我的祖籍，也没有我的家族，全乡只有我们一家姓马的人户，我的家族在另一个相隔较远的地方，亲戚之间几乎没有什么走动。

　　这与生俱来的寂寥和孤立，加上乡村的闭塞和穷困，父母告诉我，走出去的唯一途径就是读书，我十七岁离开家乡异地求学，可毕业又分配到老家相邻的小镇，三年后，我第二次逃离，通过离职再读的方式。2003年，父亲去世，再三年，母亲离开老家来到我和弟弟身边。从此，我们彻底告别了家乡，我的离开是决绝的。

　　脱离体制内，来成都十六年，有了户籍、社保、妻儿和很多天南地北的朋友，但我一直认为这只是我肉身的寄居地。所有的努力不过是为了获得现实里那一块巴掌大的空中楼阁，用水泥森林里一个很小的产权面积，用虚拟的人际关系，用最大限度的生活半径来营造在这个城市的存在感，可事实上这一切让我感觉日渐虚空和徒劳，陷入另一个原地旋转的牢笼。

　　这意味着，当我刚刚才抽身出来，又不自主地走在了另一条自我身份建立和识别的路上。这矛盾和冲突，这撕裂和崩析，多么荒谬。在日日面目全非的城市，我明白只有诗歌，才会一直指引我，指认我，让我重建着一个乌托邦的家乡，多少次深夜街头的倦怠无力和徘徊痛苦，它又成为我的避难所。

　　很多时候，高楼和车流，在我眼中恍惚间变成青山、河流了，在阳台上打盹，恍惚在九龙村那向阳的山坡，读一首诗，恍惚间我就是与圣

贤相会的古人 —— 这种错位或持有的幻境来自于我根深的乡村记忆，那记忆中的人和事——复活：农事、鬼神、家族、祭祀、俚语、坟茔、疾病、贫穷，我少年栽种的柳树、送我远行的花狗、学堂里不断发生的巫事，阴阳先生、赤脚医生、掌脉师、知客师、拉二胡的人、写对子的人、夏日的讨口子和清晨的疯子……我终于清晰地知道，我诗歌的源头和师承来自哪儿，我的教养我的德行、我的来路和去处在哪儿。

最近拟在成都近郊的乡下改建一个书院，所在地乃古蜀州，书院就在张三丰修道的无根山下，距道家发源地鹤鸣山仅二十余里。此地是《华阳国志》作者常璩的出生地，也是陆游"三千官柳，四千琵琶"为官的"放翁"地。可就是这么一个地方，在全球化和舶来之物的入侵下，乡村凋敝零落，横陈的建筑穿着滑稽的洋服，要不就是水泥墙上绘梁画柱的仿古物，面目模糊得基因难辨。当我读到陶渊明"三径就荒，松菊犹存"的时候，反观当下中国乡村的命运，亦如城市，让人目盲、耳障、风骨和野趣了无。

在一众朋友竭虑的乡建幻想中，一个地方的自然风物和非遗，造物主最初的意志和诸野之礼，我们是该重新掘井找到活水的源头，还是该继续对外来文化敞开大门照单全收？这个时候，我想到了我曾写下的诗歌，会不会是另一个假古董或西洋镜？如果是，那我的导盲犬呢？我庆幸生活在李白、杜甫、陈子昂、苏东坡和陆游等大诗人生活过的蜀地，每当在他们的地盘步履匆匆，我屡次看见他们伸出手，像招呼我驻留又像是拱手作别，我内心的兵马正进行着一场场战役，我怎么有资格停下来与他们漫游在诗歌的沟洫？

我十分清楚地明白了一个事实，即我身侧一边是荒芜的无主之地，一边是流亡者的海市蜃楼，我，一个被赶上苍途的谵妄者，在走向未知世界的裂变中，被推搡，被裹挟，被连根拔起，我的抵御和抗争总会让我陷入更深的绝望。除了被动顺从和无效的抵抗，我那隔空取物的无影手和历险的翅膀呢？在此谈论和讥讽乡村的命运，也是我鼓足勇气打开了自己的另一面照妖镜，我和诗歌在自以为稳固且华丽的宫殿建设中，实则早就岌岌可危，它轰塌的时日必将早于建成的时日。

在西方大师他们那儿溜一圈后，还得回到诗经楚辞，回到唐诗宋词；去世界各地转一圈后，我还是喜欢自己的山水。我的每一个词都有它自己的江湖，我的内心有自己的僧侣和菩萨。我有拾荒者的眼神和蛮力者的身形，汗水和眼泪都是身体跑出的盐，我记得它们的味道。我无法阻挡和减缓舶来之物和现代性对我产生的浮力，我不拒绝它，甚至拥抱它，我认为它和诗歌一起才能找到我的去处，缺一不可。我不愿写作和生活成为诗人雷平阳所说的"一座过时的美学古堡"。

我的母亲也是，在成都，她一直重建着她的千丘湾，把过去几十年的梦境全部带到了成都。当她给我复述这些梦的时候，我在想我们为什么出发呢？我和母亲有过几次深谈，她也一直问我，我们的去处在哪儿？

未来的即将到来，那过去的，从没过去。马尔克斯说：生活不是我们活过的日子，而是我们记住的日子，我们为了讲述而在记忆中重现的日子。对我严教的母亲从小就对我反复说，"要走出去，你得读书，要读就得像个读书人的样子"。是的，她这句话，一开始就给了出处和去处的答案。

马嘶诗九首

竹　里

去竹里，不可豪饮。笋尖低矮
如塔，令我委身尘土
临《寒食帖》，如在雾中
刻碑。这小半生不过尔尔
野草七尺，高过旁边旧坟里的
浩瀚星空。它们的一生
并不短过我的一世
石碑上的苔藓有着清洁的脸
让活着的人心安
这些竹子、野草和山泉
是他们留给俗世的永生
是他们的晚风，拂动我的白发
哦，这秋日宜哀、宜颂
宜心生闲愁
你看，那暮色中低头走过的身影
是我昨夜交谈甚欢的僧侣

圣　贤

用骨头熬制的墨，用手指，在低垂的
白云上，临羲之的序

替惜水的人，临一汪鹅池
替托孤的人，临一座家祠
我胸如空觞，已然萧瑟见底

闹市一隅，寂静是一剂幻药
我从虚空中重返了父亲
新添的春山和旧址

他遍植的古柏和苍松，从羲之的笔墨中
露出头来。我知道
它们都是我今生必须礼拜的圣贤

鸟鸣赋

刚满百天的行之，对这个清晨还不能
说出一句完整的声音
鸟儿在看不见的地方并不
沮丧。树荫下，他在短暂的兴奋后
又酣酣睡去，阳光俯身下来
凝视怀中的他
仿佛凝视着，刚刚脱胎的我
林中处处都有新的美
有新的事物，加入新的一天
而我，还是从众多的鸟鸣中分辨出了
此刻陪他入睡的那一只
给他披秋衫的那一只，也是昨夜
唤醒我的那一只。我模仿
它的鸣叫，替儿子回应了一声

诗探索10
作品卷 2018年 第2辑

下虔州

你写的《虔州八境图》
至清代，已缺四景

宋朝的光，岂会一直照到今日
一个人登郁孤台，才知
山川不尽永恒、飞鸟礼送落日

我收到暮霭的信，来自故去的人
寒梦中，字字灼心
这是我途居虔州一夜，忝列
甚为唐突的一景

抱歉了，东坡先生
抱歉了，天空背后的明月

在冶勒湖

暮色中有黛、有黧、有缟
有彤……湖水漫向群山
近乎天堂
彝人兄弟埋头宰羊，寡言
旷野幽暗，人们矮于火苗。羊倒挂
四蹄剑指星空
剖开的胸膛冒出缕缕白烟
但它一直努力保持着羊形
我们形骸放浪
不成人样
手中浊酒，洒向湖面
那一夜，醉后大词用尽
清晨离开，羊骨成堆
像座小小的土庙
我深鞠一躬，不敢人语

大象或绵羊

茶叶来自南糯山，水来自小相岭
火焰来自冶勒湖面——
常年受赐的光
这让我想起在澜沧江
一群一群的大象，仿佛苦旅的僧人
当我痛苦闪现，它又轻盈如羽
我现在来的地方
绵羊长在天上
如明月硕大，溢满杯中
我偏了偏头，它紧跟着侧了侧身
在人间，幻化的事物不可不信

每一位父亲都应该有年老的样子

把削下的泥，归拢起来
捏成一团
补上去，再削。有的掉下来
捏一捏，再补上去
父亲的形象，开始像二十岁
准确地说，他没有见过父亲二十岁的样子
后来，又像三十岁、四十岁
当他塑到七十或八十岁的时候
黄色的黏土，一块一块地往下掉
掉到六十六岁……六十岁……
最后停留在五十四岁——
那也不是父亲真正的样子
一个精于雕塑的儿子
实在塑不出父亲五十四岁那年
骨瘦如柴的样子
实在塑不出父亲安度晚年的样子

诗探索10　作品卷　2018年　第2辑

洗碗的日常

瓢盆、粮食和城市
变得具体，有家庭的日常
这与白昼不同
晚餐总会滋生梦境
比如他偶尔出现
坐在餐桌上方
矮下去的轮廓发出幽暗之光
一如他沉默在猩红的灰烬
全家人团聚的时候
给他夹菜、盛汤
我的手悬在半空，总是徒劳而返
邀他一起碰杯，可我明明知道
他的手无法伸进来
明明知道他还饿着
想到这里
流水漫入整个厨房

在深寺

我不拜佛。我心向佛
佛像破损。我心伤痕

一日问三餐，三日问时事
七日叩内心。世道人心，时好时坏

佛居深寺，有光照耀
光不会普照人间
光照佛身，也有高有低

我有乡野之苦，有浮世之痛
这半截肉身拖着长长的暗影
心有块垒也不向佛说
这是命，我认

作者简介

包文平，1987 年生于甘肃岷县。在《诗刊》《人民文学》《星星》《作品》《诗歌月刊》《中国诗歌》《飞天》《延河》《绿风》《诗潮》《诗林》《北方文学》《山东文学》《草原》《散文诗》等刊物发表诗作，诗歌入选《中国年度好诗三百首》《中国年度诗歌》《青年诗歌年鉴》等多种选本。获第四届《人民文学》诗歌新人奖、甘肃黄河文学奖、叶圣陶教师文学奖等，入围 2016 华文青年诗人奖。

在西部探寻诗歌的触角

包文平

1

我为什么要写诗歌？到现在自己也说不清楚。

只觉得好像必须得写，必须得把压在心里的那口气吐出来，像是在身体的熔炉中提取生活的黄金一样，当我把自己的思考和生命赐予的苦难或者幸福的馈赠排列在纸上，以诗歌的形式呈现在自己的眼前时，才能长吁一口气，才能拂过纷繁世事的尘埃面朝大海，奇妙而真切。

诗歌仿佛就是自己的影子，你在哪儿，它就在哪儿。它替你说出生活中无法说出的话，说出那些自己想要说给自己听的话；有时候诗歌引领你站在自己的对立面审视自己，一个词或者一句话，安放在那里恰到好处，像巫术或者魔法，伸手拂去生活的假象，抵达生命的原风景。诗歌就是经过生活之后封存酿成的一坛酒，给你辛辣也给你香醇！

2

那时候住在乡下，时间过得缓慢而悠长。老屋背靠着山，面前是泪泪流淌的纳纳河，堤坝身后铺展开的是大片的田野。"春日迟迟，采蘩祁祁"，春夏秋冬时序更替中，每一步生活都走得那么黏稠而意蕴深长。春天随母亲下地，夏天到山上捉蟋蟀、摘野果，秋天割麦子、碾场、扫树叶、煨炕，冬天去林中拾柴火或者迷恋于雪地上的游戏；到了晚上，月出东山，全村的孩子聚集在碾麦场比嗓子唱童谣，散去以后家家煤油灯燃起，母亲纳鞋底，熊孩子在热炕上做着美梦……身居闹市多年，摸爬滚打坎坎坷坷又走过了十多个春秋，忘记了回到自己原乡的来路。"我喜欢像河流，走着走着就宽了长了汹涌了，融进了另外的身体 / 或者一阵缓慢吹拂的风，带着体温的风 / 吹着吹着就散了，就了无生息了 / …… / 前面的风景迅速地美了起来，我也不急着跨过去。"

现在反观此种种，每一个细节都是那么耐人寻味，仿佛小时候口袋里装的一块发黑的糖果，舔一口之后又要赶紧包起来。这些本身就是诗歌元素，真实、干净、温馨、美好，正好铺开在纸上疗伤 —— 这时，它们成为真正的诗歌了，是我诗歌和生命缘起的一部分，不可分割。

你必须承认，优秀的诗歌都是具有故乡意义的，故乡与诗歌的关系隐秘而关键。虽然我不能找到一条清晰的线把它们串起来，使它变得具象可感，但是诗歌的灵魂对于这段记忆无不魂牵梦萦。我写下"风往北吹的时候 / 村庄的炊烟就慢慢地粗了，慢慢地 / 挺直了腰杆，饱含草木的味道"。

写诗跟种庄稼一样，只有你不欺骗它们，它们才会给你真真实实的收获。在诗歌的自留地里，我在纸上清除掉那些生长在内心的杂草，它回报了我一个丰硕的秋天——推开窗户，阳光明媚……

3

曾经在一篇随笔中我写过这样的话："定西。河西。一个是我出发的地方，一个是我落脚的地方。我对她们存有深沉的情感。"

苦寒的陇中大地上生活的父母，一直是我诗歌中无法抹去的意象符号；宽阔的河西走廊上的一草一木，仿佛一个个象形文字嵌入我的记忆，他们排列进我的诗歌中，昭示了我灵魂深处最为虔诚的部分……

河西走廊是中原文化与西域文化最初碰撞交融的地方，散落在河西走廊上的大漠长河、草原雪山带给我辽阔苍茫、大气硬朗的自然审美；汉明长城、古城关隘、佛龛寺窟耳得之为声，目遇之成色，带给我啜饮不尽的文化甘露；千年以来传唱不息的《匈奴歌》《凉州词》《八声甘州》《酒泉子》等边塞诗和敦煌封存的经卷典籍，当你接近并爱上它们的时候，你已经进入诗歌，并且诗歌已经成为你生命的一部分。

4

写诗是一个创造的过程。既然是创造，就要说别人没有说过的话，写别人未曾触碰的生命神经，用自我个性化的意象和词句开辟出一片陌生的疆域，形成人无我有的新境界。

诗歌即人。没有两个相同的人，也没有一模一样的诗歌。宋人俞文豹在《吹剑续录》中记录了苏轼的一段逸事："东坡在玉堂，有幕士善讴。因问：'我词与柳七郎如何？'曰：'柳郎中词，只合十七八女郎，执红牙板，歌'杨柳岸，晓风残月'。学士词，须关东大汉，执铜琵琶、铁绰板，唱大江东去。'东坡为之绝倒。"当这个世界所有的花朵都开成红色的时候，那又和所有都开成沉闷压抑的黑灰色有什么区别？各美其美，美美与共，才有万紫千红春满园的盛景。

5

诗歌就要坚持表现"人人心中有，人人笔下无"的个人精神地理。元轻白俗，郊寒岛瘦，当自己诗歌写作形成了自己逐渐清晰化的磁场和思想疆域之后，我们需要的才是写作的技术。

有人说，诗人就是思想家。习诗多年，我们容易在自己的词句意境上重复，踏以前的步子画地为牢。如何打破词语的禁锢，让凤凰涅槃，让苍鹰重新获得锋利的爪，这是所有诗人都在思考和尝试突破的问题。

当我一次次地写故乡的纳纳河，写纳纳河畔的母亲，写巴掌大的村庄，写村庄里的老树和树下变换的光阴，这生命中无法割舍的"乡愁"，每个点都带给我疼痛和诗意，当我下笔决定把它们排列进我诗句的时候，我得警惕我是否重复踩踏曾经走过的小园香径，重复叙述我内心的风景，如果是，我得忍住这突然到来的疼痛，停下手中的笔。

当我记忆的马匹又一次驰骋在辽阔的河西，又一次站在苍茫戈壁，又一次面对祁连雪山和大漠落日的时候，当我的耳畔重新传来鸠摩罗什寺的诵经声，又一次聆听马蹄寺天梯山下的佛号，又一次心里默念起"失我祁连山，使我六畜不蕃息；失我焉支山，使我嫁妇无颜色"的悲怆吟唱……这时候我得站在自己之外，用陌生的心灵重新感知，当我的心灵震颤，心底淤积的火焰喷薄而出的时候，诗歌就可能自然天成了——回过头，我会惊讶：这是自己的作品吗？

6

诗歌应该怎么写？什么样的诗歌才是好诗歌？没有答案。

只知道从炼字、造句、意境、思想等逐步提升中不断去拓展自己诗歌的疆域，努力走远，努力攀高。我得遵从自己内心的指引，在不断阅

诗探索 10 作品卷 2018 年 第 2 辑

读思考和反复的练习中获取诗歌写作的经验和泉源。

诗歌是人类的童年，童年又何尝不是一首精致的诗？三岁的儿子小坏坏在雪地里撒尿，惊奇地对着我喊："爸爸，我把雪杀死了！""杀死"多么直接和冲击力的词语！四岁的韩菡说："我的头发长长的，风最喜欢我的头发，它把我的头发当成了秋千。"岂不是绝妙的比喻！七岁的汪晨菲写了一首小诗《蚂蚁桥》："河边的树林／那棵横着的树／是小小的蚂蚁的／大大的桥"。孩子总能够站在低处，把我们习以为常的小事物放大，然后超乎我们想象地用他自己的经验来表达。

回到经典文本，追溯古典诗歌的源泉，梳理自己诗歌的脉络，我知道，须在感悟与反省中走向诗歌的澄明之境。当我惊叹《诗经》一咏三叹、重章叠句的形式，徜徉在生动真切的生活图景中汲取诗歌写作的营养；当我漫步在洮岷花儿和陕北民歌野性雄浑的爱情表达中；当我震撼于宋词"花无人戴，酒无人劝，醉也无人管"这种连蝉直下的形式表达和充沛缠绵的非凡气势的时候……当我重读边塞诗歌、捧起《昌耀诗歌总集》的时候，那些文字一个个跳跃在纸上，都在指引我诗歌写作的探寻之路。

7

有时候会自己问自己：这样的写作路数是否正确？我要走到哪儿？

我希望就这样一次又一次地，在陇中故乡和河西走廊这片精神的地理上迈开脚步，不断地行走，不断地感受，不断地探出诗歌的触角，寻找最能触及灵魂与大地内核的开关。

我只能祈求诗神的眷顾。至于能走多远，留给时间回答。

包文平诗五首

一棵枯死的树

一棵树，怎样才能算走过完整的一生？
当春天再次来临的时候
所有的树木都萌发春色，只有它——

把干枯的指爪奋力地伸向天空
像是要努力地抓取什么
又像是摊开了宿命的手

它静静地站在那里，哦，风——
曾经轻柔拂过它脸颊和发须的风啊
此刻，正吹落它干枯皲裂的树皮
让它的骨头暴露在外
——像一面锋利的刀刃

一棵枯死的树，当它把背影交给春天的时候
这个盛大葱茏的季节显得那么孤独
——又那么清冷

黄昏：大佛寺

一尊佛，侧身长卧在世界的东方。
元朝的马蹄明朝的刀枪清朝的剑戟
磕磕碰碰的声音都化作一缕檀香袅袅
在人间的黄昏归于宁静

落日如铜。他那么虔诚地
把一页页金水铸就的救赎文字
读了一遍又一遍。

这个黄昏：
谁都不会知道可汗就降世在木鱼声中
谁都不会知道沉睡千年的佛睡了
还是闭目养神。

多么安静，这西域的黄昏——
可以暮鼓啊可以晨钟
可以来世啊可以今生
一群千百年飞旋的黑燕子
又一次落上了寺院的朱漆红门

诗探索10　作品卷　2018年　第2辑

她要是回来问起我

柴门之内，我把一切都收拾妥当了
梅花树下的土是新翻的，散发着朦胧的香气
倒下的篱笆已经扶正，我把酒
还放在原来的坛子里。文火温热，
就可以驱离料峭春寒和满身的孤独
她要是回来问起了我，你就告诉她：
柴门虚掩着，轻轻一推就开了。
屋内还是原来的样子，老照片挂在墙上
像她喜欢的那样
桦木做框，有旧时光的味道
这么多年，南山的菊花开了谢谢了开
融化成了暖暖的泥，我也没有心思采摘
墙角的石凳上新落了几枚竹叶——
我一直在想一个有关她的比喻：
晨起倚窗前，珠帘轻卷
轻柔的光线拂过眼睑之后，微微蹙起的眉……
以前的日子她就坐在凳子上，读着一部宋词
她要是回来问起我，你就说
月光溶溶，杏花疏影里
我用每一个夜晚为她写诗，但不要 ——
说出我的名字
她要是回来问起我，你就说"天气真好啊"
——其时，外面可能正在下着雨

慢生活

我从来都不记得自己出生在哪一天
母亲也没有记清楚。她说我是在
七月的一个午后来到人世，雨下得正缓
我的性子，跟这不疾不徐的雨也许有关
我个头矮小，总不着急长高。

别人六岁上小学。我八岁的时候
还慢慢悠悠的，在山上捉鸟

去上学的路上，沉迷于柳枝抽出的新芽
和拳头紧握的花骨朵
甚至在池塘边，看一摊浅水
慢慢变成坚硬的冰，忘了去学校
再后来沉迷小说咬文嚼字
干草堆上一待就是一个下午
再后来成家立业结婚生子
一切无苛无求，顺其自然。
神色匆匆的行人从身旁走过，我来不及
一一辨认

生活的场景在我眼中是
一部按下快键的慢电影
省略了细节和特写，甚至忽略了
眼神中的蜜意柔情
我把出生说成来到把死亡比作离开
我想用这样的方式
给生命增加长度，而不是走向结尾
我看见每个人的一生都是从一个点
快速奔向另一个点，突然又不可遏止。

我喜欢像河流，走着走着就宽了长了
汹涌了，融进了另外的身体
或者一阵缓慢吹拂的风，带着体温的风
吹着吹着就散了，就了无生息了
因为慢，我把一杯苦茶抿了一个下午
把一首诗想了几天也不知从何处落笔。
前面的风景迅速地美了起来
我也不急着跨过去
因为慢，我的朋友不多
但和我有着一样的坏脾气

诗探索10 作品卷 2018年 第2辑

因为慢，我把一则新闻读了三天
也没有读出铅印的文字下
掩盖着的事实

凉州词

风吹凉州。这四凉古都的风中行走着
佛光与神明。风那么小心地吹——

新月高悬。天梯山那边的僧侣在深夜里
诵经。木鱼声声檀香袅袅……
多么地安静

谁家的篱笆院落敞开着，屋檐下堆满粮食
可以听到微微的鼾声啊。马灯斜挂在窗外

钟鼓楼上站着两个司晨的士兵
当我正要穿门而过的时候
过路的风顺手摇响了飞檐上的风铃

"黄河远上白云间，一片孤城万仞山。"
当我不禁说出这句诗的时候，仿佛已经
从一个朝代抵达了另一个朝代
仿佛我就是追奔逐北，封狼居胥的大汉将领
正抬起腾空飞驰的马蹄
等待一只呼啸的燕子，飞过来——

作者简介

　　熊芳，女，1987 年出生，湖南桃源人，毕业于中山大学汉语言文学专业。曾参加《人民文学》第五届"新浪潮"诗会。作品见于《人民文学》《诗选刊》《扬子江诗刊》《青年文摘》等。

时间的存在是为了消失，诗歌是为了铭记

熊　芳

　　都说三光日月星，四诗风雅颂。诗者，志之所在也。在心为志，发言为诗。诗者，吟咏的是至真至纯的性情。第一次接触诗歌，是在高中的时候，一次暑假去姨妈家里玩，无意中从柜子里找到的一本有关于爱情的诗集，那是很小的一本集子，也不厚，作者已经记不清了，集子也已经找不到了，十六七岁的年纪，一下子就觉得生活美好起来，我此时的心情，也是那样的感觉，美好往往源于对未知的憧憬，所以早期写的一些诗歌也是那种很纯美的歌咏生活，那个时候无忧无虑的，不知愁滋味，虽然写法稚嫩，却是一段很美的记忆。

　　以前写的诗都是长诗，写了三四十行还觉得没有把要表达的说完全，但其实，对于诗歌情感的处理，应该是节制胜于放纵，所以现在喜欢写短诗。在 2012 年的时候还曾仿但丁《神曲》的形式，写过一篇长诗，大概有万余行，虽然可能写得不是很好，但对于自我的提升确实起到了很大的作用。

　　后来看了尼采、泰戈尔的作品，转向哲理性强的诗，再后来，看叶芝、辛波斯卡、艾米莉·狄金森、策兰、里尔克、华莱士·史蒂文斯、雷蒙德·卡佛、艾略特等的诗歌，才知道诗歌可以分很多种表现形式。总的来说，都在寻求一种表达方式，用自己的语言方式去表达自己的内心，很多人的文字中有一种特定的符号，一看就是某某的诗，因为有一种属于自己的风格在里面，我倒是希望自己能不拘一格，怎么表达得更好就怎样写，国内的也看，有好的诗也会反复地看，反复地领悟，近期影响比较大的是狄金森和策兰，可悟性很强。诗歌是要有反复可读性的，读第一遍的时候可能有点模糊不清，但有些只可意会不可言传的释意在第二遍、第三遍的时候就会隐隐展现出来，再多看几遍的时候，就会把

意会的东西变成可言传的东西，因为只有意会到了一定的程度，才能提取合适的语言去总结表达。

我一直没有刻意地去写诗，也没有规定多久写一篇，写几篇，感觉就像是一个坏的水龙头，一滴一滴地滴水，我只是放了一个桶子在下面。开始的时候根本感觉不到什么，慢慢地就有小水花了，但那些水花只是偶尔闪现，又渐渐地平静下来，直到水溢出来，传递给大脑的信息，要写点什么了，注意，是要写点什么了，并不是要写诗了，可能是因为我比较懒，觉得诗最好写，所以落在纸上的时候很直接地就选择了诗歌。

是的，我只是把溢出来的水用另一种形式储存，不至于就那样散落消失。桶里的水就是时间本身，它看似一直存在，但其实一直在换新，今水不覆昨水，那些溢出的水本该流失掉的，却通过诗歌的形式变得永恒。如果我们不把溢出来的水转变留存，那人生也就在那样周而复始的散落中，一点点地消失了，最后连印子都不剩，水滴从没有停止滴落，就像钟摆没有停止过摆动，你看着它像是在原地踏步，其实他一直在走不同的路，如果你自己止步不前，谁也救不了你。

很多时候都想停笔，但又不受控制地在脑中形成而落于笔尖，我甚至觉得并不是我在写诗，而是诗在写我，在一点点激励和鞭策，在这条路上坚持。

可能大家可以看到，很多诗都是具有悲剧色彩和痛感的，而这只是遵循的一个生命的常态，人生本来就是带有悲剧色彩和痛感的，因为人人都在向死而生。

有些诗歌里透出的不安宁感，也很容易察觉出来，正像陈劲松老师评论的那样：生活总是如此动荡不安。这是他从那些诗歌里感受到的。确实，生活总是如此动荡不安！其实这并不仅仅是我个人的一种生活状态，在现在互联网、物联网大数据各种更替爆发的时代，这是一个时代的生活状态，或者说是最直接的生存状态，因为很多人还谈不上是在生活，而仅仅只是活着。就像"在悲伤与虚无之间，我选择悲伤"，在安逸和动荡之间，我总是选择了后者。

美国作家威廉·福克纳说过一句话：任何一个活着的人都比死去的人强，但是任何一个活着的人都不比另一个活着的人强多少。这是生活的本质，也可以说是生命的本质。

诗虽然是出自我本身，但它一旦形成，它就是独立的了，读者认为好就好，不好就不好，或是认为它是诗就是诗，不是也可以不是，千人千感，没有定论，更没有条条框框。诗人余秀华说，苦难如果可以塑造一个人的才华，她宁愿不要，因为代价太大，不知要承受多少苦难，才能滋养出一点点的才华。刘汀老师也说过：经历也是才华的一部分。所以说，任何写作从来就不是无中生有，所有的书中人可能都存在于一个和我们平行的三维、四维或五维甚至更广阔的空间里。

人间的喜剧少之又少，生活总是在左脸狠狠打你一巴掌，又托春风在你右脸上给你一个亲吻，让你自己去平衡。喜剧只是荒原里偶尔开出的花朵，只是说，只需要那么一点点的喜剧就能支撑着我们把悲剧演完。我一直不断地在诗歌中重塑自我，自我非我，有些东西消失了，有些东西就形成了。

好的诗歌一定是直指要害的，而不是无病呻吟，或是有病不医。时间有自愈功能是不错，但更多的时候只会扩散蔓延，恶性循环，每个人都只能自救。

我一遍遍地读着每一首诗，一遍遍地回想、背诵，甚至一遍遍地抄写，当我摸清它们的骨骼、经脉，才能相信它们是出自于我，而也正因如此，它还是它，我已非我。

我不能停止思想的转动，所以我也不能停止写诗。

熊芳诗八首

十　年

分别十年的高中闺蜜约我回来一见
我先到达约会地点
她看到我一袭蕾丝黑裙的背影
以为是陌生人，感叹身材真好
当我转身的那一刻
我们都看见彼此眼中的惊诧
我还是当年的模样
而她已是两个孩子的母亲
臃肿，萎黄，透着些许老气

她聊打工的丈夫像个任性的大孩子
她聊两个淘气的小孩子

聊着聊着她也成了孩子
而我却像一个母亲微笑着聆听

流浪的老人

每次经过那个地铁口
会看见一个老人睡在花坛的边沿上
像一袋被人抛弃的垃圾
行人的脚步没有打乱他梦里的春秋
或许他梦里没有春秋
有时看到他在吃别人剩下的饭菜
我给他几元钱，他只是呆呆地看着我
看得我发毛

今天早上他不见了
我若有所失
我不知道自己
到底失去了什么

看　云

一个秋天的下午
我无所事事，看云
看自己飘浮在天上
之前是什么样子
之后会变成什么样子
自己是一无所知
左右命运的是风
不是那颗童心

如果没有爱上你多好

我们在牵挂中忘却
又在夜深人静时想起
如果不认识你多好
就不知你肌肤的温暖

风没有对树叶说，我只是路过
树叶就那么爱了
如果没有爱上你多好
心还是自己的

我的念想其实很小

除了你，我不知要对谁诉说
天上划过一道流星
我就熄灭了

我的念想其实很小
小到一块石头 一片树叶 一粒微尘
便可容纳

没有什么不可原谅

刚刚打碎了一只碗
它们没哭，我却哭了
就像小树原谅疾风
花朵原谅劲雨
左手与右手相握言和
它们用无言的散落原谅了我
你对世界温柔相待
却把利剑指向爱人的心
没有什么不可原谅
无非就是春来秋往，愿打愿挨

我们谁也不信

信那秋风脱去片片树叶
露出历历岁月的抽痕
信那匍匐在地的小草
一年一年地破土重生
信光秃秃的树枝毫无隐藏的裸露
信鸽子带来和平
信乌鸦的叫声会带来不祥
而他们都只是鸟
信石头几百年不动
坚守着流淌过的尘埃的秘密
我们总是不得不和自己拥抱
渴望爱人的拥抱
渴望在拥抱时让灵魂在对方身上歇歇
当然，我们谁也不信
生活总是如此动荡不安
信死后也不得安歇

手 艺

爸爸有一套木匠工具
锉子、刨子、墨线盒
这次搬家翻出来
长年不用，满是灰尘
爸爸做的那些樟木箱子，杉木衣柜
如今在哪里
乡村的那些手艺
还能像庄稼那样从地里长出来吗

妈妈说，这些破玩意，就扔了吧
爸爸摸了摸，不舍
不舍年轻的时光

作者简介

张雁超，男，汉族，1986年11月出生，籍贯云南省威信县，现居云南省水富县，供职于某行政部门。2006年接触诗歌，写作经历十余年。诗歌作品散见于《人民文学》《诗刊》《星星》《滇池》《延河》等刊物。2015年入选《人民文学》第四届"新浪潮诗会"，2017年入选《诗刊》社第33届"青春诗会"。2017年出版诗集《大江在侧》。

我的诗歌写作缘起和我当下
诗歌创作的思考

张雁超

1999年秋天的一个午后，雷电交加，我和父亲坐在窗户边，观看天上的各种形状的闪电。父亲说起老家一句谚语："雨出割笋沟，衣服裤儿不用收。雨出飚水岩，屎尿累出来。"这话中的"割笋沟""飚水岩"是我家对面能望到两个山沟。父亲顺着这个话头，给我讲"飚水岩"那边有个姓杨的人读书厉害，是研究生了。我问父亲，什么比研究生更厉害？父亲说，博士。我问博士有多厉害。父亲说，国家给每个博士配一辆车分一套别墅。那天，我信誓旦旦地说，我将来要当博士。

2003年到2004年间，我就读的学校开了一门课，叫"写作"。我认识到，文字语言可以创造现实之外的城池。现实生活的各种细节，因为书写为文字，传递到一个个人的脑海，给人带来一种剔除了现实枝蔓后，背景纯净对焦准确的虚构，使人产生精神充实的愉悦感。这使我觉得写作是件很了不得的事，催生了我想做个不得了的人的念头，我便动手开始了写作。并非如天才一样，一发不可收拾，写作一开始相当令人苦恼，总觉得下笔无话，又要逼自己写点东西出来，结果写几句就卡壳，废纸弄得一地，文章半页没有。后来索性只写诗，只因写诗字少。那时我还参加文学社团，参与编发民间刊物。期望这是武林秘籍，能帮我在写作上一蹴而就，效果却并不明显。直到2006年，我才能勉强写出些较为通顺的诗句。

正如商业时代对人的商品化。我们培养出来的人才实质上是抽象的"金条"。课文拿来背诵，然后在试卷上填空；诗歌用来背诵，然后做古文今译，默写上下句。教育将我们培养成为社会需要的人。但我们不会问自己，一切都是为什么？那时的我，认为博士意味着车和房，意味着好的物质条件。提及上面的事，是为了陈述我的诗歌写作，并非是因为本我醒来了，而是出于一种现实功利心态，试图采取一种较低成本的途径获取成就，从而得到他人的认可与仰慕。想成为强者，总彰显出自己的存在。我那时觉得找到了一种操控阅读者精神的手段。也就是说，一开始我并非是一个文学写作者，而是一个以文学为工具的投机者。

2006 年，我大专毕业，已基本形成了自主写作并开始转向网络，接触到了更多当下的诗歌。2007 年我参加工作，成了一名基层警察。这是个极具对抗性，高强度的职业。2007 年至 2013 年期间，我大量的时间用于执法办案，诗歌这时开始显现它的真正价值。这个世界只有办不完的案子，抓不完的罪犯，加不完的夜班。作为黑白之间的分界，警察有特殊的视角优势，我频繁地面对这个社会的矛盾冲突，而且迅速明白这不会有尽头。经过实践，凭厚厚的法令和对人类本性的美好期望，我无法说服自己相信我以为的世界都是真相。因为我以为的世界实际上正如《罗生门》讲述的一样，都和真相存在偏差。我想要透视，也想要世界的真相，更想要触摸到真相中的美。我重新审视我的诗歌写作，我希望通过文字触摸真、善、美。当然，我明白纸上现实是不拘泥的，但我知道它的根还是真、善、美。诗歌一度成了我的自我供述，也自我陶醉。

生活总有一套有关权力利害关系的空洞表述形式。那一套话语体系充斥着空话、套话的同时布满了荆棘和藩篱。我要我的文字能忠实于我的内心，我要的诗句有人的味道，而不是一部机器的味道。因为矫枉过正，虽然基层警务经验使我积累了大量的素材，但我迟迟不愿意去动它，甚至我曾在相当长的时间，刻意地避开对警察题材的写作，现在看来，我那时太脆弱，希望尘封人间的相互伤害，不愿面对人性阴暗的一面。那段时间，我写作量小，而且隐蔽。不过，我仍然希望我的习作得到认可，我不时会整理作品，寄给曾教授我写作课的先生，希望有一天，他会大大表扬我一番，但至今未果。随着写作带来的思考，记录和创造令人心智长进，社会实践和阅读的积累，让诗歌的意义已经不再是一个纠结的问题，我要做的，是通过诗歌不时使自己从社会角色中跳脱出来，审视世界和自己。

我当前的创作，存在着大量的问题。一是语言锻造能力不足，语言不是诗歌，但是诗歌是依赖于语言呈现的。语言运用的能力是基本功。起初的创作，我甚至是被语言控制的，我早期的诗歌，存在语言本身反制写作目的的情况。文本呈现出来的多重意义，可能来自于阅读者的经验影响。但作为创作者，创作的文本与表达的目的不符，恰恰暴露了作者对语言无法得心应手的短板。神来之笔，我认为是在作者表达目的已经达成的基础之上成立的。所以我当前的首要问题，是大部分诗人羞于承认的技艺训练不足。技艺锤炼是为准确表达做准备，是为减小思想到达纸上这个过程对诗的损耗，最大限度地达到心手相一。

我认为诗人应当有先知的属性，有预见能力，有透视事物本质的能力，有独特的审美取向，有敏锐的发现能力。当下很大一部分写作者，沉溺于对农耕时代逐渐远去的缅怀，妄图通过成千上万的回忆和美化去伪造精神故乡。这类诗歌的泛滥与同质化，实际上出于一些人懒于思考，一些人又有意迎合读者口味。这使很多诗歌成为贩卖乡愁的商品。极少的人在看清过去以后放下过去，然后透视当下，思考未来，这些人往往是诗歌创作的佼佼者。所以在锤炼技艺的同时，我必须不断地阅读和思考，从语言和内涵两个方面去提升作品质量，而这从根本上也是想促进自我进化。我无法成为人类的"超人"，可我要不断"超我"。另外，我目前的写作呈现出一种"见子打子"的情形，作品虽然因此显得有多样性，却使力量分散而难以形成整体合力，反而导致自我的消解，造成想要多点兼顾反而处处失手的尴尬。这对我深度挖掘事物的能力有伤害，所以我打算在未来一段时间，思索出一个主题展开创作，写一批整体性一致的作品，训练自己收束思维、深度挖掘的能力和耐力。

就目前我对现当代诗歌的认识和理解，是极其肤浅的。我尚没有能力去思索现代诗歌的未来走向，但作为生活的在场者，我知道到处都充满了焦虑失落，充满了麻木不仁。诗歌是我的精神归处，当诗歌为我带来具有高度审慎的个人自由时，我想我就是我的故乡。当然，我更希望诗歌能为每个人都提供精神的归处。

张雁超诗六首

致月亮

月亮先生，当我穿过人群
你独上东山，当我推开午夜
感到光芒从我身体里逆出
我想起祖先遥远的童年

你仍如现在一样悬停在天空
那时人们还不会编造故事
谎言也没有变成最后的安慰
你用光芒让人们内心安稳
月亮先生，现在我要睡了
请继续照亮这城池低垂的头颅
请继续照亮这城里所有的暗淡
月亮先生，作为夜晚的门把手
你要耐心，一定还有人会仰头
扭开你身后的房门

黄 昏

蝙蝠扇开落日的浓烟
蝙蝠飞过西山东山
一个足球场夹其在腋下
虫鸣塞满了懒散的慢跑者耳朵
树林越来越深，暮色逐渐饱和

我作为众多树木中的一棵
忍住每片叶不落
我不想惊动这一切
我试图在一首诗中不再是棵树
而是黄昏的旁观者

后登台

庙顶的荒草仍旧高于废庙
他眺望大过江湖的云卷
云卷滚动，城市压低压小压空
云卷滚动，大江撺进乱山不见
这时陈子昂走上了他的心头
陈子昂说，当年站在幽州台吹风
一个人想着想着就哭了

月牙船

它的飞翔比萤火虫更持久
时常贯穿整个城市上空的云层
而悠然隐去，可是远古的君子们
做了这船的水手，使它被感染了
远离繁华和人群的怪癖，而选择
靠近我的灵魂，用我灵魂的芦苇
制造长笛，用我灵魂的词语谱曲
船在天边，有微黄的灯光
使夜色有静谧而巨大的力量
一种辽阔，能掐灭心底井喷的火山
但是船却是我的过客，它告诉我
我死后如果伟大是因为
我能高贵的远离尘世
我死后如果可耻是因为
我曾卑微的躲避红尘

借月亮写给母亲

你有柔软的群山
有轻于夜的风，还有大于八百里
铺天盖地的寂静
你有朦胧的河谷
有野调子的虫鸣，还有不止五千石
漫山遍野的婆婆

当你在东边准备出行的面纱
疲倦的黄昏是留给她的吗？
当你在西山掀开归去的卷帘
鲜嫩的晨曦是留给她的吗？
是的，我早已知晓
你既给予，必不存爱憎而厚此薄彼

诗探索10　作品卷　2018年　第2辑

你既出现，必不吝啬赋予事物光辉
她老了，你给她鬓边白
亦如你曾照耀她青丝年

你曾照抚她后背上熟睡的我
火把熄了 草木不宁
我二十五岁的妈妈，心慌慌啊
小河湿鞋 山路急促
你一声不吭
紧紧跟着她

滚烫之日

卧室门留下两声愤怒脚踢
那时，我女儿在澡盆里玩水
惊异的扭头接上我挤出的鬼脸
露出她新生的小牙齿对我笑
又放心地继续玩水
一整个晚上都她很乖，趴在我肩头
小手圈着我脖子，嘴里一直说着
她仅会的发音：爸爸、抱抱、宝宝
就像知道我是一个需要安慰的人
入夏后，气温骤升
窗外虫鸣大面积剥落，空中蒙着一层
淡白色焦躁声响
这狗日的生活多滚烫啊
她的妈妈在卧室里哭
我的妈妈也在卧室里哭

一首诗的诞生

灯泡厂的流水线

木 叶

那一年的夏天，我是年轻的劳动监察官员，来到县灯泡厂，
丝丝的青焰，灼烤着工作台，

玻璃在高温中融化，被吹出脆薄的形状，
多少年来，我都无从冷却蒸腾于其中的辛劳与贫寒，

一如我无法忘记殷勤而谄媚的灯泡厂厂长。我虚张声势地
和他简单聊了几句有关《劳动法》的贯彻，

是的，那时法律尚年轻，我也年轻，正如
工作台边高温灼烤下的额头满是汗珠的乡下姑娘们也很年轻。

简陋的流水线上一只只嫩生而胆怯的小手，
转眼之间，必然已经枯萎；我也开始怀旧，

灯泡厂已经搬迁，我曾经喧哗的青春正在努力学习温柔，
城市里的灯光，看起来多么安静。

作者的话

　　回望二十年前，民工潮初起，社会在经济的沸腾中急剧转型。在一些特定的时空点，诗能够做些什么？它会掀起过去既温馨又冰凉的时代一角，忠实地叙述与呈现，让后来者据以追忆吗？
　　二十世纪九十年代中期，我在基层劳动部门，以一名工作人员的身份，见证了一个时代的经济狂飙突进。这首诗写于2015年，写作的起

诗探索10 作品卷 2018年 第2辑

因是偶然就回忆起当年在县里的一次例行工作检查——督促企业遵守国家刚刚颁布的《劳动法》，不得有雇用童工的行为。对当时也年轻的我来说，震撼的余波至今犹在——那些小女孩，十六七岁左右，在温度极高的工作台面上，吹制、装配用于手电筒的小电灯泡。

请允许稍微做一些延伸。如果仅仅是从创作的维度来考察，我们这一代诗人是幸福的，虽然这幸福当中有太多的凄凉。几乎是一夜之间，国家从农耕社会踏向工业文明，相应的社会管理也都是在蹒跚中转向，但有时候也不免潦草，甚至粗暴。飞速旋转的时代给我们递来巨大的主题，如包括水和空气在内的环境污染，打工潮、下岗潮、乡村的空心化以及人心的崩溃与重建，它们都是在我们眼皮子底下发生的。经济这只巨兽，伸出它无数的吸盘与触须，牢牢地叮着我们。

当然，日子也是在我们这一代身上逐渐过好的。这的确是"几千年未有之变局"，让整整一代人的身上都烙有割裂之爱与痛，而切肤至深的爱与痛，充满丰富细节，正如这首诗，它忽然就在 2015 年的某一天横插进来，阻断我的忙碌与庸常，将我带回熙熙攘攘的二十年前。

因此，这首诗本质上是一首回忆之诗、唤起之诗。我想，一首回忆与唤起的诗，它首先必须是诚实的，语调要平稳，不能慌张。二十年前的场景，当你把它定格下来，物不是，人更非。

那天我们行驶在乐安路上

刘平平

快到高斗时，开车的继业说
东边是我们村，母亲和兄弟们现在还住在这里
西边是我家墓地，父亲和先祖都埋在那里
在那里……我，和兄弟们也都给自己划好了位置

开香坐我右边。她说，我不用那么麻烦
我只要埋在我喜欢的一棵树下
如果你们看到这棵树每年都开花
就说明我对这个世界还算满意

好像每个人都要说点什么
我说我喜欢海，是海的女儿
将来让儿子把我的骨灰撒在大海里
你们看到的每一朵浪花都是我的欢笑

只有曲柳一声不吭，他靠着椅背
坐在副驾座上不知在想什么。夏日的阳光
穿过玻璃窗进来，照得他稀疏的头顶
闪闪发亮……

作者的话

中西方对待"死亡"的最大不同，就是"谈"与"不谈"。孔子说"未知生，焉知死？"海德格尔说"向死而生"。

大圣如孔子者，在面对学生追问死亡问题的时候，也是很不高兴地如此回答的。海德格尔的观点则引导我们，只有无畏豁达地面对死亡，在活着的时候安排好身后事，才会活得潇洒自在，无拘无束。

中国人是忌讳谈"死"的，很少有人在活着的时候谈及死亡。就连我认识的一位著名诗人在看到我写的有关死亡诗时，他便说，不要末日写作。

而在西方的文化中，却没有相关的禁忌。2017 年 8 月份，我到法国巴黎探亲，在几天的游览中，我们特意挤出一天时间去拜谒世界上最大的拉雪茨公墓。那里汇聚了两百多年来世界各地的一百多万亡灵。可以说，在那里鲜见中国人（这与大型商场里到处都是中国人形成鲜明对比），我们所见的面孔几乎都是西方的，更不可思议的是还有怀孕的妇女，她们和家人一起走在公墓里，很幸福很平和的样子。在中国，这是不可想象的。即使是亲人去世了，怀孕的女子最好也不要参加葬礼，因此给很多人留下了终身遗憾。

我的这首诗书写得很偶然，这是我没有想到的。平时，我们都很忌讳，不可能在公共场合谈论自家的墓地、先祖，也不会在自己壮年的时候谈到"死"。那天，我们四个人乘同一辆车去参加一个采风活动，就像诗中说的那样，因为路过继业家的村庄，很自然地就谈到了他家的墓地、先祖，因为他的豁达乐观，我们也不自觉地谈到了将来，谈到百年之后，好像都是顺理成章的事，只有那个一声不吭的人，让我们思索良久。

"死亡"无论"谈"与"不谈"，都是我们最终的归宿，或墓地或树下或海里。重要的是"向死而生"能让我们从死亡的角度看待生命，让我们在活着的时候，珍惜现在，珍惜当下。

诗探索 10　作品卷　2018 年　第 2 辑

写小说的女人

刘　年

"恨母亲，也不管我同不同意，一张腿
就把我生到这个荒凉的人世上"
她把烟头按在烟灰缸里，像在掐一个人

当过老师，会计，官太太，公务员
学过中医，种过葡萄，最终，她选择了写小说
"需要虚构足够多的人物
我没有朋友，却有严重的失眠和风湿"
墙壁上，安全套和消防栓放在一起

"不想结婚生子，不怕老无所依
唯一担心的，是像张爱玲一样，烂在房间里"

那天，她穿着葱绿的苏绣旗袍，衩开得很高
走着，走着，北京就成了北平
走着，走着，我成了一个万人侧目的汉奸

作者的话

这是向一个小说家致敬的诗歌。

在北京，我虽然住在三里屯，几乎没有社交，没有娱乐，没有接待。死神和理想，加在我身上的惶恐感，让我觉得浪费一点时间都觉得是罪过。但这个小说家的路过，让我放弃一切，陪她看看三里屯的灯火、银杏和洋人，酒吧我们没有进去，我们都不喜欢喝酒，不喜欢吵闹。

"自古以来，就有埋头苦干的人，有拼命硬干的人，有为民请命的人，有舍身求法的人……"这片土地上，从来不缺少鲁迅所说的这些人，只是这些人少，他们像孤岛一样，距离遥远，各自承受或者享受着自己的孤独。我觉得我就是那种拼命硬干的人，我干的是诗歌，她也是那种埋头苦干的人，她干的是小说。其实我们都不是脊梁，也不想做脊梁，

只是觉得对，就去做了，觉得喜欢，就不惜付出很大的代价去做了。

平时很少联系，但会偷偷地关注彼此的消息，我们会通过阅读彼此的新作，获得慰藉和温暖。

在三里屯，我们说话很少，我们都习惯了孤独。

离别时，没有挽留，连客套都没有，我们都习惯了孤独。

拥　抱

灯　灯

诗探索10

作品卷

2018年　第2辑

我的母亲从不知道拥抱为何物
她没有教过我
和最亲的人张开双臂，说柔软的话
她只告诉我
要抬头，在人前，在人世……
她说，难过的时候，就望望天空
天空里什么都有——
到了晚年，我的母亲开始学习拥抱疾病，孤单，和老去的时光
开始
拥抱她的小孙子——
有一次我回去，看见她戴上老花镜
低头翻找她的药片——
那时，天边两朵云，一朵和另一朵
一朵将另一朵
拥入怀中
仿佛这么多年，我和母亲
相互欠下的拥抱。

作者的话

给母亲写过很多诗，《拥抱》是其中的一首。和其他写给母亲的诗不同，《拥抱》所探索的，不只是亲情关系（母亲和我，及潜在的我和

孩子的关系），还包括中年和老年所面临的各种困境的探寻。

童年的经验，几乎构成了我对存在表达的主要来源和依据。当我也成为母亲，当我的孩子一天天长大，母亲一天天变老，当我一步步走到中年，我惊讶地发现：过去的母亲，就是现在的我，诗中的我——"我"不会和最亲的人张开双臂，说柔软的话；"我"只会在难过的时候，望望天空……也就是说，时光流转，但生命在以不同形式重复和轮回。与此同时，令我更惊讶又不得不接受的事实是，母亲现在晚年的样子，就是我后来的样子，也或者是所有人最终的样子："学习拥抱疾病，孤单，和老去的时光"。

《拥抱》一诗，读者可以轻易读出我的母亲形象：倔强，要强，不善表达（哪怕对最亲的人），同时，她的形象又是属于她那个特有的时代的，是充满命运特征的，当然，她也是希望的，自我慰藉的："天空里什么都有"。

在《拥抱》一诗中，与其说"拥抱"是个具象的动作，不如说"拥抱"是个意象，是一种对亲人的态度，对时光的态度，对生命的态度；与其说我的母亲不懂拥抱，不如说是我不懂拥抱，当我和母亲，如今分别站在岁月的相邻阶段：中年和老年，我想，面对存在，我是审视的，愧疚的，愿望表达的，而我需要学习的还很多，包括理解，包括原谅。当然，也包括"拥抱"。

怅然书

张二棍

世间辽阔。可你我再也
无法相遇了。除非你
千里迢迢来找我。除非
你还有，来看我的愿望
除非飞翔的时候，你记起我

可你那么小，就受伤了。我喂过你小米和水
我摸过你的翅膀，洒下一撮白药

你飞走的那天，我还蒙在鼓里
我永远打听不到，一只啄木鸟的
地址。可我知道，每一只啄木鸟
都和我一样，患有偏头痛
为了遇见你，我一次次在林深处走
用长喙般的指头，叩击过所有树木
并把最响的那棵，认成悬壶的郎中

作者的话

我始终固执地相信，对于写作者而言，视角即命运。一个诗人关注什么或者写下什么，并不是自我的抉择，而是他希望拥有的生活，他曾经的童年记忆，他正在遭遇的境况，他的日常的幸福感，他被感动的源头，他念念不忘的瞬间……这一系列感受，促使一个写作者，不得不形成一种独立的甚至牢固的风格。

也就是说，诗歌从来没有空穴来风，没有无根之水。每一首作品，必是一个作者某一个时刻对某事的殉情，或者对逝去的那个时刻的追悼。如果我们积极一点，明媚一点，那么，也可以说成对已然过去的一切的挽留，抢救。

在《怅然书》一诗中，我试图贯穿我个人对生命或者对生活的理解。我试图在细微中，捋清出我与一只鸟的代沟，我试图在一只鸟的身上寻找到我自己的影子。但是可惜，我的无能为力又一次伤害了我。当"我"作为恩人出现的时候，我已经把人类的世俗功利强加给一只啄木鸟。我有整个人类的臭毛病，罔顾、狭隘、患得患失……这首诗，又一次证明了我永远也抵不上啄木鸟，更抵不上那一棵"悬壶的郎中"般的树。我所有的怅然，仍然是我个体的怅然，仍然带着一个人的原罪。

就诗歌而言，这首诗有很多不足之处。我希望自己能够用最轻松甚至最挑衅的语言，去完成一种最深沉的"诗歌精神"。而我理解的"诗歌精神"，就是在日常的柔弱中，寻找到坚硬的真理。

我会努力。

蒋鸟家的梅花鹿

康 雪

1

"夜风一吹，我到你的距离
是阴转小雨。"
蒋鸟不会和我说情话。就连情诗
也不沾一个爱字。但我有时候
也会甜蜜得
发慌。流泪。长犄角。我总想着下一个月
该有一年那么长
这样离永远，可能靠谱点

2

这是我搬到 21 楼后，看见的
第一场雨
在阳台上拍了照片，风大得很
要是换作别人，定被吹走了
这让我突然恐惧
有天蒋鸟会像只风筝。被挂在树上

3

蒋鸟说师傅的妻子出车祸死了
那么好端端的一个人，说没就没了
这要如何安慰

我说不出话，只看着死去的女人
隔着丈夫。丧妻的男人隔着蒋鸟
蒋鸟隔着我

我离悲伤太远了。可是一想到生死
只隔着，这落叶般的说与听
我就抓紧了蒋乌的手

作者的话

"夜风一吹，我到你的距离，是阴转小雨。"这是蒋乌写在《致爱情》组诗里的一句。《致爱情》就是写给我的，在我们分开时，已经写到了几百首？我忘记了。

以前别人总跟我说，诗人和诗人在一起是不合适的。这里的"在一起"大概是指结婚。如果只要恋爱多好啊，那时恋爱多好啊。2013年夏天，我大学毕业，和朋友租住在某栋房子的21楼，蒋乌常常来看我，我们坐在阳台上，一边吹夜风，一边吃西瓜——我们从来不聊起诗歌，但离诗歌又那样近，我们好像有很多感情，可以慢慢隐藏或者表达。

蒋乌很瘦，风大的时候，确实是怕一阵风就把他卷走的。他大多时候都像个孩子，或者我们在一起时，都变成了孩子，纯粹、干净、天真。第一次一起面对沉重的事，就是他师傅的妻子出车祸死了。死亡，有时说出来多么轻描淡写啊，而一旦加入一点自己的想象或者爱时，就变得那么可畏。

有爱就有苦。后来我们分开了。这组四年前的诗再读起来，我却仍然感到甜蜜。那些年轻的慌张和担忧，那些说不上多么深情却自然质朴的片段仍让我走神。无论如何，能爱多好啊，永远年轻永远恋爱多好啊。

"那么小的月亮，却是怎样的无所不能。""天空一无所有，为何给我安慰。"月亮给里尔克安慰，天空给海子安慰。说到底，还是诗歌给了我们所有人安慰。

汉诗新作

新诗六家

回　忆（组诗）

马　累

诗探索10　作品卷　2018年　第2辑

安　静

终于安静下来了，当我们
借着灵魂痛楚后的一道微光，
穿越缓慢的夜。多少个
这样的夜晚，我们行走在
一条流转的路上，我们触摸词语中
隐含的美丽与哀愁，仿佛
就要触摸到生活了……

那一夜，星星落满尘间，
传递着安静的消息；
那一夜，我们的妻子在月下
等待，我们的女儿已经安睡；
那一夜，我们为陌生的
街点亮灯盏，为远方
祈祷，为了一缕淡淡的炊烟。

回　忆

我知道回忆意味着衰老，
——当一个人停下来，这个人
回忆他孤独、安静的童年，
像一张发黄的相片漂在水上。
他记起两棵大树、一个池塘、
冗长的午休和蝉鸣，
他记起母亲纳鞋底的声音，
这么多年了，在狭窄的胡同里
一直都没有停歇。
那母亲也衰老了，
只能被慢慢地回忆，
反复地、经久地回忆。

词　语

屋檐下锈蚀的犁铧，庄稼地里
来不及铲锄的野草，冰雹打落的菜叶，
在深深的夜里，简单、忠实、
专心的睡眠和叹息，静静的
轮回、缓慢跃转的镜子——
我看不透这夜幕的深重，因为
我们是聒噪的。

春　夜

暗暗的地气从四下里升起，
初春的夜，虫子们开始复活，
仿佛天上依次闪现的星星。
我触摸这些恒久的光影和叫声：
每件事情都有它不一样的天堂，
就像墙角的草，已经反复地

生长了许多年。我珍惜
这样的夜晚，在春天，淡淡的
夜里，我想做一株细小的石竹花，
一个心中没有怨恨的人。

清　晨

清晨，歇了一夜的牲畜走出圈门，
透明的虫子在微湿的草丛里爬。
老屋边的池塘里，头一批
从南方飞回来的燕子翻转着
轻灵的翅膀，并从水面上
印出乳白色的胸脯和苍黑的脊背。
整个世界默无声息，仿佛它们
来自过去和未来的同一时间，嘴里
衔着温润初春的尘埃。

二十七年这样过去了，我
丧失了多少细微的感动？
昨天，我理解了生活的罪愆，
现在，青春的身体已衰老了一半。

安　静

我回忆起自己从童年的树林
走过的样子，这么多年了，
我依然会纤悉无遗的梦见
那时的时光，梦见一个平原，
布满了流水和像黎明一样
安静的词语。这么多年了，
那林间小路上晦暗的灰尘，
睡梦中相依的夫妇，深夜里
回家的母子，带罪的肉体

诗探索10　作品卷　2018年　第2辑

在人世里行走，我的骨骼里
多少次落满了童年月亮的清辉。

秋天之诗

因为从前，当我还是
一个孩子的时候，我就
喜欢凝视那大地上的神，
深深夜空中的神，我能够
感到和他们在一起，和
那被眷佑的干净的力量。

因为我知道，一个人能够
献身他热爱的事物——
谁的内心没有凄苦的大地，
谁就不能阅尽大地的凄苦。
能寄托内心的，那岁月的长河，
说出了爱，就像说出了
神的抚摸。

因为我看见，十月的平原，
一层薄薄的晚幕，多么清净，
连亡灵都选择这样的地方坠落，
那些寂寞的浮尘，它们选择
安静的心灵，安静的生活。

夜　幕

在夜幕下的河边，
深色的河水轻轻拍打着
岸边废弃已久的船只，
村庄里苍白的灯亮起来，
照着我热爱的一些生活的片断，

一些沙子和尘埃，
像我灵魂深处珍爱的那些方言，
总有一些时候，
一想起那些傍晚里归来的人们，
一想起他们疲惫但干净的眼神，
我就会流下清热的泪水。
在无尽的岁月里，
我纪念那些细小、卑微的
人和事物，在我的诗歌里，
他们就是我想象中的神
和无处不在的时间。

一个暮秋的下午

一个暮秋的下午，
我走在寂静的乡村墓园里，
我读着那些简陋的石碑上的名字，
而地上的野草正在疯长，
仿佛能够唤醒沉睡于此的人们。

我应该是一个多愁善感的人吧，
在这片永生之地，我有着
仿佛是故乡一样的疼痛
和三两只啃食着青草的羊的温顺。

我告诫自己，要亲近这些
简单的场景，即使一朵花，
会在夕阳里枯萎，一个孤单的生命，
只要心藏着大地，和大地深处的
安静，他的心就是干净的。

在乡村

当我在这干净的岁月中行走，
当我怀旧，遇到了逝去多年的亲人，
我呼吸着乡村的新鲜空气，
我是否碰疼了大野的黄昏，
碰疼了那些缄默的灵魂？

我看着大地，它静静地
涂抹着岁月的真相，
多少年生死契阔，
那万物的荣辱让我无限地
接近朴素的内心。

我需要大地，需要一个
恒定的宿命将我引领。
我愿意给你一个温暖的乡村，
充满了干净的爱、遍地宁静的时光。

乡 下

十月一日我回到
乡下看望父母，傍晚
胡同里遇到久违的乡亲们，
他们依然保持着我童年
记忆中的恬淡，
像月下田野里沉默的
玉米一样，
依然保持着天然的尊严。

这是多少年过去了，
时间在不停地摧毁我，
摧毁我温暖的理想，
直到那天在月下看见你们。

是的，乡亲们，
看见你们我忽然苛刻地想，
我想要你们每个人
都有一颗温暖的心，
都能在一个温良的世上活着，
像村边溪流中的卵石一样，
保持着彼此间纯真的本质。

所以，你们不要指责我
过于俗气的幸福，
因为那天晚上的月光，
我再一次理解了大地。

北　方

小时候，我和弟弟
经常爬到屋顶上，眺望
远处的田野。当我们累了，
夕阳就会从我们背后升起来。
我看见平原的尽头慢慢
出现的巨大光束，
像祖父晚年的目光，
穿过寂静的林子。
我看见那些光散开以后，
流淌在大地上，
我们浑身彤红，像两块石头。
我多么庆幸能够在
血液一样的红色中待上那么长时间，
直到月亮升起来，蟋蟀
叫成一片。
我不是一只蟋蟀，
但我听见它叫出了人世之美。

诗探索10　作品卷　2018年　第2辑

三　月

三月的河边，我在
等待一只燕子。

千疮百孔的大地，我在
等待一个真理。

真理就是
一只燕子衔来的爱和理智。
就是让大地恢复原样。
就是让童年的蝉声再次响起。
就是让世界上所有的战火熄灭，
但点亮另一盏灯，
在那小小的、朦胧的光晕里，
看安静的母亲为我们
缝制纯棉的衣裳。

我身后寂寞的农田，
我面前耀眼的都市，
我心里汹涌的泪水。

在人间

那应该是去年冬天的一个傍晚，
我和女儿来到乡下父母家，
我记得那个夜晚晴朗、寒冷，
虽然风雪吹断了村里的电线，
但借着满天的星斗，我们依然
能够看到村庄里透出的点点烛火。
我们就站在村北的土山上，
呼吸着清醇的空气，看着
黑暗里的村庄，直到

风吹麻了我们的脸颊。
那些微弱的光像从天上掉下来的
星星，更像是我们曾经思念的
一些人的眼睛，我们相互看着。
我对女儿说，那就是人间。

作者简介

马累，原名张东，1973 年 4 月出生于鲁中平原上一个叫楼一的小村庄。曾参加第 27 届"青春诗会"。出版诗集《纸上的安静》《在人间》等。主要作品有《鲁中平原》《一个理想主义者的大地》等。

风荷诗八首

风　荷

暖　阳

正午的阳光真好
透过玻璃窗照进来，照着白瓷墙和马赛克地面

我感觉身后的空气在晃动
好像是遥远的春天的风，风的声音在晃动，微笑在晃动

这中间，像是一只骄傲的白鹭打开了自己
轻松地嬉戏着三月的湖水

我们闲谈，阳光披挂在身上
周围的一切安详如梦，一幅温暖的水彩

抬头，整个屋顶是圆形的
我们像在母亲的子宫，只有爱，没有一丝一毫的伤害

无 题

有时候你觉得自己是一股清泉
不屑流进乌鸦的队伍

但更多的时候，你也觉得自己是混沌一团
需要白雪擦拭

这宇宙浩瀚，你小小的一粒身子
想要保持和天地一样的颜色，或者陪衬也好

这小小的心衍生出无数条路
无数条河流，你愿意是柔软的，明亮的

从记忆的国度出来，迈入新的风里
你希望山河少些摇晃，低头是盛开的雏菊，抬头是向日葵

初冬的清晨

有雾，有嘈杂之声，有河水在远处流逝
站在窗前，你的脑海里，迤逦而来，春天的云朵，繁花
夏日吹过屋顶的风，江面上的影子
和秋天树上的一只落寞之橙
哦，多像自己

然后——
你安静地想一个人
一个人慢慢地变成你身上幽暗而又明亮的部分
变成你的肌肤，你的呼吸
你的心跳，你的眼神

无处不是啊，你悄悄地喊一声伊的乳名
你听见轻轻的
应答之声，在初冬的有雾的清晨

但很快，雾散了，梦醒了

纪念日

跟着风，从大树底下
启程。途经雏菊，泥流，歌声，峭壁
像两只蚂蚁，忘却人间烟火

他在花朵和果实里
捡拾了一粒莲子，而她用泪水拍遍阑干
才看见他盈盈的笑，在远远的星空下

带着小小的飞翔，爱的气流
干净，清澈。温暖芙蓉，檐角月亮
和雨水深处忧郁的故国

他是她的佛陀，抚慰她身体里忧伤的煤
她是他的河西镇，落魄的灵魂
曾一次次在深夜抵达。但很多时候

她怀疑，两只蚂蚁之间还有没有爱了
为什么当风替她说出想念
爱如流水已逝去了大半。可她喜欢上这样啊

喜欢把爱解散，只留下
小剂量的担忧

小雪节气

无雪，但有雨
有绿萝发黄的叶子映入眼帘
有些微的疼，种在身体里拔不出来

镜子里的人，刚去看了牙医
回来，目光里又增添了一丝紧张和慌乱
又多了一分与世的抗争

诗探索10　作品卷　2018年　第2辑

总是这样，命运不断地破碎
须要不断地缝补
那场落在童年的大雪已成为珍贵的回忆

在处方签的背面写字，也读诗
唯有如雪的字是解药
也可以来暖身，带了另一个人的体温

而那个人呢，或者对面正走来一场小雪
或者如你，和身体里的痛拔河
也不得而知

火　焰

你远远地观望
那硕大，那熊熊红光中夹带了黄

幽暗之花打开，在黑夜的海边
它翻卷自己，吞噬自己，消灭自己

剩下冷，剩下灰烬，剩下遗言
哦，它被放纵的一刻
才叫烈火

像你心头的，被抛得高高的欲死欲仙
像时间默片里的，一朵魂

由上帝的嘴巴，轻巧地
吐出……又收回

雨　水

走在早春二月的路上
两边的田野带着冬的荒凉
欣喜的是，雨水开始写诗，以它细腻之心
不写干瘪的果子
也不写最后的西风

雨水，在我头顶写下：千万匹驰骋的骏马
写下一个人在远方的念想
生活将在明天，告诉我
繁花嫩叶中间的遇见，告诉我
绕经小楼的细水长流，和一再拥紧的恬淡

走在二月的路上，脚步向着春天
我想成为那个遥远的人
站在寂静的屋檐下，翘盼：一江水暖，一树花开
和拨开冬的荒凉，从雨水里
走来的一张笑靥

二　月

微弱的暖，从寒流里
挣扎出来。河西镇，冬天以疤痕的形式愈合
发芽的雨水，越过冷风的视线

钟声翻新，月亮生动起来，柳丝借它擦亮年龄
你卸下眉间的冷，看河边隐秘的水
有了新的起伏

玉兰把花绣在朽木上
安眠的一切，正在雪的边缘复活
你将与眼睛看到的事物一起栖居或旅行

像果实爱它的花朵，像落叶致敬曾经的青枝
早春的雾气弥漫二月
愿你的想象不被你的衰老打败

诗探索 10　作品卷　2018年　第 2 辑

作者简介

风荷，原名何桂英，浙江省作家协会会员。列入"首批浙江省青年作家人才库"。出版《临水照花》《城里的月光》《恣意》等诗文集，作品发表于各级各类刊物，并入选多种年度选本。多次在诗文大赛中获奖。现居浙江余姚。

都是朴素、都是善良的（组诗）

慕　白

飞云渡

一轮巨大的夕阳，像丧钟
悬挂在天边，飞云江，水声激激
水流辗转反侧，在飞云，我的父亲死了
我的母亲住在医院，飞云渡呀飞云渡
牛羊，炊烟，村庄，岁月和爱
多少美好的事物无法摆渡
一首宿命的哀歌，飞云渡，飞云渡

悼　词

妈妈，和尚和道士都在为您做法事
和尚和道士都在说好听话
为您招魂，超度，希望您此去西天
脱离苦海，早登极乐
妈妈，只有我，您儿子心里默默念着：
人间再苦，你在就是天堂！

一起看大海

我们去看海
大海在我们的眼睛之间
一会儿寂静，一会儿喧嚣

我们还一起在山里看过星星
星空也像大海
星星闪烁、幽深
一会儿寂静，一会儿喧嚣
只有一颗划向天际

海水深邃，我不能领悟
一切如时间本身

沙柳河

午夜，三宝拿来一瓶青稞酒
说，我们义结金兰
从此是兄弟了

你是弟弟，我是哥
我先敬你三杯

三宝是藏族汉子，刚察人
看着他喝酒，我想起了古老的河流
那些灵魂没有被污染的水

日月山

夕阳下，一群牛羊在坡上吃草
炊烟从帐篷里飘出，牧羊犬安静
土拨鼠圆头圆脑，逢人就打躬作揖

诗探索10　作品卷　2018年　第2辑

小河流，哼着纯净的歌，我看见
风不卑不亢，和落日一样不谙世事
在高原，日、月、山
都是朴素、都是善良的

又一年

昨天，你已经离开
星辰大海，一望无际

朝花也好，夕照也好
白云传信，每天都一样

苦而不言，喜而不语
阆宛书附鹤，诗人多薄命

山泉流水，无问东西
如是如来，跟着心走

明月似弯刀，如同困兽
我在镜中，蹉蹉跎跎又一年

山中溪涧

一条水道延伸
通向未来的彩虹或者雨
缱绻，雾会消失
星空如洗，树木葱翠

林间幽深，我住在这里
整个晚上都不出去
倾听流水，世界柔软
没有人会打扰到我们

峰峦耸峙，小道蜿蜒
我决心不再奔赴他乡
选择就地皈依，就此退隐
永远退隐，在这雨后的黄昏

月亮像是我忠贞的爱人
这里的国度蒹葭丰美
湿润的沼泽地芦花盛开
太美了，梦境般的溪村
小屋像孩子的画，摇曳在风中

彼此召唤，山高水长
夜莺的歌谣原始，欢愉地哼着
在这里，我放下尘世的所有
我抛弃我的江山
任凭风从木质的窗格子偷窥
觇觎我的社稷

与芷父夜游长江兼致屈原书

三闾大夫，我喜欢喝酒，但酒量越来越差
"情多最恨花无语"，不是哭了，就是醉了
四十多年来，我连自己都喝不过

大夫，我依然在小县城当公务员
文成古属越国，现归温州市
还在中国。但我的父母双亡，我的荷包羞涩
我很少会失眠，偶尔才忧国忧民
"去终古之所居"，溪山颓废
空中有霾，包山底的小溪不见了
飞云江新修了水库，人是物非
我的灵魂受污，不知何处可以涤荡

诗探索10　作品卷　2018年　第2辑

你千古忠贞千古仰，一生清醒一生忧
我也爱祖国，爱家乡，爱自己，爱香草美人
大江流日夜，你投江后，两千年来
宗祠三迁，你始魂有居所
年年端午节，我们赛龙舟，挂香囊
吃粽子和咸鸭蛋，写诗，祭奠亡灵
可大米转基因，鸭蛋有苏丹红。抱残守阙
我真的不敢投水自尽，怕水里有毒呀
艾叶，菖蒲这些美的兰草都被挂在市场
并标价出售，过着颠沛流离的一生

醉生就梦死，活着真是意外
无边人世，故乡日远，今夜游长江
很山夷水，一个闲人在他乡
我想草草打发一生，奈何浮名浮利
虚苦劳神，我在一壶酒中
用诗歌与这残山剩水交欢，蝇营狗苟
有酒学仙，无酒学佛，空江自流
我问苍天，今夜水归何处，人生碌碌
生活勾兑一万吨长江水，人情反复
几度沉浮，我已不敢诗酒猖狂，青山依旧在
不管有花无花，我都不再愤世嫉俗
市声如潮，我臣服在钢筋水泥中
随大波逐小流，我不爱江山
我只爱美人，"一醉不知三日事"
就像我写下的诗，总是南辕北辙
词不达意，我曾经目睹过许多事物的真相
但我不敢说出来，我就是我自己的佞臣
我喉咙的葛洲坝，挡住滚滚长江东逝水
我在纸上流放，我无力为自己招魂

2018 年的我

我见山说山
见水说水
狗年也只做人

我不会见风就说雨
我喜欢阳春白雪
喜欢风花也爱雪月

黑是黑，白是白
冰冻三尺非一日之寒

世上还有冰霜，还有贫寒之苦
冰雪融化后，锦上添花当然是好
更多需要的是雪中送炭

雪虐风饕亦自如
我知道粉饰只是一时
植物都能凌霜傲雪，澡雪精神
雪教会我做人的尊严

我的履历

王倪论道，智达宇际
我姓王，名国侧
又叫慕白
活下去
没有人强迫我
都是自愿的

王诩，通天彻地
鬼谷神算
族谱记载我源出山西

诗探索 10　作品卷　2018 年　第 2 辑

始祖王子晋
王维、王之涣、王昌龄
河东王氏
与我同宗共祖

纵横捭阖
我的祖上一直在迁播
有几次回家
卧冰跃鲤；朝阙飞凫
路过魏晋
山东又河南
福建再浙江

永康南渡后
家传乌巷；古继青箱
黄河之水
落在冬天结成冰
太原在西，浙江在东
春秋是一场梦
剩下的就是战国

隋唐走的是路
看的是风景
每个人都是过客
昭君出塞了
王氏开闽，五代十国
河南固始王审知

阳明学术；逸少风流
重阳一出，释道儒合一
悲欢离合《西厢记》，从今往后
赣浙苏皖川、鲁豫晋冀陕
普天之下，莫非王土
海南、新疆处处都是家

三槐世泽，两晋家声

有人爱鹅，秋水落霞惊四座

永嘉鸥滨，学冠一时，四海师模

山在心里，水在眼中

乐在其中，列祖列宗

工农商学兵、东西南北中

普天之下，都是王家

维桑与梓，必恭敬之

作者简介

慕白，原名王国侧，浙江文成人。中国作协会员。首都师范大学
2014 年度驻校诗人。有作品在《诗刊》《人民文学》《十月》《中国作家》
《新华文摘》等报刊上发表。诗歌多次入选《中国年度诗歌》《中国诗
歌精选》等年选。曾参加诗刊社第 26 届"青春诗会"，鲁迅文学院第
31 届中青年作家高研班。曾获《十月》诗歌奖、红高粱诗歌奖、华文
青年诗人奖、李白诗歌奖等。著有诗集《有谁是你》《在路上》《行者》。

诗十二首

宋艳梅

一棵树

春天开花的樱树死了
那些树下打牌，带孩子，摘菜的人
依旧在树下打牌，带孩子，摘菜

一棵死了的树，慢慢凋零
不像人死了
急于入土为安

满枝头的叶子，由青绿
成了锈红、褐黄
风来了它唱，雨来了它哭

草　原

牛群奔向远处的栅栏
地平线上的余晖细成发丝

大地上流散的浓墨
像兽群出没，四处推进

被落下的母牛岔开后肢
安静地让小牛犊吮吸着乳汁

暮色中的草原，重新获得
神的恩赐，亮了起来

雨中羊群

雨猛地扑向微微亮着的大地
沟坡上的羊群
被鞭子撵上窄窄的田埂

夹杂一阵骚乱
咩咩叫声群汇成一根
长长的白线条

放羊人跟在后面
湿透的红衣裳鲜亮
雨太大
她和羊都眯上了眼睛

两只麻雀

四爪相扣的两麻雀
空中没头没脸地啄着对方
这是气温逐渐回暖
枝上开了零星花朵的上午

如果我不是用水管冲洗
百叶帘上一冬天滞留的灰尘
就看不到它们打斗之后
并排在樱桃树上整理羽毛
长一声短一声地和解

我惯常见的画面——
丈夫摔门而出，妻子独自伤心

都那么穷

村子到集市
隔条能听到对岸说话的小河
大人们结队去卖红薯白菜
孩子们隔河相望
迎风舔干裂的嘴唇，跺冻僵的小脚

允诺的彼岸糖果
和花衣裳
从未跨过河流眷顾他们

一逢集
坝上又站满两眼堆着期待
迎风舔干裂嘴唇的孩子

让承诺一次次落空的父母
也不觉得欠孩子什么
他们都那么穷

诗探索10　作品卷　2018年　第2辑

孤 舟

倒映水中的灯火、屋舍
终于在一纸合同上
轰然倒塌

一个村庄消失，一片景观突起
我们依旧沿岸散步
谈变迁不言好坏

那只找不到去所的木船
常推醒河水，拉着风
讲些东倒西歪的往事

打电话的男人

他踱着小步
保持在路灯打出的光晕中
一只手上下比画，搅动着甜蜜的空气
我猜想对方是个美好的女子
他神情欢喜。小鸟跳上眉梢，嘴角扬起涟漪
风把一个脏破的塑料袋吹来翻去
他轻轻地踩住，不让它打扰刚刚抵达的春天

清 明

需要祭奠的亡灵越来越多
外婆、爷爷、奶奶、婆婆
想起他们就想起秋天的落叶
秋风催得紧啊
都是两手攥空地走了

雨，擦洗着天空的哀愁

诗行里的断魂人仍在寻找杏花村
我们把纸钱烧成灰烬
再给坟头杂草除掉，添土
将他们安眠的地方往春天里抬高

野草很快重新爬上坟茔
像他们活着的时候
不轻易换上的新衣

发芽的土豆

那时它像一块土坷垃，丑得一无是处
后来发芽、绽叶
比春天醒来的花草长得都好
女儿给它浇水，做小栅栏，晒太阳
像个小妈妈照顾一个更小的妈妈
女儿说——
盆子太小
开花了，它会领着一窝小土豆挤爆秋天

呼　唤

落日带走西天最后一片光亮
野猫跳上假山
雏鸟未归
我能听出树上鸟啼的焦虑

那年，母亲田里回来
村子翻了几遍
不见我和七岁的哥哥

她站在高高的土戏台上
黄昏所有的耳朵
都跑进了她滚烫的声音

诗探索10　作品卷　2018年　第2辑

我们摇着茅草花
带着叮在身上的苍耳
摸出河湾的小树林

母亲一下瘫在地上
喝了半瓢凉水

林中小教堂

叶子落尽
风雨剥蚀的陈旧，低矮
慢慢呈现出来

四周楼宇不停地拔起，逼近
祈祷的人群
举着苦难的十字架

婆婆曾是这虔诚的教徒
去世后
里面传出的赞美诗

与我在上海沪西礼拜堂
听到的一样——
想伏在上帝的怀里，哭

央吉说

满屋子青稞
央吉说，吃不完也不卖
留着大雪天喂下山的牦牛

偏僻的小窗不能关
央吉说
那是老鼠进得来出得去的道

发的工资搁在枕头下
央吉说，攒够了
带村里看了一辈子大山的老人去看大海

看到讨要钱物的孩子
央吉说，请不要随便施舍
想有吃不完的糌粑就自己去种青稞

内地的朋友敲了我家的门
央吉说，酥油茶
暖和的被子都是免费的

作者简介

宋艳梅，女。2013年开始习诗。安徽省作协会员。作品散发于《星星》《诗潮》《阳光》《中国诗歌》《中国诗人》《中国新诗》《中国文学》《安徽文学》《天津文学》《山东文学》《作家天地》等刊物。

这个人间，比我预想的更漫长（组诗）

侯明辉

秋天颂

这个秋天，是如此的美丽
漫山遍野奔跑的庄稼、树木和我
是如此的忧伤和多情

沉醉于辽阔、风和金色的山岗
如一枚熟透的果实

诗探索10 作品卷 2018年 第2辑

如你所愿，这个秋天越来越透明了
我甚至看到了，你羞涩的叶片和颗粒中
啪啪作响的呼吸和心跳

在这巨大的秋天面前
我是那么的渺小，渺小到可以忽略不计
但我仍爱上了你，那么的急促、深沉

一个人的中秋节

这无人心疼的秋风，无人怜爱的细雨
是多么的孤独
这空荡荡的月亮，老房子里的灰尘
是多么的荒凉

把万里中秋的枯叶和霜，养在怀里
多像把一杯老酒养在愁肠里
冷清、寂静和无人应答的空
对我来说，是绕不开的思念和暗伤

夜色老了，月亮也老了
老了的月亮，像极了我远在天堂里的爹娘
放下酒杯，世界是那么的陌生
灯火闪烁，是我无法预知的宿命和远方

等一个人

天边的风，该怎么吹就怎么吹吧
眼前的稻田，该怎么黄就怎么黄吧
这个秋天，更适合我的失眠和等待

等待一个人，多像在等一朵云、一只鸟
漫不经心的散步或驻足
落日和暮色，都不紧不慢地跟在我的后面

不停地和自己表白，不停地抱紧自己
说些肉麻的情话和假话
面对这个秋天，我有太多的不安和担心

与稻田、河流、隧道，依次拥抱或告别
秋天越来越小、秋色越来越淡
我总是走得那么的匆忙、那么的急

抽　屉

放在最上面的，应该是我
每天必须戴在脸上的面具、媚笑和虚伪
紧挨着它的，是我的算计、讨好和见风使舵

再往下翻翻，可能有我
多年前遗失的一些书信、纯真和旧车票
有乡下吹过来的絮叨和夜风

再往下，是难以启齿的卑微、泪珠和憋屈
还有言不由衷的狡诈和无耻
至于其他的物品，我已记不住他们姓名

一次次抽出来，又一次次推回去
多像把我的伤口，一次次撕开又一次次缝上
又多像把这白昼、黑夜，炒过来

在人间

窄小与陈旧，斑驳与喧嚣
气喘吁吁的人间，一切还是老样子
我若一件法器，已被尘封多年

河流斜躺在大地上，我斜躺在河流上
世界是如此的安详
风侧过身来，生怕惊扰了我的梦

诗探索 10　作品卷　2018 年　第 2 辑

胆小，多疑，憋屈、不甘
秋风吹过了我五十岁的生日蜡烛
吹走了我体内，最后的饱满和忧伤

万物低声，星辰隐匿
远处的灌木和灯盏，是那么的安静
这个人间，比我预想的更广阔，更漫长

天命年

从五十岁起，眼睛里装下沙子
真心款待好冷言和恶语
让刀子的嘴，变成我豆腐一样的心

开始谨小慎微地捧着世界和光阴
把仇恨和爱，一起埋在酒杯里
并把它们都叫作：我的亲人

不与风争，不与雨斗
只种一亩秋风，半亩白云
对了，还要给自己种一树好心情

从五十岁起，和万物一起金盆洗手
情缘和宿怨，也归隐山林
我跟着自己的影子，成为自然的一部分

老去的邮筒

在唐家路的街角，一蹲就是一辈子
像乡下暮色中，蹲在水稻田间抽烟的父亲

还是多年前的样子，斑驳、衰老
连散发出来的气息，都是多年前的味道

高铁上打手机的人，读不懂一封家书的重量
见字如面，那样的潦草，那样的泪流满面

孤独地老着，无靠地老着
若苦泅的我，面对这个世界，总是无能为力

今夜，又降温了，天气还在骤降
让我把乡下的饭香、灶火，披在你消瘦的肩上

深秋帖

天，一点点地凉；山，一点点地黄
河水慈悲，落叶决绝
我比这个深秋，更早一天抵达了忧伤

远方继续模糊，街巷略感荒凉
一场不约而至的雨
让我在越来越深的夜里，越陷越深

光秃秃的枝干，空旷的天空
连一只麻雀的飞过，都显得那么突兀
一颗煎熬的心，是如此的远、如此的近

一场风，追赶着另一场风
一场凉，覆盖着另一场凉
一碗热汤，在等待着一张灰头土脸的眼眶

好消息

这落伍了的台式电话，用途越来越小了
似乎只有娘，喜欢用它
偶尔也会有几声鸡鸣和炊烟，传过来

世界气喘吁吁，时间一路狂奔
急着赶路的高铁、夜风，和我一样
在越来越远的城市里，拼命孤行

手机、E-mail、航班、目的地
让我忘记了，人间还有惦念、还有疼
还有年迈的故乡，日益衰老的亲人

夜里，桌上的电话传来了娘的声音：
"今年家里的收成挺好，你大姨的风湿病也好转了
你二姨也搬进了乡里给盖的新房子……"

作者简介

侯明辉，辽宁省作家协会会员。在《诗刊》《诗选刊》《星星》《绿风》《诗林》《诗潮》《扬子江诗刊》《草堂诗刊》等期刊多次发表诗歌作品。出版诗集《七人合唱团》。有作品入选《2010 年中国诗歌年选》《2016 年中国诗歌年选》（花城版）等年度选本。曾荣获山东"龙口杯"全国诗歌大赛一等奖、广东省作协环保诗歌大赛银奖等奖项。

诗六首

王新军

想起一个忧伤的下午

想起一个忧伤的下午，不是因为
想起了一个令我忧伤的人，也不是因为
想起了这个下午里一件让我忧伤的事
我仅仅只是想起了一个下午，一个忧伤的
下午。简单。纯粹。没有任何的渲染

连一朵云的装饰也没有
我不知道，那究竟是一个怎样的下午
使我一想到它就感到忧伤，那个
下午究竟蕴藏着怎样的忧伤，可以
使我忧伤整整一个下午。那个下午
我的心空空荡荡，什么也不想
什么也不做，仅仅只是忧伤
静静地忧伤，毫无目的
以至于我一想到那个下午
就想到忧伤

秋　赋

谷穗饱满，秋水粼粼
牛羊反刍在阳光成熟的季节
枯叶和残花，都蕴含着
春天的模样。风吹过来
有游不动的鱼儿在云朵
经幡烈烈，一只落伍的红嘴鸟
站在巨大的苍茫里，怀念
旧时光

冬日即景

云朵藏在寂静深处
牛群正在反刍昨日的阳光
大片的枯萎，在一片雪花里
出落成盛大的白。风和风
势不两立。一枚鸟鸣突兀地
站在河岸上，显得多么孤独
炊烟私奔到云端，身影像极了
一个人凌乱的乡愁

诗探索10　作品卷　2018年　第2辑

空空荡荡的夜晚

落日，这个比枯草还
没落的王朝，在几只倦鸟
稀疏的叹息声里
陨落，几颗星星从
枯草尖上畏畏缩缩地
升起，像极了我们摇摇晃晃的
爱

被一声猫叫穿透的夜晚
风赶着风奔向月光的怀抱
夜色轻轻地，轻轻地
静下来，我的心也越来越
空空荡荡

落　日

一群倦鸟正把最后
一片晚霞搬回巢中
落日，一块比清风更为透明
的铜镜，正在一棵枯草尖
上摇摇欲坠，仿佛一声轻微的
叹息，就能让它坠毁

你站在那里，它像极了
你眉黛间掉落的那颗痣

西去向苍茫

晚霞裹挟着几只倦鸟
的叹息声，在畏畏缩缩的钟声上
摇摇欲坠，落日西垂

风把郑和的船队，轻轻地
吹到历史的背面，光亮把
张骞深深浅浅的脚印，带到
东方的反向，西去的
还有三藏法师虔诚的意念
或者，还有更为辽阔的苍茫
这苍茫，像我脚下歪歪斜斜
的路，又像一首词无人
认领的上阕，至于下阕
却又无处找寻

作者简介

王新军，汉族，1993 年出生于藏乡天祝。作品散见于《诗探索》《飞天》《散文诗》《中国诗影响》等近百家报刊、媒体。入过选本，编过文集，获过奖。现居甘肃天祝，从事辅警工作。

短诗一束

牵羊的女人（外一首）

夕 夏

在拉萨街头，房屋把落日揉碎
有光的一切都在反光
寺院、岩石、路牌……
一个牵山羊的女人从落日中走来

我们在街角相遇，我不敢再走

诗探索 10 作品卷 2018 年 第 2 辑

她和羊风尘仆仆，不知走了多少山水
羊不安分，警惕地躲避人群

她笑，示意我先走
经过时，我在羊的眼神中看到了千千万万的自己
让人停顿的，总是这些微小的事物

第二天，我在大昭寺拍照
遇见昨天牵羊的女人
她给修缮寺院的丈夫送来一只山羊
她爱丈夫，像这片土地的厚重

镜头朝下

我像高原沉默的羔羊
背着相机，跟随天葬人群的痕迹上山
他们缓慢地爬起、落下
天空寂静，忽然有雨

我打算停下避雨，遇见
拄着拐杖的老妇，面孔和手里的佛珠一样沉默
我问她：今天会有天葬吗？
她从容说：我家扎西，今天被天葬师超度

天葬开始，秃鹫悬在半空
肉体、灵魂同为食物
她看着丈夫的骨肉一寸寸分离……
和荒芜的天空融为一体

我并未拍照，镜头朝下
——一朵含苞欲放的格桑花

脚手架上的女人（外一首）

苏　龙

"拉——再拉——起，再左一点——好了——"
她站在脚手架上向一位男工友大声喊话

"只要爬上脚手架，我常常会把这里当作我家
工友，砖头，水泥，钢筋，铁锹仿佛
就是我的男人，儿子，牛羊，蔬菜，农具
而在夜里，当我孤零零一个人躺在工棚
那无边的黑像一群虫子，咬得我不能入睡"

当她说这些的时候，我感觉一群虫子
正在我身上悄无声息地咬着

这个叫孔改香的女人来自四川，今年四十七岁
已经三年零九个月没回过一次家

看不见的雪

哭声四起，瓷盆落地
细碎的烟灰，蝴蝶般落下又飘起

一个人的一生被一双手轻轻捧起
一个人的一生没有一张纸的厚度和距离

十二月。雪迟迟不肯下来，而它创造的世界
此刻，已站在窗外——

那个表情暗淡，神容憔悴的女人
身上被一层厚厚的雪花覆盖

诗探索10　作品卷　2018年　第2辑

这些谁都没有看见
包括那个小男孩

他手捧灵牌低着头走在人群最前面

一　天（外一首）

常桃柱

从清晨开始，鸟一直在叫
树叶旋转，开始它优美的舞蹈
远处，钓鱼人帽檐下有一双专注的眼神
河水缓慢地流淌

河水不止带给他一个人快乐
还有我。在他收拾渔具回家之前
感官完全被打开
他比所有人更理解生活

我盼着黄昏到来，做逍遥游的人

桃花村碑记

那年
受邀给桃花村老人写碑

徐老二，生辰无考。祖籍
无考。父母无考。养父徐小小

早丧。孝男三人
徐家寒，徐豆豆，徐安平
孝女五人

盼盼，春春，欢欢，秀秀，彩彩
皆为陌路收养，皆读书识字
皆成家立业。散居八县
皆按时奔丧。徐老二
八十四寿终正寝，遗产
石屋三间，麦地一亩
四十岁前讨饭用的
打狗棍一根，瓷碗一个
带着养儿养女栽种的
桃树三百二十棵

徐老二仙逝前一天
是晴天，满坡的桃树都开了花
喝多了酒的刘胖子
唢呐吹得很响

我喜欢这样简朴的生活（外一首）

纪开芹

在这里生活快二十年了
我越来越像老旧的家具
窗棂为我弹起多少回雨夜的旋律
麻雀活泼的身子
在金银花树间舞蹈
晨光淹没夜晚
我看着它在孩子身上
一点点明亮
我相信日色温暖
生命轮回
在我身边
一盆绿萝苍翠欲滴
似乎它永不疲倦
所有琐碎都是它青葱的理由

诗探索10　作品卷　2018年　第2辑

我们偶然相遇

遥远时光种下的野花
还在废墟上开着
西秦岭，西汉水，一直再往西
还会有什么
秦王朝已成古董
《诗经》里的蒹葭却一直活到今天
那伊人，那轻声的呼唤，溯流而上的焦灼
它们都在哪里
为什么一去不复还
我询问，不是因为疑惑
茫茫芦苇送走这些亲近的事物
它们和我一样
因为悲伤而白头

旧场院（外一首）

李继宗

拨开脚下的杂草，把照在墙角的那阳光，重新瞅一眼
已经是第几回了

拾起山梨树下的一把铁锹
连想象一下都没有，我就放回了原处
此时的荒地上，弥漫着草木灰浊重的气息

三五只散架的箩筐，七八只就要飞走的鸟
洋槐树上，花已经开过，才落下去
又升起来的，是苦蝉的叫声

我找着你的狗尾巴草
秦艽花，这里已经空出的房前屋后
都是它们的，你紧拥着我，从一阵热风到另一阵热风

叶落归根时

群山乱石间，榛子树的叶子飘向红桦树的叶子
起风的时候飘得快一些
无风的时候掉一两片，三四片

阳光照着一目了然的盘山水泥路
没有车辆
偶尔有一两个人经过

群山乱石间，流水环绕着流水的薄凉
鸡鸣人家十几户
灯下是做家庭作业的小学生，间或咬一口柿子

初　冬（外一首）

流　泉

山坳里
雨水收回诺言
猴头杜鹃开始了缓慢的孕育
一枚泛黄的青冈叶片
一道细小的脉络
与我越来越低的这个中年大抵相仿
……覆满苔藓的崖壁
两只蜥蜴，一只扶着另一只
它们经过的地方
落下水银痕迹，白晃晃的
一些光
笼罩着另一些光
这是枯水季的箬寮，翅膀都隐藏在翅膀中
不再说
——这里的水是会飞的

诗探索10　作品卷　2018年　第2辑

而我仍会像无数个春天的莅临一样，深陷箬篰峴的腹地
一边与木兰交谈
一边让巉岩下的水，轻轻地穿过
我的被岁月磨平的
脚掌——

情　书

"我颤抖着写这封信，
仿佛整个世界，都弥漫你的气息……"

城里最有文采的两个家伙
——老蒋，老郑
用了整整一夜，帮我完成了此生的
第一封情书

……信发出去好久
一直没有回音，直到很多年后
再次遇见江小琴——
"那年给你寄的信，收到了吗？"
她耸了耸肩，风轻云淡
——"瞧，那时候，多傻"

山冈上的教堂

沙　漠

白雾笼罩山冈
远远看过去：
山冈上的教堂
就像是浮在云端
出入教堂的人
都有着一副神的模样
当雾散去
一下子又跌回人间

我爱你的距离只有半米

王凤国

道路遥远，我爱你的距离只有半米
好像我一直站在你的面前，等待着
贴在你的心口，和你一同生死

想象是多么令人忧伤。我总是与爱纠缠
看着树上的一对鸟，我羡慕。我也想
让我沉默太久的歌喉，突然唱响

秋天，不该有凋落的感情。一棵树
叶子落了，最好有喜鹊安家
寂寞的我，应该会爱上一条喜讯

这个时刻，我渴望秋风捎来口信
告诉我你一切安好。我牵挂的姑娘
我的想象，应该像这里的栾树，让我产生错觉

诗探索10　作品卷　2018年　第2辑

其实，栾树上没有一朵花。那是果实
也是我深刻的疼痛。爱你终究比一河的雾气
虚幻。我与你依然天各一方

爱过你，这是我最好的也是最坏的记忆
大地上，到处都有恋爱的少男少女
相拥而过的一幕，让我想到你倚门而望的神情

一望无际的麦田有些风

张建明

阳光起了一层雾
我的眼有些痒
这些崭新的景象覆盖了旧时的景象
一切多么熟悉
那个女人的背影
背着的背篓里 一朵黄色的小花总像绝地逢生
总像在努力掩饰时光的伤口

我小声地喊了一声：奶奶
她的棉质的蓝布褂子 被光阴洗浆得越来越浅
她弯下的腰让风慌乱了一阵子
她把被风吹到前额的头发向耳后拢了拢

我的目光和拴在地头儿杨树下的山羊一同
温暖地望着她
她说：不要到处乱跑

朝阳街上（外一首）

王九城

民国元年 2 月 11 日
正午的阳光洒在
整条朝阳街上
从街道的北头
走来一个着西装
留短发的男人
他风平浪静，好像是
刚从大海里走来的
路边低矮的树木
在对他招手
经过他的人纷纷回头
偷偷地指指点点
他什么都不在乎
安静地走着自己的路
期间停下来
从小摊贩的手里
接过一束鲜花
捧在胸前。接着
他掏出一封信
送进了邮局的邮筒
他不知道这封信
从清朝寄往了民国
他不知道信封上的邮票
百年以后价值一间
朝阳街上的店铺
他一直往前走
消失在朝阳街南头的阳光里

诗探索 10　作品卷　2018 年　第 2 辑

修 剪

他们总是趁冬天来到
一大早开着车
拉着梯子、剪刀、铁锯
来到路旁
把梯子靠在树上
一级级攀上去
用剪刀、铁锯
去除一些底下的弱小的
被挤在一边的树枝
修剪完一棵他们又
移向下一棵
他们的目的是
留下那些高大的
向上的树枝
那些剪掉的树枝
被他们装上车
不知拉去了哪里

业拉山九十九道拐

孙万江

茫茫高原，云的雪豹。
九十九道拐是九十九节鞭，抽打险峻。
站立在山口。大风吹起业拉山，吹皱一道道山梁。

山在云中，路在脚下。
九十九道拐是九十九条冰封的天路上的河流。似舞动的绸带，
卷起山峦，卷起藏东。

惊。鸟飞绝，车难行。

艳。山上雪花开，山下桃花红。

一个叫嘎玛的村庄，像几亩青稞散种在高高的天际。

母 亲

梅一梵

屋里没有人
一本《圣经》没有合上
一碗中药冒着热气。我退出来
她的芦花鸡关在笼子里
她的斗篷花刚刚浇过水
她的狗正在舔骨头
她一定没有走远
起风了，洋槐花簌簌落下
我假装像小时候那样，坐在门墩上
等她扛着锄头，从地里回来

诗歌作品展示

诗探索10 作品卷 2018 年 第 2 辑

【编者按】

我们从漓江版和现代版 2017 年选中精选出了诗歌四十四首，分两次刊发在《诗探索》上，供大家阅读（年选中发在《诗探索》上的作品没再入选）。我们提倡诗歌作品与诗人的生命体验相关，与我们当下的生活相关，与社会文化相关；提倡诗歌语言准确，清晰，具体，有意味；提倡诗歌结构与构思的严谨性与独特性。入选的这些诗歌是具有这些品质的作品，希望得到读者的关注。

2017 中国年度诗歌选精选诗四十四首（之二）

我不忍去看秋天的火车

秀　枝

我不忍去看秋天的火车
它奔驰在五色缤纷的原野上
它每前进一步，都要炫目一次
都要空爱一次

它穿越一片片泣血的枫林
车轮掠起一团团落叶，慌乱地舞蹈
一声呼啸惊呆了田里的割稻人

它要作别：越来越高的天上的云朵
越来越瘦的地上的草木
越来越衰弱的奔赴的河流

它放下晨露、花朵、鸟鸣
放下丰盈、盛大、暖
它接近灰暗、空寂、苍茫、寒凉……

我不忍去看秋天的火车
轰隆隆的火车，瞬间而过的火车
它将等待的人遗弃在路旁
却带着孤单的孩子走向陌生的远方

（原载《作家》2017 年第 5 期）

中年赋

邰 筐

我身体里埋着曾祖父、祖父和大伯父。那些死去的亲人，
在我血液里再次复活，喋喋不休地，争论着无常和轮回。

我总是插不上话，作为身体的局外人，我倒更像个死人。
我的身体是一座孤寂的坟，常有时光的盗墓贼光顾。
这贼不贪财，只偷心。它偷过孔子的心，孟子的心，
老子的心。只有庄子的没偷成，庄子说："夫哀莫大于心死……"
说着说着，一颗心就开始燃烧，慢慢变成了一堆灰烬。
失败者的比喻总是令人愕然和陡生伤悲。中年如溃败之堤，
如演到中场就散了的戏。没了演员，没了观众，只剩下，
一套空空荡荡的戏袍，躯壳般，兀自朝星空甩着水袖。

（原载《诗民刊》2017 年第 6 期）

山 冈

林 莉

从祖父、祖母、大姑小姑们居住的
山冈上走过
父亲用手指了指对面的不单山
"日后，在那里
只要你们一回来，我都能看见"

这是春天的山冈
刚下过一场雨
我们低声说着将要到来的那一天
我们的声音滴着水
怎么这么快
我们就到了
要平静谈起身后事的年纪

放眼过去
漫山杜鹃湿漉漉地开着
它们，也像一群心里有灯的人
不用努力
亦是善良的
亦有一个好去处

怎么能这么快呢
新土刚刚挖开
我们的脚边
杜鹃花重叠着杜鹃花

（原载《中国诗歌》2017 年第 2 卷）

诗探索10 作品卷 2018 年 第 2 辑

照　耀

罗佳琳

为了屋子敞亮
我凿了一扇窗
为了屋子更敞亮
我又凿了一扇窗
为了屋子更敞亮
我又凿了许多窗
现在，除了承重墙
四周的墙壁已所剩无几
我知道我不能再凿了
生活不可能一片光亮
我必须接受柱子和墙壁带来的
必要的黑暗
否则，房子就会塌下来
那些阳光照耀不到的地方
就交给灯盏吧
那些灯盏照耀不到的地方
就交给蜡烛吧
那些蜡烛照耀不到的地方
就交给我们的眼睛
和心灵吧

（原载《鸭绿江》2017 年第 7 期）

不安之诗

武强华

晚上散步，隐约看见
对面走过来一个人。我猜想
他背着吉他或大提琴
一定是个艺术家

路口的灯光下，终于看清楚
这个穿着破旧工装的男子
背着一捆废旧的纸板
匆匆过马路去了

整晚我都有点莫名的不安。好像
那个人窘迫的生活与我有关
好像，我对这个世界无知的幻想
无意间伤害了那个人

（原载《诗刊》2017年第2月号下半月刊）

清晨的散步

赵亚东

我在天色渐渐变亮时，去飘荡河边
散步。我知道，比我更早到这里的是
一股凛冽的寒风，撕开东边的天幕
让我能够远远地看见村庄里
那些早起的人家，正在打扫院落
去城里的马车也刚刚上路，几个年幼的孩子
纷纷跳上去。叫了一夜的黄狗

诗探索10 作品卷 2018年 第2辑

此时变得温顺，在草垛的一角
凝望着一弯新月。我珍惜这样的时辰
也将在更明亮的一天，给我的儿子写信
但是我不知道我要写些什么
我无法描述这些贫寒的人们，是怎样
守护他们隐秘的快乐。我也无法说出
在刚刚过去的夜晚，是什么力量
让我从岁月的枷锁里挣脱

（原载《草堂》2017 年 4 月号）

夙　愿

祝立根

站在怒江边上，我一定羡慕过一只水鸟
贴着波涛的飞翔。
离开故乡我穿过了怒江
回到故乡，同样需要。
有过一次，在怒江的吊桥上我反复地
走去又走来，反复地
穿过怒江，迷恋着脚下的波涛和胸中
慢慢长出迎风羽毛
那是一个灵魂出窍的黄昏
滔滔江水就像朝圣者，手捧着烛光
仪式般的行走一直持续到了我的梦中
那天晚上，在江边旅馆
我一再梦见一只水鸟，在辽阔的江面上
飞翔，像在寻找着什么，又似乎一无所求。

（原载《诗潮》2017 年第 9 期）

等太阳降下来

起 子

下午
我坐在讲台前监考
其实我并没有
看下面坐着的学生
而是一直在看
窗外的太阳
我等它慢慢降下来
降到和我平行
它就从窗户外照进来
照在我身上
给我涂上一层金黄色
这就到了收卷的时候
孩子们
我祝愿你们
前程似锦
但是
现在都给我停笔

（原载《读诗》2017年第3期）

追 忆

侯存丰

十年前，我还是一家修车铺的小学员，
每日收工后，在阶前喂食白鸽。

诗探索10 作品卷 2018年 第2辑

那时我十九岁，拥有白皙的脖颈，
喜欢上一个在印刷厂做工的女孩。

美好的生活从此开始：一起撒米，
一起在顿河边钓鱼，一起睡觉
岁月悠然成为简单的缩影。

今天，当我翻开这些书本，
仍能从中感到，租赁小屋的清幽、峻峭。

（原载《诗林》2017年第2期）

所以我爱你

泉 子

这是一个佘祥林的国度，但是我爱你；
这是一个魏则西的国度，但是我爱你；
这是一个雷阳的国度，但是我爱你；
这依然是老庄、孔孟的国度，
所以我爱你；
这依然是屈原、李白、杜甫与东坡居士的国度，
所以我爱你，
这依然是周敦颐、朱熹、王阳明的国度，
所以我爱你，
这依然是我的父亲——退休乡村教师胡星贵，
与我的母亲，淳朴而善良的农村妇女项彩凤，
是依然盛放着他们全部的悲与喜的国度，
所以我爱你！

（原载《读诗》2017年第1期）

我欢快地哼起了歌儿

徐　晓

她们都熟了，像一粒粒
饱满的浆果，颤颤地摇晃在枝头
而我，还没有长大
刚刚从深草中露出蘑菇的头
我看见的天空蓝得没有杂质
六月就要到了
我也穿起了翠绿的连衣裙
裸着一双光洁的腿
微微鼓胀的乳房，被她们取笑

但心里藏着喜悦
去见一个人的路上
空气是甜的，让人发晕
他的样子，早已刻在我的眼睛里
我就要长大了，真好
路旁的枝叶沙沙地摇晃起身子
我欢快地哼起了歌儿
仿佛是一枚羞涩的果子
刚刚露出了它的鲜艳和清香

（原载《中国诗歌》2017 年第 2 卷）

恭敬：致大仓桥

徐俊国

有一些鱼经过我，
我却叫不上它们的名字。

诗探索10　作品卷　2018 年　第 2 辑

陌生是好的，
互不相识，也互不亏欠。

一颗安静的心，
对得起红尘滚滚的生活，
干净的夜风，对得起一条河
蜿蜒向前的混浊。
从桥上看，北斗七星有些陈旧，
它正好可以低调，
不璀璨，也不孤单。
月光也有稀薄的时刻，
但大仓桥依然明亮，
因为它古老。

你看，风吹着有沧桑感的事物，
总是那么恭敬。

（原载《诗潮》2017 年第 1 期）

没有比书房更好的去处

娜　夜

没有比书房更好的去处

猫咪享受着午睡
我享受着阅读带来的停顿
和书房里渐渐老去的人生！

有时候我也会读一本自己的书
都留在了纸上……

一些光留在了它的阴影里
另一些在它照亮的事物里

纸和笔
陡峭的内心与黎明前的霜……回答的
勇气
——只有这些时刻才是有价值的！

我最好的诗篇都来自冬天的北方
最爱的人来自想象

（原载《鸭绿江》2017年第1期）

薛家岛

高建刚

过去，我们去薛家岛是乘轮渡
把车开进船舱，在阴暗的
油污气息中，等待沉重地起锚
伴着巨大金属的摩擦声
我们一边抱怨它的慢
一边到甲板上打发时光：
巨轮、渔船、鸥鸟各自忙碌
越来越近的发电厂烟囱吞云吐雾
话题被风吹来吹去

现在，我们驱车穿过黑洞洞的海底
从白昼突然闯入黑夜，车灯照亮了
海底的柏油路和黄白指示线
我感到海洋在我们头顶，像狮子
窥视着我们……

一眨眼，就一头栽进薛家岛的早晨
我们惊喜它的快……

某天中午，我在键盘上
敲打着薛家岛的一草一木
忽闻远处码头的汽笛声
一种莫名的惆怅油然而生

（原载《山东文学》2017 年第 7 期）

不可避免的生活

黄沙子

在汉河高中，我度过单纯的，也许是这辈子
最单纯的三年，我们中的一些北上的北上
南下的南下，最为亲近的几个，其间也小聚过几次，但更多的人
我没留下什么印象。偶尔听说某某发财了，某某已经死了
每当此刻我都会满怀愧疚，因为真的想不起来
一点也想不起来，谈话至此陷入沉默，仿佛他们的不幸，是我
造成的。

有时候我也会回到洪湖，在母亲墓边小坐
看放鸭人将鸭子吆来喝去。我知道最肥美的那些
最羸弱的那些，都将在秋天被宰杀
但来年春天，会有更多鸭子加入，这循环往复的过程
早已被我熟知，那群少年啊，也曾在辽阔的水田中嬉戏
也曾被驱赶着奋勇前行。

（原载《江南诗》2017 年第 2 期）

两个普通大兵的瞬间

韩文戈

硫磺岛战役结束后
硝烟尚未散尽
一个美国大兵就点上了一支烟
他俯身把烟卷塞进刚交过手的敌人的嘴里
那是一个濒死的日本兵曹
他残破的身体半埋在弹坑
他渴望死前能再吸上这么一口
于是长着络腮胡子、斜背卡宾枪的美国兵
就点上了这支烟
他俯下身去塞给了那濒死的敌人
硝烟迟迟不散，一张黑白照片
完好地保存了
"二战"期间硫磺岛战役这个小片段
到如今，硝烟里的人类又过了八十年

（原载《诗东北》2017 年上半年卷）

春日寻芳感怀

随处春山

这个春天发生了很多事情
都是正常的。比如春风又绿了江南岸
比如刚刚厌世离去的两个年轻人
重新回到了枝头

花开之后还是花落
星光之下还是灯火

诗探索10　作品卷　2018 年　第 2 辑

多少新友故交已远了
有人用尽一生不断拨亮内心的灯盏
我的心中曾埋伏着多少巨大的绝望啊，如大江不息
世间又埋藏了无数细小的安慰，如繁花遍地

愿我长嗅春风
天地之间绵延不绝的善意

（原载《星星》诗刊2017年第3期上旬刊）

小山坡

路 也

下午三点钟，我仰卧在小山坡
阳光在我的上面，我的下面，我的左面，我的右面
我的前面，我的后面
阳光爱我

太阳开始偏西，我仰卧在小山坡
在我的上下左右前后，隔年的衰草柔软又干爽
这片冬末的茅草地如此欢喜
一个慵懒的人

我仰卧在山坡
坡度不大不小，刚好相当于内心的角度
比照某个诗句，把自己当成一只坛子
放在山东，放在一个山坡上

仰卧望天，清风、云朵、蓝天、喜鹊
一道喷气飞机拉出白色雾线
它们按姓氏笔画排列得那么有序
我还望见虚空，望见上帝坐在云端若隐若现

天已过午，人生过半
我独自静静地仰卧在郊外的茅草坡
一个失败者就这样被一座小山托举着
找到了幸福

（原载《草堂》2017 年第 1 期）

郎木寺

蓝　野

郎木寺是一个镇子
一个很有特点的小镇
我在那里的一个小店里喝过越南咖啡
那真是太好喝了
当然，那小店伙计太帅了
眼神真诚，清澈而忧郁
——她的讲述带着大城市游客共有的语调
城市之外有被消费和审视的美

郎木寺是一个镇子
一个很有特点的小镇
我在那里的一条小街被藏族女人认出了前世
宿命是这个样子的——
胸前的蜜蜡、琥珀可能是假货
手里握着的河卵石才能见证三生

——我的讲述明显是一个迷途游客的语气
可迷途带来的未知的快乐
实在是太迷人了

（原载《凤凰》2017 年上半年刊）

出走者

臧海英

连续几天，我都绕道
去看一张寻人启事
不是去找人
是那个女人
干了我一直想干的事
干了很多人想干的事
——从不想要的生活里走开
多么让人兴奋！
我离开人群，沿着一条小路
去看她的时候
像出走

每次往回走，都垂头丧气
我确定，又被生活
找了回来

（原载《诗刊》2017年1月号下半月刊）

长生桥

慧 子

这是旷野展开的地方——
是酸浆草、苍耳、猫儿刺的故乡
这里有倾斜的雨水，僵硬而喑哑的老樟树
有我瘦削而孤单的祖父
以及被拐多年，生死未卜的儿时伙伴

这里灰雀成群，芦苇频频举起天空
灰白如霜。这里曾白发人送黑发人
大雨多次注满信江河，终究带走了那个抑郁女孩
更多的人辗转他乡，患上了怀乡病
那些被黄昏翻越过的破损的门槛
留在祈祷之中。村庄幽暗，凌乱，不被神抚摸
——时光空有一座桥的形状

请原谅我愚极一生
也没有弄懂月光的身世，人尽皆知的爱和死亡

（原载《草堂》2017 年 8 月号）

旧 事

潞 潞

他不知道父亲为什么放开他
刚才他们还说着话
父亲突然走向路那一边
他和一个人搂抱在一起
手在那个人背上拍着
他隔着马路远远看着
听不见他们大声说些什么
两人互相递着香烟
然后那里升起一团烟雾
他们身后有株巨大的槐树
开满了白花，香气浓郁
他开始踢地上的石子
让过路的人都知道
这是一个讨厌的小男孩
此时父亲忘记了他
过了很久　也许只是一会

父亲重新拉起他的手
还在他头上撸了一把
可是小男孩一声不吭
他们就这么走着
他能感觉到父亲脸上的笑
后来他一直没机会问父亲那是谁
他知道父亲这一生并不快乐
甚至深埋着无人知晓的痛苦
但那一次父亲是真的高兴

（原载《江南诗》2017 年第 4 期）

诗探索 10 作品卷 2018年 第2辑

【编者按】

中国新诗百年来受到了世界先进文化和优秀诗人的众多启示，经典的翻译作品对中国一代又一代的诗人们的创作影响也是不可忽略的。

下面这些经典的翻译作品值得我们反复阅读，正如我们的古典诗词一样，我们相信它们会不断地带给我们的新的启示。

经典译诗重读（之一）

波德莱尔（法国）

夏尔·波德莱尔（1821—1867），法国十九世纪最著名的现代派诗人，象征派诗歌先驱。

仇　敌

我的青春只是一场阴暗的暴风雨，
星星点点，透过来明朗的太阳；
雷雨给过它这样的摧毁，如今
只有很少的红色果子留在我枝头上。

此刻我已经接近精神生活的秋天，
应该用铁铲和扒犁
重新翻耕这洪水后的土地，
洪水在地上留了些大坑像墓穴。

谁知道，我所梦想的新的花朵
许会找到增加活力的神秘的粮食
在这像海滩样被水冲过的土地上？

——呵，痛苦！呵，痛苦！时间蚕食着生命，
那阴森森的仇敌在侵蚀我们的心
它靠我们失去的血液成长，一天比一天强壮！

（陈敬容 译）

雅 姆（法国）

雅姆（1868—1938），生于法国南部比利牛斯山区的都赫城，法国旧教派诗人。

太阳使井水……

太阳使井水在玻璃里辉耀。
农庄的石块又破碎又古老。
青色的山峦线条是那样柔和，
像湿润在清新的苔藓里闪烁。
河流是黯黑的，而黯黑的树根
在被它磨损的岸边盘结绞拧。
它们在阳光里收获而草儿在动着。
可怜的胆怯的狗为了尽职而叫着。
生命存在着。一个农民在痛斥
一个偷菜豆的乞食的妇女。
小片的树林是一些黑色的石堆。
从果园飘来了温热的梨的气味。
大地像那些收割干草的女人。
从远处传来咳嗽般的教堂的钟声。
天空是蓝的和白的。而在麦草里，
我们听见鹌鹑的沉重的飞行逐渐沉寂。

（罗洛 译）

里尔克（奥地利）

赖纳·马利亚·里尔克（1875—1926），奥地利作家，二十世纪德语世界最伟大的诗人。

秋　日

主啊！是时候了。夏日曾经很盛大。
把你的阴影落在日晷上，
让秋风刮过田野。

让最后的果实长得丰满，
再给它们两天南方的气候，
迫使它们成熟，
把最后的甘甜酿入浓酒。

谁这时没有房屋，就不必建筑，
谁这时孤独，就永远孤独，
就醒着，读着，写着长信，
在林荫道上来回
不安地游荡，当着落叶纷飞。

（冯至 译）

希门内斯（西班牙）

胡安·拉蒙·希门内斯（1881—1958），西班牙诗人。

忆少年

那天午后，我对她说
我要离开村子，
她伤心地望着我——富于甜美的恋意
茫然地微笑着。

诗探索10 作品卷 2018年 第2辑

问我："为什么离去？"
我说：只因这山间的寂静
像尸衣般地裹挟着我
生命像已经死去。
"为什么一定要走？"
——我觉得胸膛渴望着呐喊
但是在这沉寂的山谷中
欲喊而不能。
她问我：那么去哪里呢？
我说：到比天空还高的地方
那里阳光不会这样猛射着我。
她低下了黑眸
思忖地望着空旷的山谷，
伤感地沉默
茫然地微笑着。

（林之木 译）

曼杰施塔姆（俄罗斯）

曼杰施塔姆（1891—1938），俄罗斯阿克梅派文学重要代表，二十世纪最伟大的俄国诗人之一。

列宁格勒

我回到我的城市，熟悉如眼泪，
如静脉，如童年的腮腺炎。

你回到这里，快点儿吞下
列宁格勒河边路灯的鱼肝油。

你认出十二月短暂的白昼：
蛋黄搅入那不祥的沥青。

彼得堡，我还不愿意死：
你有我的电话号码。

彼得堡，我还有那些地址
我可以召回死者的声音。

我住在后楼梯，被拽响的门铃
敲打我的太阳穴。

我整夜等待可爱的客人，
门链像镣铐哐当作响。

（北岛 译）

马雅可夫斯基（苏联）

弗拉基密尔·弗拉基密洛维奇·马雅可夫斯基（1893—1930），
苏联最有影响的诗人。

《穿裤子的云》序曲

你们的思想
在揉得软绵绵的脑海里幻想着
如同肥胖的仆人静卧在油污的睡椅上
我将要挑逗它，使它撞击我的心得血淋淋的碎片
我莽撞而又辛辣，将要尽情地把它奚落。

我的灵魂里没有一茎白发，
它里面也没有老年人的温情和憔悴！
我以喉咙的力量撼动了世界，
走上前来——我仪容伟丽，
我才二十二岁。

诗探索 10 作品卷 2018 年 第 2 辑

温情的人们！
你们在小提琴上弹唱爱情，
粗鲁的人们却把爱情放在皮鼓上敲打。
你们像我一样，都不能把自己翻过来，
　　使整个身体变成两片嘴唇！

来见识见识吧——
来自客厅，穿这洁白衣裳的
天使队伍中端庄有礼的贵妇人。

你安详地掀动着嘴唇，
　　像女厨师翻动着烹调手册的书页。

　　假如你们愿意——
我可以变成由于肉欲而发狂的人，
——变换着自己的情调，像头顶的天空，——
假如你们愿意——
我可以变成百般顺从的温情的人，
不是男人，而是——穿裤子的云！

我不信，会有一个花草芳菲的尼斯
我又要来赞美
像医院似的你进我出被人踏破的男人，
像格言似的你说我讲被人磨烂的女人

（余振 译）

克　兰（美国）

哈特·克兰（1899—1932），美国当代著名诗人。

外婆的情书

今夜没有星星
只有回忆之星。
这可是细雨缠绵下
多少事让人回忆。

甚至还让人想起
我母亲的母亲
伊丽莎白写的信，
在屋顶下的角落
塞了多少年
早已发黄变脆
随时会化掉，像雪。

时间那么遥远
脚步必须放轻。
信悬于一根看不见的白发，
颤抖，像白桦树枝在风中哭泣。

我问自己
"你的手指那么长
能弹已成回音的琴键：
寂静的力量那么强
能把音乐带回声源
再传回给你
就像传给她？"

但是我还得拉着外婆的手
领她穿过那么多她不懂的东西；
我迟疑。雨依旧打着屋顶
那声音像怜悯的笑，很轻。

（赵毅衡 译）

塞弗尔特（捷克）

塞弗尔特（1901—1986），捷克诗人，1984 年获得诺贝尔文学奖。

寻找啄鱼鸟

不止一次地
在十字路口
红灯在亮
心里却没有一点写诗的感觉
为什么不可以有呢
往往就在这么短暂的一瞬
就够你坠入情网的了

但在我穿过马路
到另一边时
我已忘记了要写什么诗了
我仍然能够把它们摔掉
但那个在我面前
在加露比铁道桥梁下面
童年的我攀缘上柳树的枝丫
在树叶影荫的河流上
我会在梦想
写我的第一首诗

可是老实说
我也会想着爱情和女人

眼睛看着折断的芦苇
随河流飘逝

复活节快到了
到处春意盎然
又一次我更看到了
一只啄鱼鸟站在摇曳的短枝
此后我便没有
再看到第二只
但在我心里
总在期盼能在近处再看到这只美禽
连河流那时也有一股浓郁的香味
那种苦甜掺半的香味
像女人散发的清香
从她们的肩臂
一路流淌到
她们裸露的酮体

若干年后
当我埋首在那发间
睁眼看去
自阳光的深谷
我凝看到了爱情的根源

有时我生命里有些情况
发现我又一次
在加露比铁道桥梁下面
每样事物都一如往昔
连那柳树也一样——
但这均是梦幻而已

复活节又快要到了
到处春意盎然
河流也弥漫着香味

每天在我窗下
大清早就鸟鸣啾啾
叫得像拼了命似的
鸟声此起彼伏
把我那些惯常在清晨而来的春梦
都给它们吵掉了

这就是我唯一
能够埋怨春天的地方

（张错 译）

米沃什（波兰）

切斯瓦夫·米沃什（1911—2004），生于立陶宛维尔诺。1970 年加入美国国籍。1980 年获得诺贝尔文学奖。

偶　遇

我们黎明时驾着马车穿过冰封的田野。
一只红色的翅膀自黑暗中升起。

突然一只野兔从道路上跑过。
我们中的一个用手指点着它。

已经很久了。今天他们已不在人世，
那只野兔，那个做手势的人。

哦，我的爱人，它们在哪里，它们将去那里
那挥动的手，一连串动作，砂石的沙沙声。
我询问，不是由于悲伤，而是感到惶惑。

（张曙光 译）

狄兰·托马斯（英国）

狄兰·托马斯（1914—1953），英国作家、诗人。

死亡也一定不会战胜

死亡也一定不会战胜。
赤条条的死人一定会
和风中的人西天的月合为一体；
等他们的骨头被剔净而干净的骨头又消失，
他们的臂肘和脚下一定会有星星；
他们虽然发狂却一定会清醒，
他们虽然沉沦沧海却一定会复生，
虽然情人会泯灭爱情却一定长存；
死亡也一定不会战胜。

死亡也一定不会战胜。
在大海的曲折迂回下久卧
他们决不会像风一样消逝；
当筋疲骨松时在拉肢刑架上挣扎，
虽然绑在刑车上，他们却一定不会屈服；
信仰在他们手中一定会折断，
独角兽般的邪恶也一定会把他们刺穿；
纵使四分五裂他们也决不呻吟；
死亡也一定不会战胜。

死亡也一定不会战胜。
海鸥不会再在他们耳边啼叫
波涛也不会再在海岸上喧哗冲击；
一朵花开处也不会再有
一朵花迎着风雨招展；
虽然他们又疯又僵死，
人物的头角将从雏菊中崭露；

诗探索10　作品卷　2018年　第2辑

在太阳中碎裂直到太阳崩溃，
死亡也一定不会战胜

（巫宁坤 译）

勃 莱（美国）

罗伯特·勃莱（1926—），美国"深度意象派"的代表诗人。

圣诞驰车送双亲回家

穿过风雪，我驰车送二老
在山崖边他们衰弱的身躯感到犹豫
我向山谷高喊
只有积雪给我回答
他们悄悄地谈话
说到提水，吃橘子
孙子的照片，昨晚忘记拿了。
他们打开自己的家门，身影消失了
橡树在林中倒下，谁能听见？
隔着千里的沉寂。
他们这样紧紧挨近地坐着，
好像被雪挤压在一起。

（郑敏 译）

金内尔（美国）

高尔韦·金内尔（1927—），二十世纪美国著名诗人，佛蒙特州桂冠诗人。1983年获普利策诗歌奖。

熊·初生子·悬岩

1

瘦削的瀑布，天堂里蜿蜒而来的
一条条小路，冲向
悬岩，跳起来，战栗着跌进深渊。

在我身后
是一舌火苗，在雨中荒凉的灰烬里闪烁。
不管现在是为谁生的火，
火苗仍保持自己的火焰
温暖着
可能漫步到它光辉里的每个人，
一株树，一块块石头，一只迷路的动物，

因为它燃烧在垂死的世界上

2

一头黑熊独坐在
黄昏里，东倒西歪地
打瞌睡，慢悠悠转动身子，
拖着沉重的步伐，兜了一遍，
走进洞里。他在微风中
嗅到了汗气，他明白
一个生物，一个恶煞
从树林边张望，
他终于醒悟：
我已经不在这儿了，他自己

诗探索10　作品卷　2018年　第2辑

从树林边望着
一头黑熊
站起来，啃了几朵花，蹒跚地走了，
在雨里
他浑身闪闪发亮。

是怎样地发亮呀！圣丘·弗格斯，
我的儿子，有这样宽宽的肩膀，
他降生时，头
先露出来，身子其他部分留在母体里。
他睁开眼睛：他的头探出体外，
独自在房间里。他眯起痛苦的、刚睁开的
双眼，看着第九个月的血
在他身子下面飞溅
到地板上。几乎
笑了，我想，几乎预先宽恕了他。

当他全部脱出娘胎，
我用双手托住了他，弯下身子
嗅嗅他那头黑色的，闪闪发亮的毛发，如同寥廓太空
必定弯身于
新生的星球，
接着我又嗅嗅这草地和蕨类。

3

我向悬在江上的峭壁走去，
朝着岩石呼喊
岩石
朝我回应，它的声音在碎石中搜寻
我的耳朵

止步。
当我接近正在回音的峭壁时，

你便感到岩石反响的界线，
不再有回答
而是进入石头里面，什么也不返回。

此刻，我站在回答
与不应之间，穿着
泛光的旧皮鞋，
紧连着这关键的一步，
而身体的重心一直移到
脚趾尖，整个脚试图
化入未来。

一阵嘚嘚嘚的鹿蹄声。
天庭自行空了？
地球真的就是这样，寿命不长？

（张子清 译）

休　斯（英国）

泰德·休斯（1930—1998），英国现代派诗人。

马　群

破晓前的黑暗中我攀越树林，
空气不佳，一片结霜的沉寂，

不见一片叶，不见一只鸟——
一个霜冻的世界。我从林子上端出来，

我的呼吸在铁青的光线中留下扭曲的塑像。
山谷正在吮吸黑暗
直到沼泽地——亮起来的灰色之下暗下去的

诗探索10　作品卷　2018年　第2辑

沉滓——的边缘
把前面的天空分成对半。我看见了马群：

浓灰色的庞然大物——一共十四——
巨石般屹立不动。它们呼着气，一动也不动，

鬃毛披垂，后蹄倾斜；
一声不响。

我走了过去，没有哪匹马哼一声或扭一下头的。
一个灰色的沉寂世界的

灰色的沉寂部分。

我在沼泽高地的空旷处倾听。
麻鹬的嘶叫声锋利地切割着沉寂。

慢慢地，种种细节从黑暗中长了出来。
　　　接着太阳
橘色的，红红的，悄悄地

爆了出来，它从当中分裂，撕碎云层，
　　　把它们扔开，
拉开一条狭长的口子，露出蔚蓝色，

巨大的行星群悬挂空中。
我转过身

在梦魇中跌跌撞撞地走下来，
走向黑暗的树林，从燃烧着的顶端

走到马群这边来。
　　　　　　　它们还站在那里，
不过这时在光线波动下冒着热气，闪烁菱光，

它们下垂的石头般的鬃毛，倾斜的后蹄，
在解冻中抖动，它们的四面八方

霜花吐着火焰。但它们依然一声不响。
没有哪一匹哼一声，顿一下脚。

它们垂下头，像地平线一样忍受着，
在山谷上空，在四射的红色光芒中——

在熙熙攘攘的闹市声中，在岁月流逝、人面相照中，
但愿我还能重温这段记忆：在如此僻静的地方，

在溪水和赤云之间听麻鹬叫唤，
听地平线忍受着。

（袁可嘉译）

加里·斯奈德（美国）

加里·斯奈德（1930— ）美国二十世纪著名诗人、"垮掉派"代表诗人之一。

我走进麦夫芮克酒吧

我走进新墨西哥州
伐明顿的麦夫芮克酒吧
喝了双份波磅酒
接着喝啤酒。
我的长头发在帽檐下卷起
耳环扔在车上。

两个牛仔在台球桌旁
摔跤，
一个女招待问我们

从哪里来？
一支西部乡村乐队开始演奏
"在马斯科基，我们不吸玛利华纳大麻"
下一首歌曲响起时，
一对男女开始跳舞。

他俩搂在一起，像五十年代
高中生那样扭动；
我想起我在森林干活的日子
还有俄勒冈马德拉斯的酒吧。
那些短发一样短暂的喜悦和粗糙——
美国——你的愚蠢。
我几乎可以再一次爱上你。

我们离开——上了高速公路的辅助道——
在粗犷而衰弱的星星下——
峭壁阴影
使我清醒过来，
该干正经活了，干
"应该干的活"。

无论什么，别在意

（郑敏 译）

特朗斯特罗姆（瑞典）

托马斯·特朗斯特罗姆（1931—2016），瑞典诗人，2011 年获得诺贝尔文学奖。

晨 鸟

我弄醒我的汽车
它的挡风玻璃被花粉遮住。

我戴上太阳镜

群鸟的歌声变得暗淡。

当另一个男人在火车站

巨大的货车附近

买一份报纸的时候

锈得发红的货车

在阳光中闪烁。

这里根本没有空虚。

一条寒冷的走廊径直穿过春天的温暖

有人匆匆而来

说他们在诋毁他

一直告到局长那里。

穿过风景中的秘密小径

喜鹊到来

黑与白，阎王鸟。

而乌鸫交叉地前进

直到一切变成一张炭笔画，

除了晾衣绳上的白床单：

一个帕莱斯特里纳①的合唱队。

这里根本没有空虚。

当我皱缩之时

惊奇地感到我的诗在生长。

它在生长，占据我的位置。

它把我推到它的道路之外。

它把我扔出巢穴之外。

诗已完成。

（北岛 译）

————————

①帕莱斯特里纳（约 1525—1594）：意大利作曲家。他所作的无伴奏宗教合唱曲追求肃穆的宗教气氛和唱词的易于听清，在文艺复兴时期人文主义思潮影响下，他也创作了不少世俗乐曲，均为无伴奏合唱。

诗探索10　作品卷　2018 年　第 2 辑

阿赫玛杜琳娜（苏联）

贝拉·阿赫玛杜琳娜（1937—2010），苏联女诗人。

十五个男孩儿

有十五个男孩儿，可也许还要多些，
可也许，比十五个，还要少些，
用吓人的声音
对我说：
"咱们一起看电影或是去造型艺术博物馆吧。"
我是如此回答他们的：
"我没时间。"
十五个男孩儿献给了我雪花莲。
十五个男孩儿用沮丧的声音
对我说：
"对你的爱我永远都不会背叛。"
我是这样回答他们的：
"让我们走着看。"
十五个男孩儿如今生活得很平静。
他们完成了雪花莲般繁重的
义务，口头的和书面的。
有姑娘爱着他们——
她们比我要美丽得多，
或是丑得多。
十五个男孩获得了广泛的自由，他们与我相遇时
总是恶意地打着招呼，
在与我相逢时在心中和自己的解放
正常的梦境和饮食打着招呼。
你徒劳地离开我，那最后的男孩。
我把你的雪花莲插入杯中，
它们的根部在水中生长成
银色的球状……
但是，你看到了吗，就连你也把我抛弃，

甚至，战胜了自己，你将傲慢地对我说，
仿佛战胜的是我，
而我一个人走在大街上，走在大街上……

（晴朗李寒 译）

希 尼〔爱尔兰〕

谢默斯·希尼（1939 — 2013），爱尔兰诗人。1995 年获得诺贝尔文学奖。

挖

在我的食指与拇指间，
蹲着的笔在休息，安逸如一杆枪。

在我的窗下，一阵酸心刺骨的声音
那是铁锹深入砾石地；
我的父亲，在挖。我朝下一看

看到那在花圃间奋力挺进的屁股
弯下，又从二十年之外站起
弓弯着踏着节奏走过马铃薯垄沟
他在那边挖。

粗糙的鞋子靠挂在马具上，
他拔起出地的高苗，深埋起闪光的边角
播散新的马铃薯；我们采摘
并喜欢它们清凉坚实的手感。

天哪，这老头真能摆弄铁锹，
就像他的大爷。

我的祖父每天打那么多草皮
冬勒沼的人谁都赶不上他。
有一次我装了一瓶牛奶给他送去
瓶盖用的是脏兮兮的纸卷。他直起身
一口饮尽，回头便
又刻又砍，举起头块
扛到肩上，一路走过去
找好的草皮。挖。

马铃薯样品冰凉的气味，被拍打得
吱咯直响的泥煤，刀锋急促地飞舞
通过活着的草根在我脑中醒过来。
但我没有铁锹来追随他们那类人。

在我的食指和拇指间
蹲着的笔在休息。
我用它来挖。

（张枣 译）

新诗集视点

新诗集视点

诗人黑枣诗集《亲爱的角美》

作　者：黑枣

出版者：现代出版社

作者简介

黑枣，原名林铁鹏，1969 年 12 月 21 日出生。作品散见于《人民文学》《诗刊》《诗探索》等；曾参加第 19 届"青春诗会"；获 2010 年度华文青年诗人奖。已出版诗集《诗歌集》（合集）、《亲爱的情诗》《小镇书》《亲爱的角美》，散文随笔集《12·21》（与妻子合著）。

自序：亲爱的角美

黑　枣

出这本书，实在是心血来潮。老听人说"来一场想走就走的旅行"，艳羡之余，感叹自己缺乏此种潇洒的勇气与条件。就让这些笨拙的文字替我去走上一走，它们一直黏附在我的身上，蜗居在我的体内，委屈了，蓬头垢脸的，也该去外面看一看风景了。

我生在角美，长在角美，不出意外的话也终将老死在角美。这个差强人意的地方，与其说我喜欢它，不如说是已经习惯它。这几年，政府一直在努力地规划和建设它，他们给它戴上花冠，披上锦氅，着上水晶鞋……但是角美就是角美。于我，它就是一个耳熟能详的名字。像我的名字一样，仅仅是为了跟另外一个叫不同名字的人区分开来罢了。

至于我为什么冠之以"亲爱的"，似乎也无特别的意思。好像国外，叫人"亲爱的"无非只是一种客套。见面唤一声，就跟咱们叫"兄弟"或者"老姐老妹"啥的。

回到诗歌，这些年我写了不少。但真的写得不好，太过随便，太过随意。跟我的生活一样，挽着裤管，打着赤脚，在一爿不大不小的店堂间走来走去，抽烟、喝茶。我是农民的孩子，我比农民还不如，连块简陋的地都没有。甚至，我丧失了一切讨取功名的技能。

除了诗歌，我别无所长。

离开角美，我恐怕都得饿死。

所以写诗吧！

所以来一本想出就出的《亲爱的角美》！

是为记。为自序。

俗世里的神（组诗节选）

黑　枣

皇帝菜

此诗写给你——
皇帝的菜是后宫三千佳丽
我的菜只有你。

那一天你买菜回来
故作神秘地问我：你知道这叫什么菜？
皇帝菜！于是，整座春天都是我的江山
我的肠胃却向你俯首称臣
此诗写给你：做饭的皇后
五百御林军护驾在鼻翼两侧
五百锦衣卫埋伏在牙齿周围
我的王朝只为你盛衰
一盘皇帝菜就能够奠定我的皇位……

此诗写给你！
我不爱江山，不爱美人
菜端上来。朕，退朝了……

木　耳

树活着用绿叶眺望
死了就长出木耳倾听……

我吃它们是有罪的
我拿筷子拨拉着它们：左耳？右耳？
更加罪无可恕
春天啊！罚我听不见它们说话
罚我回到儿时，被妈妈揪着耳朵斥骂——

左耳？右耳？
倘若我不是回不去，一定就是回不来了

空心菜

"人无心，如何？" "人无心，则死！"
卖空心菜的妇人不知道她面前的这个人
现在就是一株空心菜
等着她为他装上一颗起死回生的心脏……

卖空心菜的妇人不知道她助纣为虐了。
我想汲取教训，反过来为一株空心菜量身定做
一颗心脏。一颗水滴般的心脏
从青翠的菜叶注入，打通全身的关节
直达根部隐居的泥土深处……可是我瞎忙了
空即是色，色即是空。乡间草菜，不问生死
你喜欢它，它是菜
你忘记它，它为草
反过来却是它替我预订了后半生的世界观

苦　瓜

苦瓜苦，从不搁在心底
裸露到外面，一个疙瘩一个疙瘩

诗探索10　作品卷　2018年　第2辑

让光阴把它们磨圆，磨亮
它体内藏着糖，越老越甜……

我有苦，一直憋在深处
外表光鲜，内心沧桑
这是不对的。春风中有公理
我要交出一生的审判权

到烟火中去——
被煎煮，被品尝
被喜欢，然后被遗忘

芋 头

老人家讲过，削芋头时不可说痒痒
一说，两只手会挠上好半天
我老婆怀孕八个多月时，削过一回芋头
儿子出生后，左鬓上方有一条小小的印痕
像拿刀削过似的，也不长头发……
儿子从小到大，爱吃芋头，煎、炒、炸、煮
边吃，边拿那道疤来刁难妈妈
前几天，当我动手写一组有关蔬菜的诗歌
我老婆立刻嚷了起来：芋头！芋头……

庸常的生活，每道菜里都有一位神明
每只碗里都供着一尊菩萨

荷兰豆

荷兰豆，一把把碧玉雕刻的刀子
在春天的雨水里，愈磨愈亮……
很少人注意到，那只长冻疮的手
跳荡在这片刀光剑雨里，是疼？是快乐？
从一斤几毛钱到几块钱

农作物的价格往往决定着农民的身价
也决定了一座村庄的杀气，或者诗意……

我若有不喜欢吃的菜，我的筷子会小心翼翼地
绕开。因为我曾经在一个阴冷的雨季
被一把荷兰豆的弯刀狠狠地斫伤……

芥 菜

1986 年的冬天。天冷，下雨
芥菜长到齐腰高

一斤一毛钱。菜贩子冷漠道
等我卖出去了才跟你结清。
父亲一声不吭，挥刀砍翻
一棵芥菜，又一棵芥菜
我力气不够，一头挑着两棵芥菜
好几次滑倒在泥泞的菜田里

一个人，一生中要爱上一种蔬菜
也一定会被一种蔬菜伤害过
我最喜欢吃芥菜的方式是：
切段，加几块五花肉一锅煮
看着它们在酱油水里翻滚
心底有一种复仇的快乐……

萝 卜

小时候，我常常以为萝卜如果再瘦一点
再瘦一点，就是人参了。画片里的人参
仙风道骨，仿佛是遨游在另一世界的神仙
只有萝卜，是憨厚的兄弟，是素面朝天的姊妹
是中年发福的亲人
是散发着泥土温度的结发妻子……

诗探索 10 作品卷 2018 年 第 2 辑

拔出萝卜带出泥。我喜欢听见有些发硬的泥疙瘩
"哗啦啦"地在阳光下洒落开去的声音
好像纠结的春天一下子盛放在这个世界上

番　薯

它既叫地瓜，又名番薯
既土又洋，其实心软得跟泥巴一样
记得我头一回抡着锄头在地里刨
听见它"哎哟"惨叫一声
乳胶般的血迅速渗出，牢牢粘住我僵硬的双手
白乳胶般的血，和鬼的血相同的颜色
丑陋的鬼，鬼头鬼脑的鬼
谁超度它成为黄金、琥珀、美人的腰腹

……我大半生眼高手低
明明是地瓜的命，却做着番薯的梦
有朝一日我卷土重来，就将绿色的火焰燃遍家乡

芫　荽

至今我仍然相信大人们的谎言
"芫荽是养鹅的草"。我不喜欢有人叫她：香菜
乡间的草。我命中的贵人。加一勺辣
便可赶尽春天埋伏在我体内的寒流……
搬出东山村以后，我染上健忘症和娇气的怀旧病
芫荽。这结发妻子般的情感时刻修改我的味蕾
和免疫系统。无限的春色难免使人心旌荡漾
短暂的一生却把一束芫荽放大成一座森林……

碧绿的汁液宛如毒药。她当然有妖娆的另一面
这就足够让我典当出一座村庄，来换取一只
薄如蝉翼的白色瓷碗……

诗人黑枣诗集《亲爱的角美》三 新诗集视点

诗人凌翼诗集《夜航者说》

作 者：凌 翼

出版者：中国电影出版社

作者简介

凌翼，中国作家协会会员，九江市作协副主席。曾任《十月》杂志社编辑、《阳光》杂志执行主编。曾参加过诗刊社举办的第 17 届"青春诗会"。毕业于鲁迅文学院首届中青年作家高级研讨班。曾在《诗刊》《人民文学》《中国作家》《钟山》等国内文学期刊发表诗歌、散文、中短篇及长篇小说作品。已出版诗集《凌翼诗选》《以魂灵的名义》、散文随笔集《故乡手记》《擦亮眼睛》、长篇文化散文《大湖纹理》、小说集《山顶洞人》、长篇小说《狩猎河山》等多部。诗歌曾获江西谷雨文学奖、全国乌金文学奖等奖项。

夜航，夜航，生命的航行（跋）

凌 翼

夜航多半是飞机或轮船在夜晚航行的过程，它们分别占据着天空与海洋的深邃遨游。但对于一个写作者来说，在文字的海洋里夜航，也算是另类的夜航。

诗人或作家，在灯影下默默耕耘，他们就是夜航者。在黑夜中，因为灯光的屏蔽，我坐在电脑前看不见窗外的星月，只能想象所有的夜晚都是伸手不见五指的漆黑之夜。借着灯光，我要做的就是珍惜分秒，掌控自己夜航的速度，抵达文字的远方……

我喜欢夜晚，并不是基于那种因为暗夜所致的神秘因子，而是夜晚没有白天的喧嚣。出奇的宁静，越发让心灵深处的土壤，渴望出神入化

诗探索 10 作品卷 2018 年 第 2 辑

的犁尖翻起排排浪花。电脑荧屏源源不断的空白，被一阵阵因敲击而喷涌而出的文字所填充。当一行行的诗歌（有时也是散文、小说）被排列整齐，布阵于荧屏之中，眼神像一位指挥千军万马的将军一样，露出生命中非同凡响的愉悦。

每当我熄灭眼前的灯光，进入真正的黑暗，那是极其疲倦的时刻，需要以进入梦乡的方式使灵魂再次夜航。这样的夜航，可能会抵达远方牵念着的某个心灵窗口。当然，大多数的梦境像夜航船遗下的波纹，转眼就被幻化成另一种形态的浪花了。

梦境中时常会重叠一些人和事，正如时光的折叠，日日重复的仍是夜航。作为夜航者，在慢慢长夜敲打文字借以航行远方的我，仍然固执地坚信：文学，仍不失为当代一座圣洁高原，一片纯净土壤！

文学，因为文字本身，还原到生命个体的时候，它源自生命血脉，具有其他物质所不具备的神性内涵。

继承和发展是人类社会前行的主流。文学提倡创新，而创新，则需要在继承和发展的基础之上才得以血脉相承。

说到诗歌，它的历史甚至超越了人类文字记载的文明史。它最初是由巫师和民间歌手创作而成，口口相传，比文字的历史要早不知多少世纪。

中国诗歌自《诗经》开始进入文字传播，经过楚辞、汉赋的流传，到唐诗达到了举世瞩目的高峰。尔后，逐渐衰退，直至近代五四运动时期，白话文开时代风气之先，文言文隐退幕后，现代汉语进入大众前沿，旷古未有的新诗才喷薄而出。

如此算来，新诗走到今天，即将跨越百年这道世纪门槛。无数的诗人为之付出了巨大的热情和智慧。在这一百年新诗宏大工程中，每一个诗人都是这一工程的建设者。如果这是一曲大合唱的话，那从事诗歌写作的人，无疑都是这一大合唱中的成员之一。

我从事诗歌创作三十余年，当中为稻粱谋而荒废了应有的黄金时期。但温饱未解决前，理想像一件单薄的棉袄，在寒风中瑟瑟发抖。因此，我的理想主义之中难免夹杂着现实主义，有时不得不驾驭理想和现实的双翼飞翔。幸运的是，理想没有被沉重的现实拖垮而青云直上。三十年的风霜雨雪，没有阻止我一往如初地践行着自己的理想，这无疑也是一种幸福！

写作的路是从诗歌开始的，初中就开始鬼使神差地喜欢上了诗歌。我把从报刊中阅读到的诗歌一首首抄写到一个个笔记本中，积累了好几本。当时觉得最珍贵的东西，就是这几本诗抄了。

文学理想使我整个高中阶段沉湎于文学梦的织造。不多的生活费也节俭下来订阅了报刊。所读的书都是与文学有关的课外书。毫无悬念，我没有考上大学，回家当了一名农民。尔后的命运，与当时风靡的路遥小说《人生》中的主人公高加林，有着相似的经历。

命运推动着我，朝一条不可预测的道路前行。但无论它如何转折，都是与诗歌一道，风雨同舟。

在我走投无路的时候，是庐山以它的诗性情怀接纳了我。那一年我二十岁。对于一个涉世尚浅的文学青年来说，似乎一切都是命运的沉浮。困苦折腾是漫长而无聊的，也是上帝消磨人意志的一种方式。

我的人生轨迹就这样一波三折地运行着，当初的诺言以这种方式兑现。命运就这样安排我去与诺言交割。

我的青春年华，与社会肌体发生五味杂陈的交感。我像大海中的一朵浪花，被波澜壮阔的波涛挤压、抛洒。在这样的情形下，我仍然怀抱着诗歌，它像夜航者遇见灯塔，影影绰绰地照亮着我的行程。

那段岁月，人像一台机器，不停顿地运转，真正尝到了劳动的艰辛。期间，诗歌于我像嗷嗷待哺的婴儿，拼命挣扎却抓不到母乳。

经过一段漫长的苦难之后，我的文学旅程开始了新的转折。过去经历的苦难如影随形，切入我的生命，形成一道难以揭去的疤痕……

有一段时间，我的许多诗歌，似乎脱离了人间烟火气。正是因为承受过太多苦难，我才将这些苦难的色彩过滤，让这个世界充满纯真美好。那本诗集叫《以魂灵的名义》，读过的人都说，诗集写得太唯美了，现实生活应该有更沉重的内涵。但我却固执地认为，一个经受苦难的人，不一定就要将现实写得沉重。反过来，苦难使我更懂得了生活，觉得应该更唯美、更轻盈地面对这个世界。

现在这本诗集，叫《夜航者说》。许多诗，都是在黑夜中"赶制"出来的。它们披挂着星辉和月色，诗句并不晦涩，甚至葆有明洁的面目。

在通往诗歌殿堂的路上，这本诗集依旧是我创作的一个新起点。在我写作了一段小说和散文之后，我有了重踏诗歌之路的欣喜和期盼！

夜航者，迎来又一个不眠之夜。灯光依旧，但文字却开拓出了与昨天不一样的境界。夜航，夜航，作为夜航者，去开掘，去征服文字面临的艰险曲折吧！

我愿意与风霜雨雪一起，去与深沉的时光一道夜航；我愿意与书山文海一起，去与寂静的灵魂一道夜航！

2017 年 12 月于浔阳江畔

诗歌七首

凌 翼

上川岛，下川岛

上帝不小心
掉落两只鞋子
一只上川
一只下川

昨天试穿了上川那只鞋
今天又试穿了下川那只鞋

鱼在水底寻找自己的足迹
找了半生，没有找到
蟹光脚走在沙滩上
留下一串飞行的印记

一只蚂蚁在匆忙的道路上
把前半生丢失
载着一粒米饭的粮车
陷在一个深坑里
后半生注定是饥饿的

上帝造人
早已把一些苦难的因子种下
即使去掉今天的苦
明天又会衍生新的难

诗歌的前半阕是上川
后半阕是下川
我的前半生是马，脚下没有停止过奔跑
后半生是翅膀
只想在天地间任意飞翔

诗人凌翼诗集《夜航者说》三 新诗集视点

萤火虫

那是谁的精灵
忽前忽后
忽高忽低
在荒冢处描画魅影
在历史的纵深
翻阅茫茫黑夜

用身体点亮世界
为盲者勾勒出一道道弧线
它们集体行动
就如整个夜空安装了翅膀
飞翔起来

这些光亮
与先哲们的思想
在我眼前
一起闪烁……

一首不想结尾的诗

一行是给你读的
你的眼睛清澈如玉
一行是给未来的孩子读的
未来的孩子是大树撑起蓝天前的幼苗
一行是给自己疲倦的眼睛读的
疲倦的眼睛检验善良有没有被腐蚀
一行是给逝去的李白、杜甫们读的
李、杜们的灵魂在大地上空萦绕让诗歌穿透时空
一行给从来不读诗歌的人
他们不读诗不等于胸怀存放不下一首诗
最后一行在星星眨眼时我敲下
送给月亮下等待春天已久
即将发芽的叶子

诗探索10　作品卷　2018 年　第 2 辑

湖泊里的庐山

一座山峦倒映在湖面
有人不知
那就是久负盛名的匡庐
将一湖水染成黛青色

岩石和草木堆砌着山的高度
一阵风拂过
碧波荡漾处
有人轻吟出一串诗句
细辨，原来是
李白、苏轼在吟唱

庐山倒映在水中
浸染出诗歌的汁液
每一滴湖水
顿时诗意盎然
夕辉下，一阕新词
闪现珠圆玉润的意境

写 生

面对大自然
山川的纵横交错
在我的内心
画下一道道墨痕

山是墨迹，水也是墨迹
画山必有水
画水须有墨
水墨交融才能出神入化

墨浓墨淡全凭心意
山不是原来的山
水也不是原来的水
但山更峻水更柔
山水融入笔端
纸幅上的意境渐渐深远

树影掩映着道路
道路连接着桥梁
你在山水中穿梭
成为山水画中一道风景

在海子的故乡想象桃花盛开

海子没有醒来
他醉倒在桃花将要开放的季节
桃花包围着他
他就这样不再醒来

诗歌埋葬了他，桃花埋葬了他
他幸福得如喝了一瓶古井贡
长醉不醒。每一朵桃花是一座坟茔
花萼们在坟冢上摇晃
捧着诗集的女孩向诗行默哀
每一片桃花都是一句悼词

皖江的涛声成为他长眠的音乐
一季季桃花容貌鲜艳
海子将肉身横亘在山海关的铁轨上
那年的桃花全是带泪的诗句

诗歌总是被更年轻的读者朗诵
初春的脚步敲打在海子故乡的土地上
一万朵桃花，被古井贡酒醺得
如诗绽放

诗探索10　作品卷　2018年　第2辑

介冈，与八大山人有关

一座小山岗，一座并不起眼的寺庙
一个被朝廷追杀的前朝遗民
在这里出家
成为曹洞宗第三十八代传人
他打坐念经之余
在册页上不经意的涂抹
成为各大博物馆竞相收藏的珍品

一蔸野芋，一茎野菊
一尾野鱼
都成为他笔下的意趣
白虎岭一声虎啸
令他画中的草木战栗

他卷起画轴，背上简单的行囊
包括笔墨和纸页
当然少不了经文
他要到一个更偏远的山里
做一个避世的人，画画、念经
用经文，打发时光
用画作，震撼世人

《诗探索》编辑委员会在工作中始终坚持：

　　发现和推出诗歌写作和理论研究的新人。

　　培养创作和研究兼备的复合型诗歌人才。

　　坚持高品位和探索性。

　　不断扩展《诗探索》的有效读者群。

　　办好理论研究和创作研究的诗歌研讨会和有特色的诗歌奖项。

　　为中国新诗的发展做出贡献。

POETRY EXPLORATION

理论卷

主编 / 吴思敬

2018年 第2辑

作家出版社

主　管：中国当代文学研究会

主　办：首都师范大学中国诗歌研究中心

　　　　北京大学中国诗歌研究院

《诗探索》编辑委员会

主　任：谢　冕　杨匡汉　吴思敬

委　员：王光明　刘士杰　刘福春　吴思敬　张桃洲　苏历铭

　　　　杨匡汉　陈旭光　邹　进　林　莽　谢　冕

《诗探索》出品人：北京人天书店有限公司

社　长：邹　进

《诗探索·理论卷》主编：吴思敬

通信地址：北京市西三环北路 83 号首都师范大学

　　　　　中国诗歌研究中心《诗探索·理论卷》编辑部

邮政编码：100089

电子信箱：poetry_cn@163.com

特约编辑：王士强

《诗探索·作品卷》主编：林　莽

通信地址：北京市丰台区晓月中路 15 号

　　　　　《诗探索·作品卷》编辑部

邮政编码：100165

电子信箱：stshygj@126.com

编　辑：陈　亮　谈雅丽

目 录

新诗与中国古代诗学

杜甫与新诗的现代性

师力斌

百年来，新诗如何看待旧诗，始终是一桩未解公案。旧诗是新诗最大的心病。新诗不如旧诗，这种观念无论在诗人、批评家还是公众那里，都占据了绝对的市场份额。对待旧诗的态度两极分化，要么回到古典，比如新月派、格律诗派，要么全盘西化，诗歌散文化。两种主张谁也说服不了谁。主张西化的看不起守旧派，主张古典的又拿不出新东西，水火不容。

真的是这样吗？在我看来，杜甫是个新诗人，是自由诗人，是先锋派，是实验诗人，是需要重新打量、研究、继承的最重要的中国古典诗人。只有在这个前提下，新诗、古诗二元对立的思维才能被打破，才能在诗的意义上重新讨论新诗的现代性问题。

一 "避杜"情结与出了问题的现代性

杜甫是旧诗的高峰，也是新诗的宝藏。杜甫为新诗准备了大量珍贵的藏品，百年来所用极有限，殊为可惜。新诗百年之际，提出重读杜甫，向杜甫学习，既非复古，也不奇葩，目的还是为新诗的创新。这话听起来逆耳，却是忠言。

总观百年新诗，"避杜"情结可谓一个总思想。

新世纪之初，王家新曾说，"这时再回过头来重读杜甫、李商隐这样的中国古典诗人，我也再一次感到二十世纪的无知、轻狂和野蛮。我们还没有足够的沉痛、仁爱和悲怆来感应这样的生命，就如同我们对艺术和语言本身的深入还远远没有达到他们那样的造化之功一样。我们刻意发展并为之辩护的'现代性'是一种'出了问题'的现代性。我们的那点'发明'或'创新'，从长远的观点来看，也几乎算不了

诗探索10 理论卷 2018年 第2辑

什么。"①

百年新诗的现代性是"出了问题的现代性"，王家新这个判断非常符合我的感受。虽然我不认同"几乎算不了什么"的评价，但完全认同"出了问题的现代性"，特别是认同"回过头来重读杜甫"。百年新诗的问题一箩筐一箩筐，比如形式太过自由的问题，音乐性的问题，欧化的问题，语言直白、缺乏诗意的问题，离政治太近的问题，离社会太远的问题，缺乏经典的问题，大众化与小圈子的问题，虚无缥缈、不接地气的问题，刻意写实、无想象力的问题，批评缺失的问题等等，我在《自由诗的自由与难度》《百年新诗的形式》《新诗的音乐性及形式创造》等文章另行讨论。本文着重讨论"回过头来重读杜甫"，看他能给新诗什么样的启发和滋养。

重读杜甫，就是重谈继承传统。关于继承传统，百年来争论不断，进展不大，收获更小。一谈传统就谈到有限形式方面去了，不外乎格律、押韵、均齐。新月派的闻一多和后来的何其芳、卞之琳、林庚、郭小川等概莫能外。在思想精神方面，要么是对屈原、李白浪漫主义的景仰，如郭沫若；要么就回到晚唐温李一派的婉约隐晦，如卞之琳。而古典诗歌最大的诗人杜甫反而被遗忘。

胡适和陈独秀是新文学革命的两个主帅，他们对杜甫持何态度呢？从我目前有限的阅读来看，要么回避不谈，要么避重就轻，要么偏执一词。陈独秀能一字不落地背诵全部杜诗，可见推崇之至，且其诗作基本都是古诗，按理说应尊杜才对，但出于革命功利，在公共言论中持相反态度。他的《文学革命论》提出打倒贵族文学、古典文学、山林文学，不能说将古诗全部打倒，但基本上一概否定了，特别是彻底否定了古诗高峰之律诗："东晋而后，即细事陈启，亦尚骈丽。演至有唐，遂成骈体。诗之有律，文之有骈，皆发源于南北朝，大成于唐代。更进而为排律，为四六。此等雕琢的、阿谀的、铺张的、空泛的贵族古典文学，极其长技，不过如涂脂抹粉之泥塑美人，以视八股试帖之价值，未必能高几何，可谓为文学之末运矣"，而唐诗之代表杜甫，无疑在打倒之列。五四时期的文化领袖如此看待旧诗，这态度在旧学尚浅的青年人中会造成什么影响，可想而知。1910年出生的艾青是一个典型例子，他坦言"从高小的最后一个学期起，我就学会了全盘否定中国的传统的旧文艺。对于过去的我来说，莎士比亚、歌德、普希

① 王家新：《为凤凰寻找栖所》，北京大学出版社2008年版，第227页。

金是比李白、杜甫、白居易要活腻稍熟识一些的。我厌恶旧体诗词，我也不看旧小说、旧戏。""我所受的文艺教育，几乎完全是'五四'以来的中国新文艺和外国的文艺"①。另一个例子则是穆旦，他亲近庞德、艾略特，而远离中国古典，是知名的"非中国化"诗人。

不管陈独秀在私下里对杜甫持何种态度，在公共言论中采取了含沙射影的方式，对杜甫避而不谈，实际上又全盘否定。胡适比陈独秀要"狡猾"得多，他对杜甫的态度可谓"功利""忽悠"，是新诗史上最大的"胡说"。为了论证他的白话文学史，便将杜甫诗歌的最大特色说成是白话，为了印证他的"作诗如说话"观，便说杜甫作诗的诀窍就是作诗如说话："其实所谓'宋诗'，只是作诗如说话而已，他的来源无论在律诗与非律诗方面，都出于学杜甫。""老杜作律诗的特别长处在于力求自然，在于用说话的自然神气来做律诗"，"这都是有意打破那严格的声律，而用那话语的口气。"与叶嘉莹的研究结论和众多严谨的杜甫研究专家的结论截然相反，胡适对杜甫律诗集大成之作《诸将》《秋兴八首》的评价是，"如《诸将》等篇用律诗来发议论，其结果只成一些有韵的歌括，既不明白，又无诗意。《秋兴》八首传诵后世，其实也都是一些难懂的诗谜。这些诗全无文学的价值，只是一些失败的诗顽艺儿而已。"胡适甚至认为，读杜诗的诀窍就是将之读成打油诗，"后人崇拜老杜，不敢说这种诗是打油诗，都不知道这一点便是读杜诗的诀窍；不能赏识老杜的打油诗，便根本不能了解老杜的真好处"②。试想，在崇尚革命、推翻旧制的时代，文坛领袖抛出的诀窍让五四年轻人听了，该是何等的痛快，何等的兴奋呵！作诗原来这么简单，就是做打油诗。原来中国最伟大的诗，就是像说话一样写出来。胡适有关杜甫诗歌的解读，是明目张胆的扭曲、歪曲，是典型的以偏概全，是十足的阉割。胡适的杜甫研究不是忽悠、胡说，是什么？

1920年代，李金发表达过这样的想法，"余每怪异何以数年来关于中国古代诗人之作品，既无人过问，一意向外采辑，一唱百和，以为文学革命后，他们是荒唐极了的，但从无人着实批评过，其实东西作家随处有同一之思想，气息，眼光和取材，稍为留意，便不敢否认，余于他们的根本处，都不敢有所轻重，惟每欲把两家所有，试为沟通，

---

① 艾青：《谈大众化与旧形式》，见《艾青全集》，第3卷，花山文艺出版社1991年版，第234页。

② 见《胡适文集4》第十四章《杜甫》，人民文学出版社1998年版，第217~248页。

诗探索10 理论卷 2018年 第2辑

或即调和之意"①。李金发这种想法不知道有多少新诗人有过，不可谓不中正，但也只是说说而已，没有动真格的。这是百年新诗人普遍的心态。五四以后，新诗好不容易刚从强大的古诗樊笼中挣脱出来，说拜拜还来不及呢，哪有心思和胆量再谈旧诗，特别是再谈旧诗的总头目杜甫。

二 晚节渐于诗律粗：现代诗人为何不学、少学或学错杜甫

新诗人中，冯至的诗路历程最典型。冯至曾被鲁迅在二十世纪三十年代赞为"中国最为杰出的抒情诗人"。新诗史上，冯至最爱杜甫，1952 年出版了现代史上第一本《杜甫传》。他从 1937 年抗战期间开始重读杜甫，喜爱有加。在《杜甫传》中，对杜甫的三个方面尤为赞赏，一是杜甫的诗歌技艺，一是杜甫学习的态度，还有一个是政治热情。冯至写道，"他对于诗的努力，我们可以从两方面来谈，一方面是字斟句酌、'语不惊人死不休'（《江上值水如海势，聊短述》）的对自己的严格要求，一方面是'不薄今人爱古人'、'转益多师是汝师'（《戏为六绝句》）的向古人和今人虚心学习的态度。这两方面是他把诗作为武器所要下的基本功夫。至于诗的灵魂还是他那永不衰谢的政治热情。"②

令人遗憾的是，从冯至一生的诗歌创作中，很难感受到杜甫诗艺的影响。政治热情不消多说，比起郭沫若、闻一多、田间、艾青、何其芳等人，冯至在现代诗人中是较少的几个。诗艺学习方面，冯至基本以西方诗歌为范。他公开承认歌德、里尔克等人对他的影响很大。对杜甫诗艺术的态度付之阙如。1942 年出版的《十四行集》被视为冯至的代表作，杜甫研究者廖仲安这样看待此集："所以当时评论家都称他的《十四行集》是'沉思的诗'。看来他读杜诗所引起的种种激情，似乎没有融入这本精致的诗集里。"③ 从阅读感受来看，廖仲安的判断是准确的。1950 年代冯至向民歌学习，诗作口语化，直白，直抒胸臆，以《韩波砍柴》为代表。到 1986 年《梦中书话》的出现，期间三十年的时光，终无多少变化。在二十世纪八九十年代的诗歌中，他反思传统，反思历史，表达对祖国的感情，直面改革开放后新的社会现象，现实针对性和批判性增强，颇有杜甫关注时事之风："法律管不了自私和愚昧／脱贫，就

① 李金发：《食客与凶年·自跋》，见《李金发诗集》，第 435 页，转引自李怡，第 191 页。

② 冯至：《杜甫传》，百花文艺出版社 2007 年版，第 227 页。

③ 廖仲安：《记抗战时期三位热爱杜诗的现代作家和学者》，《杜甫研究学刊》1997 年第 1 期。

要大吃大喝"(《我痛苦》)，"竟有人要给杨玉环盖庙／也有人刷新孔祥熙的故居／有个图书馆任凭善本腐烂／客厅却打扮得堂皇富丽／某饭店休息室摆着高级座椅／规定只供给外宾坐着休息／我不由得想起往日的伤心事／租界的公园'华人与狗不准入内'／／我不忍剪贴这些新闻／像当年鲁迅先生'立此存照'／姑且把它们当作道听途说／也许当事人会声明'跟事实有些差距'"(《我不忍》)。然而，这些诗歌的技艺，无非简单的押韵、均齐的形式，依然停留在新月时代，远不及《十四行诗》的才华和风采。直到晚年的诗歌，也没能让我体会出他对杜甫诗歌技艺的学习。如写于 1989 年 2 月的《蛇年即兴——在一次迎春茶话会上的发言》基本就是大白话："龙年太热闹了，到处都是龙／电视台播放龙，歌唱龙，画龙，写龙，讨论龙／宾馆的柱子上盘绕着龙／大大小小的游艺晚会都要龙。"似乎早年没有经过诗歌的训练一样。

冯至喜爱杜甫，最主要的是喜爱杜甫这个人，喜爱他穷愁聊倒却依然崇高的人格精神、意志不衰，看不出他对杜诗技术的喜爱。冯至《杜甫》一诗即是证明："你在荒村里忍受饥肠／你时时想到死填沟壑／你却不断地唱着哀歌／为了人间壮美的沦亡"，"你的贫穷在闪烁发光／像一件圣者的烂衣裳／不是一丝一缕在人间"。

杜甫晚年疾病缠身，但诗歌技术丝毫不减当年，捧读他的绝笔《风疾舟中伏枕书怀三十六韵呈湖南亲友》，技术之精湛令人惊叹，不能不说与他"晚节渐于诗律细"的诗歌技术观念有关。是否有这样的可能，冯至一生在思想上的不断否定、改造、摇摆，影响了他的思想力量，也影响到他的技术磨炼？总之，年龄越大，诗歌语言技术越发粗放，诗艺追求越发松懈，不令人满意。现代诗人这种"晚节渐于诗律粗"的现象太突出了，却很少引起人们的重视。

现代诗人中，不少对古典诗歌有所继承，但恰恰杜甫是缺席的。新诗人整体性地回避了杜甫。

致力于新诗古典传统的李怡发现，郭沫若说过喜爱陶渊明、王维，还有屈原。在《我的作诗经过》一文中，郭沫若提到陶、王、泰戈尔，不提杜甫。在《创造十年》中，他有一段著名的自述，讲到自己作诗本有三四段的变化，第一段是泰戈尔式，在五四之前；第二段是惠特曼式，在五四之中；第三段便是歌德式，成为韵文的游戏者①。

李怡发现，戴望舒的古典传统"让我们联想到中国晚唐诗人温庭筠、

① 参见李怡：《中国现代新诗与古典诗歌传统》，中国人民大学出版社 2015 年版，第 158~159 页。

诗探索10　理论卷　2018年　第2辑

李商隐"，"温庭筠、李商隐式的'相思'就在戴望舒那里继续进行。'隔座送钩春酒暖，分曹射覆蜡灯红'（李商隐《无题》），'春欲暮，思无穷，旧欢如梦中'（《温庭筠〈更漏子〉》），这样的有距离有节制的爱情不也就是戴望舒的特色吗？"①"而在法国象征主义诗人当中，他对魏尔伦、果尔蒙的兴趣最大"②。何其芳与法国象征主义一见如故，"而最使他入迷的却是象征派诗人斯台凡·玛拉美、保尔·魏尔伦、亚瑟·韩波等。后期象征派诗人保尔·瓦雷里他早就喜欢了。""其芳已受过晚唐五代的冶艳精致的诗词的熏染，现在法国象征派的诗同样使他沉醉。"③

卞之琳与戴望舒、何其芳虽然同受象征主义影响，但有所差别。李怡发现，卞之琳更主知，何、戴二人更主情。卞之琳"既认同了西方的后期象征主义，又认同了从嵇康的'玄言'到姜夔的'无情'"④，"但从整体上看，促使诗人艺术成熟的还是以叶芝、里尔克、瓦雷里、艾略特为代表的后期象征主义"⑤。

艾青也许是走得最远的新诗人，自谓"我厌恶旧体诗词"。艾青受影响大的是比利时诗人凡尔哈仑，还有拜伦、雪莱、惠特曼、马雅可夫斯基，无觅杜子美处。

所有这些著名的现代诗人，一个共同的特点就是，回避杜甫，晚节渐于诗律粗。

闻一多崇拜杜甫，在《唐诗杂论》里专写了《杜甫》一文，赞曰"诗国里也没有比杜甫更会唱的"。他一反当时欧化潮流，坚持"中西艺术结婚产生宁馨儿"的新诗方向。他写了《律诗底研究》，总结探讨古典诗歌的形式规律，不可谓不专。闻一多本来最有希望在继承传统和吸收外来方面获得新诗现代性的平衡并结出大成果，令人遗憾的是，他却选择了一条颇为可疑的道路：回到格律诗。结果，在新诗革命不久之后，复又将中国新诗引向了形式主义的旧路。我个人认为，闻一多学杜甫、学古典，非但没有学对，反而学错了。他仅仅看到了形式规范、法度森严的杜甫，没有看到天马行空、自由自在的杜甫；他学的是死杜甫，不

---

① 李怡：《中国现代新诗与古典诗歌传统》，中国人民大学出版社 2015 年版，第 204 页。

② 同上，第 207 页。

③ 方敬、何频伽：《何其芳散记》，四川教育出版社 1990 年版，第 35~36 页，转引自李怡《中国现代新诗与古典诗歌传统》，中国人民大学出版社 2015 年版，第 215 页。

④ 李怡：《中国现代新诗与古典诗歌传统》，中国人民大学出版社 2015 年版，第 223 页。

⑤ 同上，第 221 页。

是活杜甫。这不能不说是新诗史上继承传统中的一个巨大偏差。朱光潜对此有精辟的讨论，不妨用来佐证我的观点："这一说——诗为有音律的纯文学——比其他各说都较稳妥，我个人从前也是这样主张，不过近来仔细分析事实，觉得它也只是大概不差，并没有谨严的逻辑性。""从此可知就音节论，诗可以由极谨严明显的规律，经过不甚显著的规律，以至于无规律了。"① 一句话，格律并非诗的本质要素，更何况那些早已失去活力的僵化格律形式。

从以上例子可以看出，中国现代诗人绝大多数心仪的，是外国诗人，中国有几个，也不外晚唐温李之流，就是不谈杜甫。王家新的问题就来了：新诗的现代性是不是有问题的？一部分人不谈杜甫可以理解，知名的这些诗人都不谈杜甫，实在说不过去。要知道，杜甫一向被称为"诗圣"、中国最伟大的诗人之一。我觉得，不是杜甫有问题，而是现代诗人有问题。现代诗人是不是心中有一种忌讳无意识？杜甫是死文学的代表，是胡适所批判的无聊的字谜的老祖宗，进而有意无意地绕开了他，回避了他？

还有，郭沫若的《李白与杜甫》一文，扬李抑杜，从阶级角度解读了李杜的区别，认为李白是人民性的，而杜甫是地主阶级的，并点名批评了冯至、萧涤非等人。郭沫若的著名批评是否对新诗人学习杜甫造成了心理障碍？是否阻碍了重新认识和学习杜甫的历史进程？

今天回顾历史，杜甫在现代诗中一百年的缺席，是历史失误，还是历史故意？杜甫是否充当了五四新诗革命中古典诗歌的替罪羊，是否充当了新文学革命的炮灰？大陆新诗界，是不是有一个意识形态杜甫禁区？

如果杜甫并非新诗的一个禁忌，那么，新诗向杜甫学习就是一个绕不过去的话题。我无法想象新诗继承传统而不继承杜甫，就像无法想象欧洲诗歌继承传统而不继承荷马史诗。

新诗已经一百岁了，有足够的勇气、眼界和能力来吸收杜甫。台湾的洛夫、余光中就是这方面的正例。余光中公开向杜甫学习。洛夫也说自己四十岁之前喜爱杜甫，四十岁之后转向王维。大陆当代诗人中，喜爱杜甫的诗人不在少数。肖开愚、廖伟棠、西川等，都写过致杜甫的诗歌。柏桦熟读杜诗。孙文波对杜甫的态度颇合我心："杜甫作为诗人，能够让当代诗人看到写作所需要秉持的种种原则。"② 种种迹象表明，新诗百年之际，能以更加宽容、开放、科学的态度重新认识和对待杜甫了。

① 朱光潜：《诗论》，安徽教育出版社1997年版，第100~101页。

② 孙文波：《杜甫就是现代诗的传统》，《诗刊》2015年第10期，下半月刊。

诗探索10 理论卷 2018年 第2辑

三　自由、先锋、实验：不妨把杜甫看成新诗人

还原历史，杜甫是个自由诗人、先锋诗人、实验诗人。唯有将杜甫看成新诗人，把他的诗看成五言新诗、七言新诗、杂言新诗，现代新诗才能真正发现杜诗之妙，才敢于和善于进行充分的吸收，大胆的创造，新诗的现代性才是问题不大的现代性。

如果不抱偏见，单从形式上讲，"前不见古人，后不见来者。念天地之悠悠，独怆然而涕下"，"为什么我的眼中常含热泪，因为我对这土地爱得深沉"，都是富有诗意的句子。"噫吁嚱，蜀道之难难于上青天"和"蛇的腰有多长""群山围着我兜了个圈""认真做饭的男人好性感"，这些句子的区别在哪里呢？四言可以写出好诗，五言可以写出好诗，七言可以写出好诗，新诗的多言、杂言照样也可以写出好诗。艾青有句话对于新诗颇具启发："不要把形式看作绝对的东西，——它是依照变动的生活内容而变动的。""假如是诗，无论用什么形式写出来都是诗；假如不是诗，无论用什么形式写出来都不是诗。"①

杜诗的好，不全来自对仗与押韵。杜诗丰富的技巧，可对应于现代诗的字词、句法、结构等技巧，即使减却其韵律，拿掉对仗，也不失诗意。"但使残年饱吃饭，唯愿无事长相见。""天意高难问，人情老亦悲。""射人先射马，擒贼先擒王。""会当凌绝顶，一览众山小。""随风潜入夜，润物细无声。""朱门酒肉臭，路有冻死骨。"这些千古传诵的句子，是思想、情感、境界与诗歌技巧等多重因素综合作用的结果，绝不仅仅缘于格律平仄对仗。它一定是优秀的情感世界的优秀艺术呈现。杜甫当然是严谨、规矩、法度森严的诗人，正如欧阳询是严谨、规矩、法度森严的书家一样。但若因此以为杜甫死板、僵化，严肃而不活泼，规矩而无逾矩，那就大错特错了。

杜甫最大的特点，首先是一个自由诗人。无论从字、句、篇章、结构、粘对、用韵哪一个方面看。

杜诗的字数变幻莫测，无拘无束，绝非常人想象中的只有规整的五字、七字。《同谷七歌》组诗第七首，开头使用九字句："男儿生不成名身已老"。《逼仄行，赠毕曜》（一作《赠毕四曜》）则五字、七字并用："逼仄何逼仄，我居巷南子巷北。可恨邻里间，十日不一见颜色。"《沙苑行》有句多达十字："君不见左辅白沙如白水，缭以周墙百馀里。"

---

① 艾青：《诗论》，人民文学出版社1956年第一版，1995年第二版，第21页。

《去矣行》：“君不见鞲上鹰，一饱即飞掣。焉能做堂上燕，衔泥附炎热。野人旷荡无腼颜，岂可久在王侯间。未试囊中餐玉法，明朝且入蓝田山。”首四句杂言，后四句七言。《兵车行》三言、五言、七言错杂。《天育骠骑歌》七言、九言并用。《桃竹杖引，赠章留后》四言、七言、九言、十言、十一言并用，猛看上去，几乎就是一首新诗：

> 江心蟠石生桃竹，苍波喷浸尺度足。
> 斩根削皮如紫玉，江妃水仙惜不得。
> 梓潼使君开一束，满堂宾客皆叹息。
> 怜我老病赠两茎，出入爪甲铿有声。
> 老夫复欲东南征，乘涛鼓枻白帝城。
> 路幽必为鬼神夺，拔剑或与蛟龙争。
> 重为告曰：杖兮杖兮，
> 尔之生也甚正直，慎勿见水踊跃学变化为龙。
> 使我不得尔之扶持，灭迹于君山湖上之青峰。
> 噫，风尘澒洞兮豺虎咬人，忽失双杖兮吾将曷从。

诗歌忌重字，杜诗故意用重字。“南京久客耕南亩，北望伤神坐北窗。”（《进艇》）“舍南舍北皆春水，但见群鸥日日来。”（《客至》）杜甫在律诗中尽量避免重字，在排律里却随便得多，《上韦左相二十韵》两用“此”字，两用“才”字；《赠特进汝阳王二十韵》两用“不”字，两用“天”字。杜甫能够守规矩，但在需要的时候，也可以破规矩。若为自由故，规矩皆可抛。

重叠字是杜甫的长项。据我粗略的估计，大约五分之一的诗里出现过重叠字，量大得惊人，不知何故，也许是继承汉诗“迢迢牵牛星，皎皎河汉女。纤纤擢素手，札札弄机杼”的汉诗传统吧。

从技法上讲，杜甫善于在五言的基础上加二字，变为七言。加字是杜诗活力的一个重要秘密。那么新诗呢，该怎样加字？这是一个值得探讨的重大课题。自由中有拘束，规矩里有突破，这正是新诗应从古诗中领会的要害，并非绝对形式均齐才好。

杜诗的句式是自由的。唐诗句式，王力归纳了四百个细目，杜甫占到了绝大多数，是全才。各种句式都用过，绝非常人印象中五言、七言整齐划一。

杜甫的用韵极其灵活自由，可以一韵到底，也可以转韵，可以很严格地用本韵，也可以宽松地用通韵。单拿公认最严格的七律来说，其首联用韵也很灵活。"仇兆鳌曰：按杜诗七律，凡首句无韵者，多对起，如'五夜漏声催晓箭，九重春色醉仙桃'是也。亦有无韵而散起者，如'使君高义驱古今，廖落三年坐剑州'是也。其首句用韵者，多散起，如'丞相祠堂何处寻，锦官城外柏森森'是也。亦有用韵而对起者，如'勋业终归马伏波，功曹非复汉萧何'是也。大家变化，无所不宜，在后人当知起法之正变也。"[①] "中唐以前，七古极少一韵到底的（柏梁体当然是例外），只有杜甫的七古有些是一韵到底。"[②] 按照王力的研究，"在唐诗演化的阶段上，倒反是（以王、孟为代表的——笔者注）新式的五古产生在前，（以李、杜为代表的）仿古的五古产生在后。格律化的潮流显然是受了律诗的影响，李、杜的仿古则是存心复古。"[③] 正因为王、孟新式五古在前，李、杜仿古在后，更见出李、杜独创之定力和能量，他们逆潮流而动，可谓当时的先锋派，实验派。

杜诗平仄更是极尽变化之能事。"仇兆鳌曰：古诗有五字皆平者，曹植诗'悲鸣夫何为'，杜诗'清晖回群鸥'是也。有五字皆仄者，应场诗'远适万里道'，杜诗'窟压万丈内'是也。有七字皆平者，崔鲁诗'梨花梅花参差开'，有七言皆仄者，杜诗'有客有客字子美'，但在古诗可不拘耳。"[④] 在近体诗里，孤平是诗家所大忌；在古体诗里，孤平却是诗家的宠儿。王力所举的唐诗十八个孤平的例子中，杜甫占到了十个，绝对多数，这也说明杜甫的创造力[⑤]。需要怎样表达便怎样表达，不拘一格，仇兆鳌所谓"此才人之不缚于律者"[⑥]。

杜甫是学习和继承前人的大师，同时也是某种意义上的先锋派。他能站在唐诗前沿，独创，领军，绝不人云亦云。唐代五古上有所承，而七古、七律、七绝，于当时则相当于现在的新诗，形式新潮。虽不乏前行者，但杜甫尤工于此，始集大成，这恰是唐诗生命力的关键。若无新式七言的创新尝试，全是上承汉魏的五古，那么也就没有《秋兴八首》这样的绝作，也就没有《茅屋为秋风所破歌》。杜甫对当时时尚的、新兴的七言长句，有清醒的认识，"近来海内为长句，汝与山东李白好"（《苏端、薛复延简薛华醉歌》）。被胡适讥讽为字谜的《秋兴八首》，

---

① 仇兆鳌：《杜诗详注》，转引自王力《汉语诗律学》（上），中华书局2015年版，第157页。

② 王力：《汉语诗律学》（上），中华书局2015年版，第380页。

③ 同上，第422页。

④ 仇兆鳌《杜诗详注》，转引自王力《汉语诗律学》（上），中华书局2015年版，第410页。

⑤ 王力：《汉语诗律学》（上），中华书局2015年版，第413页。

⑥ 葛晓音：《论杜甫的新题乐府》，《社会科学战线》1996年第1期。

·新诗与中国古代诗学·

是当时新式的七言长句，而非《诗经》已有的四句，也不是齐梁间已有的"骈六"。

题材上，杜甫更是领风气之先。歌行职能的分开即是其独创。葛晓音说，"杜甫的歌行共九十四首，其中歌三十三首，行五十一首。""相比较之下，杜甫的歌和行，虽然有一部分在题材方面没有明确分工，但'行'诗中反映时事和述志咏怀的主题显然远多于'歌'诗。这种差别在盛唐诗中并不存在。""毫无疑问，杜甫使歌行中的'歌'与'行'形成表现职能的大致分工，是他的重要独创。""杜甫的新题乐府借鉴汉魏晋古乐府即事名篇的传统，自创新题，不仅在反映现实的深度和广度上远远超过同时代诗人，而且在艺术上也极富独创性。"

诗歌散文化似乎是新诗的一大罪状。从唐诗的历史来看，杜甫可谓诗歌散文化的先行者和倡导者，下开宋诗以议论为诗的先河。在杜甫的古风中，"有些句子简直就和散文的结构一般无二。尤其是在那些有连介词或'其、之、所、者'等字的地方"，"人有甚于斯，足以戒元恶"（杜甫《遣兴》）[1]。新诗人艾青、王小妮、臧棣的诗又何尝不是如此？一说散文化，诗句过长，许多读者就吓退了。殊不知，老祖宗的诗正从散文处来。臧棣诗句"森林的隐喻，常常好过／我们已习惯于依赖迷宫"。难道和杜甫的"人有甚于斯"不是一样的吗？

我是杜学外行，本文只是非常肤浅的、捉襟见肘的感受而已。不过，老杜是个丰富复杂的多面体，胸襟极宏大又极细微，眼界极高远又极切近，关怀极庙堂又极草根，情趣极高雅又极通俗。诗法极严谨又极自由，极现代又极古老，对仗极贫又极富，极工整又极宽松。由思想到人格，由境遇到才华，由字到词，由词到句，由句到篇，字字珠玑，步步精心，人诗合一，千变万化，虽不可复制，但包含了古诗的秘密，也蕴藏着新诗的营养，新诗人不可不察，不可不学。

[作者单位：《北京文学》杂志社]

① 王力：《汉语诗律学》（上），中华书局 2015 年版，第 525 页。

从新诗到杂诗：
周作人对古典诗歌的扬弃

谭　坤

　　周作人的诗歌创作以五十岁为界，大致可分为两个时期：五四时期创作的新诗和后期创作的一系列包括打油诗、儿童杂事诗、题画诗等杂诗，根据《周作人诗全编笺注》，总共有四百零一首，其中新诗五十二首。从诗歌形式而言，一是新体诗，一是旧体诗；从内容来看，并无二致，既有对传统思想的承续，也有对新思想的发扬。周作人的新诗包含了传统的思想，而他的杂诗蕴藏着新思想的光辉，亦新亦旧，亦旧亦新，从整体而言，他的诗歌体现出新旧杂糅的特色，自成一体。从新诗到杂诗，周作人一方面抛弃陈旧观念对诗歌的束缚，承续古典诗歌的优良传统，另一方面以西方文艺观念为参照努力开拓诗歌新境界，反对旧道德、旧礼教，提倡自由与科学，宣扬人的文学是他一以贯之的文学思想。

　　五四时期，周作人在文学创作、翻译和批评等诸多领域取得了丰硕的成果，为新文学的健康发展指明了道路，成为新文学运动的奠基人之一。1919 年 2 月，他在《新青年》第六卷第二号发表《小河》一诗，立即引起轰动，被胡适誉为新诗的第一首杰作。最初创作新诗的一批诗人如胡适、刘复、康白情等人，大都摆脱不了旧诗词的影响，他们创作的新诗从旧诗词脱胎而来，"只有鲁迅氏兄弟全然摆脱了旧镣铐，周启明氏简直不大用韵。他们另走上欧化一路。走欧化一路的后来越过越多。"[①] "周先生却有一个'奠定诗坛'的功劳。……较为早些日子做新诗的人如果不是受了《尝试集》的影响就是受了周作人先生的启发。"[②]朱自清、废名的认识，客观地评价了周作人对当时以及后来新诗创作的

----

　　① 朱自清：《中国新文学大系诗集·导言》，上海良友图书印刷公司 1935 年版，上海文艺出版社影印本，第 3 页。

　　② 废名：《〈小河〉及其他》，王仲三《周作人诗全编笺注》，学林出版社 1995 年版，第 447 页。

深远影响。1929年，周作人把他在五四时期创作的新诗结集《过去的生命》出版，算是做了一个了断，后来转向了杂诗的写作。

一 忧生悯乱：古典诗歌优良传统的延续

周作人在《文字》一诗中说："出入新潮中，意思总一贯。"[①] 作为五四时期新文学的代表作家，他反对非人的文学，提倡人道主义文学，这种主张，可以说贯穿纵观周作人一生的诗歌创作。他评价自己创作的《小河》说："至于内容那实在是很旧的，假如说明了的时候，简直可以说是新诗人所大抵不屑为的，一句话就是那种古老的忧惧。这本是中国旧诗人的传统，不过他们不幸多是事后的哀伤，我们还算好一点的是将来的忧虑，……鄙人是中国东南水乡的人民，对于水很有情分，可是也十分知道水的利害，《小河》的题材即由此而出。古人云，民犹水也，水能载舟，亦能覆舟。法国路易十四云，朕等之后有洪水来。其一戒惧如周公，其一放肆如隋炀，但二者的话其归趋则一，是一样的可怕。"[②] 他评价自己的打油诗，也持相同的观点："我的打油诗本来写的很是拙直，只要第一不当他作游戏话，意思极容易看得出，大约就只有忧与惧耳。孔子曰，仁者不忧，勇者不惧。吾侪小人诚不足与语仁勇，唯忧生悯乱，正是人情之常，而能惧思之人亦复为君子所取，然则知忧惧或与知惭愧相类，未始非人生入德之门乎。"[③] 因此，忧生悯乱可以说是周作人诗歌最常见的主题，也是他人道主义文学创作实践。具体说来，他的忧生悯乱创作主旨可分为对社会现实的忧虑、个体生命情怀的书写和民众的同情，而这一切都可概括为人的文学内涵。

周作人对社会现实的忧虑，真实地反映在他创作的《小河》一诗之中。他的《小河》这样描述：一条稳稳向前流动的小河，润泽河两岸的桑稻，经过的地方，都变成一片锦绣。一个农夫在小河中间筑起一道土堰，后又筑起一道石堰，水要保他的生命，总须流动，现只在堰前乱转，失去了往日的微笑，在地底里呻吟，这引起了河边桑稻的忧虑，连田里的草和蛤蟆也都叹气。诗的结尾写道："水只在堰前乱转，/ 坚固的石堰，还是一毫不摇动。/ 筑堰的人，不知到那里去了。"这首诗隐含着

① 周作人：《知堂杂诗抄》，岳麓书社1987年版，第42页。文中所引周作人杂诗，均出自本书，不再一一标明。

② 同上，第10~11页。

③ 同上，第9页。

诗探索10 理论卷 2018年 第2辑

作者对社会现实的深深忧虑。1919 年前后的中国，内忧外患，危机重重，民众在社会底层挣扎求生、痛苦呻吟，内心积郁着愤怒的力量，一旦冲破坚固的石堰，如同洪水一般冲破一切，给社会造成极大的破坏，诗人为此忧心忡忡。周作人站在人道主义立场上，一方面同情人民的不幸遭遇，一方面给当局者提醒，应倾听人民的呼声。一直到 1927 年，他在《旧诗呈政》还说："堵河是一件危险的事，/古来的圣人曾经说过了，/我也亲见间壁的老彼得被洪水冲走了，/我准定抄那老头儿的旧法子了。"[①]周作人面对时代变局，忧虑日渐加深，表现出一个知识分子应有的良知。

　　同时期，周作人创作的《所见》写到警察与嫌疑犯两个人，"一样的憔悴的颜色，/一样的戴着帽子，/一样的穿着袍子，/只是两边的袖子底下，/拖下一根青麻的索子。我知道一个人是拴在腕上，/一个人是拿在手里，/但我看不出谁是谁来。"[②]又如《苦人》："沿城根统是苦人呵。苦人这两个字，引起我许多亲密的感情。"又如《两个扫雪的人》："阴沉沉的天气，/香粉一般的白雪，下的漫天遍地。/天安门外，白茫茫的马路上，/全没有车马踪迹，只有两个人在那里扫雪。/……祝福你扫雪的人！/我从清早起，在雪地里行走，/不得不谢谢你。"还有《背枪的人》："但他长站在守望面前，指点道路，维持秩序，只做大家公共的事，那背枪的人，也是我们的朋友，我们的兄弟。"周作人对生活在社会底层的普通民众如清洁工、警察、穷人甚至犯人都持一种平等观念，表现出强烈的爱心，是他人道主义思想的具体体现。但面对民众与政府的冲突，他就犹豫彷徨了，如《东京炮兵工厂同盟罢工》："他们替他造枪，/他给他们吃饭。/枪也造得够了，/米也贵得多了：/'请多给我们几文罢！'……枪也造得够了。/工厂的锅炉熄了火了，/工人的灶也断了烟了。/拿枪的人出来了，/造枪的人收监了。"劳资矛盾冲突的结果，可能会导致暴力运动，就像小河溃堰而出毁灭一切，给社会造成更大的破坏，这是周作人所不愿看到的景象，也是他深感忧虑的所在。

　　五四时期的中国，矛盾丛生，正处于社会变革的转折期，各种思想、主义纷至沓来，许多知识分子探索救国救民的道路，又看不清中国的出路，在遭受困顿与挫折后，容易滋生苦闷怅惘的情绪。正如周作人在《歧路》一诗中说："荒野上许多足迹，/指示着前人走过的道路，/有向东的，

---

① 周作人：《谈虎集》，上海书店影印 1987 年版，第 320 页。

② 周作人：《过去的生命》，见王仲三：《周作人诗全编笺注》，学林出版社 1995 年版，第 379 页。下文所引他的新诗均出自本书，不再一一标明。

有向西的，/ 也有一直向南去的。/ 这许多道路究竟到一同的去处么？/ 我相信是这样的。/ 而我不能决定向那一条路去，/ 只是睁了眼望着，站在歧路的中间。"他又说："我近来的思想动摇与混乱，可谓已至其极了，托尔斯泰的无我爱与尼采的超人，共产主义与善种学，耶佛孔老的教训与科学的例证，我都一样的喜欢尊重，却又不能调和统一起来，造成一条可以行的大路。"①周作人是一个寻路人，却寻找不到正确的道路，常常感到人的无力，感到人间的悲哀和忧惧。

周作人在杂诗中，也表现出忧生悯乱的思想。如《苦茶庵打油诗二十四首》其一："燕山柳色太凄迷，话到家园一泪垂。长向行人供炒栗，伤心最是李和儿。"

其十一："乌鹊呼号绕树飞，天河暗淡小星稀。不须更读枝巢记，如此秋光已可悲。"

其十四："野老生涯是种园，闲衔烟管立黄昏。豆花未落瓜生蔓，怅望山南大水云。"（夏中南方赤云弥漫，主有水患，称曰大水云。）

其二四："镇日关门听草长，有时临水羡鱼游。朝来扶杖入城市，但见居人相向愁。"

又如《丙戌丁亥杂诗》中《打油》："平生怀惧思，百一此中寄。"《童话》："圣王哀妇人，周公非所知。又复嘉孺子，此意重可思。"《花牌楼》其三："人生良大难，到处闻凄楚。不暇哀前人，但为后人惧。"

妇女问题是五四新文学关注的重要题材，妇女解放是人道主义文学主要内容。周作人反复咏叹妇女的不幸遭遇，但妇女解放的出路何在，常常使他深感忧虑。他自己解释《刘继庄》"生活即天理，今古无违碍。投身众流中，生命乃无涯"说："此种近于虚玄的话，在我大概还是初次说，但其实这也是根据生活的原则来的，并不是新想到的意思，我的意思是看重殉道或殉情的人，却很反对所谓殉节以及相关的一切思想，这也即是我的心中所常在的一种忧惧，其常出现于文诗上，正是自然，也是当然的事。"②周作人反对旧礼教对女性的束缚，却看重男女之间真挚的感情，真正的两情相悦，殉情者是值得尊重的。但在旧道德的深重压迫下，女性常常是受侮辱、受损害的弱势群体，妇女解放绝不是一朝一夕可以达成的，周作人的新诗和杂诗反复吟咏女性题材，表达了对女性的同情和尊重。

忧生悯乱是"中国诗人最古的那一路思想"，《诗经》导其源，汉

---

① 周作人：《山中杂信》，《雨天的书》，岳麓书社1987年版，第126~127页。

② 周作人：《杂诗题记》，见王仲三：《周作人诗全编笺注》，学林出版社1995年版，第280页。

诗探索10 理论卷 2018年 第2辑

乐府承其流，又经过历代诗人的反复书写，成为中国古典诗歌的主流之一，周作人的诗歌创作延续了这一优良传统。他创作的儿童诗和女性题材的诗歌，丰富了这一传统的人文内涵，是对古典诗歌的继承发展。

二 语体散文：古典诗歌形式的突破

周作人的新诗创作，在形式上既受到欧洲俗歌的影响，也受到中国歌谣的影响，但也不能排除古典诗歌艺术形式的滋养，他抛弃了旧体诗的格律要求，却发展了旧体诗的修辞手法和新境界，为新诗的发展开辟了一条新路。朱自清先生说他的新诗走的是"欧化一路"，许多评论者也说他完全摆脱了旧诗词格律的束缚，这种认识并不能突出周作人新诗创作对新诗坛的贡献。他自己也说："在形式上可以说，摆脱了诗词歌赋的规律，完全用语体散文来写，这是一种新表现。"周作人用散文的形式写作新诗，运用自然流畅的白话和拟人、象征等手法，凝练新颖的意象，营造一种诗意的情调，这在新诗创作初期，给人耳目一新之感，的确是一种创新。

朱德发《中国五四文学史》评价《小河》说："十分注意音节的和谐，自由自在，无拘无束完全冲破了旧诗的镣铐。虽然有点'散文化'，但在那种冲淡自然的笔调里却满贮着浓郁的诗意。"这种评价也可以说是对周作人新诗的总体评价。他的新诗常常运用色彩、意象来营造优美的意境，意味隽永。如《慈姑的盆》："清冷的水里，荡漾着两三根，/飘带似的暗绿的水草。/时常有可爱的黄雀，/在落日里飞来，/蘸水悄悄地洗澡。"又如《秋风》："一夜的秋风，/吹下了许多树叶，/红的爬山虎，/黄的杨树叶，/都落在地上了。/只有槐树的豆子，/还是疏朗朗的挂着。"《山居杂诗》："一片槐树的碧绿的叶，/现出一切的世界的神秘，/空中飞过的一个白翅膀的百蛤子，/又牵动了我的惊异。/我仿佛会悟了这神秘的奥义，/却又实在未曾了知。"又如《爱与憎》："蔷薇上的青虫，看了很可憎，/但他换上美丽的衣服，翩翩的飞去。/稻苗上的飞蝗，被着可爱的绿衣，/他却只吃稻苗的新叶。/我们爱蔷薇、也能爱蝴蝶。/为了稻苗，我们却将怎么处？"他的新诗，喜欢用红、黄、白、绿等各种色彩，运用花草虫鸟等意象，富有诗情画意。他的《小河》《歧路》《饮酒》《昼梦》等诗通篇运用象征手法，表现了他的忧惧、苦闷和彷徨，思考人生存在的意义，是最有现代精神的诗篇。

周作人在《扬鞭集序》中说："新诗的手法，我不很佩服白描，也不喜欢唠叨的叙事，不必说唠叨的说理，我只认抒情是诗的本分，而写法则觉得所谓'兴'最有意思，用新名词来讲或可以说是象征。让我说一句陈腐话，象征是诗的最新的写法，但也是最旧，在中国也'古已有之'，我们上观国风，下察民谣，便可以知道中国的诗所用兴体，较赋与比要更普通而成就亦更好。"① 从《诗经》的兴体到现代象征手法的运用，周作人对古典诗歌手法进行创造性地转换，是对《诗经》以来比兴传统的新发展。

他的杂诗，形式上虽是旧体诗，他开始称为"打油诗"，表示不敢以旧诗自居，后来称为杂诗。他说自己的杂诗："初无格律，亦多出韵，本不可以诗论，但期达意而已。"② 又说："因为文字杂，用韵亦只照语音，上去亦不区分，用语也很随便，只要在篇中相称，什么俚语都不妨事，反正这不是传统的正宗旧诗，不能再用旧标准来加以批评。……我觉得这种杂诗比旧诗固然不必说，就是比白话诗也更为好写。有时候感到一种意思，想把它写下去，可是用散文不相宜，因为事情太简单，或者情意太显露，写在文章里便一览无遗，直截少味，白话诗呢又写不好，如上文所说，末了大抵拿杂诗来应用。"③ 在周作人看来，他写的杂诗，并非严格意义上的旧体诗，因为不讲究格律押韵的要求，形式比较灵活，创作起来比白话诗还要自由。他因"事情太简单""情意太显露"，又不适合用散文来写，就只能用来写作杂诗了。

事实上，无论是新诗，还是杂诗，周作人都有一个基本的判断，他称之为诗的东西，与普通的散文没有什么不同。"当初不过有点意思，心想用诗的形式记了下来，这内容虽然近于散文，可是既称为诗，便与诗有一点相同的地方，便是这也需要一点感兴。"④ 又说："我本不会做诗，但有时候也借用这个形式，觉得这样说法别有一种味道，其本意则与散文无殊，无非只是想表现出一点意思罢了。寒山曾说过，分明是说话，又道我吟诗。我这一卷所谓诗实在乃只是一篇关于儿童的论文的变相，不过现在觉得不想写散文，所以用了七言四句的形式，反正这形式并无什么关系，就是我的意思能否多分传达也没有关系。"⑤ 他用散

---

① 周作人：《扬鞭集序》，《谈龙集》，上海书店1987年版，第68页。

② 《往昔三十首后记》，《知堂杂诗抄》，岳麓书社1987年版，第37页。

③ 《杂诗题记》，《知堂杂诗抄》，岳麓书社1987年版，第101~102页。

④ 《知堂杂诗抄前序》，《知堂杂诗抄》，岳麓书社1987年版，第7~8页。

⑤ 《儿童杂事诗序》，《知堂杂诗抄》，岳麓书社1987年版，第57~58页。

诗探索10 理论卷 2018年 第2辑

文的方式写杂诗，这是很明确的创作意识，这是对韩愈"以文为诗"的继承。

他的《往昔三十首》多写他喜爱的古圣先贤事迹，如神农氏、老子、菩萨、长沮、桀溺、范蠡、王充、王羲之、李白、苏轼、黄庭坚、陆游、王守仁、李贽、徐渭、王思任、陈洪绶、蒲松龄等，还有故乡的风俗景物如夜航船、河与桥、玩具、炙糕担，也有他研究的神话与性心理等等，组诗为五言古诗，每首二十句，以"往昔读某某，吾爱某某某"开篇，中间叙述历史人物事迹，往往寥寥数语，勾勒其人事迹或特征，精妙传神，结尾处把自己的意见或态度和盘托出。形式是旧体诗，却都是按照散文的句法结构来安排写作的，如果把这组诗当作一则则小品文阅读，亦无不可。如《神农氏》："往昔读古史，我爱神农氏。教民务稼穑，文化自兹始。又复教医术，百姓无夭死。舍身尝百草，辛苦非徒尔。今朝嚼人参，晚或吞附子。巴豆与甘草，有时一齐饵。非有水晶腹，内景何由视。（俗传神农氏有水晶肚皮）头顶似山峰，得无毒气聚。野人多风趣，拟议得神理。可笑唯仓圣，四眼非佳谥。"文字明白如话，叙述神农氏教民耕种、亲尝百草、熬制草药为民治病的事迹，表达了他的敬仰之情。

又如《性心理》："往昔务杂学，吾爱性心理。中国有淫书，少时曾染指。有如图秘戏，都是云如是。莫怪不自然，纲维在男子。后读西儒书，一新目与耳。无有秽与净，横陈观玉体。人欲即天理，非鸩亦非醴。（李笠翁在《肉蒲团》中，曾有类似之意见。）为酬平生愿，须得大欢喜。大食有香园，反复明斯旨。（《香园》者阿剌伯古书，可与《素女经》之类相比，而性质意见绝不相似。）今经科学光，明净故无比。"这首诗可以说周作人性观念的宣言书，他受英国学者霭理斯性心理学的影响，认为"人欲即天理""无有秽与净"，反对假道学的禁欲主义与不净观，提倡科学的净观。他说："生活之艺术只在禁欲与纵欲的调和。霭理斯对于这个问题很有精到的意见，他排斥宗教的禁欲主义，但以为禁欲亦是人性的一面，欢乐与节制二者并存，且不相反而实相成。"[1]又说："平常对于猥亵事物可以有三种态度，一是艺术地自然，二是科学地冷淡，三是道德地洁净：这三者都是对的，但在假道学的社会中我们非科学及艺术家的凡人所能取的态度只是第三种，（其实也以前二者为依据，）自己洁净地看，而对于有不洁净的眼的人们则加以白眼，嘲弄，以至于

① 周作人：《生活之艺术》，《雨天的书》，岳麓书社1987年版，第88页。

新诗与中国古代诗学

训斥。……我们当从艺术科学尤其是道德的见地，提倡净观，反抗这假道学的教育，直到将要被火烤了为止。"①这两段话，可以说是《性心理》"无有秽与净，横陈观玉体。人欲即天理，非鸩亦非醴"最好的注脚，诗的内容与文章的内容并无二致，杂诗是散文的浓缩，他的杂诗与散文相互印证，达到高度的契合。

周作人的新诗和杂诗，都带有散文化的倾向。他的新诗，正如他自己所言，较多采用古典诗歌的兴体，由兴体发展为象征，更自由地表达新思想；而他的杂诗，不再顾忌诗词格律的拘束，以文为诗，语言明白如话，意味隽永，充满浓郁的诗意，宣扬人的文学，拓展了诗歌的新境界，是对古典诗歌一种扬弃。

三 自成一体：周作人诗歌的融化创新

周作人的杂诗，开始自称打油诗，"意思是说游戏之作，表示不敢与正式的诗分庭抗礼，这当初是自谦，但同时也是一种自尊，有自立门户的意思，称作杂诗便心平气和得多了"②。他的杂诗，并不完全遵照旧体诗的格律，从严格意义上来说，这并非纯粹的旧体诗，只是采用旧诗齐言的形式。这类诗，与传统旧体诗区别主要还在于诗的结构是散文式的，明白如话，表现自由，思想新颖，他称为杂诗，从文体学的角度，的确是自成一体的。

他的杂诗，摒弃了旧诗宣扬愚忠愚孝的观念，反对旧礼教对女性的束缚，肯定现代人性价值，尊重儿童权利，同情女性，体现他一直主张的人的文学立场。他说："中国历代的诗未尝不受《诗经》的影响，只因有传统关系，仍旧囿在'美刺'的束缚里，那正与小说的将劝惩相同，完全成了名教的奴隶了。……但在文学上讲来，那些忠爱的诗文，（如果显然是属于这一类的东西，）倘若不是故意的欺人，便是非意识的自欺，不能说是真的文艺。"③在他看来，传统的载道文学并非真正的文艺，而真正的文艺在于人的文学。他花费很多精力，创作《儿童杂事诗七十二首》，还有提倡妇女解放的诗篇，妇女和儿童，是他创作新诗、杂诗的主要内容，表现对妇女儿童的同情和尊重，宣扬他一贯主张的人的文学。

---

① 周作人：《净观》，《雨天的书》，岳麓书社1987年版，第96~97页。

② 《知堂杂诗抄前序》，《知堂杂诗抄》，岳麓书社1987年版，第7页。

③ 周作人：《古文学》，《自己的园地》，岳麓书社1987年版，第22页。

诗探索10 理论卷 2018年 第2辑

周作人认为，衡量一个民族文明程度如何，应看这个民族对儿童、妇女及性的态度。他写过《王尔德童话》《歌咏儿童的文学》《俺的春天》《儿童剧》《玩具》和《儿童的书》等一系列关于儿童的文章，批评中国人不重视儿童，中国向来缺乏儿童的书、儿童的诗，对玩具冷淡。在一次为孔德中学做关于儿童文学的演讲，他呼吁说，我们要承认儿童有独立的生活，就是说他们内面的精神的生活与大人们不同，我们应当客观地理解他们，并加以尊重。另外，我们又知儿童的生活是转变生长的，可以放胆供给儿童需要的歌谣故事，不必愁它有什么坏的影响。他把这些认识归结为"儿童本位"的观念。如《画家》："两个赤脚的小儿，/立在溪边滩上，/打架完了，/还同筑烂泥的小堰。"又如《小孩》："我看见小孩，/又每引起我的悲哀，/洒了我多少心里的眼泪。/阿，你们可爱的不幸者，/不能得到应得的幸福的小人们！/我感谢种种主义的人的好意，/但我也同时体会得富翁的哀愁的心了。"周作人站在儿童的角度，对儿童的行为有充分的理解和尊重，这种观念在他的杂诗中有突出的表现。

　　《丙戌丁亥杂诗三十首》第二首《童话》云："平生有所爱，妇人与小儿。"妇女与儿童的确是他一生关注的对象，尤其是儿童，在新诗和杂诗中，反复抒写，倾注大量心力，希望全社会能够尊重儿童的权利。《童话》又云："着手儿童学，喜读无厌时。志在教与养，游戏实始基。围坐说故事，歌谣声喔咿。瓦狗及木马，哄笑共游嬉。撮土为盘筵，主客各陈词。儿童有权力，道理可发挥。"《儿童杂事诗》多写儿童故事、歌谣、玩具、风物、习俗以及古人对儿童的态度，包罗万象，表现他对儿童权利的重视。

　　周作人的儿童诗与关于儿童的文章相互参照，表达的思想是一致的。他认为儿童文学有两种错误方向，一是偏于教训，一是偏于玄美，都不承认儿童的世界，因此，他说："安徒生的《丑小鸭》，大家承认它是一篇佳作，但《小伊达的花》似乎更佳；这并不因为它讲花的跳舞会，灌输泛神的思想，实在只因它那非教训的无意思，空灵的幻想与快活的嬉笑，比那些老成的文字更与儿童的世界接近了。我说无意思之意思，因为这无意思原自有它的作用，儿童空想正旺盛的时候，能够得到他们的要求，让他们愉快的活动，这便是最大的实益，至于其余观察记忆，言语练习等好处即使不说也罢。总之儿童的文学只是儿童本位的，

新诗与中国古代诗学

此外更没有什么标准。"① 他对于儿童的见解，归纳起来，我认为是要立足于儿童本位，从儿童视角出发，考虑儿童心理，尊重儿童权利，鼓励他们游戏和自由玩耍，给他们更多自由成长的空间，发展他们的想象力和创造力，才能使儿童健康地成长。

周作人的新诗和杂诗，无论从内容或形式，对古典诗歌既有摒弃，又有创新，自成一体。他为刘半农诗集《扬鞭集》写的序言，阐述了他对新诗的看法，也可以说是他诗歌的主张。他说："我想新诗总是要发达下去的。中国的诗向来模仿束缚得太过了，当然不免发生剧变，自由与豪华的确是新的发展上重要的原素，新诗的趋向所以可以说是很不错的。我不是传统主义的信徒，但相信传统之力是不可轻侮的；坏的传统思想，自然很多，我们应当想法除去它，超越善恶而又无可排除的传统，却也未必少，如因了汉字而生的种种修辞方法，在我们用了汉字写东西的时候总得摆脱不掉。我觉得新诗的成就上有一种趋势恐怕很是重要，这便是一种融化。不瞒大家说，新诗本来也是从模仿来的。它的进化是在于模仿与独创之消长，近来中国的诗似乎有渐近于独创的模样，这就是我所谓的融化。"②

百年新诗的发展，呈现从模仿到独创的过程，周作人称之为"融化"。这种观点，时至今日，仍然是新诗发展的重要路径，正如当代著名学者吴思敬先生指出的"融化"就是"融合"，是"不同诗学文化间的相互吸收"，并进一步指出："诗学文化的冲撞与融合，既是各民族诗学文化发展的必由之路，又是在这种发展过程呈现的共同景观。但冲撞与融合不是目的，冲撞和融合的结果导致一种新的诗学文化的诞生。"所论良是。周作人摒弃古典诗歌的旧道德旧思想，提倡人的文学；在形式上嫁接转换，自成一体，体现出融化创新的精神，为中国新诗的发展提供了一条创新之路。

[作者单位：常州工学院教育与人文学院]

---

① 周作人：《儿童的书》，《自己的园地》，岳麓书社1987年版，第111页。
② 周作人：《扬鞭集序》，《谈龙集》，上海书店1987年版，第66~67页。

诗探索10　理论卷　2018年　第2辑

横移中的纵承

——纪弦与中国古典诗学

杨景龙

中国古典诗学与二十世纪新诗名家之间，存在着一脉不断的血缘传承关系。二十世纪取得可观创作成就的新诗名家，大都有着深厚的古典诗学背景和诗艺渊源。具备文学史意识的大多数新诗名家都明确地意识到，要想提高新诗艺术，必须向辉煌灿烂的古典诗歌学习，在继承、借鉴中创新发展，实现古典诗学在新诗创作中的现代创造性转化。但也有少数新诗人如纪弦，强调"新诗乃横的移植，而非纵的继承"[①]，断然否认二十世纪新诗与中国古典诗歌的联系。然究其创作实际，亦很容易让人看出其横移之中的诸多纵承因素。与大多数二十世纪新诗人一样，纪弦的新诗作品，也在在打上了中国古典诗学的鲜明遗传印记。

一 伦理精神与重情倾向

纪弦生于 1913 年，从十六岁开始写诗，迄于晚年时有作品问世，诗龄已逾八十载，堪称诗歌史上的一个奇迹。在漫长的人生岁月和创作历程中，纪弦写下过不少爱情诗，如《恋人之目》《蓝色之衣》《如果你问我》《黄金的四行诗》《赠内诗》等，都是名篇。这些现代爱情诗作品，或有着中国古典爱情主题诗歌浓重的伦理精神和突出的重情倾向，或自古典诗歌名篇之中脱化而出。

中国爱情主题诗歌的伦理精神，肇始于《诗经》和《楚辞》，是中国传统血缘宗法、礼制教化社会的产物。社会和礼教需要把男女两

---

① 《现代派六大信条》，台湾《现代诗》第 13 期，1956 年 2 月 1 日。

性间基于欲望产生的爱情婚姻关系，纳入伦理教化的范畴。《诗经》时代，社会正处于从原始遗习残存状态走向礼教规范的过程中，统治者十分重视"正夫妇"的典范意义，以之达到"厚人伦，美教化，移风俗"的目的①。《诗经》中的婚恋诗、思妇诗、弃妇诗，都散发着一股伦理的气息。《楚辞》作品如《离骚》中的"求女"，尽管是政治寓托，但屈原恪守借助媒介以通婚姻的礼教规矩，坚持求女之道决不苟且的伦理原则，对后世熟读《离骚》的诗人、诗评家肯定会产生影响。伦理意识在礼教强化的汉代乐府诗和文人诗歌中表现得更突出，此后历代诗人写作的大量寄内怀远、伤逝悼亡之作，其间无不灌注着夫妻之爱的饱满伦理精神。二十世纪新诗是反封建文化、反封建礼教的产物，产生了许多与婚姻夫妻关系无关的纯粹的爱情诗，但父权式家庭结构并未解体，一夫一妻的家庭生活仍然是男女之间最普遍的联系方式，所以充满伦理精神的婚爱也仍然是两性爱情的基本内容。早期新诗人如胡适的《应该》、闻一多的《红豆篇》，大陆诗人如流沙河的《妻颂》、林希的《夫妻》、李加健的《给妻子》、黄永玉的《献给妻子们》、邵燕祥的《银婚》，台湾诗人如纪弦的《黄金的四行诗》、余光中的《珍珠项链》、桓夫的《风筝》、李勤岸的《夫妻》、天洛的《书法》等，都是表现婚爱的伦理情感的佳作。试看纪弦《黄金的四行诗》：

> 今天是你的六十大寿，
> 你新烫的头发看来还很体面。
> 亲戚朋友赠你以各种名贵的礼物，
> 而我则献你以半打黄金的四行诗。
>
> 从十六岁到六十岁，
> 从昔日的相恋到今日的相伴，
> 我总是忘不了你家门口站着玩耍的
> 那蓝衫黑裙的姑娘最初之印象。
>
> 我们生逢乱世，饱经忧患，
> 而女子中却少有像你那样的坚强。
> 我当了一辈子的穷教员，
> 夫人啊，你也是够辛苦的。

---

① 《毛诗序》，《中国历代文论选》（一），上海古籍出版社2001年版，第63页。

每个早晨，老远地看见你，
拎着菜篮子缓缓地走回家来，
我一天的工作就无不顺利而快速，
——一路上亮着绿灯。

我们已不再谈情说爱了，
我们也不再相吵相骂了。
晚餐后，你看你的电视，我抽我的烟斗
相对无言，一切平安，噢，这便是幸福

几十年的狂风暴雨多可怕！
真不晓得是怎样熬了过来的。
我好比漂洋过海的三桅船，
你是我到达的安全的港口。

  纪弦的诗往往爱走极端，出语惊人，意象奇僻，但这首诗用的是朴素的写实手法，从夫人六十大寿，"当了一辈子的穷教员"的诗人献诗祝寿写起，然后回忆"从十六岁到六十岁"，几十年间"从昔日的相恋到今日的相伴"的爱情、婚姻生活。诗的结尾，诗人回首世路风波，感叹不已，用两句诗总结了他和夫人的关系："我好比漂洋过海的三桅船／你是我到达的安全的港口"。将几十年的爱情、婚姻生活中妻子对自己的关爱、呵护，比喻为永恒的停泊、栖息之地，妻子对诗人的无比重要，诗人对妻子的最深感激、最强依恋和最高赞美，都包含在这个比喻之中了。和平淡泊，洗尽铅华，是这首诗风格上的最大特点，仿佛不是在作诗，而是心愫的自然流露。真所谓"贫贱夫妻百事哀"，读来极为感人。他的《赠内诗》，直接使用了这一被古典诗人反复使用过的夫妻伦理性质明显的题目，诗中有句"散步时，互为手杖"，也就是"携手相扶将"的意思，"长相厮守，永不分离"的诉求，更是"执子之手，与子偕老"的中国式夫妻伦理情感的表白。诗的末段认为妻子比"全世界所有的女子"——那些电影明星、中国小姐、美国小姐、第一夫人、女诗人们"都更重要"，足见其夫妻伦理情感之浓挚。他的《奇迹》，之所以对"爱情"设置"要塞"，禁止通过并痛下杀手，恐怕主要原因是这份"爱情"溢出了伦理规范。

  纪弦的《如果你问我》一诗，则有着中国古典爱情主题诗歌的突出重情倾向。古典爱情诗词，一方面是对爱情伦理的恪守，另一方面，又经常出现为了爱情逾越伦理规范的内容①，如《诗经》的《鄘风·柏舟》《王风·大车》等，当爱情与礼教伦理发生矛盾冲突的时候，这些诗中的抒情主人公坚定地选择了爱情。这种为情违理的情况，甚至屡屡发生在文学史上一些大诗人如元稹、李商隐、陆游、朱彝尊等人身上。古典爱情诗词中的抒情主人公，为了爱情，可以献出生命，如汉乐府《孔雀东南飞》、南朝乐府《华山畿》所写；为了爱情，可以不计利害，不顾后果，如韦庄《思帝乡》"春日游"所写；为了爱情，主体人格尊严也可以放倒，如崔怀宝《忆江南》"平生愿"所写；而一旦相爱，任是海枯石烂也改变不了相爱的决心，如汉乐府《上邪》、敦煌曲子词《菩萨蛮》"枕前发尽千般愿"所写。崇尚个性解放的二十世纪新诗，更加发展了古典情诗中的重情和叛逆传统。汪静之的《过伊家门外》、俞平伯的《假如你愿意》、闻一多的《国手》、洛夫的《我在水中等你》、林子的《给他》、舒婷的《神女峰》等都是此类名篇。尝以独步天地之间、无视一切存在的"狼"自喻的纪弦，世间好像没有什么能教他驯服。唯在爱情面前，他变得俯首帖耳，温柔顺从，他的《如果你问我》一诗三问三答，重情倾向极为突出："如果你问我：'世间什么最宝贵？'/'不是天才，不是智慧，/最宝贵的是你的爱。'//如果你问我:'如何方使你满足？'/'最好是有你爱我，/纵然我是天才中之天才。'//如果你再问：'假如一旦我死了？'/'那我便毁灭了自己的生命，/而我们将在幽冥中相爱。'"第一问涉及价值标准和价值判断，第二问涉及人的需要满足，第三问涉及人的情感态度，均极言爱情对自己的重要性，一个自负、孤傲的"天才"，原来竟是一个爱情至上主义者。读这首诗，总让我们记起"信知尤物必牵情，一顾难酬觉命轻"（韩偓《病忆》）、"人间无物比多情，江水不深山不重"（张先《木兰花》）、"问世间情是何物，直教生死相许"（元好问《摸鱼儿》）一类重情的古典爱情诗词名句。

夫妻伦理之外，中国古典诗歌中多有表现的师生、朋友和血缘伦理情感，也对纪弦有所渗透。《师恩》《赠仁宇》两首抒发师生间的伦理情感，《寄老友蔡章献》《半岛之歌》《读旧日友人书》《寄诗人李华飞》几首抒写朋友伦理情感，《寄诗人李华飞》写"乱世久别"的故人情谊，写当初的年轻，而今的"子女成行""儿孙满堂"，写忽听"故人声音"的欣喜，写共同举起"酒杯"，诗中的时代背景、情感内涵都与杜甫《赠卫八处士》相近，字句也与杜诗的"惊呼热中肠""昔别君

---

① 可参看杨景龙：《试论中国爱情主题诗歌的民族特色与传承演变》，《诗探索》理论卷，2008年第2辑。

未婚，儿女忽成行""一举累十觞"略相仿佛。《玄孙狂想曲》《给后裔》《为小婉祝福》几首抒写血缘伦理情感，而近于"宇宙诗"。《八十自寿》则借古典诗词"自寿"的传统方式，全面回顾、总结了自己在漫长的岁月里，与"国家民族、列祖列宗、子子孙孙以及同时代人"的伦理关系与情感，而旨归于超脱，洋溢着生活过并且还在生活着的满足喜悦，展示了阅历沧桑后的澄明之境。

《蓝色之衣》和《恋人之目》二诗，则与古典诗歌存在着借鉴化用关系。《蓝色之衣》所写斜阳黄昏里的等待，是自《诗经》的《君子于役》开始，历代思妇怀人诗词反复抒写过的时空情境。第三段的虚拟重逢，又是历代离别相思诗词常有的心理时间的超前展开。行句完全相同的二、四两段："归来呀，待你良久了／想看你蓝色之衣"，复沓章法来自《诗经》自不待言，对"蓝色之衣"的念想，也未尝不是活用《郑风·子衿》篇"青青子衿，悠悠我心"诗意，不过把"青青子衿"变为"你蓝色之衣"，至于"悠悠"的"想"，古今则是一样的。名篇《恋人之目》，1937 年写于苏州，迟至 1990 年的《二十一世纪诗三首》之一中，纪弦仍不忘自炫"我就是那首很美的四行诗／《恋人之目》的作者"，可见其看重程度。诗的第一节两行："恋人之目：／黑而且美"，是对《诗经·卫风·硕人》描写庄姜"美目盼兮"一句的现代改写，"美目盼兮"的"盼"，就是眼睛黑白分明的样子。加上"恋人"二字，则可以调动几乎每一个现代人的情感经验，唤起读者的亲切感觉。"恋人"眼中的"恋人之目"，自然是"黑而且美"的，所谓"情人眼里"，这两行诗深契恋爱中人的心理。至于诗的第二节："十一月，／狮子座的流星雨"，则是现代加域外。两千五百年前描摹庄姜之美的上古诗人，调动的是农耕社会的日常经验用作比喻，诸如"手如柔荑，肤如凝脂，领如蝤蛴，齿如瓠犀，螓首蛾眉"那一连串具体切近的博喻，他是肯定不知道什么"狮子座""流星雨"的。而纪弦作为现代诗人，采的是"远取譬"，即从眼前"黑而且美"的"恋人之目"，一下子跳逸到"十一月"里"狮子座的流星雨"这一天文奇观。"狮子座"是欧洲人按月份划分人的性格命运的概念，"流星雨"是天文学的现象，是科学名词。大约与恋人相遇在"十一月"，热恋激溅的火花灿烂如"流星雨"；甚或这个相遇的"十一月"，真有一场"狮子座"的"流星雨"的天文现象出现。诗人远取譬，仍是为了形容"恋人之目"的"黑而且美"，夜色是墨黑的，夜的天宇是幽邃的，"流星雨"出现在墨黑幽邃的夜的天宇，显得格外璀璨奇美，这个不凡的比喻赋予"恋人之目"以无限神奇的想象和美感。

解读这首小诗，检视其中古典的、现代的、域外的因素的交融共存，读者也许可以由此悟得一首现代诗是如何生成的。

二 故乡与故国情思

纪弦1949年离开大陆赴台，1976年从台岛移居北美，离乡去国的生存现实，让诗人触处兴感，催生了一大批思乡怀国的乡愁主题诗歌。从1950年代初写于台北的《眺望》，到二十世纪末写于北美圣马太奥的《在异邦》，总计有数十首之多，在他的全部创作中，占有不轻的分量。这些现代乡愁诗，无论在情感内涵还是表现形式上，都与古典乡愁主题诗歌吻合。古典乡愁主题诗歌在内容上，往往乡情、亲情、爱情和祖国情打成一片，地域乡愁与文化乡愁融为一体，故乡与祖国，是天涯游子的情感寄托，更是其灵魂皈依；在表现上，则形成了几种肇始于"诗胎""诗祖"的"原型"模式，诸如登高思乡、望月思乡、佳节思乡、远望当归、秋风日暮起乡愁、闻声思乡、梦忆还乡、题咏抒乡情等①。纪弦现代乡愁诗的情感与表现，皆是对古典乡愁主题诗歌一脉不断的承传。

先看纪弦写于台岛的乡愁诗。《眺望》写于初到台湾的1952年，诗中"修长、寂寞"的槟榔树，是诗人自喻。槟榔树"眺望使人落泪的地平线"，喻指诗人眺望故乡，包含着古典乡愁主题诗歌中肇始于汉乐府《悲歌》的"远望当归"模式。《云和月》希望自己化作一片云，从台湾的大屯山飘回大陆的秦岭；变成一轮月，照着淡水河，也照着扬子江。这首小诗在表现上，使用了肇始于《古诗十九首》"明月何皎皎"的"望月思乡"模式及"远望当归"模式。首句"云横秦岭"，借韩愈"云横秦岭家何在"半句，以"不言言之"的省略，唤起"家何在"的漂泊之感喟。《法海寺》《五亭桥》怀念故乡扬州，二诗所写内容，文化乡愁的意味很浓；所写时空，皆是"夕阳黄昏"，又契合了古典乡愁主题诗歌肇始于《诗经·邶风·式微》的"日暮起乡愁"模式。《又见观音》第二节："还记得当年第一个攀登顶峰的饮者吗？/他竟西望海峡的那边而泪下如雨了"，包含了肇始于《诗经·魏风·陟岵》的"登高思乡"模式和"远望当归"模式。末二句"我瞧着你，你瞧着我，你我无言而默契，/不也是朝朝暮暮相看两不厌的么？"，化用李白《独坐敬亭山》

---

① 可参看杨景龙《古典诗词曲与现当代新诗》第五章，河南文艺出版社2004年版，第133~171页。

诗探索10 理论卷 2018年 第2辑

句意。《春寒》中的乡愁，是由惊异于他乡的"满眼绿意来得太早"引发的，这不就是初唐杜审言《和晋陵陆丞早春游望》中的"独有宦游人，偏惊物候新"的现代翻版吗？

再看纪弦写于移居北美之后的乡愁诗。1976年底，诗人移居美国，不仅怀念大陆故乡，也怀念第二故乡台湾，北美的乡愁比台岛的乡愁更浓烈。与台岛的乡愁不同，这是真正意义上的离乡去国，远走天涯，是一种彻底的疏离与放逐，隔着浩瀚的太平洋，故乡故国一片茫茫。《茫茫之歌》即写诗人因思乡怀国而生出的时时、处处、事事皆"茫茫"之感，章法、句式的复沓是《诗经》的"原型"形式，泪眼"朝朝暮暮凝视太平洋"的那边，仍是汉乐府《悲歌》"远望可以当归"之意。《树》则"借题咏抒乡情"，第一节中的"槟榔、椰子、蒲葵及其他棕榈科植物"，是诗人"最最喜爱的"台湾的树种；第三节中的"槐树、榆树、梧桐及其他落叶乔木"，是诗人"常常想念的"大陆的树种；这些树的意象，经常出现在纪弦的诗中。《山水篇》宣称"我的山是秦岭。/我的水是长江"，这是一种深植于种族血缘的，虽漂泊异域但"深固难徙"的根意识。诗人梦中陶醉于故国山水，与古典乡愁主题诗歌"梦忆还乡"模式相契合。《乡愁五节》依时间顺序，写了儿时旅途的乡愁，少年流浪的乡愁，中年漂泊台岛的乡愁，晚年放逐异邦的乡愁，稍嫌平实。第五节突发奇想，写二十一世纪乘坐超光速的太空船到火星上观光时，在外太空对"浅蓝色的地球"的乡愁，翻出古典乡愁主题诗歌未写之新意。《在异邦》写被遗弃感和被放逐感。《橘子与蜗牛》张扬种族与文化的尊严。《致中国立葵》第一节回忆故乡的立葵长得高大豪华，第二节则是化用汉乐府"高田种小麦，终久不成穗。男儿在他乡，焉得不憔悴"的意思。《重阳雨》"佳节思乡"，淅沥的秋雨，寒凉的秋意，又一次让诗人记起家乡扬州故居。《在太平洋遥远的那一边》"远望当归"，形式上用复沓章法。诗中再一次出现了家乡老宅后院"那五棵美丽的梧桐树"意象，所谓故国乔木，桑梓之地，让诗人一生萦系于心。梧桐树见证了诗人童年和少年的许多故事，也见证了诗人幸福的恋爱和婚姻，这与古典乡愁诗中乡情与爱情合写的笔法是一致的。《去国十余年》组诗三首，用的是日本排句形式，之一《给树》问候台岛的槟榔与蒲葵"别来无恙否？"之二《给岛》写十余年间朝暮西望第二故乡"美丽岛"，亦是"远望当归"模式。之三《给人》写给诗人"最最怀念"的台湾"中年的一代"诗友。《对于山的怀念》也是一组俳句，四首分别写了台岛的阳明山、阿里山、彰化平原上的山和观音山。《二十一世纪诗三首》

之三《圆舞》写诗人乘"碟形宇宙船"远游"仙女座大星云"归来，听到台湾民谣《阿里山的姑娘》，感而下泪。这是古典乡愁主题诗歌的"闻声思乡"模式。《梦观音山》与《致终南山》二诗，都是从梦境切入，实质上都是"梦忆还乡"模式。前者写梦见观音山而哭醒，山关切地问询天涯游子"在何方"？后者写梦中、心中、诗中也就是想象中的终南山色，纪弦虽然从未真正见到过终南山的姿容，但那秦岭"最美也最诗的一部分"，王维、祖咏、韩愈等唐代诗人题咏过的终南山，是他的祖籍所在，生命的根本所在，让他思慕不已，梦绕魂牵。

纪弦的乡愁诗写得最出色的应数《一片槐树叶》《梦终南山》和《年老的大象》几首。《一片槐树叶》写于1954年，以题咏的方式抒写乡愁与国爱，那片"如蝉翼般轻轻滑落的"槐树叶，捡自江南或者江北的某个城市的某个园子，"被夹在一册古老诗集里"，多年后竟是完好如初。他感觉这片"浅灰黄色的槐树叶"，是全世界最美、最珍奇也最使人伤心流泪的一片，因为它来自故国，"还沾着些故国的泥土"。诗人渴望有一天能够回到故国的怀抱，"去享受一个世界上最愉快的 / 飘着淡淡的槐花香的季节"。《梦终南山》1991年作于北美，诗写梦中回到故乡，坐在终南山的岩石上"哼了几句秦腔 / 喝了点故乡的酒"，恋恋不舍地"以手抚之良久"，并且认出了"山下那冒着袅袅炊烟的小小村落 / 不就是我渴念着的故乡终南镇么？"诗人感到自己的故乡是"最美的所在 / 最令人流泪的"，所以当鸡叫声把他的乡梦惊醒，这个以孤傲著称的诗人，竟哀哀地请求梦婆婆："让我留在这梦中不要哭醒才好……"回到故乡母亲身旁，再坚强的硬汉也会变得孩子般脆弱。这首《梦终南山》虽仍留有纪弦式的冷意和深度，但给人的主要感觉是乡情绵绵。此诗借助梦境抒写乡情的手法，与古典乡愁主题诗歌的"梦忆还乡"模式吻合。写于1993年的《年老的大象》最有创意：

> 年老的大象，在它死前，
> 无论漫游到了多远的地方，
> 总要设法走回它幼年饮水处，
> 巡视一番，作一生之回忆，
> 如此，它就一无遗憾了。
> 而我，我也要在我有生之年，
> 漂洋过海，从一个洲到一个洲，
> 回到我久别的故国，家乡，
> 去看看我小时候放风筝的广场，

诗探索10 理论卷 2018年 第2辑

把百万字的自叙传写完，然后含笑倒下。

诗的前半所写"年老的大象"的故事，是作为比兴手法使用的，这样"先言他物"，目的是为了引出后半的叶落归根之意。年老的大象死前"无论漫游到多远的地方"，总要回到"它幼年饮水处"，作为生命的归宿；一如"漂洋过海"的诗人，暮年终要回到"故国家乡"，然后"含笑倒下"，方觉死而无憾。诗的前半是对《楚辞·哀郢》中"鸟飞反故乡兮，狐死必首丘"诗意的改写，诗人用回到幼年饮水处的"大象"，置换了《哀郢》中飞返故乡的"鸟"与首丘的"狐"。另一位台湾诗人余光中写于 1960 年代留美时期的《当我死时》，与此诗略相仿佛。

三 知性与谐趣

纪弦诗歌有着突出的主知倾向。由于主知主理的宋诗与新诗的"发生"关系密切，所以，新诗的肌体内就不可避免地带有宋诗的遗传因子，这种遗传因素在此后的新诗发展过程中时有显现，与西方现代主义诗歌的外来影响相交迭，形成了新诗领域一脉不绝的主知传统[①]。纪弦以"知性之强调"为现代诗的基本精神，上承二十世纪二三十年代象征派和现代派的诗观。纪弦即路易士，本身就是二三十年代现代派的一员。现代派诗人徐迟在三十年代就提出过"放逐抒情"的口号，从而使诗不再以情动人而以思启人，来达到"知性"的目的。纪弦进一步发挥了"知性"的观念，他认为："现代诗的本质是一个'诗想'，传统诗的本质是一个'诗情'。19 世纪的人们以诗来抒情，而以散文来思想；作为 20 世纪的现代主义者的我们正好相反：我们以诗来思想，而以散文来抒情。现代诗在本质上是一种'构想'的诗，一种'主知'的诗。"[②]这种观点在横向上呼应二十世纪初英美意象派所追求的"硬朗""干燥""客观""造义"的诗风，纵向上与宋诗"议论""主理""瘦劲""奇僻""枯淡"的诗风遥相接通。在这种诗观的指导下，纪弦写下了不少主理、思辨的现代诗，遂使"知性的普遍加强"成为纪弦诗歌的一大特色。

纪弦现代诗的知性在其作品句法上的体现，是多用"因为""所以"

---

① 可参看杨景龙：《主情、主知与主趣——试论新诗发展史上的唐诗、宋诗和元曲路径》，《文学评论》2004 年第 6 期。

② 纪弦：《从自由诗的现代化到现代诗的古典化》，《现代诗导读·理论篇》，台湾故乡出版社 1979 年版，第 26 页。

等因果句,如"因为是永远不给人坐的,/所以就当然的轮不到我了"(《椅子》),"正因为他常把我们当作他的朋友来看待,/所以我们才更有资格"(《上帝的朋友》)等,推理、逻辑性很强。他的《凤凰木狂想曲》,末节第一行用"总之"承上,像是论文做法上的先分后总。在构思上的体现,是他的不少诗整体上搭起逻辑推理的框架,用理性议论和逻辑推演构建文本,如《上帝造人人造酒》《阴影悲剧噩梦》《人类的二分法》《一元论》等,当然在整体的逻辑推理框架中,填充的仍是日常的生存感觉和情绪宣泄。

生活在二十世纪的纪弦,诗中多有科学内容,对其作品的知性起到了强化作用。早期的《光》有句:"因为光的秒速/是一八六〇〇〇里";《输家》中出现了"反物质""原子"等物理学术语;《致彗星KOHOUTEK》则写彗星"八万年"的来访周期和"五百万英里长的"彗尾。纪弦写有许多"宇宙诗",且以此自鸣得意,如《宇宙论》《物质不灭》《恒星无常》《星际之舞》《有一天》《早安,哈伯》《无题之飞》《玄孙狂想曲》《寄老友蔡章献》《籍贯论》《宇宙诞生》《给后裔》《梦想》《圆与椭圆》等,主知倾向突出。这些诗多写宇宙的收缩与膨胀、爆炸的"周而复始的循环",而在科学的知性中加入"上帝"等宗教神学的内容,又不乏诗的想象,《宇宙论》的"后记"值得注意[1],这段话是他创作宇宙诗的指导性纲领。这些宇宙诗中充满"无常感",如《恒星无常》所写:"凡恒星必死亡。诸如天狼、织女、北斗七星等等,总有一天要老化的,然后,经爆炸而消失;或者,变成一个黑洞,不再发光。——这就叫作'无常'。""无常"感是古典诗人反复咏叹的老调,所不同的是,古典诗人总是以天体永恒反衬人世无常,纪弦则以现代天体物理科学的知识为依托,写天体与人世同其"无常"。纪弦的宇宙诗还常写自己或子孙乘坐"碟形的宇宙船"飞出太阳系、银河系,飞到另一个"岛宇宙",然后再回到地球故乡。这一类宇宙诗仿佛古典诗歌中的"游仙诗",摆去现实的拘束,在星际做自由的飞翔,超越有限和短暂,走向无限和永恒,表达一种长生不老的愿望。纪弦的宇宙诗往往曲终奏雅,借言天体在诗末规箴人类,如《物质不灭》《恒星无常》《星际之舞》《悲天悯人篇》《早安,哈伯》等诗,均归结于批判人类"战争,杀戮"等"种种罪恶",警告人类若不"好自为之"的话,总有一天会被造物的"上帝"毁灭。虽不免于议论说教,但仍是"游仙诗"不满现实的折光,

---

① 《纪弦诗拔萃》,台北九歌出版社2002年版,第158~159页。

诗探索10 理论卷 2018年 第2辑

和古典诗学关怀现实、心忧天下的"讽喻"旨趣。《有一天》描写了生活在"到处都是和平与自由"的外空间的人们，像天使般"扑着翅膀满天飞"，他们互助互信，互爱互尊，互不伤害、嫉妒，那里没有武器和战争，只有文学艺术、体育科学的比赛，那里年年办一次"诗选举"，那是他们的"最高荣誉"，优胜者戴上"诗王之冠"，得奖"十二个美女"。其和平与诗意的美好生活，与地球人类的"野蛮无知"构成鲜明的对比。纪弦在诗的"后记"中，说这首写于 1989 年 4 月的诗，是他"生平所写的宇宙诗中颇富理想主义精神的一个作品"。的确，"岛宇宙"的美好外空间，不就是纪弦为充满痛苦不幸的地球人类社会，展示的一个美丽虚幻的"桃花源"吗？这首诗和后记，是可以当作二十世纪的《桃花源诗并记》来读的。

知性之外，纪弦诗歌还"常泄示一种喜剧的谐趣"[1]，这对知性可能带来的枯燥乏味是种有效的调剂。纪弦诗歌的"谐趣"，实际上是一种"曲趣"，是接受元散曲影响的结果。在传统的文学观念中，元曲是不登大雅之堂的俗文学，正以其俗，所以受到了胡适等五四文学革命发起者的高度重视，成为五四白话诗文创作的一个远源。元曲以趣为主的世俗风调，适合白话诗歌语言形式解放、面向大众的需要，经过胡适等新文化运动领袖人物的提倡，遂对二十世纪新诗产生了持续不断的影响和渗透，产生了一批如鲁迅、赵元任、流沙河、黄永玉、痖弦、管管、夏宇、于坚、李亚伟、伊沙等循着"元曲路径"创作的诗人[2]，纪弦是其中较为突出的一个。

纪弦的《脱袜吟》《7 与 6》《零件》《勋章》《存在主义》《猫》《苍蝇与茉莉》《为蜥蜴喝彩》《动词的相对论》《苍蝇》《距离》《世故》《关于笑》《命运交响曲》《案头》《预立遗嘱》《四行诗》《现实》等，都是流露曲趣甚至曲趣浓郁之作，诚如罗青所说："相当浓郁的俳谐性，洋溢在他的诗句之中"[3]。纪弦像散曲家那样，常常在诗中自嘲，《命运交响曲》这样给自己画像："这里是我孱弱的胸部，/我的头发像废墟的乱草，/我的两臂是多筋而枯瘦的"，新诗人很少这样描写自己，就像诗词作家很少像散曲家自嘲那样。还有《过程》中"狼一般细的腿，投瘦瘦、长长的阴影，在龟裂的大地"的自我描写形容，与之相

---

① 张默、张汉良等《中国当代十大诗人选集》评语，台湾源成文化 1977 年版，第 9 页。

② 可参看杨景龙：《主情、主知与主趣——试论新诗发展史上的唐诗、宋诗和元曲路径》，《文学评论》2004 年第 6 期。

③ 罗青：《俳谐论纪弦》，《现代诗导读·批评篇》，台湾故乡出版社 1979 年版，第 55 页。

· 新诗与中国古代诗学 ·

类。《我来自桥那边》写告别传统农业社会的悠闲安逸，投身现代社会的紧张的工作和生活："在这里，我每天工作四十八小时。/安息日，我也不安息的"，"睡梦中我当然可以光着身子/跟一个生三只乳房的木星上的女人/谈恋爱，而不被道德重整委员会/叫了去加以重整"，"只有那些农业社会的大傻瓜，/才会害怕起重机把他吊起来/送到轮船货舱的大嘴巴里去/被那怪物嚼得稀烂，粉碎"。诗中的"我"，是一个高效率、快节奏的现代社会里的"奋斗者"形象，但字里行间仍不忘自我调侃，嘲人讽世。《四行诗》自喻为"被生活压扁了的，放在火上烤的干鱿鱼的同类"。《现实》写自己"匍匐在这低矮如鸡埘的小屋里"，"梦想直立"而不得的尴尬。《零件》自认"不过是小小一枚螺丝钉而已"。《为蜥蜴喝彩》认为"饥饿的蜥蜴在纱窗上狩猎/和贫困的我用钢笔在稿纸上疾走是等价的"。而案头画笔上的一只蚊子，看上去竟"苗条而端庄/像一位公主"（《案头》），显然比自己的形象好得多。就像纪弦自己说的："我总是嘲笑嘲笑我自己"（《关于笑》），历史上那些外貌端庄儒雅、内心忧国忧民的诗词家是很少自嘲的，只有沦入"八娼九儒十丐"的深渊里的元曲家，才放倒架子自我嘲弄，嘲人讽世，以滑稽耍玩之心态，化解生存的悲郁酸辛。纪弦的做法正与元曲家相类，他的狂人气质，孤傲个性，注定了他平生与世难谐，因此，他的诗作中"贯穿着一种调侃的美学品格"①，用"调侃"淡化与现实的日常性龃龉。在《动词的相对论》中，纪弦甘与苍蝇为伍：

　　为了取悦我的女人，
　　让我看来性感一点，
　　我常用手撚撚我的两撇短髭，
　　使之向上微翘。

　　这和一只爱干净的大头苍蝇，
　　停歇在我的书桌上，
　　不时用脚刷刷它的一双翅翼，
　　究竟有何不同呢？

　　我撚撚；它刷刷。
　　我用手；它用脚。

---

① 刘登翰、朱双一：《彼岸的缪斯——台湾诗歌论》，百花洲文艺出版社1996年版，第141页。

诗探索10　理论卷　2018年　第2辑

我是上帝造的；而它也是。
多么的悲哀哟！

　　其本色派曲家般的不避卑俗，已达到令人惊讶的程度！《预立遗嘱》中对自己死后土葬或天葬的惨状的设想，也是元散曲以丑为美的写法。

　　纪弦主知的宇宙诗也时有曲趣的流露，比如《连题目都没有》所写和"木星上生三只乳房的女人"谈恋爱，《有一天》所写仙女座大星云每年评选"诗王"，加冕之后"得奖十二个美女"之类。在感谢上帝创造宇宙、太阳系、银河系和地球的庄严之时，竟然也会冒出"尤其要感谢"上帝"创造了许多女人供我欣赏"这么未免油滑亵渎的一句（《感谢上帝》）。在他的笔下，神创造"岛宇宙"也是"一种游戏"，"就像捏面人的儿童一样"（《悲天悯人篇》）；宇宙诞生之初的大爆炸不过是"上帝一脚踢出来的"（《宇宙诞生》）；而宇宙收缩膨胀、凝聚爆炸的毁灭再生的循环，在感觉中"不也满好玩的吗？"（《宇宙论》）他的乡愁诗《在异邦》第一节这样写："在异邦的大街上走着，/边走边骂人，用国语，/而谁也听不懂，多好玩！"此诗写于1999年，诗人已是八十六岁高龄，仍保有这份童心与童趣，读之让人忍俊不禁。有时纪弦真像一个顽童，《致毛毛虫》写自己用"左手的拇指与食指"，捏死了吃掉"玫瑰嫩芽"且把"蓓蕾咬了个大洞"的毛毛虫，而他知道，这虫是会变成非常美丽的蝴蝶的，且有可能被制成"标本供万人欣赏"。在罗列了毛毛虫的"罪状"，诅咒毛毛虫"罪大恶极"之后，行此杀戮的诗人仍觉中心歉然，于是在诗的末节写道："你说你是上帝的杰作；/你说你有天赋的生存权利。/哈哈！别自以为了不起啦！/知不知道，我的玫瑰和我，/不也都是上帝造的吗？"这究竟是振振有词还是强词夺理？活脱一个顽童做了有些亏心的事，却还嘴硬，要给自己找出些牵强的理由来——这适足证明其心理的单纯良善和脆弱。说这样的童趣盎然，似不为过。

　　《勋章》《7与6》等篇，是曲趣浓郁的上乘之作。《勋章》表示要挂个"螺丝钉"作"勋章"，自嘲兼嘲人。"螺丝钉"之于李白的"月亮"、里尔克的"玫瑰"，自是粗俗寒碜，自己当然比不了李白或里尔克，这是自嘲；然比之于同时代人挂着的"三角裤""乳罩"，则说明自己还没有像"同代人"那样沉溺于声色虚无，这里又有了肯定和自许，嘲弄的矛头转向了"同代人"。这和元代散曲家自嘲、嘲人的滑稽幽默之作同一手眼。富于曲趣的经典之作是《7与6》：

拿着手杖 7
咬着烟斗 6

数字 7 是具备了手杖的形态的。
数字 6 是具备了烟斗的形态的。
于是我来了。

手杖 7 + 烟斗 6=13 之我

一个诗人。一个天才。
一个天才中之天才。
一个最最不幸的数字!
唔,一个悲剧。

悲剧悲剧我来了。
于是你们鼓掌,你们喝彩。

瘾君子纪弦喜欢仗策散步,诗人艺术家的派头十足,他尝言烟斗和手杖是自己身体的一部分,足见钟爱之深。外形像数字"6"和"7"的烟斗与手杖,已道具般成为纪弦的标志性符号,故云"手杖 7 + 烟斗 6=13 之我",而"13"是西人深忌的不祥数字。缘此巧合,自诩"天才"的诗人又自认"悲剧"。诗思纤巧尖新,颇有曲家谐趣。第五节三行,在自嘲后转而刺世,诗人的悲剧博得世人的"鼓掌喝彩",彰显出人心世道之严重病态。此诗始以谐谑自嘲,结以沉痛悲愤,而又傲骨劲气,横对流俗,亦是散曲家之当行本色。

四 反向模仿:影响的焦虑

个性强烈、爱走极端的纪弦,不仅以决绝之姿挑战世俗,更以此姿态挑战中国诗歌传统。他公开宣称: "我们是有所扬弃并发扬光大地包容了自波特莱尔以降一切新兴诗派之精神与要素的现代派之一群","我们认为新诗乃横的移植,而非纵的继承"[①],断然否定了现代派诗歌与中国传统诗学的联系。他说: "今天是散文的时代,诗也要用散文来写。现代诗彻底排除了文字的音乐性。现代诗放逐抒情。中国新诗不是'国

① 《现代派六大信条》,台湾《现代诗》第 13 期,1956 年 2 月 1 日。

诗探索 10

理论卷　2018 年　第 2 辑

粹'，而是'移植之花'。"① "现代派反传统，就是反他那传统的'韵文即诗'之诗观。与此相反，现代诗的诗观，乃系置重点于'质'的决定。故说：现代诗是内容主义的诗，而非形式主义的诗。现代诗舍弃'韵文'之旧工具，使用散文之'新工具'；现代诗舍弃'格律诗'之旧形式，采取'自由诗'之新形式"②，"五十年代，我独资创办季刊《现代诗》，从事于'中国新诗的再革命运动'，提倡'新现代主义'或'中国的现代主义'，一脚踏熄了'新月派'韵律至上主义死灰之复燃，打倒了自古以来的'韵文即诗观'，……从此再也没有谁去写那二四六八逢双押韵四四方方整整齐齐可笑之至的'豆腐干子体'了。"③ 上引纪弦不同时期的言论，都旗帜鲜明地表示反对传统诗歌的声韵格律与抒情性。纪弦的意图至为明显，他要切断的不仅是三千年的古典诗歌传统，还有自五四以降数十年的新诗传统。这是一种典型的如布鲁姆所说的"影响焦虑"心理的表现。

除了在理论上断然否认现代诗与传统的联系，在纪弦的诗作里，也有类似观点的表达。写于1994年的《舞者与选手》，诗中"健康的天足"指涉了胡适的"天足说"④，"戴着镣铐跳舞"指涉了闻一多的"镣铐说"⑤。而把讲求格律声韵的诗，划归"十九世纪的贵族"和"农业社会的士大夫阶级"，说明其矛头是指向整个古典诗歌传统的。纪弦不仅和"放脚鞋样"的胡适之体新诗、戴格律"镣铐"的新月派诗歌划清了界限，也与中国古典诗歌进行了区隔。这首晚年之作中表达的诗观，与其早年、中年参与、倡导现代主义诗歌时的诗观毫无二致，其道可谓一以贯之。到了1997年的《跳舞与竞技》里，纪弦总算好不容易承认："戴着镣铐跳舞，/ 也不是不美的"，然则为何还要竭其一生心力与之势不两立呢？这首诗的第二节终露端的："不过那些舞曲，自古以来，/ 已被他们用光，用尽，/ 连一个音符都不剩了……/ 还有什么是属于我们的呢？"传统的写法，比如诗的声韵格律和抒情，在古典诗人的手里已运用到极致，再无后来者施展发挥的余地，所以纪弦等现代主义诗人才不得已选择了相反的做法，走上了一条反音律、反抒情的创作道路。可知

---

① 见何欣：《三十年来台湾的文学论战》，转引自刘登翰、朱双一《彼岸的缪斯——台湾诗歌论》，百花洲文艺出版社1996年版，第63页。

② 《纪弦精品》序，人民文学出版社1995年版，第5页。

③ 《总结我的诗路历程》，《纪弦诗拔萃》自序，台北九歌出版社2002年版，第11页。

④ 胡适：《尝试集》四版自序，亚东图书馆1922年版，第2页。

⑤ 闻一多：《诗的格律》，《晨报副刊·诗镌》，1926年。

纪弦这种创新的选择，从某种意义上说也是被迫的，且有着"策略"上的考虑，并非纯粹是诗学理念和美学趣味歧异的问题。

然而，正如里希滕贝格指出的那样："做迥然相反的事也是一种形式的模仿"①，所以，纪弦之反格律与反抒情、主知与散文化的理论倡导和创作实践，仍然无法跳出诗歌传统影响的巨大"影子"的笼罩，用布鲁姆的话说，对纪弦等急于突围的晚生者而言，这种无所不在的影响，是一片无边的"阴影"②，逼使他时做逸出之想。早在1947年的上海，他就宣布了《诗的灭亡》："诗情呀，诗意呀，/悉为二十世纪文明辗毙了。"做这样的宣布，乃是基于对"二十世纪文明"已经"辗毙"了传统的"诗情诗意"的严酷现实的清醒认识。当他被迫与"艺术再会"，喊"科学万岁"时，他是"忍着熬煎"，很觉痛苦的。对于"没有感动。/没有陶醉。/没有神往。/没有梦"的现代工业文明社会，他显然是不适应的。但他深感无能为力。诗的末节："便是'举杯'在手，/也觉得头顶上的'明月'/不过是个卫星，/有什么值得'邀'的？"反用李白"举杯邀明月"句典，正说明他之不能忘情于李白对月畅饮之美妙古典诗意。虽然现代科学知识让他知道月亮不过是地球的"卫星"，因而淡褪了月亮的诗意光辉，但在李白诗中被抒写得无比美好的古典诗歌原型意象"月亮"，终让纪弦无法释怀，所以才有了这最初的对于李白诗歌的"反向模仿"。到1950年代倡导现代派的时候，大约是选择与传统背离的心意已定，所以他以与《诗的灭亡》不同的声调，重新宣布了《诗的复活》：

> 被工厂以及火车、轮船的煤烟燻黑了的月亮
> 不是属于李白的；
> 而在我的小型望远镜里：
> 上弦、下弦，
> 时盈、时亏，
> 或是被地球的庞大的阴影偶然而短暂地掩蔽了的月亮
> 也不是属于李白的。
>
> 李白死了，月亮也死了，所以我们来了。
> 我们鸣着工厂的汽笛，庄严地，肯定地，如此有信仰地，
> 宣告诗的复活；
> 并且鸣着火车的尖锐的，歇斯底里亚的，没有遮拦的汽笛，

---

① 转引自哈罗德·布鲁姆：《影响的焦虑》，徐文博译，江苏教育出版社2006年版，第31~32页。

② 同上，第27页。

宣告诗的复活；

鸣着轮船的悠悠然的汽笛，如大提琴上徐徐擦过之一弓，

宣告诗的复活。

对于"二十世纪的工业文明"，从原本不适应到如此"庄严地信仰"，诗人纪弦已然脱胎换骨。出于"寻求摆脱传统诗歌的田园主题和牧歌模式，表现工业社会的生活现实和城市精神"的企图[①]，他指出"被工厂以及火车、轮船的煤烟燻黑了的月亮 / 不是属于李白的"这样一个事实，然后像尼采宣布"上帝死了"一样，宣布"李白死了，月亮也死了，所以我们来了"。这里确有截断众流、重新出发、开辟诗国新纪元的宏大气魄，这与他"创造经典""追求不朽"的理论宣示是一致的[②]。但"李白"和"月亮"——这古典诗人、诗歌的代表——的"影子"，在这首《诗的复活》里仍然无处不在，躲避不开，作为"晚生的诗人"，纪弦所能做的，也仍不过是用"煤烟燻黑的月亮""望远镜中的月亮"，和古典的"李白们"的皎洁的"月亮"唱唱反调而已。至于"月亮"，还是那个"月亮"，是无论怎样都忽略不了的。事实上，在非刻意的情况下，纪弦也多次写到常态的月亮，如《台北之夜》描写"更圆更好看"的月亮，为夏夜"织着镶银边的蓝梦"，使"睡眠在月光下的台北有七种美"，在这"神秘，宁静"的古典的月夜，纪弦不禁像古代诗人词客那样，小立桥上感受那无言的诗意之美。这让我们想起冯延巳的"独立小桥风满袖"（《鹊踏枝》），和刘禹锡的"无限新诗月下吟"（《酬淮南刘参谋秋夕见遇》）。《四月之月》是诗人满六十岁之作，写"皎皎的月光下"把酒时"要飞"的遐想。这首咏月之作也可视为诗人"宇宙诗"家族中的一首，虽然具有现代科幻意识，但总体上仍是自《诗经》中的《陈风·月出》起始的"望月怀思"心理模式，只不过所怀不是远人、家乡、亲友，而是宇宙空间。想象月球上阿姆斯特朗的脚印，是对李白诗句"欲上青天揽明月"的现代化用。《半岛之歌》写于移居美国后，和妻子一起"坐在明亮的月光下"怀想众多诗友，月光当是搅动他的思绪的诱因，亦是"望月怀思"的心理模式的演示。纪弦"反向模仿"性质的名作，还有《直线与双曲线》，此诗逆接陈子昂《登幽州台歌》诗意。纪弦用现代物理学的知识，把陈子昂诗中直线展开的一维流逝的时间，改写为

·新诗与中国古代诗学·

---

① 刘登翰、朱双一：《彼岸的缪斯——台湾诗歌论》，百花洲文艺出版社1996年版，第139页。

② 纪弦：《从自由诗的现代化到现代诗的古典化》，《现代诗导读·理论篇》，台湾故乡出版社1979年版，第29页。

"走双曲线"的时间，于是，他可以叫时间"暂停"，可以在"四度空间"里"立于任何一坐标，/无论属古人的或来者的，/属东方的或西洋的"。这样当然也就避免了陈子昂"前不见古人，后不见来者"的生不逢时之悲，可以自由出入于无穷无尽的时间和无边无际的空间上的任意一点。只要高兴，不但纪弦本人可以和"陶潜共饮"，他的朋友洛夫也可以"走向王维"①。这种从心所欲的"心灵之舞"，果真能够跳起来的话，的确会是"很过瘾"的。

"来自桥那边"的纪弦，就这样"留几个脚印在桥上，不再回顾"，决绝地告别了"很宁静，很闲，很可以抒情"的古典的"那边"，走向了"桥"这边的"效率、工业化、夜总会的性感明星和咖啡威士忌"以及"无耻的摇滚音乐"构成的现代生活。于是他喊着"机器万岁"，从机器上发现"诗意"；于是他"与马达同类"，"用噪音写诗"；于是他相信："要是陶潜生在今日，/他也一定很懂得非欧几里得几何学/和爱因斯坦相对论；/纵有火车狂吼着驰过他的东篱外，/他也不至于请律师和招待记者的。//要是李白生在今日，/他也一定很同意于我所主张的/'让煤烟把月亮燻黑/这才是美'的美学。"（《我来自桥那边》）然而不幸得很，以"壮士一去兮不复还"的决心走到"桥这边"的纪弦，又一次下意识地提起了"桥那边"陶潜的"东篱"和李白的"月亮"，又一次不自觉地露出了"反向模仿"的形迹。

五 嗜酒与狂傲

纪弦嗜酒成习，一如古代文人，他常在诗中写到自己的狂饮、病酒行径，由少到老，几无节制，这在新诗人中似不多见。《美酒颂》《饮者》《酒店万岁》《酩酊论》《连题目都没有》《在禁酒的日子》《总有一天》《我的梦》《大麯酒》《废读之检阅式》《一九九九年春在加州》等都是咏酒之作，而有刘伶、陶潜、李白等古典诗人咏酒之遗意。在触目皆是的痛饮大醉的咏酒诗中，《难得微醺》一首的确显得比较"难得"，此诗中的酒趣，就是古诗"美酒饮教微醉后，好花看到半开时"的境界，而于微醺之时，纪弦想到的仍不外是陶潜、李白以及杜康。《记一个酒保》所写，即古代文士常有的"赊酒"行径，只是多了一份似更属于现代文人的窘迫辛酸，结尾"我想，倘若我做了以色列的王，/他必是侍

① 洛夫写有《走向王维》一诗，见《洛夫精品》，人民文学出版社1995年版，第76页。

立在大卫身旁的伶长"两行，纪弦式的傲然自信中，包含的依然是古代文士报答"一饭之恩"的心理图式。《饮者不朽》则是改写屈原《渔父》的"众人皆醉我独醒"。《我的梦》仍写自己嗜饮，喝酒是自己唯一的"梦想"，当然喝酒是为了写诗，因为"诗是我们的宗教"，所谓"诗酒生涯"，诗是至高无上的："再没有比一首四行诗的第三行的第一个字／更重要的了，在这个一点儿也不重要的世界上，／我想。／较之那些纱帽，勋章之类的，／我宁可作无偿之苦吟以终老"。其中的价值判断和选择，显然承自曹丕《典论·论文》中的"文章者，经国之大业，不朽之盛事。年命有时而尽，荣乐止乎其身，二者必至之常期，未若文章之无穷"，李白《江上吟》中的"屈平词赋悬日月，楚王台榭空山丘"，当然也不排除法国诗人阿波里奈尔的"当年我有一支芦笛，／拿法国元帅的节杖我也不换"。而对"一首四行诗的第三行第一个字"的"重要"性的特别强调，应非一时信笔所写，其中似含有谙熟古典绝句艺术的潜意识经验，绝句结构上最关键的是第三句的转折，在第三句的开头常有标志转折的字词，择用、安排颇有讲究，元代诗论家杨载《诗法家数》中对此尝有专论，可以参看①。

酒添豪气，在二十世纪新诗史上，恐怕没有哪一位诗人像嗜酒如命的纪弦那样自视甚高，极端狂傲。1937 年的《在地球上散步》已露端倪，用手杖点击地壳，就要让地球那边栖息的人们，感知自己的存在。《我之塔形计划》自谓有"巨型心灵"，且要"立于圆锥体之顶"。《摘星的少年》实为自喻，预测千年后的博物馆中会立起自己的一座塑像。《7与6》《如果你问我》则自诩为"天才中之天才"；《致情敌》自称"我乃一高大的天神，／即日月与群星亦因我而失其光辉"。对自己"修长"的身影，纪弦非常迷恋，因之常在诗中顾影自怜。《我之投影》描写"我投影在这个行星上，／自东而西，渡海，登陆，越过山岭与河川，／竟是如此之修长"；《三十代》描写自己"修长的投影"，伸展到"地平线的那边的那边的那边"，喻示自己影响力的深远，"三十代"也就是百世流芳之意。《饮者》自视有"王者风度"，《最后的纪念塔》自认"本身就是光，就是太阳"，《美酒颂》自觉"像一个古代伟大的先知"，《B型之血》自感"我这瘦长瘦长的躯体／多么像个耶稣"，《过程》标榜自己"是唯一的过客"，其"独步之姿"是"多么矜持"；《预立遗嘱》中设想自己死后变成一尾小鱼，钓者烹食之后，成了"一位杰出的诗人"；

---

① 杨载：《诗法家数》，见何文焕辑《历代诗话》（上），中华书局 1981 年版，第 176 页。

《羚羊人》写的那"没有一项世界纪录是打不破的"羚羊人，亦是体瘦肢长的诗人自喻；《一九九九年春在加州》自赏"仙人一般的舞步与舞姿"；《记一个酒保》写自己已窘困到几乎赊酒的地步，却还在设想做"以色列的王"；《命运交响乐》中坦承："我是如此的睥睨一切／又如此的自我崇拜"；《飞》说"我是一个奇迹，／一个奇迹中之奇迹"；《色彩之歌》说"我拿着画笔"，"神一般的庄严"；《吃烟者》把自己的孤独上升到"圣贤寂寞"的高度；《约翰走路》自封"二十世纪第一狂徒"；《难得微醺》把嗜酒的自己和"陶渊明""李白"并列；《给后裔》自评为"二十世纪中国的大诗人"；《二十一世纪诗三首》之一介绍自己"是个诗人，很有名的诗人。／我就是那首很美的四行诗／《恋人之目》的作者，／你们都知道的。你们都会背的"；《玄孙狂想曲》称自己的诗是"理当获得诺贝尔奖金的伟大作品"；《铜像篇》塑造了自我的非凡形象："从三十年代到七十年代，／始终立于一圆锥体之发光的顶点"，"睥睨一切，不可一世，历半个世纪之久"。

纪弦不仅在诗中标榜自诩，在诗论文字中也总是高自位置，毫不掩饰自负和狂傲。《纪弦诗拔萃》自序《总结我的诗路历程》中说："是的，我的名气很大。在台湾，我被称为诗坛祭酒，又是'现代派'的领袖。……一脚踏熄了'新月派'韵律至上主义死灰之复燃，打倒了自古以来的'韵文即诗观'，获得了'自由诗'置重点于质的决定空前无比至极辉煌之胜利……我干得有声有色，轰轰烈烈，乃造成五四以来文学史上惊天动地之一大高潮；而在我的理论的指导之下，台湾的'现代诗'，方有今日之成就。而大陆与香港，亦深受台湾之影响。"[1]在《纪弦精品》自序中说："我领导中国新诗的再革命运动"，"我的题材是多种多样的，我的手法是千变万化的"，"《过程》和《狼之独步》是姊妹篇，都很有名。《船》也很重要，被译为韩文，韩国教育部编入高中国文教科书，每个考大学的女生都会背的。我的情诗如《等待》《古池》《你的名字》《蓝色之衣》《如果你问我》等，也都是脍炙人口传诵一时的；特别是《恋人之目》这一首，诗人痖弦还说他百读不厌哩。"[2]还有他的《自祭文》："你是这时代的鼓手，你是开一个新纪元的中国新诗的大功臣，你是文学史上永不沉落的一颗全新的太阳。"连相当体恤他的洛夫，都觉其"字

---

① 《纪弦诗拔萃》，台北九歌出版社 2002 年版，第 12~13 页。

② 《纪弦精品》序，人民文学出版社 1995 年版，第 2~4 页。

诗探索 10 理论卷 2018 年 第 2 辑

里行间充满着'一代诗霸'的口气，读来令人侧目"①。

纪弦的嗜酒纵饮，睥睨一切，自我崇拜，除了性格因素和西方近现代个人意识、个性张扬的影响，在更深的层次上，恐怕更多的还是承接了古代诗人横对流俗的狂狷习性，和诗酒风流的生存方式。《四十的狂徒》写自己与这个世界的日常性龃龉，这种虽与世无争却与世难谐的感觉，为历代才人共有，在历代诗歌中得到过反复抒写。而最终对日常性伤害的"宽恕"，遵从的也仍是"以直报怨"的古训。纪弦这个在诗中以狼自喻、以天才自诩的极度自我膨胀的人，乍看似乎偏离了"谦谦君子"的中道和"温柔敦厚"的诗教，但其骨子里却有着古君子之风。这正像他的诗，虽在理论上宣告背弃纵向的传统，却在在显露出传统的影响；他虽以知性、现代性、纯粹性相标榜，但本质上却又是一个现实关怀强烈的浪漫抒情诗人。

六 原型形式及其他

正如纪弦在理论上"主知"，要"放逐抒情"而表达"诗想"，但实际上他的人和诗却情绪性极强，"浪漫得夸张而可爱"一样②；他虽在理论上鼓吹"散文主义"，要"打倒自古以来'韵文即诗观'"③，但揆以创作实际，他的不少作品不仅押韵，而且排偶复沓，凡此，皆是对古典诗歌"原型"形式的袭用。在纪弦漫长的创作历程中，常常出现如他所说的"自己的创作否定了自己的理论"的情况④，对原型形式的使用即属显例。试看列《纪弦诗拔萃》第一篇的《八行小唱》：

从前我真傻，
没得玩耍，
在暗夜里，
期待着火把。

如今我明白，
不再期待，

---

① 转引自洛夫：《诗坛春秋三十年》，《诗的边缘》，台湾汉光文化事业股份有限公司1986年版，第7页。

② 同上。

③ 《总结我的诗路历程》，《纪弦诗拔萃》自序，台北九歌出版社2002年版，第11页。

④ 同上，第14页。

说一声干，
划几根火柴。

　　此诗逢双押韵，第二节转韵，两节诗的行数相同，每行的字数也相等，从形式上看，就像一首"重头"的双调令词。《再出发之歌》三节，每节四行，逢双押韵，一韵到底。这偶句用韵和四行分节的体式，乃是古典诗歌的形式遗留。《与我同高》第一、二节首尾循环，仿佛古代诗歌中的回文体。纪弦诗中使用最多的原型形式是复沓。复沓是古典诗歌章句安排的一种方法，肇端于《诗经》"国风"。这种手法对新诗的影响很大，不少名篇都加以采用，结构全诗，如刘半农的《教我如何不想他》，郭沫若的《地球，我的母亲》《炉中煤》，徐志摩的《我不知道风向哪个方向吹》《再别康桥》，戴望舒的《雨巷》，朱湘的《采莲曲》，余光中的《乡愁》《民歌》，昌耀的《日出》等，都是以复沓章法结撰成的名诗。复沓可使诗作的"音节宛转抑扬，极尽潆湲之美"[1]，增强可歌性，方便记诵传播，从某种程度上弥补新诗过度散文化的缺陷。纪弦是力主诗歌散文化的诗人，他的那些无韵的自由诗，句式的确更像散文，一首诗中，长行可达二三十字，短行则只二三字，诵读和视觉效果并不见佳。但当他使用复沓章法这一原型形式时，作品的韵律节奏感增强，分节和构句也较为均齐美观。他的《我从小就想飞》《如果我的诗》《多雾的旧金山》《在太平洋遥远的那一边》《凤凰木狂想曲》《滴血者》《如果你问我》等诗均取此种章法。总的来看，纪弦的复沓，并不完全像《诗经》作品那样严格对应规整，只是一种往往和排偶不分的大致上的复沓，在复沓中仍不失现代诗的自由性。纪弦运用复沓这一"原型"形式写出的名篇，当属《你的名字》，全诗十八行，一气不绝、入迷痴狂地十五次复沓"你的名字"，再加上十一个"轻"字相叠（末句一气连用七个"轻"字），为此诗渲染出静谧而又浓烈的情调氛围，结构出独特的节奏与旋律，以之抒写爱情的铭心刻骨，令人叹为观止。存在于诗人潜意识中的语言的原始符咒作用，借此复沓的"原型"形式，可谓发挥得淋漓尽致。

　　上述数端荦荦大者之外，对纪弦诗中大量存在的对古典诗歌或袭其意或袭其辞的模拟借鉴现象，以下再稍作论列，以期对纪弦自谓"横移"而非"纵承"的现代诗与古典诗歌的真实关系，有一个更为全面的认识。他的《江南》《月夜》，诗题即来自古典诗歌。《致阳明山》题下引袁

────────

① 苏雪林：《论朱湘的诗》，《青年界》5卷2号，1934年2月。

诗探索10　理论卷　2018年　第2辑

山松的"山水有灵，亦当惊知己于千古"作为题记，《半岛之歌》引陶渊明"闻多素心人，乐与数晨夕"作为题记。纪弦喜拄杖，乃曰"仗策"，写到"梧桐"，必言及"凤凰"，言"细"而曰"纤纤"，言高而曰"亭亭"，鸡窝而曰"鸡埘"，干一大杯曰"浮一大白"，小胡子曰"短髭"，邻居而曰"芳邻"，大醉而曰"酩酊"，喝酒的人而曰"饮者"，一直到老而曰"终老"，宝剑而曰"龙渊"，大叫而曰"长啸"，养病而曰"养疴"，凄清而曰"凄其"等等，所用皆是古诗语汇。纪弦诗中多次出现的"那边的那边的那边"这类句型，亦源自古典诗词。最早用此句型是在写于1944年的《三十代》中："而我的修长、修长、修长的投影则伸展、伸展、伸展到 / 地平线的那边的那边的那边的 // 那边。"其后变本加厉，不断使用，如《三级跳的选手》末句："山又山的那边的那边的那边"，"山又山"三字，似无意间透漏了模拟古典的消息。《再出发之歌》《约翰走路》《给后裔》《梦想》《二十一世纪诗三章》《玄孙狂想曲》《八十自寿》等诗中都出现了类似句子。这类句型的构句方式，系对宋人诗词名句诸如"春水渡旁渡，夕阳山外山"（戴复古《世事》）、"平芜尽处是春山，行人更在春山外"（欧阳修《踏莎行》）等的模仿借鉴，而用现代语言加以漫衍和扩展。

纪弦的《铜像篇》，主旨是"尔曹身与名俱灭，不废江河万古流"。《新秋之歌》有宋玉"悲秋"的意味，其中反复出现的"梧桐叶落"意象，也很容易让人想起白居易的"秋雨梧桐叶落时"。《黄昏》的情绪触发是这个特定的时间，所谓"愁因薄暮起"，"黄昏起春愁"。纪弦多次写到古典诗词中常写的"黄昏"意象，《构图》所写"瑟瑟的槟榔树叶子"摇落了岛上"诗一般的黄昏"，田园牧歌风味浓郁。《养疴》中"一阵风来，/ 吹皱了薄薄的秋衣，/ 吹皱了平静的心绪"，套用冯延巳《谒金门》"风乍起，吹皱一池春水"，把冯词中吹皱的对象由"水"改为"秋衣""心绪"，而"病后无力的人 / 如池沼之水容易吹皱"两行，则直用冯词句意。纪弦嗜烟，一如东坡爱竹，《烟草礼赞》中的"宁可食无鱼"，套用东坡的"可使食无肉"。《严冬之歌》中对"折腰说谀辞"的鄙夷不屑，则是承袭太白"安能摧眉折腰事权贵"之意。《观照》一诗的第一节："我看我的南山。我的南山看我。/……而总是相看两不厌的"，套用了陶潜《饮酒》之五的"悠然见南山"，和李白《独坐敬亭山》的"相看两不厌"。《废读之检阅式》有句："什么万古愁不万古愁的，/ 又是什么留不留其名的"，改写李白《将进酒》诗句"与尔同销万古愁""惟有饮者留其名"。《标本的复活》阴森似李贺，标本室里"骷髅起舞"

的幻觉，也是古典诗人写过的。纪弦诗中反复写到的"扑灯蛾"，也是古典诗歌的通用意象，而把古诗中的"扑灯蛾"的"趋暖""希宠"者的象喻，转换为"光明的追求者"。《三代》中"学而不厌，诲人不倦"的态度，甘于"粉笔"生涯的安贫乐道，源自《论语》。苍松般"劲遒"的"傲骨"，也承自《论语》和古典诗歌如刘桢《赠从弟》中对松柏"岁寒后凋""劲骨凌霜"的品格的赞美。

　　值得注意的还有《午夜的壁画》一诗，是纪弦诗歌"横移与纵承"交错不分的又一个典型例子，诗中有来自荷马史诗《伊利亚特》中的"海伦"，来自莎士比亚诗剧《罗密欧与朱丽叶》中的"朱丽叶"，这些"横移"的西方文学史上的人物典事；也活用了《诗经·鹿鸣》中的"呦呦鹿鸣"和汉乐府《白头吟》中的"皑如山上雪"两句古诗。那灯映屋壁的"三个投影"，中有西方几何图案和光学原理，但隐约间也总让人想起李白《月下独酌》中的诗句"对影成三人"来。《将起舞》诗题模仿《将进酒》，用这个乐府诗题写出最有名的诗篇的就是李白。纪弦诗一开头这样写："想当初，李白喝得醉醺醺的，/挂一轮明月之勋章，/招摇过市于古长安"，对李白的指涉，证明其诗思果然来自古典诗人。《无题之飞》第一节三句："大鹏鸟的翅膀/究竟是怎样断折了的呢？/没人知道。"用李白《临终歌》"大鹏起兮振八裔，中天摧兮力不济"句意。纪弦在诗中反复诉说着一个"飞"的愿望，从少至老，都渴望着自己飞起来，也渴望着人类进化到"天使一般长着翅膀"，满天飞翔（《圆与椭圆》）。这种超越有限、挣脱桎梏，走向无限自由的愿望，也是历代诗人共同的梦想。在《飞的意志》里，出现了"大鹏、鸿鹄"等意象，"大鹏"出自庄子《逍遥游》寓言，也是李白《大鹏赋》《上李邕》《临终歌》中以之自喻的中心意象；"鸿鹄"出自古诗《鸿鹄歌》："鸿鹄高飞，一举千里"；可知纪弦后来虽然畅想乘坐宇宙飞船遨游太空，但"飞"的最初一念，还是由古典诗文中的"大鹏、鸿鹄"这些善飞的大鸟引发的。

　　综上，从几个方面，采不同角度，对纪弦现代诗与古典诗歌的关系，做了较为全面的检视，例证斑斑，论据凿凿。纪弦《现代派六大信条》中"新诗乃横的移植，而非纵的继承"的说法，已然不攻自破。如此劳心费神地做这件工作，当然不是为了否定纪弦"横移"的客观存在和积极意义，而是想说明在他的"横移"之中，"纵承"的因素仍所在多有。纪弦否认"纵承"而独标"横移"的理论，与其创作上"横移"之中多有"纵承"的事实之间，存在不小的落差。"横移"理论，赋予其创作以追求纯粹、破旧创新、完全开放的现代精神，而"纵承"的实际，也让他的诗更像是中国人写作的汉语诗歌，他诗中暖人的伦理情感，感人的现实关怀，动人的抒情气息，娱人的幽默谐趣，以及优美的韵味意境，高超的语言表现力，均受惠于"纵承"传统。设若没有对传统的"纵承"，纪弦诗歌的思想和艺术成就，无疑都要大打折扣。这样看来，纪弦切断现代诗与中国诗歌传统联系的理论宣示，在其具体的创作实践面前，也就无异于抽刀断水。的确如此，文学史是一条流不断的大河，上游之水总要往下游流淌，"抽刀断水水更流"，居于大河下游的"晚生"的诗人，是无法拒绝来自上游之水的浇灌浸润的。这或许是"晚生者"的宿命。正所谓愿意的命运领着走，不愿意的命运拖着走。

综观纪弦漫长的诗歌生涯，其反传统的理论宣言，和创作实践上存在的与传统剪不断理还乱的关系，再一次证明了"晚生"的诗人接受前辈诗人诗歌影响的不可避免性。除非你不写诗，只要你动手写诗，你就同时接通了和三千年诗国"大传统"与百年新诗"小传统"的联系[1]。舍此，"晚生"的诗人也许真的已别无选择。

[本文为国家哲学社会科学基金项目《中国古典诗学与 20 世纪新诗》（09BZW038）、河南省哲学社会科学规划项目《中国古典诗学与新诗名家》（2006BWX001）的阶段性成果。]

[作者单位：安阳师范学院文学院]

新诗与中国古代诗学

[1]　余光中：《余光中诗歌选集》自序，时代文艺出版社 1997 年版，第 6 页。

中国诗歌古今传承演变暨
抒情与叙事关系学术研讨会综述

郑 鹏

2017 年 10 月 13 日至 15 日，"中国诗歌古今传承演变暨抒情与叙事关系"学术研讨会在人文荟萃的古都安阳召开。此次会议由安阳师范学院文学院、中国当代文学研究会、中国古代文学理论学会、《古代文学理论研究》杂志社和《诗探索》编辑部共同主办。首都师范大学、中国社会科学院、中国艺术研究院、中华诗词研究院、澳门大学、四川大学、浙江大学、天津社会科学院、辽宁大学、东南大学、河南师范大学等高校、科研单位和相关机构的四十余位专家学者共襄盛会。会议围绕"中国诗歌古今传承演变暨抒情与叙事关系"这两大主题展开，就近年引起海内外诗学界持续关注的相关议题，与会专家学者展开热烈、深入的交流互动与对话论争。新诗研究者与古典诗学研究者共聚一堂，发挥各自的学科优势，碰撞互补，求同存异，集中探讨数千年中国古代诗歌与百年中国现当代诗歌的传承关系暨中国诗歌抒情与叙事之间的关系问题，使得本次会议开得卓有成效，显得意义非凡。

第一场讨论会由《文学遗产》原主编陶文鹏先生主持，古代诗歌与现当代诗歌的研究者竞相发言，会场气氛热烈生动。首都师范大学吴思敬教授首先发言，他指出在百年新诗自身传统形成的过程中，有两个影响因子不能忽视，一个是中国古代诗学文化的传统，一个是西方诗学文化的传统。新诗自身传统的形成与发展，也始终受着这两大传统的制约，是在这两大传统的冲撞与融合中实现的。他总结了中国近现代文学史上对待诗歌传统不同立场和曲折经验：从梁启超的"革其精神，非革其形式"的诗界革命，到五四时期钱玄同"欲废孔学，不可不先废汉文；欲驱除一般人之幼稚的野蛮的顽固思想，尤不可不先废汉文"的过激言论；

从闻一多、何其芳、林庚等的"现代格律诗"不成功的尝试，到郑敏"新诗到现在还没有形成自己的传统"的判断；从韩东、朱文等人的"断裂论"，到九十年代以来李怡《中国现代新诗与古典诗歌传统》、蓝棣之《论新诗对于古典诗歌的承传》、陈仲义《遍野散见却有待深掘的高品位富矿——新古典诗学论》等论著对古代诗歌资源有价值的见解。他立论鲜明地坚持自己长期以来的观点：中国新诗已然毫无疑问地形成了自己内涵丰富的传统，虽然与历史悠久的中国古代诗歌传统与西方诗歌传统相比，百年新诗传统时间不够漫长，影响不够深远，但它也正是在中西诗学文化的融合、探索和创新中不断发扬壮大的，是对古代与西方诗学文化的双重超越。四川大学的李怡教授接续了中国新诗传统的话题，他同样体会到切入诗学问题时中国新诗夹在中西传统之间的合法性证明的被动状态，不过他认为继承传统的所谓天然的责任和落入西方文化霸权的融入世界的对立话语模式，都忽视了中国新诗基于中国的人生经验在"自己的"空间中的发声。李怡教授举了王毅发现的向来有"反传统"标签的诗人穆旦的《诗八首》与杜甫《秋兴八首》之间联系的例子，证明中国新诗的价值恰恰不在于传统凝固的典范的合法性，而在于它前所未有的艺术创造性——我们应该注意的不是"成熟"和"成型"的传统的舒适区，艾略特早就提示我们回到传统的难度，如果轻松的话，我们很可能恰好错过了传统本身。人们经常批评中国新诗"不成熟"和"不成型"，而正像郭沫若说的"不定型正是诗歌的一种新型"，正是中国新诗更大的自由的创造空间。东南大学中文系的王珂教授同样赞同吴思敬对中国新诗"双重超越"的观点。他进一步在发言中把中国新诗的独立性推到了另一个高潮，认为古今诗歌是两个独立的系统。他指出中国新诗对古代诗歌传统应该持有"写什么"上决裂，"怎么写"上继承的态度。同时，他又非常重视古代汉诗与现代汉诗诗体方面明显的连续性和传承关系，并提请学者们注意在古代汉诗对新诗诗人在诗的思维方式及诗体建设的观念上显而易见的影响。

中国古代诗歌研究专家的论述则与中国新诗研究者的观点形成包容中激荡的关系。澳门大学的施议对教授是红学泰斗吴世昌先生的学生，他长者风存，从自己曾经发表的一篇文章《旧文学之不幸与新文学之可悲哀——二十世纪对于胡适之错解及误导》和自己的著作《胡适词点评》一书谈起，委婉地提醒与会者胡适的《尝试集》渊源有自，胡适在写作《尝试集》之前长期受到古典诗词的润泽，这是中国新诗的源头。中国百年新诗与中国传统诗歌有着深刻的精神血脉关系，这是不可斩断的。

中国艺术研究院的赵伯陶先生携着明代诗歌研究的论文来参会，但他对中国当代诗歌也非常熟悉，还曾是当代诗人汪国真的同事，论述中对现当代名诗随手拈来。在强调古今诗歌的关联性的同时，特别强调诗歌天赋在诗歌写作中的重要性。他引用启功先生的名句妙语解颐：唐以前诗是长出来的，唐诗是嚷出来的，宋诗是讲出来的，宋以后的诗是仿出来的。一下就生动地总结出了千年诗歌史充满活力、波澜壮阔的发展历程：中国的诗歌传统从来不是凝定不动的，而是不断发展变化，创新发展的，怎么继承这个伟大的传统是古人留给今人不可脱卸的重要课题。与之前吴思敬讲五四以来"诗体大解放"，曾引用朱自清《新诗杂话》中的话论述百年新诗受外国影响，形成活泼的现场呼应。河南省社会科学院的王永宽教授讲到了与现在正在重新兴起的旧体诗写作相关的话题，旧体诗并没有因为新诗的冲击而失去作者与读者，而是作为潜流生长在中国文化的深厚流脉之下。王教授还讲解了旧体诗写作中的"脱换法"的精髓。河南文艺出版社的王国钦先生也站在古代诗歌传统一边大声疾呼，他宣读了自己《试论"诗词入史"及与新诗的和谐发展》一文，对中国现当代文学的史家以"现代文学性""现代性与经典性""语体形式""夕阳文学"论等等为理由拒绝古典诗词进入现当代文学史提出坦率的批评。他认为应该结束现当代诗词与白话新诗之间互相轻视甚至敌视的状态，允许诗词进入现当代文学史的论述之中，让两者可以和谐共存、共同发展。

中国古今诗歌之间的传承与冲突，在第一场讨论中引发了多层次的论争，而第一场大会讨论的最后一位发言者中央民族大学的敬文东教授的观点，为上午的讨论做了完美的总结陈词。他刚出版新书《感叹诗学》，本次发言以对古典诗学"赋比兴"中的"兴"的现代阐释为中心展开。他用哲学、人类学、民俗学、美学、修辞学、传播学、古今诗学等方法赋予"兴"以新的诗歌史的含义，不仅串联起古典诗歌的大江大河，还让它在阐释现当代诗歌的时候也焕发出新的活力。敬文东的发言以在八十年代发起过"整体主义"诗歌运动的"后朦胧"诗人宋炜的一首向杜甫致敬的诗歌《登高》作结，把自己对古今诗歌关系的观点涵盖其中，它的生命经验是当下的，却无时无刻不散发着古典的幽香，丰富而不是消减着我们的文化体验；中国诗歌的古今演变正是在传承中创新，在融汇中发展的。

第二场讨论由中国艺术研究院赵伯陶先生主持。中国社会科学院陶文鹏教授首先发言，对吴思敬新诗"双重超越"并对中国古代诗歌传统是精神继承的观点表示赞同，作为古代诗歌专家，他的论点并不纠缠于

诗探索10　理论卷　2018年　第2辑

古今之争孰是孰非的方面，而是强调了中国古代诗歌在世界诗歌中独有的特征。中国古代诗歌的特殊传统是汉语的特殊性造成的，比如对仗的手法，就是汉诗的独创，汉语的特性使得中国诗歌成为全世界唯一能够使用对仗修辞的诗歌。此外是精炼性，汉语的单音节特征造成了中国诗歌有着精炼而含韵悠长的优良传统。中国现当代诗歌中的好诗也是继承了这些优良基因的作品。陶文鹏还对新诗提出建议，认为中国新诗应该发挥汉语言文学的优越性，在这方面它还做得不够，今后还有很多路要走。比如中国新诗仍然还存在不精练、不够深入浅出、不够多样化和民族化等问题，他特别提倡要写精炼的短诗，像冯至曾做过的"新绝句体"那样有益的实验的方向去努力。河南师范大学的王东东教授分析了张枣诗歌中的亲缘形象，以及它背后是语言文化和诗歌传统的隐喻。这使得张枣延续了汉语诗歌传统的精神和风采，激活了传统在当代新诗中实践的可能性。常州工学院谭坤教授的研究视角聚焦在周作人的诗歌对古典诗歌的吸收和扬弃问题上，他认为周作人的诗歌创作可分为新诗和杂诗两类，自成一体，体现出新旧杂糅的诗歌特色。形式上的散文化倾向，摆脱了诗词的羁绊又能营造出新的境界。天津社会科学院文学研究所的张大为教授关注的是诗学的诗性突破。他批评了当代诗歌中现代主义和后现代主义诗学抽象的智术化、工具化的倾向。像朦胧诗中的一些作品，大量堆砌理念性的隐喻、象征意象；琐碎的个体也概念化、抽象化了诗人对生活的认知；即使是被很多诗人推崇的"知性写作"，也因其内容和修辞上的贫乏而变得更像"脑筋急转弯"而和智慧沾不上边了。张大为准确地称这种倾向为诗性修辞的"抽象性之墙"。他认为当代诗歌应该向中华文明传统的诗性智慧学习。像《诗经》、杜牧的《登九峰楼寄张祜》、苏轼《题西林壁》中做的那样回到"具体的具体性"，也像里尔克的《豹》中体现的那样，把现代人心灵的客观性结合进现代主义诗艺的客观化的手法，让"具体"回到"具体"中去。这是一种对现代诗学与传统诗学关系的更高层次的联结的理论尝试。三峡大学的刘波副教授认为新诗这个古典诗歌的"逆子"左冲右突的激进写作应该成为过去，它应该在向西方学习遇到瓶颈的时候，返身回到传统中寻求资源，不应该继续纠结于对新的"文学秩序"的苛求，而要回到诗之所以为诗的本真的美学根源处，从而超越合法性问题的困境。

国际汉学界非常关注中国抒情传统的问题，陈世骧、普实克、高友工、陈国球等学者对此都有过很多相关研究和论述，近年来这个问题再次成为文学研究界的关注热点。不过，他们从外而内地为中华文明寻找到民族个性和价值体系的"同质性"（homogeneity）的动机非常明显，以至当下某些研究的"同质性"意向几乎有了一种标签性的凝固剂的效果，甚至牺牲了很多透视文学史的时候活泼的生动性。杨景龙教授一直专注于中国古今诗学传承的研究，自二十世纪九十年代以来，发表了《古典诗词曲与现当代新诗》《中国古典诗学与新诗名家》等专著和一大批相关论文，近年来又向深处掘进，在中国诗歌传统中抒情与叙事的关系方面深入探索。他提交大会的论文《试论中国诗歌抒情与叙事的互动转换》，再次强调了他对中国诗歌发展史上一种规律性现象的总结：当一个时代的诗歌抒情性达到饱满的程度，难以为继时，后起的诗人总要转向叙事写实，像李白之后的杜甫，比起充分体现"盛唐之盛"的李白诗歌的浪漫抒情，杜甫诗歌所反映的"盛唐之衰"主要是通过对战乱、流亡的纪实叙事实现的；像盛唐诗歌之后的中唐诗歌，张王元白等人竞相写作纪实叙事性质的乐府诗；像唐诗之后的宋诗，诗人普遍写作各体各类叙事诗歌，在取材、手法和美学理想上，都向平淡、琐碎的日常生活靠拢，叙事议论、尚实尚理是其特色；像宋词之后的元散曲，取材几乎包罗了世俗万象，尤其是元散曲中的套曲，有不少是"代言体"，第三人称叙事，有场面，有人物，有故事，如果添加道白，就是一折好看的杂剧。这些现象无不表现出中国诗歌史发展过程中由抒情向叙事屡屡转折的演变趋势，随之伴生的是，一个时代的诗歌艺术风貌与前一个时代相比，所发生的重大变异。杨景龙在这方面的研究，从内部激活了中国诗歌史的细部景观，让我们可以更明晰地观察抒情传统与叙事传统在内在逻辑上的细部互相关照、互动、转化的整个发展历程。杨景龙不光对中国古代诗歌史有令人印象深刻的研究，在发言中还把古典诗学与当代诗人的创作进行了富有启发性的沟通，他交流的另一篇论文《横移中的纵承——纪弦与中国古典诗学》，详细讨论了新诗人纪弦诗歌在伦理精神与重情倾向、故乡与故国情思、知性与谐趣、反向模仿、嗜酒与狂傲、原型形式等六个方面，与中国古典诗学"纵的继承"的关系。

第三场大会讨论由澳门大学施议对教授主持，多位学者就广泛的诗学问题进行了多方面的研讨。白居易有一首七律名篇《自河南经乱关内阻饥兄弟离散各在一处因望月有感聊书所怀寄上浮梁大兄於潜七兄乌江十五兄兼示符离及下邽弟妹》，诗题竟长达五十个字。华语诗歌研究中心夏汉先生的论题非常独特，他从诗歌形式学的角度，审察了古典诗歌中的长诗题的问题，分析了它的外在形态特征和内在历史的形成机制。他认为长诗题有一个悠久的诗歌传统，形成了一定的形式规则，成为诗歌有机且有效的组成部分。长题和诗的表现内容一样，经历了一个从宫廷走向民间与日常，从矫揉造作、刻板严格的风格到诗歌主体范围扩大，从而让诗歌获得了新的写作的自由。中国社会科学出版社的慈明亮先生借用哈罗德·布鲁姆的"影响的焦虑"的理论探讨了中国新诗对古代诗歌叛逆性的继承的问题，一方面它利用传统诗歌叙事性较弱的特点进行内容创新，其次通过创造性的对古诗的"误读"，在用典方面贬古诗，从而确立起自己的创新价值。慈先生还从晦涩与多异性及虚无，意义诗学与精微诗学等角度评述了传统诗歌对新诗的启示。安阳学院的温长青教授的发言讨论了当代诗人王学忠的新诗集《我知道风儿朝哪个方向吹》，他认为王学忠的价值在于以高度的社会责任感和主人翁意识，真实地反映了底层百姓的悲惨生活境遇，深刻地揭露和鞭挞了官场腐败，形象地表现了诗人的创作初衷、创作原则、政治操守和铮铮铁骨；在艺术形式上也具有鲜明的特色。这是对《诗经》开创的由杜甫、白居易光大的现实主义诗歌传统在当下的发展。江南大学熊湘继承了王国维诗学的论题，他把中国古典诗歌分为"有我之作品"与"无我之作品"两类。对于"无我之作品"，读者直接进入作者的位置，沿着作品的内容进行一场抒情审美体验。对于"有我之作品"，读者大都采取旁观者角色，将创作背景、创作主体、创作过程、作品统一起来进行理解与审视。一方面，作者作为创作者的这层意义被减弱，并在史学传统和正统观念的导引下走向知人论世和传记化的接受方式。另一方面，受到审美性需求的影响而采取过程审美、情景审美的接受方式，作者作为表演者和读者作为旁观者的意义得到充分展现，作品的内涵与价值也得到更深入的揭示。此外，在"有我"与"无我"之间，形成越界的审美方式，丰富了古典诗歌的审美维度。

总的说来，这次以古今诗学对话为特色的学术研讨会，为未来的诗歌研究提供了广阔的新思路和可能的新范式。如何继承辉煌的古代诗歌传统、如何为中国当代诗歌发展开拓新的道路，是我们必须持续面对的庄严命题。正如杨景龙教授发言中引用诗人余光中的话所表明的：除非你不写诗，只要你动手写诗，你就同时接通了和三千年诗国"大传统"与百年新诗"小传统"的联系。舍此，"晚生"的诗人也许真的已别无选择。

[作者单位：安阳师范学院文学院]

新诗与中国古代诗学

新诗形式建设问题研究

基于行顿论的自由诗体节律

许 霆

行顿是新诗自由体所采用的基本节奏单元，它同样植根于汉语特征即采用停顿节奏。但是，由于自由体新诗是舶来品，所以行顿接受了西方现代自由诗体的韵律方式。主要特征在于：不用传统的程式化音步节奏，而是采用诗节意义上的诗行节奏；采用含有激情的内在节奏，但仍同语言韵律结合，主要通过对等原则组合诗行形成节奏。关于西方"自由诗"韵律节奏的内涵，《现代西方文学批评术语词典》是这样概括的："（自由诗人）弃而不用现成的韵律，这对读者的已经成为习惯的感受方式无异于釜底抽薪，并迫使他们形成新的阅读速度、语调和重读方式，其结果使得读者能更充分地体会诗歌产生的心理效果和激情。这种诗歌的韵律并没有同语言材料分离开来；在这种诗歌中，诗节的作用取代了诗行的作用，诗行（句法单位）本身变成了韵律的组成部分，而且诗行的长短变化形成了一定的节奏。"[1]这一概括指明：现代自由诗律同传统格律诗律相比的区别，是"诗节的作用取代了诗行的作用，诗行（句法单位）本身变成了韵律的组成部分"。在美国自由诗运动中，弗莱彻也认为："自由诗像格律诗一样，要倚重节奏的一致性和相等性；但是这种一致性并不能视为节拍的等量持续，而应视为节拍价值相等的诗行，在收缩状态中的并置，它出自不同的格律源泉。"[2]我国的自由诗体，直接受到西方自由诗律影响，也是弃而不用传统的现成韵律，而是强调句法或诗行节奏，推动新的阅读方式形成。这是根据现代汉语特点做出的选择。

---

① ［英］罗吉·福勒：《现代西方文学批评术语词典》，袁德成译，成都，四川人民出版社1987年版，第114页。

② ［美］约翰·古尔德·弗莱彻：《自由诗释义》，李国辉译，载《世界文学》2015年第6期。

诗探索10 理论卷 2018年 第2辑

行顿节奏的内在根据

二十世纪初，美国自由诗初兴的时候，一般意象派诗人就用"无形式本身就是一种形式"来为自由诗体缺乏韵律节奏辩护。叶公超在1930年代中期发表了著名的《论新诗》，认为这种辩护"等于说没有人的生活是无规律的；只要活着，就有他的一种规律。没有格律的诗就仿佛没有规律的生活，最容易陷入紊乱，由紊乱乃至于单调，单调的生活必然是乏味的，无生气的。"他认为，自由诗打破传统诗律而探索新律的根本原因就在于：

> 我们要知道，现代诗之格律观念已不如希腊拉丁的那样简单，那样偏于外形的整齐。美国诗人庞德（Ezra Pourd）在自由诗最风行于美国的时候，曾在美国《诗刊》上发表《内在形式的必要》一文，他说："我们有两种形式上的出路：如沿用传统的拍子（metre），我们的情绪与思想必然要像那拍子一般的模型，否则我们就要创造自己的形式。但是，创造自己的形式是更苦的事，因为它必定要比传统的形式更加严格，严格就是切近我们的情绪的性质。"最后的一句话可以说是准确的。我们新诗的格律一方面要根据我们说话的节奏，一方面要切近我们的情绪的性质。西洋的格律决不是我们的"传统的拍子"，我们自己的传统诗词又是建筑在另一种文字的节奏上的，所以我们现在的诗人都负着特别重要的责任：他们要为将来的诗人创设一种格律的传统，不要一味羡慕人家的新花样[①]。

这就充分说明，自由诗体的格律不同于传统的诗体格律，需要诗人根据现代人的说话和情绪创造全新的模式，这是一种诗人富有使命感的创造，是富有责任感的创造，是为将来的诗人创设的探索。这种创造具有现代观念更新的意义，现代自由诗在建立韵律时，更多地趋向内在的节奏，这是诗人根据情绪律动而锻造出既切合情绪、又符合现代汉语特性的诗行节奏过程。

自由诗打破传统的拍子节奏模型而取行顿节奏单位，其内在根据就是现代诗言语的律化或曰诗化，指归是切近我们的现代生活与现代情绪表达。如果说西方自由诗体确立行顿节奏是应对现代精神表达的自由，那么，我国自由诗体的直接动因是应对现代汉语对于传统音律意味的流

新诗形式建设问题研究

---

① 叶公超：《论新诗》，载《文艺杂志》一卷第 1 期，1937 年 5 月，见杨匡汉、刘福春编《中国现代诗论》（上），广州，花城出版社 1985 年版，第 322 页。

失，其最终的动因当然仍然在现代精神表达的自由。语言的现代性是构成文学现代性的深层基础，新的语言改变了文学的内容并从根本上改变了文学的艺术精神。五四自由诗体发生的意义，"是试图建构一种新的诗歌言说方式，确立了现代诗歌符号形式的现代体制"，"在文化符号体系中找到了一条通向现代性的通道"①。胡适在《谈新诗》中，举出实例来说明"五七言八句的律诗决不能容丰富的材料，二十八字的绝句决不能写精密的观察，长短一定的七言五言决不能委婉地表达出高深的理想与复杂的感情"，应该是有说服力的。如胡适论周作人的《小河》说，这首诗是新诗中的第一首杰作，但是那样细密的观察，那样曲折的理想，绝不是那旧式的诗体词调所能表达得出。如康白情的《窗外》，长短结合的散句亲切生动，把感情和动作推进得委婉曲折，"相思"穿插在行间成为连贯线索，构建起全诗的结构整体。胡适由衷地说："这个意思，若用旧诗体，一定不能说得如此细腻。"

但是，这只是问题的一方面，另一方面，现代语言使得传统韵律节奏难以为继。美国汉学家欧内斯特·芬诺罗莎（Emest Franciseo Fenollsa）在 1913 年发表了《中国文字与诗的创作》，影响了当时意象诗人的创作。其中对于古代汉语特征有三点说明：一是中国文字最有事物的存真性，因为它是象形文字，最接近自然；二是中国文字最少理性逻辑的约束，没有主动、被动之分，它以主动为主；三是中国文字不受时态的限定，能直接传达意念②。这种分析并不能说明我国古代诗歌的全部语言特征，却能概括唐诗宋词以来那路诗语的基本特征。从古代汉语到现代汉语的发展，使得这种传统诗语特征发生了根本性的转换，呈现出新的面貌。现代汉语最为明显的发展就是双音节化与句法严密化。关于双（多）音节化，王力阐明了汉语发展的本质规律是单音词向双（多）音词变化的倾向，其主要途径是词组的凝固化，结果使得新诗保持古诗的平仄格律成为不可能，使得新诗无法保持等量建行，难以保持一种上下对称的句式。关于句法严密化，王力认为，通过定语、行为名词、范围和程度、时间、条件、特指、动词情貌、处置式等限制，不但使得汉语语法"朝着严密、充实、完全方面发展"③，而且使得汉语使用不能像古人那样灵活，而"要求在语句的结构、形式上严格地表现语言的逻辑性"。现代汉语句式复杂化，句子成分一般都是齐全的，陈述句、感

---

① 王光明：《现代汉诗的百年演变》，石家庄，河北人民出版社 2003 年版，第 84、97 页。

② 转引自王光明：《自由诗与中国新诗》，载《中国社会科学》2004 年第 4 期。

③ 王力：《王力文集》第 11 卷，济南，山东教育出版社 1990 年版，第 1~2 页。

诗探索10　理论卷　2018年　第2辑

叹句、祈使句、独字句、排比句等需要自如进入诗行，复杂谓语、倒装句、修饰成分兼容，句子结构完整严密，这就使得诗的等量音节分顿难以实现。当新诗使用现代汉语创作，当自由诗体使用散文语言创作，突破传统音律规范创建新的音律规范就成为一种历史责任担当呈现在诗人面前。

面对现代汉语的挑战，自由体诗人采取的应对就是在分行基础上建立诗行节奏，把诗句分行作为诗语律化的基本手段。分行使日常语言律化，一是把严密的现代语言打碎，使之成为一个个的语言碎片（段落）；二是把新的语言碎片（段落）按照诗功能要求排列，使之体现出审美的功能；三是诗行的音节容量弹性较大，使之能够容纳传统音顿无法进入的语言材料；四是构成复调对照功能进入音律层次。哈特曼认为，诗行在何处结束本身就带有意味，断行具有停顿的效应，并与句法结构构成对位或者复调关系（Counterpoint）。尤其是当诗歌是在句子结构的中部分行时，分行与句法之间的抗衡或者对位关系就更为明显，这时分行在时间上也构成了对日常语言线性前进的时间序列的反抗。以上分行四方面意义，揭示了分行在自由诗中创造节奏以及丰富诗语审美内涵的重要意义：它有可能消解现代白话双（多）音节化和句法严密化对于新诗音律形成的严峻挑战。试以艾青《太阳》两节为例：

从远古的墓茔
从黑暗的年代
从人类死亡之流的那边
震惊沉睡的山脉
若火轮飞旋于沙丘之上
太阳向我滚来……

它以难遮掩的光芒
使生命呼吸
使高树繁枝向它舞蹈
使河流带着狂歌奔向它去

这里每行都是一个行顿，它作为基本节奏单元，同诗句的词语结构有着复杂的关系。两节分别是一个散文长句，前节复杂长句的基干是"太阳向我滚来"，第一、二、三行是处所状语，第四、五行是状态状语。后节是个并列复句，"（它）以难遮掩的光芒"是个状语，并列的三个分句是：（它）使生命呼吸，使高树繁枝向它舞蹈，使河流带着狂歌奔向它去。在这首诗中，诗句和诗行是分裂的，且分裂后的诗行没有按照句子原本结构顺序排列，这就是韵律制约诗句的范例。行顿之间组合格律是：前节开始的三个对等介词结构诗行形成匀整秩序，第四、五行句式变化，这是一个节奏的缓和，接着的第六行是思绪的聚焦点，就其诗句长度说是回到开始的节奏模式，结末的省略号和节间停顿，则完成了一个相对独立的节奏段落流程。而末行"太阳向我滚来"又同下节首行的"它……"勾连，引出了新的节奏段落流程。第二节首行总写太阳滚来后的影响，接着的三个诗行是个并列复句，其句式、语法和意义都是对等的，使诗的节奏又进入到一个秩序阶段，诗行对等而逐步加长，在连续推进中结束节奏流程。相比于古汉语，现代汉语句式复杂化，句子结构由松散趋向牢固。改变紧密结构的现代复杂句式，使之能够自由地进入诗的韵律结构，化句为行即分行是个极好的方法，分行的本质是把原有的严密复杂句子结构拆开，按照韵律安排需要让各个相关成分独立成行，达到现代句法的简单化和排列的自由化。由于行顿节奏倾向于化句为行的韵律化，倾向于自由表达诗人的内在律，倾向于词语意义的呈现性，所以韵律与词语的功能往往能够更多地兼顾。散文式长句通过分行和重新组合排列就成了韵律化的诗行。诗歌句法的调整趋向整齐、对应，都是为了诗歌结构的要求，为了情绪节律和语言节奏的传达。

分行是自由诗与散文的"本体"差别，它在创造诗歌节奏和审美上的重要性，不论评价多么高也不过分。自由诗体的分行、列行、组行使现代白话诗化，从本质上说是造成诗语陌生化，把日常的散文语转换成审美的诗语言。陌生化最为重要的结果是音律化和谬理化。

就音律化来说，自由诗体在分行基础上建立行顿节奏，使日常的散文言语节奏化和音韵化。如上引艾青的两节诗中，行顿节奏主体部分是两组对等诗行的排比排列。在第一节中是前三行处所结构的状语诗行形成排比，在第二节中是后三行状态结构的状语诗行形成排比，两组排比是两节诗体主体部分，由宽式排比的诗行在诗中连续复现和顿歇，排比诗行本身具有旋进式的节奏性能，再加上这些诗行长度普遍较短，自然就在诗中形成了一种旋律化的律动感，传达出一种激越奋进的气势和激情。排比原则是现代诗音律的基本手法，"运用连续结构的对应原则造成反复是诗歌的显著特征，不仅诗歌话语的某些成分可以反复，整个话语都可以反复。这种即时反复或隔时反复的可能性，诗歌话语及其各个成分的这种回旋，话语结构的这种此起彼伏、曲折循环——是诗歌缺

诗探索10 理论卷 2018年 第2辑

之不可的本质特性。"① 在以上艾青的两节诗中，除了主体部分的两组排比外，就是与排比形成平行对照的散句诗行，在对照中突出了诗题的核心意象"太阳"，在第一节中突出了"若火轮飞旋于沙丘之上 / 太阳向我滚来"，在第二节中突出了"以难掩的光芒"，这种对照就使得诗的意义更加聚焦突出，使得节奏更多自由变化。在较多对等的诗行间的散句，往往起着调节音律的作用，也就自然地起着思绪凝聚的作用，这才是自由诗体并不追求持续地机械地对等复现的奥秘之处。以上两个方面结合，就是霍普金斯的贴切说法，即"相似基础上的比较"和"不相似基础上的比较"。而这一切都源自破坏原有句式的陌生化，具体说就是采用了分行建立行顿和列行排列行顿的节奏手法。

就谬理化来说，自由诗体在分行基础上重新排列组合诗行从而建立诗行节奏，往往使原有句子的结构发生变形，使原有句子的逻辑顺序发生形态变化，从而容纳更大的情感容量和思想含量。如上引艾青的两节诗的第一节，中心语是"太阳向我滚来"，"滚"字是全诗的诗眼，其他诗行都围绕着"滚"字展开，其他诗行也因"滚"字生辉。而这一"滚"具有很强的谬理性。前五行的每行都分别写滚来的一种状态，都是采用暗喻的写法，超越了现实的客观逻辑，同样具有很强的谬理性。尤其是诗行排列次序充分反映了诗人的主观意愿，它突破了原有句子的语法组合和表达逻辑次序，更是呈现着谬理化，而正是这种谬理性的排列组合才成就了语言的诗功能。正是艾青的"太阳向我滚来"的谬理，才造成了诗的深沉内涵和博大气势。艾略特曾用"扭断语法的脖子"来形容诗对严整语法和句子结构进行逾矩变造。诗歌语言就是同其他各种不同因素——音响形象、节奏、句法、语义等永无休止的斗争，其结果就被人为地创造成使接受能在其中滞留并达到尽可能的力度和持久度。因此，"诗歌便是被阻滞的、弯曲的话语。诗话语便是建构的话语。"② 而新诗的分行、列行和组行就是造成这种诗化的重要手段。

音律化或谬理化，按照蒂尼亚诺夫关于诗歌语言动态结构理论，就是通过使诗语结构中的一个因素占主要地位，并以此使其他因素产生变形，如节律因素占主要地位时，就会使句法因素和语义因素改变形态；谬理因素占主要地位时，就会使诗惯常思维和平静情感改变形态。在分

① ［俄］罗曼·雅克布逊：《语言学与诗学》，见波利亚科夫编《结构—符号学文艺学》，佟景韩译，北京，文化艺术出版社1994年版，第181页。

② ［苏］巴赫金：《文艺学中的形式方法》，邓勇等译，北京，中国文联出版公司1992年版，第130页。

行基础上建立诗行节奏，其实就是在发挥着这样的作用。而新诗自由体确立行顿节奏的音律规则，就把这种作用固化起来，突显出来，最终实现了日常散文语言向诗歌语言的转换，以此来应对现代汉语容易造成传统音律意味流失的挑战。因此，行顿节奏单元的提出和实践，适应了现代语言的使用和现代情感的表达，无论在西方还是我国都具有鲜明的现代性。新诗自由体的"自由"，首先就表现在打破传统的音律框架，获得了化句为行的自由，获得了排列诗行的自由，获得了重组诗行的自由，而在获得这种自由的同时，也就获得了建构韵律节奏的自由，获得了表达现代精神的自由，这就是行顿节奏确立的本质意义所在。

　　行顿节奏确立的另一内在根据，就是在新诗韵律节奏体系建设中强化诗行节奏的意义。在诗体中，诗行是诗节奏的最小结构单位，瑞士文艺理论家埃米尔·施塔格尔认为："抒情式的诗行本身的价值在于诗语的意义及其音乐的'一'。"[①]"诗行是诗歌各个层次上能够经常形成平行结构的基本条件和诗歌的形式标志。"[②] 诗行既是诗的韵律节奏的重要单位，又是诗的整个韵律的节奏节点，还是诗歌文体的重要标志。新诗自由体与有节奏的散文之间的唯一区别在于自由诗体引进一种外在的节奏单位——诗行，确立行顿节奏单元就凸显了自由诗体与散文体之间的区别，就在整个韵律节奏体系中强化了诗行的节奏意义。在中国古典诗歌中，诗行既是语音又是语义的一个基本结构单位，因此被称为"诗句"，不必分行书写。在西洋诗中，这种结构单位同意义结构不必一致，行只是音的阶段而非义的阶段，因此必须分行书写而称为"诗行"。从诗学上讲，"句"是古典诗学的理论术语，而"行"则是现代诗学的理论术语。从"句"到"行"的术语转换，其关涉的意义非同小可。

　　作为汉语的诗顿节奏而言，诗行最为重要的价值是它的韵律节奏意义，或者直接说它就是构成汉诗顿歇节奏的核心问题。诗行对于新诗形成诉诸听觉和视觉的节奏意义可以分析为："诗行"本身是诗歌中的一个节奏单位（层次），诗行在朗读中是一个比音顿或意顿更显意义的重要存在和音节停顿单位；行内的停顿仅仅是"可能停顿"，在朗读中因人而异，只有行末停顿才是真实而实际的；汉诗大都使用尾韵，若把行末停顿与行末用韵结合起来，诗行的节奏作用将会变得更为显著；还有，诗行由于处在行内节奏和行间组织的关节点上，建行方式决定了行内节

---

① ［瑞士］埃米尔·施塔格尔：《诗学的基本概念》，胡其鼎译，北京，中国社会科学出版社 1999 年版，第 5 页。

② 黄玫：《韵律与意义：20 世纪俄罗斯诗学理论研究》，北京，人民出版社 2007 年版，第 127 页。

奏形象，诗行排列决定着诗节诗篇节奏形象。林庚认为"诗歌形式问题或格律问题，首先是建立诗行的问题"，"建立诗行的基本工作没有做好，所以行与行的组合排列就都架了空"。从外形结构看，诗分行书写，每行占一完整的空间；每行结束有较长的停顿，所以又占独特的时间。从内部结构看，诗行的特点决定了音和顿的数量和排列方式。从总体结构看，统一的诗行组合才构成整节、整首诗的完美和谐结构，杂样的诗行组合不可能有真正意义上诗歌结构。从朗读停顿看，句（行）末的停顿才是充分的停顿，它是"必然停顿"，其"对比度"最强且"可控性"也最强，诗行停顿是新诗有规律停顿的关键。

我国新诗自由体弃而不用现成的韵律，其诗行本身成为韵律的组成部分，在此基础上建立了行顿节奏体系，特别地凸显行末的停顿效果，它对读者的已经成为习惯的感受方式无异于釜底抽薪，并迫使他们形成新的阅读速度和语调。行顿节奏体系的确立，对于充分发挥诗行的节奏意义起到了推波助澜的作用。

化句为行与行顿形态

在新诗自由体形式中，分行、建行和行的排列都是方式多样的。就分行而言，由于把行顿作为基本的节奏单元，所以其语言形态要比音顿或意顿来得复杂多样，其构成形态也就变得更加自由。雅克布逊认为，作为"言语"的本质，其组合自由始终处在严密的监督之下，言语组合存在着种种限制。在自然语言方面，他说，语言单位组合中的"自由"从音位到句子是逐步增加的：把音位联合为词素的自由很有限，音位存在着构词的"规律"的制约；把"词"组合为句的自由已经相当现实自由了，虽然也受到句法规则的限制，有时还受到惯用语（范性）的限制；把句子组合在一起的自由最大，音位在这里没有句法限制[①]。正因为行顿包含的音节较多，声音的时间段落较长，所以建立行顿所受到的限制相对较少，其构建成形的自由就变得更大，语言形态自然也就更加多样。这是自由诗体的优越性，也是自由诗体的现代性。这种自由的获得意义重大，它更好地适应了现代汉语语言的特性，也更好地提供了行顿排列的自由条件，最后就是帮助自由诗体形成自由与规律结合的韵律节奏体系。

正是基于自由诗体行顿的自由多样性，由此就提出了分析行顿形

---

① 转引自罗兰·巴特尔：《符号学原理》，见波利亚科夫编《结构—符号学文艺学》，佟景韩译，北京，文化艺术出版社 1994 年版，第 132 页。

态的任务。而自由诗体中的行顿是日常语言或散文语言律化或诗化的结果，所以诗行始终是同诗句紧密联系在一起的，就其本质来说是个行句的关系问题，所以要考察行顿形态无法回避的视角就是行句的关系分析。自由诗体采用散文的词法、句法，它同规律的韵律节奏之间必然存在着复杂的矛盾关系。处理这种自然语句和节奏单元、诗句和诗行之间矛盾的重要手段就是化句为行，即对语句进行诗化的切割，以获得真正属于韵律范畴的诗行。新诗的分行形式多样，俄国多佐莱茨在《十九世纪至二十世纪初俄罗斯抒情诗的韵律——句法公式》中这样归纳：

A. 同句子完全相同的诗行

B. 同句子不符的诗行

B.1 诗行大于句子

B.1.1 诗行的末尾同句子的结尾相符，即一行中容纳几个句子的情况

B.1.2 诗行的末尾同句子的结尾不相符，即诗行中包括：（a）一个完整的句子和另一个未完的句子的一部分；（b）几个完整的句子和一个未完的句子的一部分

B.2 诗行小于句子（这种类型比较常见）

B.2.1 诗行可以切分成句段或允许切分的情况

B.2.2 诗行不可切分成句段的情况[①]

新诗分行始终关涉行句问题，其本质就是行句关系问题，而这种行句关系之中贯穿着对等或对称的关系，这种关系是诗律节奏的基本条件。具体来说，"诗行可以和句子相吻合，也可以是半个或两个、更多的句子"，"诗行对句法有非常大的影响，分行的方式几乎是诗歌特殊的句法结构形成的最主要的原因。同时诗行是诗歌各个层次上能够经常形成平行结构的基本条件和诗歌的形式标志"，从以上行句类型中，"可以看到，诗的句法同它的韵律组织一样，也倾向于对称。""人们通过同样句式的重复或词语的重复为诗章主动营造对称的氛围，使整齐中的变化更为突出。"[②]由于我国新诗采用西诗分行排列，并实行行句分开，这就使得自由诗体的诗行形态丰富多彩，它为新诗自由构建行顿节奏提供了丰富空间，而行句关系中贯穿着的诗行对等或平行关系，则又为新诗形成有秩序的行顿节奏提供了可能的条件。

---

① 黄玫：《韵律与意义：20世纪俄罗斯诗学理论研究》，北京，人民出版社2005年版，第128页。

② 同上，第127~128页。

诗探索10 理论卷 2018年 第2辑

面对以上行句关系中的分行形态，我们似乎可以得出结论：自由体的分行是绝对自由的。其实，这是一个误解。新诗尤其是自由体分行确实有着较大的自由度，但它还是受到了三个方面的制约：一是语义表达的制约，二是音律呈现的制约，三是诗行排列的制约。以下着重从行句关系入手，对多样繁复的自由诗体的行顿形态做些归类分析。

第一，从诗句完整看行顿。

从以上多佐莱茨"句法公式"中我们看到，A类就是"同句子完全相同的诗行"，当然形态更多的B类则是"同句子不符的诗行"。B类诗行的共同点是同句子不符，但细分起来又包括短语、分句、句子成分和词语等多种。陈本益认为新诗自由体实际上明显地存在着两种体式，一种是传统体，一种是现代体，他从大量创作中归纳了两种体式在诗行、用韵和标点方面的差异。关于诗行，他认为传统体诗行具有完整的或相对完整的意思，即便跨行，也断在意思相对完整的地方，也就是顿歇较大的地方，而现代体则是诗行的意思不一定完整或相对完整，常常有割裂语句意思的跨行。如台湾诗人非马《醉汉》一节："把短短的巷子／走成／一条曲折／回荡的／万里愁肠"。这里把一句话断为五行，有助于表达诗人独特的情绪和意象[①]。陈本益的这种分类和概括应该是准确的，它指明了行句关系关涉诗体特征问题。

需要补充的是，无论传统或现代体自由诗中，哪怕一首自由诗中，往往同时存在着诗句完整或不完整的诗行。采用完整或不完整诗行作顿，虽然是同传统或现代的追求有关，但更重要的是同诗人的顿歇安排有关，同表达的情绪起伏有关。一般来说，完整的诗行较长，而不完整的行多数较短，这在诵读中的占时存在差异，而这种差异正是诗歌情绪表达的重要根据。诗行的长度不同，从外现内在情绪的角度看，其节奏性能差别较大。大凡短行轻缓，属于"扬"的节奏表现，次短行次轻缓，属于"次扬"的节奏表现，短行和次短行往往能显示出一种急骤昂奋的情调；大凡次长行次重急，属于"次抑"的节奏表现，长行重急，属于"抑"的节奏表现，次长行和长行往往能显出一种徐缓沉郁的情调。在新诗中，不同节奏表现的诗行组合，就会形成不同的节奏形象。由于自由诗分行采用主动组合法，有着较大的自由度，从而能够较好地表达诗人情绪波动起伏的旋律化节奏。

需要补充的是，诗句完整的诗行和诗句不完整的诗行在朗读中的停

① 陈本益：《自由诗的两种体式及其特征》，见《中外诗歌与诗学论集》，重庆，西南师范大学出版社2002年版，第110~114页。

新诗形式建设问题研究

顿事实上是存在差别的。劳·坡林要求掌握一个有用的区别，即诗行末句子的停顿和诗行末句子的连续。所谓诗行末停顿句即诗行之末正是表示意思的句子之末；所谓诗行末连续句，即表示意思的句子不在诗行末停顿而连续到下一诗行或以下几个诗行。劳·坡林认为，"诗行末的连续是诗人用语法与修辞的停顿地位来使它的基本格律发生变化"①。这里的连续往往就是以跨行来呈现的，它是自由诗体语言音律化最为重要的标志。当然，行末如何停顿，还同标点符号有关，如果行末是句点或分点号，则停顿较长；行末无标点但在两个短语或意群之间也有轻微的停顿。更重要的是，行末的停顿和行间的停顿又与读者的朗读方式相关。

第二，从行内结构看行顿。

行顿从行内结构看，大致可分成四类，一类是结构严密在诵读中无法停顿的诗行；一类是结构较为疏松在诵读中可有小顿的诗行；一类是跨行移入具有顿歇标志的诗行（顿歇标志有时是标点，有时是空格）；一类是由两个甚至三个短语（或语法成分）平列组成的诗行。除了第一类外，其他各类都有一个行内顿歇的问题。对于这个"顿歇"的节奏意义需要加以区别分析。其中一种"顿歇"属于"小顿"，往往仅是语音的有限拖宕或加重，它在诗中的节奏效果是无法与行末相提并论，所以往往可以忽略不计（因为不同的人在诵读时的具体分顿可以不同，所以小顿的区分实际价值不大）。在这类行顿节奏的诗中，真正对节奏起关键作用的就是行末的顿。从诵读停顿看，其停顿最重要的是行末的充分停顿，它是"必然停顿"，其"对比度"最强且"可控性"也最强，诗行停顿是新诗有规律停顿的关键。在行顿节奏的诗中，诗行本身与行末停顿有机地结合起来，形成起伏的基本节奏单位，构成自由诗节奏的基本框架结构，通过它的进展来形成整体的节奏形象，行内的"小顿"往往是辅助性的。

行内的另一种"顿歇"存在于上述B类中"诗行大于句子"的行顿中，有着多种具体表现形式。这些行内的顿歇则具有实在停顿的价值，其实也是诗人有意识地设置的停顿，从而形成了行内顿和行末顿同时存在的情形。对这种诗行"顿歇"的分析，首先要指明的是尽管这种诗行同时存在两种顿歇，但其重点还是行末的顿，行内的顿还是辅助的；其次要指明的是这种情形涉及自由体节奏单元的两大问题，一是行顿是自由体的基本节奏单元，由于这种单元的语词层次高于音顿和意顿，语词结构

---

① [美] 劳·坡林《怎样欣赏英美诗歌》，殷宝书译，北京，北京出版社1985年版，第151页。

诗探索10　理论卷　2018年　第2辑

规模一般大于音顿和意顿，所以其内部其实必然包容着音顿和意顿的音节组合单位，甚至在诗行中明确地把这种组合单位标示出来，所以我们在讨论行顿形态时需要客观地承认它的存在的合理性，把它纳入到行顿节奏体系中来。也就是说，行顿节奏单元应该而且可能容纳音顿或意顿节奏单元，行顿节奏体系应该而且必然包容音顿或意顿节奏方式。这在西方的自由诗体理论中，有一个专门的诗学术语，那就是"嵌入音步"（ghost of meter），指的就是"在无韵诗的诗行中嵌入有音步的诗行。嵌入音步使自由诗体在音乐律动感方面得以加强，很大程度上弥补了自由诗体在吟诵性上的缺陷"[①]。这在西方自由诗体中能够找到众多的创作实例。由此可见，行顿中包含着音顿或意顿，不仅不是坏事，而且是建立行顿节奏所必须加以提倡的一种音律手段。二是我们所说的容纳或包容绝对不是被动的，而是积极主动的，因为在行顿中存在着的顿歇在推进行顿节奏体系建设、形成具有自由诗体韵律节奏是有意义的。在自由体的节奏进展过程中，除了诗行外还有诗行内的顿歇都可能通过排列形成有秩序的节奏模式。

第三，从跨行方式看行顿。

我国自由诗大量采用跨行是借鉴西诗的结果。王力说："普通白话诗和欧化诗的异点虽多，但是跨行法乃是欧化诗最显著的特征之一。"[②]跨行，对自由体新诗的发展具有革命性的意义，因为它对于分行、分顿、建行和诗行排列都起着至关重要的作用。新诗的行句分列可能具备多种审美功能，如增加语言的弹性和韧性，如追求新诗诉诸视觉的建筑美，如增加审美的情趣，如建构诗行的陌生化等，但是最为重要的则是韵律节奏功能。尤其是，自由诗体已经摒弃了传统的音顿节奏方式，改用行顿节奏方式，所以其分行或列行就成为形成韵律节奏的基础了。在许多自由诗中，正是跨行或列行方式，才使诗行脱离了自然词语特性而具备了韵律节奏特性，才使诗行成为诗体的一个重要节奏层次。

欧化的跨行法建构自由诗的行顿，我们可以从行句关系把它具体概括成五种形态：一是从甲行的中间开始，直跨到乙行末；二是从甲行的第一词开始，跨到乙行的中间；三是某句从甲行跨到乙行，另一句从乙行跨到丙行，又一句从丙行跨到丁行，几乎是连续不断的；四是抛词法，即只留一词抛入另一行；五是不仅跨行，而且跨段。这五种方式在具体的创作中化转变为更多的诗例。这些跨行方式，都与诗的音律也有

① 郭萌、乔晓燕：《英语自由诗体内在节奏表现手段》，载《内蒙古工业大学学报》2005年第1期。

② 王力：《汉语诗律学》，上海，上海教育出版社1979年版，第851页。

语义有关，王力就说到抛词法的两个作用："求节奏的变化"，"把重要的词的价值显现出来"①。多种方式的跨行使用，能够改变诗行单调。沃尔夫冈·凯塞尔提出，"不要让每一行诗产生严格的、完整的、统一体的效果"，因为"同一统一体的有规则的重现会使人厌倦，不断重复就会产生单调的效果。一个审美的原则要求一切在时间中分布的东西依照分布原则的变化"，而改变诗行"最简单的方法就是'跳行'（上句牵入下句）：意义从一行跳入下一行，因而放松了行列的严格性"②。在格律诗中，雷同诗行重复容易造成单调感，跨行是造成声音节奏变化的重要手段；在自由诗中，跨行使诗的句式更有变化，能够在行组层次上造成诗行节奏美，尤其是跨行中的抛词法或留词法。跨行方式在优秀诗人那儿运用自如，如艾青诗的经验是：凡要强调哪一个成分，就把哪个成分另起一行；重视突出表现形象动态，当主语带有附加成分时，谓语部分就基本上和它分家，另起一行；配合对动态美的强调，往往把介词短语的状语成分分家另起一行安排；需要突出强调哪个词语，往往就让这个词语单独排列成行，或采用留词、抛词法放在行的首尾③。当然，跨行使用也有制约，"跨句是切合作者底气质和情调之起伏伸缩的，所谓'气盛节族之长短与声音之高下俱宜'；换句话说，它底存在是适应音乐上一种迫切的（imperious）内在的需要。"④若不能注意这种限制，跨行遭人非议也就不足为怪了。

第四，从句式结构看行顿。

由于自由诗体能够让更多的句式进入音律节奏结构，所以其行顿形态中就常常能见到一些难以进入格律诗体的非陈述句。所谓非陈述句是指现代汉语中的特殊句式，在诗中能起某种声韵节奏作用，主要是一些带有强烈感情色彩的句式，包括感叹句、疑问句、祈使句和设问句等。应该说非陈述句在新诗中的节奏作用，往往同整个作品的旋律节奏结合着的，应该具体作品具体分析。我们能够说的就是，这种非陈述诗行的恰当运用，对于表达诗人的感情律动、呈现诗人的语言节奏、展现新诗的声韵美感是有意义的。

第五，从行间关系看行顿。

---

① 王力：《现代汉语诗律学》，北京，中国人民大学出版社2004年版，第30页。

② [瑞士] 沃尔夫冈·凯塞尔：《语言的艺术作品》，陈铨译，上海译文出版社1984年版，第105页。

③ 骆寒超：《艾青论》，北京，人民文学出版社2009年版，第380~384页。

④ 梁宗岱：《论诗》，见《诗与真·诗与真二集》，北京，外国文学出版社1984年版，第38~39页。

诗探索10 理论卷 2018年 第2辑

行顿形态还可以从行间的组合关系视角去考察，由于行间特定的组合关系，就会直接影响到行顿的形态。自由诗体行顿本身的多样性，必然造成行顿组合中顿歇节奏的复杂性；而行间组合关系的复杂性，也必然要求行顿结构的多样性。因为行间关系对于行顿结构影响的多样性，我们只能以举例的方式来做些概括。一是对等排列或对立排比着的行顿之间的停顿往往是均衡等量的，它更加有利于形成一种有秩序的整齐节奏。排比行顿排列体现的就是节奏（某种音节连续关系的重复）、韵律（某种节奏连续关系的重复）、头韵、元音迭韵和韵脚，由于种种重复性的作用，造成词语或思想上的相应重复性，或排比性。二是出句和对句关系的行顿之间停顿往往是不均衡等量的。自由诗行顿较多使用解释性、说明性、总分性、补充性的结构，或者使用句子成分分隔在两行或数行之间的行顿结果，既有一个出句匹配一个对句诗行的，也有一个出句匹配几个对句诗行的，在这种情形下，往往出句末的停顿短于对句末的停顿。如果行间关系中的行顿有规律组织就能形成自由诗体自由中的秩序节奏，这就是顿诗理论的优势所在。三是跨行抛词的行顿之间的停顿往往存在呼应关系或连续关系，充分利用这种行顿之间的停顿变化，可以加强自由诗体自由中变化的秩序节奏。在以上种种情形下的行顿都具有自身的特殊性，这种特殊性就造成了自由诗行顿的复杂性。

诗行匀配的对等节奏

我国新诗发展到新月诗人那儿，"行"的概念才真正确立起来。梁实秋在1923年发表《〈繁星〉与〈春水〉》，从"诗分行是有道理的"角度，论及"一行便是一节有神韵的文字，有起有讫，节奏入律"①。这就明确了"行"在新诗韵律与语义方面的地位。闻一多论诗注意"行""句"的区分，朱湘论诗强调"行"的独立与匀配的思想。分行，是自由诗节奏运动的关键，而组行更是自由诗节奏运动的关键。只有节奏单元行顿组合起来，才能形成诗的节奏运动。研究自由诗必须研究组行，而组行必须确立的观点是：

（在诗中，）看似灵活多变的诗的句法似乎是在遵从现成的语法规范方面享有充分的自由，但同时既要顺应抒情主体的感觉、印象和情感表达的需要，又要符合诗歌本身的韵律结构。一般说来，散

① 梁实秋：《〈繁星〉与〈春水〉》，载《创造周报》第1卷第12号，1923年7月29日。

文的句法组织、句子结构及词序方面的变化多是出于修辞的考虑，或强调或模仿不同社会语型的惯用句式，造成修辞上的特殊效果，而对诗歌句法来说，韵律方面的因素是至关重要的。诗歌句法的调整多是为了适应诗歌整体结构的要求，趋向整齐、对应①。

这里提出的主要观点是：第一，诗歌语言有着表意功能，但也有韵律节奏规范，两者同时制约着诗句的组织；第二，诗文语言不同就在其韵律节奏方面，需要打破社会语型的惯用句式；第三，诗歌句法的组织要适应整体结构的整齐和对应要求。

诗的句法的普遍规律是重复，重复律规定着诗歌形成规则进展的节奏运动。"各民族语言和语法不相同，诗歌句法的这一趋向却是一致的。当然，在具体的变化上，不同语言的诗各有自己的特殊性。"②我国自由体诗遵循重复律就要从现代汉语的特殊性出发，形成具有自身特征的组行对等规则。根据雅克布逊等人的对等理论，结合我国自由诗体形式的探索成果，我们概括出自由诗体对等组行的特殊规则，把它称为"对等组行五规则"。

规则之一，是对等的对象多样性。

雅克布逊认为在诗歌中，不仅是语音序列，而且语法诸范畴都可以建立对等关系："所有有形态变化和没有形态变化的词类、数、性、格、时、体、式、态，各种抽象的和具体的此类、否定语气词、动词的人称和非人称形式，确指和不确指单位，最后，还有句法单位和句法结构。"③不仅种种语法范畴，而且任何语义单位的序列也都存在着对等的倾向，他曾从词汇使用的重复、语法现象的重复、句式结构的重复到主题思想的重复，对俄罗斯民歌中各种对等现象进行了细致的分析。对等存在于各个层次，但对等作为行顿的组织原则，其各层次的对等孰为因孰为果或孰为重孰为轻需要分析。其实，自由诗体诗语对等最为重要的是体现在同语音联系着的词法和句法层面，因为这两个层面语音组织往往在诗中有可能形成顿挫段落节奏。从词法层面说，主要包括相同的词语、相同结构的词组和相同的句子成分，它们可以单独建行，也可以成为行顿内部的一个小顿，在朗读中应该或可以产生段落顿挫的节奏效果。从句法层面说，主要包括相同长度独立建行的句子、相同句式（型）或结构

---

① 黄玫：《韵律与意义：20世纪俄罗斯诗学理论研究》，北京，人民出版社2005年版，第180~181页。

② 同上。

③ 同上，第54页。

诗探索10 理论卷 2018年 第2辑

的句子（短语）、反复或变格反复的句子和特殊用法的修辞句等。如多多的《依旧是》前四节：

> 走在额头飘雪的夜里而依旧是
> 从一张白纸上走过而依旧是
> 走进那看不见的田野而依旧是
>
> 走在词间，麦田间，走在
> 减价的皮鞋间，走到词
> 望到家乡的时刻，而依旧是
>
> 站在麦田间整理西装，而依旧是
> 屈下黄金盾牌铸造的膝盖，而依旧是
> 这世上最响亮的，最响亮的
>
> 依旧是，依旧是大地

这里的关键在于诗行与诗行之间有大量的对等重复。例如第一、二节，它们重复的不仅是句末的"而依旧是"，同时也是"走"这个动词引导的无主语句式（"走在……""走到……""走进……"），还有"……间"（"词间""麦田间""皮鞋间"等）。如此明显而高频率的重复会造成强烈的节奏感，其强有力的程度甚至丝毫不亚于古诗那种以"顿"的有规律重复所带来的那种节奏感。而且这些重复是兼有变化、衔接和转换的。如第一节中以"走"为核心的三个诗行：第一、三行都是以"走"引起的同样句式，而第二行则是以"从一张白纸上"这样的状语起句，这个同中之"异"冲淡和调和了密集的重复带来的单调感，使得诗的节奏回环往复，强劲而不单调。如前两节中的"依旧是"，作者在一至三行中重复了三遍之后，到四、五行让它"休息"了一会儿，于是读者在前三行中积累的"期待"便落空了；而这个"依旧是"在潜伏了一会儿后，在第六行又重新登场，这样就在更大幅度内满足了读者的"期待"。第三、四节的"依旧"重复也是如此：在第三节的一、二行重复了两次"而依旧是"之后，第三行不仅没有出现，反而连用两个"最响亮的"来激发我们的好奇心，于是我们急着往下看：下面一行是空的。作者把一句分在两个诗节之中（跨段），而再到第四节时，前面半行位置依然是空，可见作者是在想方设法延长这个停顿，最后作者终于说出"依旧是，依旧是大地"，并回应了第一、二行的"依旧是"。

规则之二，是对等的方式多样性。

在雅克布逊的理论中，"对等"的含义是比较宽泛的，它不是指完全相等，而是包含了各种相似和相异、同义和反义。就其出现的位置，应该是更加多样的，不受间隔距离相近的传统理论限制，也不受前后次序排列的固定模式限制，还不受连接方式如对应、相似、相邻、比较等限制。其方式包括正相和反相的对等，因为"韵律的基础就是在相似原则和区别原则之间故意形成张力"。在多种方式中，雅克布逊特别提醒："绝不能把诗句语音构成的本质仅仅归结为数量对比"，因为"一个音位即使在一行诗中只出现一次，但只要它有对比性的背景，出现在一个关键词的要位上，就可能具有决定性的意义。如同油画家们常说的那样：'一公斤绿颜色决不比半公斤绿更绿。'"[1] 在多种方式中，雅克布逊还提到了反义对等，我们理解应该是包含对句与散句、整齐和参差、对等和不对等诗行（语词）、秩序和无秩序之间有机组成的对等关系，这其实在自由体新诗中是大量存在着的组行现象。

沃尔夫冈·凯塞尔对诗中句式重复有这样的概括：（1）同一词的重复，句的构造也同样可以重复；一个这样明显的句子的部分和整句的同样排列叫作"平行式"；（2）平行的组织通过句法上重要的词的重复，得到强调时，它就变得更加彻底，这就是"首字重复式"，不少时候整首诗由首字重复来规定，同时每节诗都是同样安排的；（3）同首字重复相适应的是"句末重复式"：句或段的末尾中同样的词加以重复；（4）假如两句的部分或两句包含一个句首重复，不是平行地安排而仿佛是图画与镜中的图画，这种安排是"对偶倒置式"；（5）"动宾不调式"是一种构造，其中一个东西控制几个同样排列但不是同样性质的宾语或副句；（6）几个平行句式上下或交叉排列，形成一种对称构造，不仅在诗节内而且可以扩大到诗节间[2]。需要强调的是，诗中对等方式绝非绝对自由的，它受两方面限制：一是方式自由也受严密的监控，主要是受语义结构的限制和常规语法的限制，因为诗语并不是纯形式的；二是方式自由也受语流组织的限制，句段是具有延续性的符号组合，它在线图上不可倒转，两个语音不可同时发出，每个成分的价值都是作为它同前后成分对立的结构而产生，它们在语链中构成时间流程。这种限制在

---

① [俄]罗曼·雅克布逊：《语言学与诗学》，见波利亚科夫编《结构—符号学文艺学》，佟景韩译，北京，文化艺术出版社1994年版，第202页。

② [瑞士]沃尔夫冈·凯塞尔：《语言的艺术作品》，上海译文出版社1984年版，第144~149页。

诗探索10 理论卷 2018年 第2辑

根本上是要服从汉语的顿歇节奏特征。据此，新诗自由体往往是有选择地采用某些对等方式，这些方式突出了对等顿歇的汉诗节奏特征，如平行、排比、反复、对称、复沓、嵌入音顿、上下呼应等方式。

规则之三，是对等的位置多样性。

朱光潜研究新诗音律说到了一个困惑：因为"旧诗的'顿'是一个固定的空架子，可以套到任何诗上，音的顿不必是义的顿。白话诗如果仍分'顿'，它应该怎样读法呢？如果用语言的自然的节奏，使音的'顿'就是'义'的顿，结果便没有一个固定的音乐节奏，这就是说，便无音'律'可言，而诗的节奏根本无异于散文的节奏。那么，它为什么不是散文，又成问题了。如果照旧诗一样拉调子去读，使它有一个形式上的音乐节奏，那就有更多的难点。"[①] 这种困惑的原因在于他是按照传统诗律来理解新诗音律的，即用传统音律连续排列的形式化节奏来解释新诗的口语化节奏。旧诗形式化节奏的音顿是固定的，其节奏模式是音顿连续反复，但是，新诗除了这种音顿节奏体系以外，还采用了同意义紧密结合着的意顿或行顿作为节奏单元，形成了意顿节奏体系和行顿节奏体系。因为意顿和行顿就其本身来说时长并不相同，因此就无法通过连续排列在行内形成反复的有序节奏，如何在朗读中避免滑向散文节奏而有自身音律，这就要有新的音律思路，建立新的节奏体系。这种新的音律思路，就是把意顿的排列扩大到行组，即并不等长的各个意顿不能在诗行层次上形成反复节奏，就把它放到行间去对比从而形成反复；就是把行顿的排列扩大到行组或节奏段落，就是把它放到行间或行群去对比从而形成反复。在新诗自由体中，诗行已经代替音顿成为一个节奏单元，它的反复节奏就不能在行内完成，就必然要在行间或行群间完成，具体来说就是通过行间或行群间的诗行或行内词语的反复形成有序的节奏。周期性重现是各种语言诗律的基本条件，虽然重现的要素与方式各有不同。我国古代诗律注重诗行（句）或两行之间去组织诗的韵律节奏，西方在古希腊时注重节奏单元的分析性研究，现代自由诗应该把对等组织节奏的视野扩大到行组或诗节甚至诗篇，从语言材料对等位置的多样性空间去考虑节奏的组织结构。这是新诗自由体区别于格律体韵律节奏的重要特征，由于行顿对等位置的多样性，就使得朱光潜所担心的问题迎刃而解了。

就意顿节奏和行顿节奏的区别来说，意顿节奏的意顿排列局限较大，其排列方式就是在行内或行间的对称位置的排列，或上下两行对称，

① 朱光潜：《诗论》，北京，三联书店 1984 年版，第 185 页。

或交叉两行对称，或两节上下或交叉对称，或首位诗行和诗节的对称。相同时长意顿出现的位置定位的原则是诗行的对应性，在此意义上说，可以把这种排列方式称为诗行对称节奏。相比而言，自由诗体的行顿节奏中的语言成分是多样的，而且其在行间或行群之间的对等位置局限性小，它是依据着情感的律动而自由定位。我国新诗自由体的行顿等对的位置并不是连续排列的，而是在更广的范围内体现着对等的节奏。可以是行内两个词语对等形成声音的重复，也可以在行间词语或短语或诗行之间对等形成声音的重复，还可以在诗节数行内词语、短语、诗行之间形成声音的重复，甚至可以跨节在诗节范围内形成词语、短语、诗行和诗节之间的对等。这也就是说，在新诗自由体中，语言要素的"重复"应该体现在诗的节奏多个层次，不能局限在节奏单元本身或某个诗行内部，它的对等重复成分的位置呈现多样化的趋向。这是行顿节奏与音顿节奏也与意顿节奏的重要区别，也是新诗自由体与新诗格律体的重要区别。这种区别，使得新诗自由体能够较好摆脱固定形式音律的束缚，自由地表达诗的情绪和意绪，能够呈现语言节奏的丰富和复杂，能够形成纵直推进的旋律化节奏运动。如卞之琳的《中南海》几行：

听市声远了，像江潮
环抱在孤山的脚下，
隐隐的，隐隐的，
比不上
满地的虫声像雨声，
更比不上
满湖荷叶上的雨声像风声——
轻轻的轻轻的，
芦叶上涌来了秋风了！

在这节诗中，"市声""虫声""雨声""风声"，形成了一个自然的进展过程，诗人的想象和诗的意象不断地自然转换，呈现着生动多彩的听觉和视觉效果，勾连起全节诗的诗思和情感，形成一个浑然整体。诗语中的对等语言因素排列位置多变，如"隐隐的，隐隐的"与"轻轻的轻轻的"分别是行内对等，同义又间隔五行对等排列，在诗中形成两个节奏小段落。市声"像江潮"、虫声"像雨声"、雨声"像风声"的对等是分别在第一行、第五行和第七行位置。"比不上/满地的虫声像雨声"和"更比不上/满湖荷叶上的雨声像风声"两个行组的对等是在

诗探索10 理论卷 2018年 第2辑

连续的位置上排列的。这种位置多样的对等排列，在诗中起着组织诗意情绪发展的作用，也起着组织诗语音响节奏的作用，从而形成了一种回旋前行的情绪律动和自由变化的语言节奏，其间再穿插着"比不上"与"更比不上"、"满地"和"满湖"、"芦叶上"和"荷叶上"、"风声"和"秋风"等词语在不同位置的对等，形成了无限美妙的诗的声韵美。

规则之四，是对等的边界宽松性。

边界是指诗语节奏在朗读中的顿歇界限，其实也就是朗读中的停顿，汉语的顿歇节奏体系是由顿歇来区分节奏单元边界的。在新诗自由体的行顿节奏中，其实包含着两种"顿"，一是行末的停顿，一是行内可能存在也可能不存在的稍顿。孙大雨把诗中的顿歇称为"静默"，认为可以分为两种，一是相当规律化的，在行末或行内规定处，一是自由无定的，随意以及构句的停逗而出没无常。这是对的，在自由体中，行末的顿是真实的确定的，行内空格或标点处的停逗也是真实的确定的，但行内另有一些词语或词组的停顿则是可能的无常的。尽管两种顿的性质存在差异，但都是对等重复的顿歇单位，尤其是在行内嵌入了用来重复的词语或词组，我们把它称为"嵌入音顿"，它在诗中形成停顿节奏或对等节奏的意义是绝对不能忽视的，有时诗行甚至行组的停顿主要依赖于这种在朗读中可能的停顿。

在音顿节奏诗中，音顿的音节基本是固定而形式化的，所以顿与顿间的边界是基本明确的；在意顿节奏诗中，意顿的音节基本被对称的意顿所规定，所以顿与顿间的边界也是基本明确的。在行顿节奏诗中，由于诗行音数增加，行内顿歇出现，对等因素复杂，再加上自由诗体追求重复的复杂变化统一，所以其行顿界限就出现了宽松趋向。这种宽松的结果就造成了在自由体中对等的语音单位的变格，出现了在结构相同、句式相同和词组相似前提下的差异对等。这种宽松或差异对等在自由诗中是大量存在的。其存在同样具有汉语诗律学的根据。叶公超通过对诗行内和诗行末停顿的分析，得出结论：有时音顿的字数不必相等，而其影响或效力仍可以相同。新诗行内音顿之间字数无须完全等量规定。孙大雨认为汉诗采用"顿挫"作为节奏节点，朗读可以弥补因顿内音数差异而造成的节奏差异，有些单位里的"音长"占时太久则读时比较匆促，相反则较从容，他说，一截截或一簇簇"音长"本身之间未必在客观上绝对准确，然而它们在读者或听者心上确能发生出印象上的正确比率，即令我们对于两截"音长"的比例感稍有差池，不能获得所谓数学上的简单比例，我们感到的节奏却依然可以无伤大体①。我们以舒婷的《双桅船》的几行为例来加以说明：

是一场风暴，一盏灯
把我们联系在一起
是另一场风暴，另一盏灯
使我们再分东西

这里充满着各种语词和结构的对等。语词对等如"是一场风暴"和"是另一场风暴"，"一盏灯"和"另一盏灯"，"把我们联系在一起"和"使我们再分东西"；结构对等如三组语词结构，如三组行顿的对等，前后两个行组结构对等；还有就是行内停顿位置和停顿方式的对等，如第一、三行之间的行内停顿。但是这里的每一个对等都并不完全相同，即使表面看来的行内停顿或行间停顿是相同的，其实真正的位置也是不同的，尽管如此，由于这里对等的语言结构、行顿结构尤其是停顿方式是基本相同的，在边界宽松性的意义上就形成了真实的时间的对等关系，不仅是语音的诗形的，而且是语义的情感的。表面看来似乎并不对等的地方（如增加了两个"另"，使用了"再"字），恰巧标明情绪节奏和语词节奏运动的有序递进。这就是对等边界宽松性的音律意义，它不但不会影响节奏运动，而且还会推进节奏运动。

规则之五，是对等的音义紧密性。

叶公超《音节与意义》专论诗的音义关系问题，认为从意义着眼，诗的音节可分为三种：一是与意义的节奏互相谐和者；二是与意义没有多少关系，但本身的音乐性可以产生悦耳的影响者；三是阻碍意义之直接传达者。以上三种音节分别是理想的音节、可有可无的音节和泛滥的音节。而创造理想音节的关键是冲破现成音律的呆板和单调，创造生动的个性的东西。这里的理想音节就是意义与节奏具体地谐和的音节②。自由诗体本身不求固定的节奏模式，是富有现代意义的自由创造，特别注重内外律动谐和，所以相对格律体来说，应该而且可能更好地达到诗的音节与意义的紧密结合。这是新诗自由体现代性的重要标志。

新诗自由体音义紧密性是对等律的题中之意。雅克布逊认为，对等原则在诗的各个层次都会有所体现，而且诗中任何语音的明显相似都被

① 孙大雨：《诗歌的格律》，见《孙大雨诗文集》，石家庄，河北教育出版社1996年版，第77页。
② 叶公超：《音节与意义》，载《大公报·文艺》129期"诗特刊"，1936年4月17日。

看作意义的相似或分歧，语音的对等会自然地导致语义的对等，因此，在自由体中分析意义应该将语义结构放在与音律结构、句法结构等其他诗篇层次的平等地位来考察，而不能认为语义的对等是由于其他层次的对等引起的。更进一步说，"在诗歌中，人们不仅总想使音位连续成分形成对应，对各种语义单位的连接关系也是如此。相似与相邻相结合可以使诗歌整个充满象征性，使诗歌具有充分的多样性、多义性……在相似与相邻相结合的诗歌中，一切换喻都具有部分的隐喻性，一切隐喻都具有换喻的色彩。"[①] 这其实说的是在对等原则中，相似与相邻这纵横两者是相互结合、相互渗透的，其结果就是诗的转喻与隐喻即音律与意义也是结合渗透的。因此，新诗自由体运用对等律，可能形成音义结合的紧密性。如艾青的诗行中常常安排一些语言结构相同或相似的词语重复，其重复并非只是为了加强诗的音律感，同时也是推进情绪发展的手段，每次重复都是出现在情绪进展的不同阶段，都是为了突显情绪的旋律进展。如《火把》的诗行中设置了"那是谁？"和"女子是谁？"这两个对等反复出现的词语，当这两个词语出现时，或用标点符号使之独立出来，或用行末停顿使之突显出来，总之，无论在节奏或在表达上都突出了这两个词语。而这正是抒情主人公所特别注目而非强调出来不可的形象，这种强调把诗人的特殊情感以及情感进展表达得非常强烈。如艾青的《冬日的林子》：

> 我喜欢走过冬日的林子——
> 没有阳光的冬日的林子
> 干燥的风吹过的冬日的林子
> 天像要下雪的冬日的林子
>
> 没有色泽的冬日是可爱的
> 没有鸟的聒噪的冬日是可爱的
> 冬日的林子里一个人走着是幸福的
> 我将如猎者般轻悄地走过
> 而我绝不想猎获什么……

这诗中充满着对等词语，其中核心的是两组。一组就是"冬日的林子"词组的多次重复，首行出现"冬日的林子"，后面加上破折号，表

---

① [俄]雅克布逊：《语言学与诗学》，见波利亚科夫编《结构—符号学文艺学》，佟景韩译，北京，文化艺术出版社1994年版，第198~199页。

明第二、三、四行都是对"冬日的林子"的具体化，从而使得首节构成一个解释性的行群；第二节先写"冬日"后又回到"冬日的林子"，形成了诗篇层次节奏运动的对等进展秩序。多次复现"冬日的林子"在诗中属于铺排陈说的"染"。诗中另一组对等词语就是"走过"，同样在诗的首行出现，在"走过"之前的形容词是"喜欢"，到后面再现时先有"走着是幸福的"铺垫，然后才是"轻悄地走过"，同首行呼应。前后呼应"走过"在诗中属于思想聚焦的"点"。主体部分的铺陈和首尾的点明形成平行对照结构，两者结合构成点染的有机整体。这种铺陈和点明都不仅是节奏的，而且也是情思的，是音义有机结合的。其节奏进展由于词语的对等呈现着变化中的秩序运动，而思想进展由"喜欢走过"到"走着是幸福的"到"轻悄地走过"，同样呈现着变化中的进展运动。这首诗的诗句朴素单纯，九行中充满着大量的重复对等词语，使得诗的节奏和情思单纯达到极致程度。"诗人为什么要这样写呢？因为诗人'我'要走过的这片林子，是冬日的林子，冬日的林子其环境是单纯的，不像夏日那样色彩纷繁，鸟儿繁飞繁鸣。除此而外，还因为诗人'我'的心境是单纯的，诗人'我'喜欢这'冬日的林子'的单纯。因而，诗人对于诗句的选择，完全是为了写出这'冬日的林子'的环境气氛，用来衬托'我'的心境。"[①] 这就是音义结合在审美层次达到的浑然一体境界。

[作者单位：常熟理工学院人文学院]

---

① 见牛汉等编《艾青名作欣赏》，北京，中国和平出版社1993年版，第186页。

诗探索10 理论卷 2018年 第2辑

新诗所需要的形式就在那儿

庄晓明

新诗已百年，建立新诗的形式，规范诗体，一直是一些诗歌理论家和诗人的一个心结。其实，这是一个悖论，新诗的本质，就是自由，是唐诗、宋词、元曲、明清格言诗这一路，在语言上愈来愈舒卷、自由发展的一种必然抵达。试图对新诗进行规范，进行某种诗体建设，实际上就是在扼杀它。但如果有人要问，当代的诗歌写作，是否就不需要某种形式，或某种诗体，来与新诗的自由写作对应，我说，要，而且它们早就在那儿了，那就是当今的诗人们运用旧体格律所进行的数量巨大的创作，成为自由的新诗在形式、诗体上的一种对应、补充。这些今人运用旧体格律所进行的诗歌创作，承继了先人的完善、完美的形式，严密的平仄、对仗，音韵的体系，它们的创作，不仅补充了新诗未能或无法涉及的诗意空间，而且在某种意义上，可以成为新诗的一种依凭，使新诗尽管放开手脚去自由地创作、创造，不断地为诗歌开拓新的疆土。当然，新诗发展到一定程度的时候，自然也会反过身来，给这些运用旧体格律的创作注入新的血液，改善它的体质，实际上，我们阅读到的今人运用旧体格律创作出的优秀作品，与过去相比，已有了属于自己的新的风范，这就证明了旧体诗语言在与时代的互动中，仍具有一定的弹性空间。

新诗已百年，都已过了元曲的一半时光，不同于许多人的怀疑态度，我一直认为新诗已取得了非常了不起的成就，无愧于过去伟大的诗歌传统。是到了这样的时候，我们应该承认，今人所创作的新诗与旧体诗，都是诗歌这一大家族的成员，相互补充，共同发展，根本没有必要囿于各自的成见，陷入各自的圈子，闹出为新诗寻找格律诗体这样——钥匙就挂在自己身上，却到处寻找入门钥匙的滑稽场面。这不仅徒然耗费了精力，也妨碍了诗歌的整体发展。将今人所创作的新诗与旧体诗放入一个家族，我是有自己的理由的，因为它们的语言都是来自当今的口语，是当今的口语绽放的姊妹之花。这里，到了要破除一个绝大谬误的时候了，就是理论家们一直将古典诗歌归于文言文中，它所犯的错误，与大多人偏狭地将今人所写的新诗和旧体诗进行对立刚好相反，这是另一个极端，即将古典诗歌与那些文言文章不分青红皂白地倒入了一个筐中。中国古典诗歌与那些古典文言文章，实在是两种写法，两种语言路子，这一点从汉魏五言诗兴起后的中国诗歌史来看，显得尤为明显。

从源头看，诗歌与文言文自然都来源于日常口语，但日常口语进入诗歌与进入文言文后所呈现的方式是不一样的。早期的文言文因为要适应竹简之类的书写，文字多了肯定不便，就要对口语进行凝练、压缩，尽量地以简练的文字，准确地表达出日常口语的意思，并由此形成了文言文的书面写作传统，与日常口语疏离开来。在文言文的写作传统中，一个人如果不对前人的作品进行认真的学习，他就不可能写出一篇像样的文章；而诗歌由于本身就篇幅短小，且有着传唱功能的分担，因此在书写上，就没有文言文那样要对口语进行压缩的压力，它所要求的，是进入诗歌的日常口语要符合诗的每行字数的规定，以及音韵格律等等的要求，并有时为此进行某种置换、重组。在诗歌的写作传统中，每个时代的诗歌写作，都与这个时代的日常口语保持着密切的关系，一个人即使没有认真读过前人的诗歌，但只要他了解了诗歌的基本形式要求，也能写出像样的作品，顶多是显得浅显，或有打油味。

中国古典诗歌一直以抒情诗为主体，而抒情诗的本质就是一种心灵的独白，这种独白方式，决定了启动诗歌语言的动力，必然是口语。《毛诗大序》："情动于中而形于言；言之不足，故嗟叹之；嗟叹之不足，故歌吟之……"极形象地说明了诗歌由口语升华而来的途径，亦是诗歌多神童这一现象的最好注释。英国大诗人蒲伯便是"幼有凤慧，自谓出口喃喃，自合音律"。而我国唐朝大诗人杜甫在他的《壮游》一诗中，亦有这样的自传："七龄即思壮，开口咏凤凰。九龄书大字，有作成一囊。"除了表明诗人很早就能随口吟咏出美妙的诗句，在这"咏凤凰"与"书大字"的前后顺序中，亦显然有着意味深长的信息。实际上，"床前明月光，疑是地上霜""我本楚狂人，凤歌笑孔丘""君自故乡来，应知故乡事""露从今夜白，月是故乡明"等，无不是千载之下仍常新的口语。我相信，我们如果与孟浩然、王维、李白、杜甫围炉夜话，一定还能够从容地交心，至多需解释一些时代新语。中国人的日常口语从古至今，并未发生重大断裂，《水浒传》《红楼梦》这些古典小说中的人物话语，便是最好的例证。诗歌语言有时显得像文言，只是由于被格

诗探索10 理论卷 2018年 第2辑

律扭曲过度的错觉，而且，诗歌每一阶段的发展，当被格律扭曲过度，偏离了日常口语，疏远了读者时，最终都是清新的口语出来拯救。

在关于口语与诗歌的关系上，需要探讨的话题还很多，这里，我想补充一点自己的想法，即古典诗歌即使因为行字的规定、格律的要求，偏离了"日常口语"，但仍是一种"诗歌口语"，因为格律的目标就是为了使口语更为精致、精微，更为朗朗上口。我们探讨诗歌的口语问题时，加入一个术语"诗歌口语"，或许会使探讨显得更为清晰。"诗歌口语"由于是从"日常口语"升华而来，因而更具有一种超越性、永恒性，这就是我们读文言文章时，往往觉其有一种古董味，而读那些优秀的诗篇，无论时间多么久远，总觉得清新如昨的原因。"诗歌口语"的提法还有这样一个好处，它可以涵括两类不同语言追求的诗人，以唐诗为例，一类是孟浩然、王维、李白、白居易等，他们的"诗歌口语"似乎直接来自"日常口语"，清新而晓畅。一类是杜甫、李商隐、温庭筠等，他们的一些格律诗中，由于经过格律繁复的剪裁、重组，有时几乎感觉不到"日常口语"的气息，但这些格律诗中的语言，仍是朗朗上口的精美的"诗歌口语"。经典的"诗歌口语"，可以在很多时候与"日常口语"一般，在日常生活中被使用。

"日常口语"进入到"诗歌口语"，是一种奇妙的升华，在古典诗中，孟浩然的"夜来风雨声，花落知多少"，王维的"君自故乡来，应知故乡事"，李白的"举头望明月，低头思故乡"，似乎仍是"日常口语"，但在诗歌的形式中，显得是如此美好，令人难忘。而在格律大师杜甫、李商隐的手中，"诗歌口语"又显出另一番风采，律诗讲究声调和对仗，句法很严谨，因此许多时候，就要对"日常口语"进行剪裁、重置，乃至倒装，这就意外地产生出了许多奇幻的诗歌效果。如杜甫的名句"星垂平野阔，月涌大江流"中"月涌大江流"句，它本源的画面应是：大江奔流，使一轮月影在江水中翻涌不息。但在格律重组后的诗句中，它还给予了读者这样的阅读效果：一是月在江水中翻涌不息，显示出大江此刻正在奔流；一是月在江水中翻涌不息，仿佛一种源泉动力，催动着一条大江的奔流。

中国诗歌发展到元曲、明清格言诗之后，那种格律重组的诗歌效果就渐渐地消失了，到了新诗，可以说已经绝迹。但这也并非什么遗憾之事，格律诗虽有无可比拟的高度成就，但远不能涵括诗的一切，随着中国诗歌向新诗发展，我们获得了更为从容的叙述、描写，更为深入的诗思，复杂的诗意，这些都是格律诗难以给予我们的。或许可以这样说，在"诗歌口语"的意义上，新诗是从孟浩然、王维、李白、白居易这一路发展而来的。或许，有人要说，这太突兀了，其实，从语言的外形来看，新诗与元曲之间的距离，并不比唐诗与楚辞之间的距离更大，是时间的短促与历史的动荡，使我们产生了一种断裂的幻觉。

在宏观的眼光观照中，我们完全可以说，中国新诗的诞生，决不仅仅是西诗催化的结果，亦同时是唐诗、宋词、元曲、明清格言诗这一路的发展，在语言上愈来愈舒卷自由，愈来愈向"日常口语"逼近的必然趋势，唐诗，宋词，元曲，明清格言诗，新诗，只是一个正常的诗歌发展序列。因此，新诗只要找对找准自己的位置，过去的一些似乎难以解决的问题，也就自然化解了。我们必须铭记，新诗绝不是与数千年伟大的古典诗歌的一种断裂，一种重新开始，那只是我们的错觉、幻觉。我们常说，内因是事物发展的根本原因，外因是事物发展的条件，外因通过内因起作用，怎么一到了新诗的问题上，就犯糊涂了。

当我们读到李白的《鲁郡尧祠送窦明府薄华还西京》：何不令皋繇拥篲横八极，直上青天挥浮云。读到柳永的《雨霖铃》：执手相看泪眼，竟无语凝噎。读到关汉卿的《不伏老》：我是个蒸不烂、煮不熟、捶不扁、炒不爆、响珰珰一粒铜豌豆。读到洪应明的格言诗《菜根谭》：金自矿出，玉从石生，非幻无以求真；道得酒中，仙遇花里，虽雅不能离俗。乃至读到曹雪芹的《好了歌》：世人都晓神仙好，惟有功名忘不了。古今将相在何方，荒冢一堆草没了。

我们还能说胡适的《尝试集》是断裂出来的吗？或者是什么偶然的西方来客。新诗只是元曲、明清格言诗的进一步自由，与元曲的曾经接受北方少数民族的滋补一般，新诗正不断地汲取着整个世界的营养，只是更为丰富，甚至有些令人眼花缭乱。但万变不离其宗，唐诗、宋词、元曲、明清格言诗、新诗，都是来自中国人的"日常口语"，并发展出各自的"诗歌口语"。前面我已经说过，中国人的日常口语从古至今，并未发生重大断裂，因此宋时，诗人们写作比五七言古律绝自由的词时，不妨碍他们同时写作五七言古律绝；元时，诗人们写作比词更自由的曲时，不妨碍他们同时写作词与五七言古律绝；明清时，诗人们写作比曲更自由的格言诗时，不妨碍他们同时写作词曲五七言古律绝——曹雪芹就是个中高手，他在伟大的《红楼梦》中，几乎将过去的所有诗体都演习了一遍；因此，我们今天作新诗时，亦不妨碍同时作词曲五七言古律绝，实际上，它们也就是自由的新诗在形式上所要平衡的另一端。今人所创作的词曲五七言古律绝，尤其是词与五七言律绝，早已具备了严谨的形式，完善完美的格律，在中国诗歌这一大家庭里，它们正可与新诗行使着不同的职责。新诗的本质是自由，那就让它发展到自己的极致，呈现出自由中的一切可能的风采，如果有人感到疲惫了，就回到相邻的词与五七言律绝的形式那儿去——实际上，已经有一些当代诗人这么做了，并取得了引人瞩目的成就。今天，中国诗歌的写作生态，应该说是再好不过了，诗人们唯一所欠缺的，我曾在别的文章里说过，就是一种强大的精神力量，那种寻到自己的诗歌价值皈依时，获得的一种自信而从容的风度。

　　文章最后，我还想略述一下旧体格律诗写作与新诗写作在运用语言上的一些差异，或许可以对中国诗歌的下一步发展及研究，提供一点启发：旧体诗是一种格律化了的口语；新诗，是一种呼吸化了的口语。"格律"，是以一种外来的方式对诗歌的节奏进行干预、控制，它的好处是，格律往往能起到一种堤坝的作用，使一般诗人的微薄诗意也能有效地贮蓄。它的弱处是，诗思难以自由而纵深地展开，尤其对于有着独特思维的诗人。而"呼吸"，是从诗人鲜活的生命节奏中直接流泻出来的，更为内在、本真。由于每一位新诗诗人都可以产生自己独特的呼吸节奏，因此新诗的发展将愈来愈自由、自然、宽广，呈现出更为丰富多彩的形态与可能。它的弱势则在于，个性化的过度发展，亦会使新诗与读者之间沟通的桥梁过分狭窄，影响了受众面。在读者的接受方式上，格律化了的旧体诗偏向于吟诵、倾听，呼吸化了的新诗偏向于阅读、把脉。当然，这么区分并不是绝对的，而且随着旧体诗与新诗的共同发展，它们之间将会出现愈来愈多的交叉地带。

[作者是江苏扬州诗人]

南方的诗，从自由的领地升起

何光顺

"南方"是一个模糊的语词，在地域上一般指秦岭—淮河一线以南，也有指江南，抑或岭南，然而，我们这里的南方，并不仅仅是局限于地域上的，而更是精神上的，特别在近代以来是以民族复兴运动为标记的。精神的启蒙是与南方相应合的。南方的诗，就从这片自由的温暖的土地上兴起和成长。南方诗歌的崛起，就构成了这个时代最重要的诗歌事件和精神事件。

一 南方精神是自由的象征

很多人可能以为江南是典型的南方。江南，中国古典时代一个聚集着所有美好想象的地方："江南好，风景旧曾谙。日出江花红胜火，春来江水绿如蓝。能不忆江南？""人人尽说江南好，游人只合江南老。春水碧于天，画船听雨眠。"诗意的江南，是古典的江南。而作为最靠近江南的近现代城市上海，在民国时期，被称为东方的明珠，然而，这颗明珠在文化上和思想史上，就远不够重要。江南的才子，是古典的才子，上海的文学，是抗战时代的孤岛的文学。当然还有湖南、江西乃至更远的云南、贵州，无论其地理位置多么靠近南方，但在精神上都被中原或者说北方彻底控制的，在那里大陆的力量始终占据着主导地位。这些地方及其文学，都远不足以支撑起近代以来的中国的精神史。

精神的南方，在江南以南，在五岭以南，是在传统北方延伸的最末端，它靠近大海，既未与北方的传统完全脱离，又不至于被北方扼住喉咙而窒息。而再向南再向西，就给予了南方无限的活力与憧憬。南方是现代的，是今天的，是走向未来的，是象征着温暖、光明，意味着开放、包容，寓示着启蒙、觉醒的。在五行中，南方属火，南方的光明，在近代以来开始把华夏照耀。那中原的沃土和北方的原野承载了华夏民族太多重负，而今已变得伤痕累累。阴冷的西伯利亚的寒风，几千年来卷起的漫漫黄沙，早已遮蔽了华夏文明的星空。华夏的希望必须在最靠近大海的最南的蓝色的地方，重新引入澄澈和明净的力量。

珠江入海的三角地带，岭南名城广州辐射的范围，就是真正的精神的南方，就是现代的南方，就是我们要说的南方。近代以来，南粤大地，开始从精神上游走于中原和北方以外，成为进取和变革的象征，它像钉子一样深深扎入北方大地，让北方感到疼痛，让这头沉睡的雄狮从梦中醒来。1840 年鸦片战争是第一根针刺，是外科手术式的，粗鲁、蛮横，浅浅地扎入表皮，疼痛却已蔓延到神经中枢。太平天国运动，借助着南方的精神打起了旗帜，却并非从南粤大地兴起，而最终沦为传统农民暴力政治的延续。十九世纪末，南海康有为、梁启超兴办万木草堂，北上变法，这是远比北方的洋务运动来得深刻的制度变革，虽归于失败，却是南方精神的第一次深入北方。辛亥革命，军事上的起点是在武昌兵营中开始的，然而，其精神先驱却来自南粤的孙中山先生。民国北伐，是南方力量向北方全面推进，最终得以在某种程度上摧垮北方，只是后来悲剧性地分裂了，这种分裂可以视为南方和北方的分裂，开放和保守被划分出了南北的阵营。

令人深深叹息，在二十世纪中后期，南方就隐藏在北方的笼罩中。然而，华夏民族的新的命运必须从南方再次开始，当 1978 年改革开放以后，南粤大地、珠三角、广州再次成为中国精神和力量的引导者。某种程度上说，只有当南方得到充分发展并影响北方的时候，就是中国启动变革和有希望的时候。1992 年随着南方谈话，一座崭新的城市在珠三角兴起。于是，古老羊城广州、新兴城市深圳、融合中西的香港，三大巨型城市相互支撑，而中山、东莞、佛山、珠海、顺德等诸多卫星城市又相互拱卫，从而吸引一批又一批古老华夏的乡村逐梦者来到这改革开放的前沿地带。何谓改革开放？很多人只是狭隘地从经济上去理解，这实际只是看到了现象，而未看到改革和开放，都首先是从精神上开始的。南方，再次成为华夏航船不断前行的灯塔，那看到光的政治上的智者也只有到这里才能真正开始播种。

当然，我们仍旧要看到广州作为南方中心的不足，在历史的沉淀、传统的厚重、政治的资源等各方面，这座南方文化名城确实仍旧是逊色于北方不少历史悠久的帝都和名城的。然而，南粤大地、珠三角和广州的优势也是明显和独特的，那就是从古代社会晚期以来，它已然成为战火涂炭的北方士人和家族的避难之所、安居之地，在北方曾经被数度中断的很多优秀传统反而在南粤大地和岭南名城得到集萃和发扬。更重要的是，这种从华夏中原文化正脉延续而来的传统不再只是守成和凝重的，却在其从四方汇集而来的融合中显示出一种更为阔大和恢宏的包容气象。特别是近代以来，它更是在沐浴欧风美雨中几经蜕变，蛹化成蝶，真正将华夏文明的道器通变精神发挥到淋漓尽致，一部近代文化史，起点就在这里，决定性的启蒙性的历史进程也在这里，而那悲剧性和倒退性的历史关节都从北方卷起，二十世纪中国的悲哀就在于革新传统的南方力量未能战胜专制保守的北方力量。

然而，历史永未完成，风起于南方，凤鸣于岭南，在二十一世纪，伟大的民族复兴之旗必将从这里再次被升起，华夏文明的灵魂必将在从南方吹来的春天的气息中苏醒。当北方文学还矜矜自得于其传统资源的优势，凭借其政治权力的威势打遍天下无敌手之时，南方文学已在绝地反击中脱胎换骨，没有京华盛地集一流刊物和一流名校的扎堆，没有望之生畏的权贵门槛，南粤大地、珠江之域、岭南名城在它的第一场春雨刚刚降临之际，整个中国土地上的具有不同方言、不同地域的人们就向着这温暖之地漂泊、创业、扎根，南方的诗歌就是从这种历史的变局和个体的生存处境中开启了它日新其业的新型写作道路。因此，我们所说的南方，就基本上是广东的诗歌，然而，我们不直接命名为广东的诗歌，这是有深意的。因为广东具有太过强烈的行政区划和地域分割的含义。而南方属于一个更加开阔和开放的场域。开放的现代的启蒙的精神，就是他们成为南方的诗人的符号和标记。

如果说以《南方周末》为标记的南方报业集团开启了新闻事业的良心，成为二十世纪八十年代南方文化名城利用传统媒体向北方吹响的第一声号角，那么，在 2015 年 12 月 1 日创办的《云山凤鸣》微信诗歌公众号则标志着南方新媒体所开启的文学新天地，并再次成为这座南方文化名城向北方吹响的另一声号角。以《云山凤鸣》诗歌公众号为代表的南方新媒体，以决然的态度，挣脱传统的被政治文化体制严重束缚的纸媒刊物，秉承深入民族传统的渊源，保藏民族精神的气脉，针砭当下社会人生之问题，提倡介入性写作和超越性写作的相融，注重以现代汉语的合适艺术形式，书写一种人性的、民族的、个体的、真实的生存体验，注重在兼容并包中又针对中国诗歌文本进行民族诗学的理论建构，摧毁某种坐地自闭的堡垒式写作。

然而，这种极具革新精神和启蒙力量的南方诗歌，却还未能被整个中国关注，这无疑是因为这片土地沉睡得太过深沉。为着致力于唤醒，我们在确立南方的精神和理念的旗帜中，必得寻找和发现这种精神的肉身，那就是诗歌，文学的最典型样式。我们必得为体现这种南方精神的诗歌进行命名，让其闪耀着光芒进入这个时代的中心。我们看到，在学理上，以南粤为核心地带的南方诗歌还未形成与其诗歌队伍相当的影响力，这很大程度上是源于理论视野和思想深度的匮乏，源于其实际上已经丰富多元的流派未能得到充分的命名，未能以命名的方式唤其出场。南方的诗歌，也还未曾有一部为他命名的诗集，众多的诗人，众多的诗作，还处于无名的沉默中。风云聚散，缘起缘灭，没有命名，就不会有唤出。故而，我们本次《南方诗选》的编辑和出版，在以《云山凤鸣》诗歌公众号所指向的南方诗歌精神的觉醒中，将带来南方的真正的自觉，带来南方诗歌的真正的出场。

二 南方诗人群落的多元景观

我们将珠江入海的三角地带、岭南名城广州辐射的范围视作真正的精神的南方，也即现代的南方，就是我们要诉说的南方。这里出生的诗人，或虽从外面到来却在这里成长的诗人，或在这里成长却又散向四方的诗人，就构成了南方的诗人群落。南方诗歌或南方诗人群落，自二十世纪九十年代以来已获得长足发展，并引起了批评界的广泛关注。特别是打工诗歌的强势崛起，甚至赢得了世界性声誉。但在打工诗歌之外，还有很多重要的诗人群落未曾受到充分关注。批评界还习用六〇后、七〇后、八〇后、九〇后来概括同属一个年龄层次却差异极大的诗人。在参加广东诗歌高研班高峰论坛时，我针对这种现象提出了需要对广东近三十年来涌现的诗人群体或诗歌流派予以命名，以有助于全面揭示多元和复杂的南方诗歌生态，并展现其不同于其他地区诗歌的独特品质。实际上，在当代诗坛，南方诗歌或诗人已经逐渐形成了比较重要的诗歌群体，为展现其创作实绩和生存状况，我们这里仅略做梳理：

1. 底层打工诗群，1990 年代兴起，是广东诗歌最重要的诗歌群体。1994 年，佛山《外来工》杂志创刊，标志着打工诗歌的崛起，2001 年，罗德远、许强、徐非、任明友等一起创办《打工诗人》杂志，标志着打工诗歌进入其辉煌阶段。底层打工诗歌的代表性诗人还有方舟、张守刚、许立志、柳冬妩等。在底层打工诗人中，郑小琼的写作最具典范意义，其作品主要有《女工记》《黄麻岭》《郑小琼诗选》《纯种植物》，其特点是直面社会苦难，渴望公平与正义，反映中国城市化浪潮中城乡二元结构破碎的底层打工者的工作、生活、痛苦与迷惘，具有极强的社会介人性和阶层代言性。底层写作的纵深发展，必然走向更广层面的社会问题探询、现实政治批判、复杂人性透视与理想维度的建立，这是因为文学的本质必然是从局部的个别写作进入普遍的整体人生意义的揭示，进入个体与世界关系的思考。在这个方面，很多打工诗人因为学养不足，呈现出其无法突破的困境，其打工题材的反复书写逐渐失去了对于读者的吸引力，如何寻找新的题材、反映新的问题、呈现新的意义，将成为底层打工文学突破的方向所在。而在这个方向上，郑小琼所取得的进步和她的个人探索将可能为打工诗人群体提供有意义的借鉴。

2. 完整性写作诗群，2003 年兴起，是广东诗坛最具有理论深度和诗学自觉的重要诗人群体，完整性写作的口号最早由世宾提出，而东荡子则是完整性写作的精神之父和创作先驱，黄礼孩是完整性写作诗派的最典范代表。另外，黄金明、游子衿、浪子、曾欣兰、安石榴等也可看作是完整性写作诗派在精神和艺术上的响应者。该诗人群体的重要作品有东荡子的《杜若之歌》、黄礼孩《谁跑得比闪电还快》、世宾《梦想及其通知的世界》、黄金明《时间与河流》、浪子《无知之书》等，其诗学理念是强调诗人的内在自我建设和触碰最高的不可能的上帝，主张诗歌要"消除黑暗达到精神的完整"，"诗人应像上帝一样，通过一个闪念可以获得整个世界"，完整性写作诗群的代表性诗人黄礼孩创办的"诗歌与人"国际诗歌奖、世宾创办的"东荡子诗歌奖"、浪子创办的"一种开端"的诗歌艺术展，已经成为传播其诗学理念并将广东诗歌推向世界的重要平台。当然，我们要注意到完整性写作诗群的概括也可能是不被诗人们完全同意的，比如世宾和浪子就有极大的差异，世宾在神圣写作的提倡中又明确具有极强的现实指向和政治批判维度，而浪子却声言"诗歌和现实没有一毛钱的关系"，诗歌只抒写诗人纯粹的内心。但在我看来，他们在要求诗歌的纯粹性方面都是相通的，在艺术的表述策略上也是不同于底层写作的现场裸露的痛感和苦难书写的，另外，他们都受西方影响较大，但在中国文化传承方面相对偏弱。

3. 新女性写作诗群，以马莉、王小妮、晓音、陈会玲、谭畅、林馥娜、谢小灵、杜青、燕窝、冯娜、舒丹丹、月芽儿、安安、吕布布、布非步、文娟、旻旻、紫紫、钟雪、云影等为代表，新女性写作是我为其命名的，而其在学理和实践上也是成立的。新女性写作诗群还可以区分出两种写

诗探索 10　理论卷　2018 年　第 2 辑

作方向，一是以马莉、王小妮、晓音、谭畅、林馥娜、谢小灵、月芽儿等为代表的大女人写作，其特点是注重将女性的生命感受和对于社会现实的当下关注结合起来，她们或者具有强烈的现实批判性，或者具有哲思的品质。其中，作为广东本土诗人，马莉的写作最具代表性，其诗集主要有《金色十四行》《马莉诗选》《时针偏离了午夜》《词语在体内开花》等，其诗歌作品内涵丰富，体式多样，成就突出，而自成大家。王小妮在诗坛成名早，其本人虽然来自东北，但自1985年起定居深圳，其重要诗集如《我的诗选》《世界何以辽阔》等在诗坛都产生了重要影响。作为来自四川而在广东成长的女诗人，晓音的诗始终具有一种坚强的女性品质。糅合感性和理性的陈会玲、安安、布非步、文娟、旻旻、紫紫、云影等女诗人的写作，则更具单纯女性写作的特征，她们的诗歌是更加心灵化和女性特质化的，因为身处环境的单纯，她们并没有对社会苦难的切身痛感，也没有完整性写作诗群无限崇高的使命感，而是更注重纯艺术和纯心灵感受的小女人写作。尤其是陈会玲的诗歌，有一种强烈的优柔的女性力量，她的语词纯净凝练，她的情感沉静、含蓄和优雅，在极具灵性的感悟和写作中，呈现出了一种典型的东方美学精神。还有谭畅等举起"花神诗歌节"的旗帜，集聚一大批女性诗人，持续不间断地展开女性的自我书写与女性写作理论的自我建构，这也使其成为近年来珠江诗坛的一个重要的诗歌和文化现象。而林馥娜则是女诗人中难得的诗歌写作与诗歌批评兼擅的作者，其写作极富哲学的深度，侧重人与万象的互换体验。冯娜侧重人与自然的共鸣，在诉说民族性的精神渊源中开启自我价值的确认。燕窝在自我的智性追逐中趋近于万物的吟唱。钟雪以其奇异的语词和意象书写在精神的漂泊之旅中构建着自己独立的文化家园。

4. 纯技术写作诗群，以梦亦非等为代表，学习这种写作技法的有九〇后诗人如梦生等，其主要作品有梦亦非的《苍凉归途》《儿女英雄传》等，梦生也有《π/0》《X门遐想》《23°20'N，113°30'E 24：00》等。梦亦非提倡诗歌写作的程序设计和可操作性，认为那种仅仅出于反映现实和抒发情感的诗学观念已经过时，强调发明某种文学技巧，把写作变成文学技巧的训练场，注重汉语长诗写作，寻求诗歌写作的技术突破和诗艺探索，甚至在汉语写作中大量引入字母和数字，构建一个符号的迷宫。这种注重纯技术突破的写作也容易导致一种弊端，那就是抽空情感和抽离现实的形上化发展方向。在另一个层次上，梦亦非诗的写作因其文化意蕴、哲学深度、宗教精神及其朝向未来的探索，我们又可以将他命名为二十一世纪的新玄学诗派，这方面还可以黄金明、陈肖为代表，黄金明的重要作品有《时间与河流》等，其诗歌注重意象写作的可感性，注重在哲学的致思中挣脱现代社会的喧嚣和烦扰，"注重以思辨的方式抒写精神历程，其中贯穿着对土地深沉的感情"（林馥娜），注重在穿越时间的河流中，回到自然的宁静和生命的天籁，注重为理想的世界增加一点东西。陈肖的诗则具有一种神性指向或巫性召唤的特征，在自己的《传说》等组诗中，他为万物都引入了一种灵性化的特质，让自然成为一种居住着诸神的圣殿。

5. 口语写作诗群，以老刀、高标、江湖海，刘春潮等为代表，其中，老刀的成就最为突出，在广东诗坛出道早、成名早，其多年来一直致力于"口语诗"探索，其重要作品有《关于父亲万伟明》《查扣三轮车》《英雄》《失眠的向日葵》《打滑的泥土》《眼睛飞在翅膀前方》等诗集。老刀的诗具有明确的现实主义指向，强调回到常识，回到真，不仅仅是为了俏皮，不是油嘴滑舌，而是注重参与社会和人生的责任，注重在真的写作中获得某种价值维度的观照，注重以锐利的笔和深邃的思构建起独特的诗歌王国。老刀的诗在艺术的精神上仍旧是与完整性写作相通的，就是渴求在现实之痛中寻见公正与温暖，只是其艺术修辞和言说策略有所不同，他们在语言上有着其明确的自我坚持。只是口语诗的写作确实存在严重问题，那就是可能因为太过现实而失之琐碎，从而导致诗意的匮乏，并可能最后演变成闲极无聊的口水诗，段子化、玩聪明、抖包袱、讲故事，缺少生命的内在关怀和现实的真切指向，其在诗学的自觉和思想的深度方面也有较大缺陷。

6. 都市诗歌写作诗群，以郑小琼、马莉、杨克、谭畅、何光顺等为代表。郑小琼的《人行天桥》展示了城市里各种身份的人们在经济利益驱动下的相互欺骗和侵害，呈现了重金属污染所造成的人类身体所遭受的摧残和毒害。马莉的《金色十四行》诗集则广泛写出了城市里的卑微的建筑者所面临的痛苦的生存处境，写灰霾城市里的某种压抑的强烈体验，在批判中展现不为人所注意的，避免了某些歌唱城市地标建筑的抒情化写作。杨克也有《广州》《在东莞遇见一小块稻田》《天河城广场》《如今高楼大厦是城市里的庄稼》等诗歌写到城市个体的命运、城市对乡村的吞食、城市所造成的生存苦难。何光顺则有《广州印象》《城市里的水泥路》等城市组诗，形成了对于天河城广场、北京路、广州歌剧院、城市河涌等特殊城市主题的多维度写作，写出了城市所缺失的本质及其对生命源头和精神故乡的远离。总体说来，当前广东诗歌乃至中国

诗探索10　理论卷　2018年　第2辑

诗坛,有关城市主题的写作仍旧严重匮乏,很多有关城市题材的写作还未真正进入现代性的视野,未能写出城市所具有的多元性和复杂性。

7.学者型写作诗群,以王瑛、容浩、何光顺、温远辉、赵目珍等为代表,其诗歌创作带有强烈的知性特征,具有某种诗学理念的折射,而其特点又各有不同。其重要诗集有王瑛的《昨夜,誓言一样的青铜器》、容浩的《从木头到火焰》、赵目珍的《外物》等,另何光顺的诗作《身体、性爱和灵魂》《落叶和手机》《三月七日》等。王瑛诗歌的特点主要在于借助象征手法以把自己日常生活中的所见转化成完全陌生化的意象,以对现实进行有距离的观照,而其写作重心特别注重于以亲情为核心的伦理维度的书写,这为当代诗歌的伦理写作提供了新途径。赵目珍的诗歌较多地将老庄的哲学精神进行诗化的表达,是明确的具有学理的沉思的特质。何光顺的诗歌则着眼于从哲学、历史和现实的多维度介入,探讨身体、灵魂、民族、神性等主题,其写作既具有中国传统儒道思想的深厚背景,又有西方哲学、美学的陶化熔铸,其诗歌写作具有诗人汪治华所说的"思想发出呐喊,立即写出了灵魂的回音","哲学化成了诗歌的肉身,诗歌则进入到了哲学的灵魂","诗歌与哲学的遇见和冲突,就是一种具有内在张力的和谐"。但总体说来,学者型的诗歌写作还未能得到充分的发展,这主要源于学者大多被体制所牢笼,而多未能进入文学创作的维度。

8.新乡土写作诗群,以黎启天、郑德宏、蒋志武等为代表,主要作品有黎启天的《零丁洋叹歌》《零丁洋再叹》、郑德宏的《华容传》、蒋志武《万物皆有秘密的背影》等诗集。黎启天可能是广东最具乡土写作自觉的诗人,他认为当前中国写乡土的诗人更多的是将目光投向那些离乡进城的务工者,却忽略了所有进城人的异乡的境况都会不同程度地反射到他的出生地、他的故乡。黎启天期望通过乡村留守人的群像以反观进城人的生存与心灵困境,写乡村的老人的守望、小孩的渴望、荒芜的田地和空荡荡的村庄,他主张回到出生地,回到乡村,以另一个角度,另一视野,隔着时空距离,去反观异乡,从树的根部或许更能感受叶的漂泊。郑德宏的诗歌则主要是写他在湖北的故乡,写对于故乡的华容河的挚爱,对于故乡的山水草木的深情,其中有许多优秀的诗作。蒋志武的诗在对万物秘密的书写中,展现一条心灵的回乡路,以点燃他因漂泊异乡而沉浸在黑夜里的孤独灵魂,在他的笔下,家乡的桃花和草木,都成为照耀他不断前行的信仰的图腾。然而,从整体来说,广东诗歌的新乡土写作,还远不如内地的乡土写作能够得到重视,这方面还需要更多优秀诗人的介入。

9.垃圾诗写作诗群，其创始人是皮蛋。凡斯是这场运动的领袖，是垃圾诗派的理论代表，而文本写作的代表是典裘沽酒，其后起之秀主要是无聊人。垃圾诗群的代表作品有典裘沽酒的《绝望的十四行》《我渴望高潮时看到你的脸不再扭曲》《风波》等。垃圾诗群的诗人把自己置身的时代看成是腐朽的垃圾的，他们希望揭破这个伪装得堂皇的时代的不堪入目的肮脏，他们写广场，写生殖器，写淫词秽语，但其背后却可能隐藏着某种已经被戏谑成碎片的严肃主题。垃圾诗群写作的流弊是沉溺于用下半身和恶心语言来写作时，可能造成恶俗和艺术水准的剧烈下降，造成诗歌情感的无底线和粗鄙化。

为了言说的方便，我们做了以上有关诗歌流派的"命名"，此真所谓"道不可名，强为之名"。但即使如此，我们以上的诗群的归纳还是难以完全罗列南方诗人群体的写作现状，因为很多诗人群体都处于命名和形成之中，比如在口语写作和垃圾写作的交叉中还衍伸出"脑残体"写作诗群，其写作理念是"用障碍说话"，阻绝思想对于写作的介入。还有一些以地域集结而黏合度较高的诗群，比如梅州诗群、揭阳诗群、潮州诗群、粤东诗群、粤西诗群、粤北诗群，即使在这些地域诗群下面也还可以细分出更小的诗群。还有以族群为特点来展开写作的客家诗群，该诗群重在以诗歌作为全球客家人的一种精神联系，以进而为华夏民族的整体文化认同的建设做出自己的贡献，其代表诗人主要有唐不遇等。当然，还有很多诗人，并未能纳入诗群来观照，我们可以将其概括为独立诗人，比如长期在广州和深圳生活并被称为民间思想家的诗人海上，其写作就是体量庞大而难于辨识的，还有如汪治华、祥子、刘汉通、翟文熙、阿翔、慕容楚客、龙凌、马龙飞、申海光、陈计会等，也都一时未来得及具体归纳到某个诗歌流派的划分。同时，我们还编选了一些年轻的诗人，如喻浩、黄宇、乔迎舟、马小贵、赵璠、林显聪、吴新纶、冯媛云等，这些新人才刚刚起步，但其最初的写作已经有了可喜的成绩，至于其未来的写作，则需要更多观察，也留给我们更多期待。

三 南方的诗是指向未来的

南方诗歌是与新诗百年历史同步并在精神内质上引领潮头的，而在新的世纪转折点上，其艺术上也开始逐渐超越北方诗歌，而更具有活力的。回顾一百年以前，胡适首倡白话而反文言，变古体而为新制，新体诗遂起。然胡适新作尚浅，其情感和体式如其为人，有谦谦君子的自我修饰和收敛之风，其新变重在语言，而其体式和精神，却尚未能充分体现新体诗之自由。郭沫若继其后，以狂飙突进的姿态，首次展现了新诗的最无拘束和奔放洒脱，从艺术上来说，其名篇《天狗》并不是特别具有创造性的，而其真正的创造却在于将胡适所开创的新体诗，以纵逸的天才感情和狂肆的白话言说大大向前推进了。二十世纪二三十年代的新格律诗派在艺术上做出了真正的开拓，徐志摩的《再别康桥》、闻一多的《死水》成为这种格律探讨的代表作。臧克家的《有的人》、戴望舒的《我用残损的手掌》、艾青的《我爱这土地》等，逐渐为新体诗赋予了更为充实的社会政治内容和反抗批判精神。而戴望舒的《雨巷》、卞之琳的《断章》，在艺术和意境的创造上，既重续着某种中国古典的余韵，又具有全新的现代精神，并从而让中国新体诗和翻译过来的欧美诗歌在神情和性格上区分开来。

我们编辑二十世纪末叶到二十一世纪初的中国南方诗歌流派的作品集，就是要呈现新体诗在自由精神、形式体制、题材意象、修辞手法等各方面的创辟。在这些诗人之中，我们姑且列举东荡子、黄礼孩、世宾、梦亦非、浪子、马莉、陈会玲、郑小琼与余九人之诗以为示范，因篇幅有限，我们还将专文探讨现代新诗之可为示范者。此所列举九位诗人之片语，已可为当代汉语新诗之精粹展现。如东荡子《宣读你内心那最后一页》：

宣读你内心那最后一页 / 失败者举起酒杯，和胜利的喜悦一样

黄礼孩《独自一个人》：

一路上，没有人与我谈起天气 / 在一滴水里，我独自一个人被天空照见

世宾《光从上面下来》：

光从上面下来，一尘不染 / 光把大地化成了光源

浪子《构成》：

明月在上升，我分明看见 / 另一轮明月在沉没

梦亦非《三月：遗址之花》：

那露水的祭台上，馨香低迷 / 是否，神不会留下痕迹

马莉《听说柚子花落满了庭院》：

那么轻，那么轻 / 清晨的针叶穿过宽阔的晚风

陈会玲《拾碎》：

我听见内心的声音，绕过久远的岁月 / 深陷秋天的惶惑

何光顺《每一片落叶都携带着一个灵魂》：

光的碎片闪耀，照着每一个虫子的归去 / 每一片落叶，都携带着一个灵魂……

这些诗句亦可谓诗之上品，我喜欢其写作所呈现的明净、纯粹、澄澈和灵性。你仔细品味和吟哦，就不难发现，这些诗篇的情感是凝聚的、含蓄的、深沉的、柔软的，却又是有着极强的力量的，这些诗篇以自由变换的现代汉语的形式表达着一种节制的情感和节制的风格。自由并不意味着没有任何拘束，在形体的自由变化中，永远深藏着人类的一种自然本真的情性吟唱，又要能止乎礼仪的伦理品格，还要有一种朝向神圣的永恒书写。在以上诗人的每句诗篇里，我都能听到风儿吹过树叶的沙沙声，听到诗人在这世界里的缓缓歌声，听到上苍的神秘力量的呼唤和应合。当然，每句诗篇又有其不同的侧重和方向，有的在安慰失败者，有的是一个人在独自沉思，有的是看到神圣的光照耀大地，有的是看到一个世界的沉没，有的是在虔诚的祭拜中窥见神圣，有的是在自然的风中听到了落花的声音，有的是绕过久远的岁月回到纯洁的起点，有的是看到了每一个生命都有着其灵性的力量……此真所谓"天下殊途而同归，百虑而一致"也。实际上，所有的诗人都在指向唯一的诗篇，所有的诗人，都是唯一的诗的顶礼者，他们只是从不同的维度去抵达……

诗探索10 理论卷 2018年 第2辑

在九位诗人的诗作中，郑小琼的诗有着不同风格和情感的表达力量，那是来自于对二十世纪九十年代以后席卷华夏的打工者之苦难的历史见证，这里仅举其《喑哑》前半部：

我以为流逝的时间会让真相逐渐呈现 / 历史越积越厚的淤泥让我沮丧 喑哑的 / 噪音间有沉默的结晶：灼热的词与句 / 溶化了政治的积冰 夜行的火车 / 又怎能追上月亮 从秋风中抽出 / 绸质的诗句柔软的艺术饱含着厄运 / 他们的名字依然是被禁止的冰川

这首诗的力量太过强韧，开篇就以怀疑和痛苦置入，让人在绝望中深深叹息，他的整首诗篇可以连接成一个长句，那是对时代的无休止的控诉，流逝、沮丧、喑哑、沉默组成了最初的感伤和叹息；而后诗和诗人出场，灼热、溶化、柔软，寓示着诗所秉承的情感和急切的期望，"从秋风中抽出 / 绸质的丝句"，这是诗人要以诗篇柔化一个工业和资本联盟的时代对于生命所造成的窒息和压抑，诗并无法干预时代太多，然而却可以让心灵看到希望。

像郑小琼这样，表达强烈现实批判性的诗人，还有很多，他们在艺术上虽然还未曾达到郑小琼诗篇的高度，但其内在的痛苦和对于时代的控诉，却是令读者无不为之动容的。如许立志的《梦想》："夜，好像深了 / 他用脚试了试 / 这深，没膝而过 / 而睡眠 / 却极浅极浅"，这是何等深沉的隐藏于黑暗深处的绝望；又比如罗德远《在生活的低处》："在生活的低处 / 一群群鲜花远离课堂"；谢湘南《填海》："大卡车将泥土和石块往海里倾倒 / 轰隆隆的声音传出很远"；张守刚《我用一个夜晚的疼痛来思念故乡》："这么多年都过去了 / 我还在路上 / 追赶风瘦削的骨头"，这些诗篇诉说的都是底层打工者生活在现实的低处和精神的低处，却永不停歇地劳作和追赶，他们像蚂蚁一样卑微而忙碌，却也自有其追求和意义。

还有的诗人如海上，也是难以概括的，其语言、风格和主题都是多重的，其诗亦为上品者也，如这首《避免逆光的引力》：

你看逆光的表面，张裂的 / 是世纪的疑问 / 人们的视力下降至悼念的昏暗处 / 你看世界把信封失落在寒潮里 / 哭泣的祷词正朗读出它 / 的秋叶……叶子在风口传诵 / 你在逆光里隐遁 / 昏眩的人群里，唯有我在曾经的现场诗人用一个物理学的术语"逆光"表达了人们在一个昏暗的时代所置身的生存困境，他们慢慢丧失了对于光明和温暖的感知力，诗人以"逆光"陈述了对于长达一个世纪的苦难中国的控诉，这种逆光的生存处境让这个民族长期沉没于"昏眩"之中，"你看世界把信封失落在寒潮里 / 哭泣的祷词正朗读出它 / 的秋叶"，在海上的诗中，你读出了一个民族的灵魂的哭泣。海上还有许多关于民族的神话和历史的长篇史诗，读他的文字，你能感觉到他的灵魂穿越亘古洪荒，又飞向未来时空，他炽热滚烫的情怀只为华夏民族缔造着属于自己的伟大。在他的诗中，我看到了只有运行到民族文化的群星闪烁的高空，那神圣的光芒才能将世人提升、引入高山流水和晓风明月的空灵与纯真。在为民族的伟大气象寻找合适形式的过程中，海上不断沉潜，以让自己进入黑暗的深渊，去探寻华夏民族可以历经千年万代而生生不息的秘密种子，去为当代中国汉诗的史诗化写作注入古远的民族精神的力量。像海上这样优秀的具有宏大体量的民族诗人，是值得我们特别标举的。

又比如汪治华的诗篇，是既平易近人又入心入肺的，他既希望如口语诗写作那样与世间生活打成一片，却又并不满足，而希望像完整性写作诗群那样去达到奥林匹斯山的众神高度，就如这首《鸟》所写的：飞鸟在天上飞，它把两个世界 / 飞成一个整体。

天上和人间的世界被飞成了一个整体，飞翔的鸟儿，就是神圣的使者，它为天神带来人间的动静，为人间带来天神的消息。还有诗人写"月亮从狗吠中，一声一声，被唤出来"，"而鸟，在山谷里的回声 / 把它空空吸走"，"它的心酸，如同树枝 / 站在时间的河里"，都十分传神动人。"鸟是区别植物、动物的 / 分界线，鸟是区别星光、眼泪 / 的分界线"，这表明了汪治华的理想，在当今这个时代的社会生活对人的全面异化中，必须要让人从中脱离出来，必须划出一些分界线，让人不至于沉沦，作为天地之间的人，他需要像飞鸟一样，既谛听神灵的语言，又能感受到泥土的芬芳。在汪治华的诗歌里，我强烈地感到，诗人的一首诗，就构成了一个诗人的基因密码，就像诗人的细胞一样，携带着他的全部信息。那飞翔的鸟，就是一个极具创造力的能让自己飞翔在天空与大地之间的诗人的隐喻和象征。

在我们编辑的诗选中，有一个很有意思的现象，那就是有很多写父亲的作品。或许这可以从民族文化心理的角度去解读，在我们这个民族的文化传统中，父亲承担了太多的重负，父亲似乎就是大地和苍天，就是民族和传统，就是亲情和劳作的承载者。我们选编的老刀的《关于父亲万伟明》、马莉的《父亲，是你喊着我的小名么》、浪子的《写下一首你无从读懂的诗》、王瑛的《父亲·祭》组诗，都是这样的诗篇。这其中，王瑛的《父亲·祭》组诗尤其值得注意，王瑛可能是当代诗坛第一个用这么多篇幅大规模写作父女亲情的诗人，这组诗总共包括《爸爸，新年吉祥》《爸爸，七十快乐》《谁陪我喝了这杯清茶》《梦里花不开》《别人的爸爸》《这个屋子没有诗意》《或许我已经可以和弟弟妹妹们谈谈》，这些诗都是王瑛在父亲去世后陆续写成的。这正如李艳丰所指出的："王瑛用诗歌的形式，为父亲在此岸设置了灵堂。她得以就此凝视父亲的沉默，并想象父亲聆听、陪伴的模样，实现生命的接续与绵延。"（李艳丰《人伦之爱的诗性昭示》）在诗人新近出版的《昨夜，誓言一样的青铜器》中，开篇就是《爸爸，新年吉祥》这首怀念父亲的诗：

山花已经谢了／蘑菇不再生长／山背后的父亲／是否站在竹梢眺望？

一种凋谢、沉没和悲伤扑面而来，这是至深的亲情，却是被许多人遗忘的，被资本和权力腐蚀的，然而，这却是华夏伦理的根基，是人类最古老朴实的真情，诗人的诗将我们直接唤回大地，让我们瞩目青山，让我们感念大地和青山对我们的哺育："路的尽头／数不尽的日子灯火璀璨／春华秋实有时候也是一种忧伤／他心爱的姑娘正抱着他的岁月望着菊花星星点点黄"，诗人让我们回到人间去为每一个微不足道的生活点滴引入诗意，女儿在父亲眼里永远是娇弱的，是父亲要用大山一样的臂膀来庇护的。

我们的诗集还编选了一些最年轻的诗人，如梦生、乔迎舟、赵璠、晓明、林显聪等，他们的诗歌也是值得期待的。而特别是官越茜的这首歌词《没见过》，非常让人喜欢：

我见过树叶亲吻大地／见过微风拥抱空气／没见过你／我见过曼陀罗的美丽不会凋零／见过大雁身披着余晖的霞衣／见过森林沐浴了如丝的细雨／没见过你

诗和歌是不能分开的，在诗起源的时代，诗就是歌，然而，到现代世界以来，诗逐渐远离了歌。2016 年诺贝尔文学奖颁给了美国民乐歌手鲍勃·迪伦，这真是深具寓意的，或许，单纯从艺术的高度上来说，还有好几位是比鲍勃·迪伦更适合获得诺贝尔文学奖的，但诺奖委员会将文学奖颁给一位民乐歌手，这似乎可以看作当代的诗向歌的内在响应和回归。在我们诗集结束的部分，我们编选这样一首更接近于歌的诗，就是有感于九〇后年轻的心，将诗唤回歌的内在感觉的苏醒。这首歌有着一种轻盈的旋律和美妙的乐音，有着一种初恋般的愉悦和明媚的感情，这就是这个年龄的女子的心灵在歌唱。这歌中也有忧伤，但那是轻柔优雅的，是动感健康的，是充满着希望而又跳跃的。在这首歌的末章：

> 你来过这城市 你来过这土地 / 白云依旧朵朵 草色依旧青青 / 我在这里啊 就在这里啊 安详地 / 像一朵傲然的白莲 不畏风雨 / 像一朵傲然的白莲 不畏风雨

玩之读之，吟之诵之，真有余音绕梁，三日不绝之效。惜乎，我不会谱曲，也不会唱歌，但在吟诵中，自然而有音乐的节奏和美感。在优雅袅娜的歌唱中，年轻的女生以"像一朵傲然的白莲 不畏风雨"的反复咏叹结束了全篇，这也真可谓《南方诗选》的最有意味的结束。当然，这部诗选是无法以"白莲"或这首歌来全部概括的，但我希望这部诗选在底层打工诗人的沧桑苦难中开篇，在"九〇后"诗人的青春希望中结束。这种结束不是真正的结束，而是另一种延续，年轻的诗歌新人，在一部极具重量的诗集里，无疑是要排在末章的，然而，他们却必须是要出场的。最先出场的诗人，当然是重要的，是代表着这个时代的，他们树起了这个时代的尺度和标杆，引领着这个时代向深处和高处探索，然而，未来却属于新人，我们期待他们接续诗和歌的传统，为我们这个民族继续展开精神领域的书写。

[作者单位：广东外语外贸大学]

胡弦诗歌艺术的古典神韵

郭　枫

诗探索10

理论卷

2018年

第2辑

读了胡弦近年出版的《沙漏》和《空楼梯》两本诗集。我欣喜地见到现代诗作终于蕴涵了丰沛的古典诗神韵。多年逡巡于两岸诗坛，"现代诗的古典化"是我梦寐以求的心愿。寻寻觅觅，蓦然在金陵相遇，实在是上苍惠与的善因果。

认为现代诗"新"而古典诗"旧"的看法，造成新诗百年发展的迷惘。某些诗人盲目仿造洋诗，甚至宣称"诗是横的移植"，粗暴地撞击了中国诗歌的天然脉络。诗是艺术品，不可仿造，不可移植，必须在中国文学根底上发展创新。中国的新诗，不仅要变革语言艺术，尤其要承接古典诗词的情思神韵。情思神韵是旨趣意境，是诗魂；语言艺术是表现技巧，是诗形。胡弦的诗，魂形兼备，浑然一体，特别具有强烈的艺术感染力。

胡弦的诗歌，融贯了古典诗的语言艺术：简洁、蕴藉，句子短，描绘少，含蓄深，诗质纯净而品味隽永，诗中情思让人迷醉。他的诗句大多几个字到一二十字，简短若是，必须推敲凿磨，必须反复吟味，必须让每一句、每一字，都站在应该站的位子。往往犹在从容闲谈，忽而语锋一转，犀利切入，奔雷迅电般呈现震撼人心的波澜。

例如《朱仙镇谒岳庙》，不分段的十行现代诗，却简洁如宋词长调，字句精准，不得增减改易。空间从北国跨越江南，时间从当下逆溯南宋，波澜起伏，流荡千里。最后四行诗：

如今我到了黄河，到了黄河／心不死。只因为／被浑浊黄水埋掉的心，／又会在阵阵北风中复活。

把北方"不到黄河，不死心"的俚语，变为"到了黄河，心不死"

的活鲜句子。由此引导出语意双关的结尾，写岳飞也写自己不死的心，"在阵阵北风中复活"。追昔抚今，犹如鼙鼓擂动，令人血脉贲张。

再如《壁虎》一诗。此诗运用"诗之三法：赋、比、兴"。从"浩劫时代"广大的悲惨景象中，拉出"那些悔恨的神"特写镜头来，客观地让事件重现眼底。表现的方式不温不火，没有颓然的哀叹，没有焦躁的激怒，只有深沉得不见渊底的镇定，理性的洞悉和极度节制的表达，相信在河清海晏的将来，会被人们认知：这种诗，才是解说时代的"最强音"。

胡弦感时忧国，他的诗歌，与历代前贤吊古伤今的咏史作品，今昔映照，宛然一脉，而又具有现代性的风格。

例如《教堂》，这首短诗分成三段，仅有九行。前两段，平平淡淡记述寻找教堂始终未见的过程。最后一段——

直到离开，我只有关于教堂的描述：/ 它小，陈旧而宁静，蜡烛 / 在它内部彻夜燃烧。

此诗末尾两行，奇峰突出，直如天外飞来，将平凡简朴的图景蓦然翻转，以口语化的方式，揭示出"位卑未敢忘忧国"热血永续的崇高精神，令人过目难忘，为之震颤。这是胡弦诗歌的思想内涵与他语言技巧完美结合的神妙之作。此诗与义山《乐游原》异曲同工，而胡弦《教堂》的思维宽宏深刻，创造了更耐人寻味的意境。

又如《丹青引》，不分段，一口气喷涌十九行，诗句长，一浪逐波一浪，气势浩大！壮丽的江水景象与东坡《赤壁怀古》词仿佛。苏词纯以写实语言，述说三国时代"赤壁之战"故事，描绘生动，节奏铿锵，豪迈雄奇，千古绝唱。胡诗则以象征手法，运笔如剑，指出历代权势者行径，讽刺无原则的政治现实，出入古今之间，断然劈开历史的隐秘。他所嗟叹的亦如万古洪流，涛峰浪谷，一言难尽。

再如《卵石》这首诗：

——依靠感觉生存。/ 它感觉流水，/ 感觉其急缓及其所从属的年代 / 感觉那些被命名为命运的船 / 怎样从头顶一一驶过。/ ……/ ——几乎已是一生。它把 / 因反复折磨而失去的边际 / 抛给河水。任其漂流而在远方成为 / 一条河另外的脚步声。

平凡的"卵石"，在河流的冲刷下是无法左右自己命运的。这首诗是对普通民众与历史力量纠葛的描述，承接了古典诗歌咏史的神韵，大有杜甫《咏怀古迹五首》的风格，古今诗人"怅望千秋一洒泪"，创造了历史感深刻的典型作品。

胡弦的诗，多是普通景观日常琐事，似乎没有什么特别的题材；但他拥有博大开阔的历史襟怀，存有仁民爱物的深情，加之其细微又敏锐的感觉，他能由普通事物升华灵性领域，他的诗可以由一叶知春秋，从一沙见世界。

例如，《马戏团》：诸种兽类，本性泯灭，但诗人锐利地指出"不可能一开始就这样"，让"天使飞过忧心忡忡"！这首诗，写马戏，写扭曲，写变异，写愚弄，写顺从，写那背后不为人知的折磨，使得社会光怪陆离。众声喧哗中，掩盖着诗人内心的悲凉。

胡弦的诗已超脱个己荣辱，他关怀的是我们这个复杂的世界。

读胡弦的诗，读着读着，往往会起一种"愉悦的悲伤"。愉悦的是，我们欣赏到优秀的作品；悲伤的是，他的许多作品，历史感太深刻，社会关怀太沉重，风紧云低，爱唱歌的鸟时常弄得哑着嗓子，唱出了别种滋味，余音不绝，令人感叹。

胡弦的诗，当然不是每一首都圆润无缺。《沙漏》和《空楼梯》两本诗集的作品，总体衡量起来，有半数以上是难得的好诗，有四十多首是值得吟哦寻味的妙诗。

胡弦的诗深受中国传统文化的熏陶，他以古典诗歌的美学神韵拓展了现代诗歌的表现形式，创造出独具个性、神形圆满、中国气派的现代新诗。

[作者为台湾诗人]

格物致诗

——胡弦诗歌读札

颜炼军

一

由于近几百年来人类生存方式的剧变，对言说与事物之间脱节的担忧与修复，成为现代诗重要的内驱力。陆机之言"恒患意不称物，文不逮意"①，在古典语境里描述的是写作的困难，在现代，则不幸成为人类的普遍生存境遇。欧洲浪漫主义以来的诗歌对自然的讴歌和美化，对人造物的警惕甚至诅咒，是想借此重构被近代以来的理性、科学和工业化破坏的人—事物—神性之间的古典关系。同样，"言之有物"也是早期汉语新诗标榜的诗学主张之一，在接下来较长时间里，汉语诗歌中的"物"陆续被民族主义化，乌托邦化，甚至是意识形态化，警惕乃至摆脱它们，成为诗歌追求崇高性的主要姿态。

近几十年来，汉语新诗中的物象呈现发生本质性变化。随着中国工业化、现代化导致的物态的变化，汉语诗歌的写作，似乎与欧洲浪漫主义诗传统愈发有相近处：通过对物象的重新抒写，来修复毁损日益严重的物境。但也有不同：欧陆诗歌对物的探究和追问，是基于一个在高处的缺席的神，基于难以企及的"物自体"（康德）的理想（这其实也是神的体现）；而汉语诗歌对物的探究，则归于一种诗歌心学，无论理在心或在物，诗歌是一种心物融通而触发的命名机制：物的相貌声色与肌理虚实，主体的心智和经验，通过词语的焊接和锻炼，幻变为言说的生机。

纵观诗人胡弦最近十来年的创作，我们可以看到一个抒写心物关

---

① 陆机：《文赋》。

系的苦练历程。与同龄诗人相比，胡弦的写作有着更漫长的摸索和修炼的时间，1966年出生的他，2010年才出版了找到自己写作风格的诗集《阵雨》，加上近两年新出的诗集《沙漏》《空楼梯》（《阵雨》中部分作品重新收入），构成了其鲜明的诗人形象。笔者以为，他对物象的抒写，占据其诗歌的主要部分。正如他所说的，"物象是一种情感器官"①，他对物象的经营方式，显示出一种中西诗歌传统融合背景之下的诗学自觉和诗歌理想，为方便起见，我称他的这类诗为现代格物诗。

二

"格物"一词借自《大学》之"格物致知"，朱熹解释为"欲至吾之知，即物而穷究其理"②。近代国人曾以"格物"来翻译来自西方的物理学（physics）。笔者这里说的物，指的是有声貌形色的具体实物，而不包括广义上亦可归入"物"的抽象存在。"格物"意味着在身感目击的物象中，穷究出某个关乎人心之理。说胡弦的诗是格物诗而非咏物诗，首先是基于胡弦如下的诗观："生活出现在一首诗里的时候需要包含的要素：1.判断性细节；2.物象在其物理之外的特性；3.寄寓于外部世界的写作者的个人隐喻；4.把物象联系起来的那些关键的东西；5.表达方式。"③其次，是因为胡弦诗歌表现出的两个与上述诗观密切相关的特征：一是苦心孤诣的写作方式；一是对抒情的警惕，对哲思或冥想性的追求。

胡弦写作中苦心孤诣，至少表现为两方面。一是对相同题材的反复抒写。比如，他的《裂纹》（两首）、《分离之物》《裂隙》《准确时刻》等诗作，明显是对同一物象的不同呈现。甚至可以说，他的体量较大的《劈柴》一诗，也是对这一主题更为高密度的抒写。其他相似主题的重写，还有很多。反复体悟和探究蕴含于物象之谜，可谓一种写作的格物精神。二是对作品的反复修改。修改的痕迹在他的诗集中经常可见。比如《童话》一诗，在2010年出版的诗集《阵雨》中，题目是《非童话》，到2017年出版的诗集《空楼梯》中，被改为《童话》。第四节最末一行也由"一窥见斑马，就成了新思想的倡导者"，改为"因

---

① 胡弦：《阵雨》，长江文艺出版社2010年，第175页。
② 朱熹：《大学章句》。
③ 胡弦：《阵雨》，第175页。

诗探索10 理论卷 2018年 第2辑

窥见斑马而发现了真理"①。无论从声音还是意义的角度看，显然是修改后更好。胡弦说过自己写作的苦心孤诣："写作应当是一种挑衅行为，哪怕是自己正持有的写作观"，"必须同写作对象决斗"。作为一位职业诗歌编辑，胡弦常年有大量琐碎的日常事务需要应对，与词语的决斗，对他而言犹如揪着自己的头发飞升。他因此十分警惕写作中的口水、琐碎和庸见："如果只是复述生活而毫无见地，就是盲目的写作。"② 苦心孤诣地修改作品，事实上就是对日常语言表达的质疑，替换甚至删除。在《比喻》一诗里他写道："在抵达之前，比喻句里的人只是可能的人。"好的比喻，犹如事物被词语劈成两半，分置于意义的两端，它要破除积淀在事物身上的定见，在"可能"中重新"抵达"，这是一个词寻找词、物寻找物的艰辛历程。

胡弦的写作中，还显示出沉思气质和玄言色彩。对他来说，"哲思是更高形式的抒情。"③ 一般而言，抒情性意味着诗歌语义和音调的整体和顺；而以哲思减除抒情，则意味着诗歌语义突转和跨越的频率增多，要避免突转和跨越带来的语义断裂，就需要在意义的编码和声文的编织上花更多工夫。换言之，必须将抒情的直接，转换为哲思的隐密与回旋。比如，《蝴蝶》一诗第四节里这样写道："童话笨重，／譬喻不真实，／它掠过街道、天线、生锈的深渊……／花园有一张逝者的脸。"④ 短短一节诗里，"蝴蝶"被替换为各种具有意义暗示功能的语码，读之，真如九曲江上的轻舟，乘风破浪穿过万重高山。从这个意义上，可以说胡弦的诗有一种玄言色彩。玄言是对日常语言逻辑的反动，诗歌中玄言不仅要有哲理作为骨架，还得有灵动和感性作为血肉。胡弦的诗这两方面都用心很深，即使看起来比较简单的诗，也十分用力。在诗集《阵雨》的开篇，有一首名为《水龙头》的小诗，可以作为印证：

　　弯腰的时候，不留神，／被它碰到了额头。／／很疼。我直起身来，望着／这块铸铁，觉得有些异样。／它坚硬，低垂，悬于半空，／一个虚空的空间，无声环绕／弯曲、倔强的弧。／／仿佛是突然出现的／——这一次，它送来的不是水／而是它本身⑤。

① 原稿和修改稿分别见：胡弦《阵雨》第50页，胡弦《空楼梯》，长江文艺出版社2017年，第9页。

② 胡弦：《阵雨》，第48页。

③ 同上，第176页。

④ 胡弦《空楼梯》，第51页。

⑤ 胡弦：《阵雨》，第1页。

这首诗的表达策略十分机智：除标题之外，从头到尾，诗歌都在讲述一块虚空中的铸铁。这似乎不断地提醒读者，"水龙头"就是一块铸铁而已。直到最后一节，才间接地说出它作为水龙头的功用。孔夫子说，"困而知之"。我们对许多事物的隐蔽属性的重新发现，恰恰是来自无数不大不小，却经常发生的疼痛。于是"水龙头"就有了象征性：对生活中无数的事物，我们可能也忽略了其本质属性，直至"痛而知之"。在常见物象中发现隐蔽的存在和求索事理，成为这首诗最迷人的特征。作为一首早期习作，这首诗第二节的第三行和第四行，连续出现三个"空"，似乎有改善的余地，但即使认定这是瑕疵，也不影响它对我们的微妙提醒。

三

苦心孤诣的冥想式抒写，不仅让胡弦的诗很耐读，也让他的诗歌题材有鲜明特色。他说过："生活的信息量过于繁复巨大，深思的目的在于学会牺牲。"[1]细察之，胡弦诗中的物象，大致可分四类：自然的，历史文化的，现代都市的，还有一些不能归入前三类的物象，我们姑且名之为纯粹物象。

在汉语诗歌传统中，自然与道相关，自然万象是道的呈现。西方诗歌中，自然万物蕴藏的是神性。微妙的道与人格化的神，对诗歌的表达方式有不同的影响。无论是探究造物内蕴的神性与智慧，还是赞美神的完美或哀歌神的缺席，西方诗歌都有一个潜在的对话者。汉语诗歌倾向于把自然物象人格化，进而破除人与道之隔；当然，无论中西诗歌，自然物象都常常作为时光流逝的载体，也作为人世之于宇宙的卑微象征。

作为当代汉语诗人，胡弦诗里的自然物象抒写，试图在自然物象与人事的复杂与幽微之间，建立起某种互喻，比如，《雪》《蚂蚁》《萤火虫》《白云赋》《琥珀里的昆虫》《乌鸦》（两首同题）、《蝴蝶》（数首同题）这类诗作。还有一类自然物象，被诗人作为时间流逝的精微刻录："那沉没在水底的，正是我们共同丢失的部分。"（《自鼋头渚望太湖》），或者被作为微小事物与无限宇宙辩证关系的载体。胡弦

---

① 胡弦：《阵雨》，第174页。

诗探索10　理论卷　2018年　第2辑

诗中这类诗句的数量很大。而在一些比较长的诗作，比如《沉香》《葱茏》等里，胡弦试图将上述诸方面浑融一体，展开更综合的诗艺演练。

对历史文化类物象的抒写，在中西诗歌中都蔚为大观，汉语文明历史悠久，吟咏旧物而抒发新声，在汉语诗歌写作中经久不衰。但是，当代诗歌抒写这类物象的处境，与古典诗歌有明显区别。原因很显然：当代世界物质形态变化的速度，超过以往任何时代。胡弦诗里有大量对"旧物"的描写，一类是诸如《半坡人面网纹鱼》《古运河》《印刷术》《丝绸古道》《香妃祠》《龙门石窟》《古城门》《孔府里的古树》《燕子矶》《古老的事物在风中起伏》《高州古荔枝园记》《博物馆》《青铜钺》等所写的古典的旧物。另一类，则是因为现代化速度而迅速变旧的事物，比如《民国长江轮渡引桥》《黑白相册》《沈从文故居》《老街》《老城区》《马戏团》《锣》《老手表》《更衣记》《旧胶片》《空楼梯》《秤》《老火车》等。这两类题材的作品，在胡弦现有诗作中的比例很大，这某种意义上也显示出他诗歌的风格化特征。诗人对这两种物象系列的处理方式显然不同。前者偏向于以词语来演绎"残缺者，要替不在场的事物／说出其意义"的过程；后者除去感怀伤逝之外，往往带有某种内敛的批判：

> 这深深宅院荣耀散尽，／已经变成一种痛苦的建筑学。／如果坚硬的石头也不能证明什么，／我们该向谁学习生活？（《老城区》）①

当代中国物境的基本特征之一是，不但农耕时代的事物迅速成为旧物，而且现代以来的种种工业化事物也迅速变"旧"。胶片、黑白相册、老火车等众多工业造物，曾经是现代化的标志，却迅速地沦为当代社会的"旧物"，成为几代人缅怀的对象："码头上的旧机器有宁静的苦味，／江水无声的奔流，来自废铁的沉默。"（《随摄影师航拍一座古镇》）②物态更新之快，让我们每代人关于物的体验和记忆都差异巨大。的确如胡弦感慨：事物流逝之迅捷，令我们无暇学习如何生活。可以说，抒写旧物，是文明反思的一种类型，当然，对诗人来说，文明反思终归要落实为对写作本身的探究，《寻墨记》一诗，堪称胡弦进行这一转换的典范。

相较前两类物象，胡弦笔下直接出现的都市物象不太多。我一直有

---

① 胡弦：《沙漏》，长江文艺出版社 2016 年，第 58 页。

② 胡弦：《阵雨》，第 32 页。

个迷惑：大部分当代作家对都市物象着墨不多，即使有，也常常采取过于简单的方式。关于这些物象，胡弦有一些很用心的片段，比如《下午四点》里："下午四点/光线重新认识玻璃/表格依旧严谨，有个公务员/在里面张开双臂。/酒摸到自己的声带并盘算/该在晚宴时说些什么。"比如《黄昏，在某咖啡馆等友人》里："等到一侧暗下来，玻璃会重新安插在生活中：/一面镜子。个中区别是，它把/吧台边的某个人/放进外面街心的人流。"比如，《晨》里："雾已散开，被黑夜化掉的人/恢复了形体。/汽车都发动起来，世界在承受更多心脏。"[①]有一首短诗《山西路俯瞰》，是胡弦诗集中难得的直接写都市景观的作品：

> 搅拌机的震动；/苏宁银河大厦严峻的蓝；/城市高天切出的峡谷……/——此中有深意，此中/阳光轰响，阳光的泥泞到处涂抹。/此中一隅有冬日广场，/摆放小菊花。/行人低头，彩球仰脸。/薄雪一样的小菊花，/如此安静，像某种早已/悄悄飞离的事物，遗落的/羽毛[②]。

两类核心意象构成了这首诗：一是搅拌机、大厦、广场；一是蓝、高天、峡谷、阳光、菊花、羽毛。这是现代都市题材诗最常见的写作逻辑，都市物象与自然物象的咬合，形成一种反讽关系。在胡弦更多的诗里，现代都市物象也偶尔出现，但只是作为自然物象或历史文化物象的陪衬。胡弦说："诗的意义不在当下，而在其永恒性，也即历史纪念意义"，这句话包含他如此这般选择物象的缘由吗？

胡弦诗里还有一类很迷人的物象。这类物象是纯粹的，不是自然物象，也没有明显的历史、文化或社会现实属性。比如《一根线》《金箔记》《尘埃》《裂隙》《阅读》《夹在书里的一篇树叶》等。这类诗将一些日常物态或物象理趣化，有一种别致的风格。比如，下面这首《金箔记》，堪称胡弦最好的短诗之一：

> 金箔躺在纸上，比纸还薄，/像被小心捧着的液体。/平静的箔面，轻吹了一口气，/顷刻波涛汹涌，仿佛早已崩溃，破碎，/又被忍住，并藏好的东西。//锤子击打，据说须超过一万次，/让人拿不准，置换是在哪个时刻完成。/这是五月，金箔已形成。同时形成的/还有权杖，佛头，王的脸……/长久的击打，并不曾使金子开口说话，/

---

① 胡弦：《阵雨》，第 10、17、25 页。

② 胡弦：《阵雨》，第 118 页。

诗探索 10 理论卷 2018年 第2辑

只是打出了更多的光。/——它们在手指和额头闪烁 / 没有阴影，无法被信仰吮吸 [1]。

这首诗显示了精湛的词语技艺：格物的理趣，鲜明的意象，对历史的反讽，都巧置于词语的回环起伏中。胡弦对这类纯粹物象诗，也有大量反复的写作，其中偶尔也有作品用力不均衡，理趣过重。但偶尔的偏差，却透露出他在诗艺上的锤炼精神，正如这首诗里这没有"阴影"的金箔。

经过二十世纪的文学批评理论的洗礼，我们基本上认同形式与内容不可分割，形式是内容的一部分；这句话反说也是对的：内容也是形式的一部分。一个作家偏爱的写作主题与他的写法，常常互为因果。胡弦的诗，以散落在种种物象褶皱里的时间、空间和生命碎屑，来再现人事之卑下与微妙，命名历史与经验的痛楚，自然也让其诗歌笼罩着某种整体性气质：因为迷恋于时间感的精细呈现，他的诗在声音上有一种沉郁、缓慢的特征；由于对物象内部事理和寓言的孜孜以求，他的诗充满理趣，但他又擅长发现物象的感性面孔，来对抗思辨性对诗歌可能的负面影响。可以说，他向往的是理趣浑然而物态宛然的诗歌。

四

在简述胡弦诗歌的一些基本特征和面相之后，我想说，在诗人《阵雨》《沙漏》《空楼梯》三本主要的诗集里，可以选出许多诗，作为诗人的代表性作品。作为专业读者，我也有一个职业性困惑：在大部分诗人早期的成名作里，可以明显地看出某个"文学父亲"的影子。尤其在八十年代以来的成名的诗人中，我们都可以看到某一个早期的强力影响者。胡弦成名比同代人晚，他最好的作品，或者他作为一个当代优秀诗人的形象，几乎是通过近十来年的作品构成的。因此，不容易直接读出其诗歌生成的直接资源。一个有阅历的写作者，会更谨慎处理自己与"文学父亲"的关系，他阅尽百家之后所选择的招数和拳法，已经与诗人自身合而为一，按爱尔兰现代叶芝的话说，舞者与舞蹈已经无法分开 [2]。

① 胡弦：《阵雨》，第 67 页。

② [爱尔兰]叶芝（W.B.Yeats）：《在学童中间》，《叶芝抒情诗精选》，袁可嘉译，太白文艺出版社 1997 年，第 241 页。

但他诗歌里的优异性，还是诱惑我斗胆做一些猜测：他诗歌里的物象抒写形态，我感觉应该受到过里尔克中后期的物诗写作观念的启发；在他诗里的冥想和思辨的风格里，可以看到博尔赫斯、卡瓦菲斯、特朗斯特罗姆、辛波斯卡等诗人的影响。比如，《啜泣》那样的短诗，读之令人想起里尔克的《严重的时刻》《燕子》《猴戏》《龙门石窟》一类的诗，也令人想起里尔克的《豹》《佛陀》一类的写物诗；《博物馆》这样诗，则也让人想到辛波斯卡的《博物馆》；他诗行之间的修辞的跳跃形态，冥想的逻辑，似乎混合了特朗斯特罗姆和博尔赫斯的诗歌气质。

每个优秀的诗人，都会把外在的影响内化为自身的诗歌力量，诗人胡弦已经完成这个转化。从悲观的角度来说，每个人都是自己才华的囚徒，对已经五十出头的诗人胡弦来说，最大的对手应该是自己已经形成的优异。他面临的主要问题也许是：如何扩张写作的地盘，甚至变出另外的王国，如何把那些看似相反的、异质的能量化为己有。可以看到，诗人作品中早已蕴藏着一些蓄势待发的潜能。比如，在诗人目前的部分诗里，不时会有宇宙意象出现："星星落在秤杆上，表明一段木头上有了天象。宇宙的法则／正在人间深处滑动。"（《秤》）[1]古典诗歌里的宇宙意象一直是一个非常有力量的维度，汉语新诗在这方面的抒写，其实还远不够丰富，如何在人事、物象与宇宙之间，梦想新的共鸣与和谐，是现代人类最大的难题。汉语诗歌理应在宗教、天文学之外，开辟自己的方式，我对胡弦这方面的生长空间，十分期待。在胡弦另一些诗里，饱含着对当代乡土中国剧变的悲悯，他这一主题的诗最动情，也最见出其诗歌天性的一面："要把多少小蟋蟀打造成钉子，才能修好那些旧门窗？"（《老屋》）[2]如何在诗歌中更好地消化和升华这一主题，让词语组合成更有效的见证性表达，让隐喻散发出诗性正义的光芒，也将是他将来诗歌生长的可能方向。此外，在新近写的若干较长的诗里，可以看到胡弦另一个方向的努力：他试图借助长诗本身的复杂性，来更综合地发挥其娴熟的格物诗术，以此来扩展诗歌的容纳空间，开拓发挥诗艺的余地。

之所以从诗人现有作品里归纳出上述三方面的可能生长空间，是基于笔者的下列诗学陋见：首先，杰出的诗歌，必须像深藏独门暗器一样，藏着自己的形而上学维度；其次，理想的现代诗歌纯度，应基于驳杂的经验和人世之乱象；最后，一个优秀诗人应在诗歌技艺上有标志性突破

---

① 胡弦：《空楼梯》，第32页。

② 同上，第154页。

（很大程度上是自我突破）。基于这样的认识，我们对诗歌应继续抱有期待：倘若现代人类生活注定是一场巨大的悲剧，那么诗歌可以继续在自己的局限和片面中发言，分泌出不可替代的净化力和安慰剂。就此，胡弦也谨慎地说："哀歌过于谦逊,赞美诗/有隐秘的傲慢。"(《蝴蝶》)[1]在谦逊与傲慢之间，在哀歌和赞美诗之间，我们期待诗人以更精确的音度，在词语的方寸之内，激响连绵浩漫的怒涛。

[作者单位：浙江工业大学人文学院]

[1] 胡弦：《空楼梯》，第58页。

写作是沉思的生活

胡 弦

诗探索10

理论卷 2018年 第2辑

★写作，是触摸生活深处那并非人人可及的零散片段，并把那感觉留住。

★生活有种严厉的幽默，类似写作者的孤独。

★诗歌强有力地介入公众生活是很偶然的事情。生活是现实的，诗歌是超现实的，在两者之间，诗人应当保持怪诞的安详。

★生活的价值，在于它被看见，被注视，不然，它就是白白流失的生活。诗歌的价值，在于诗人给生活打下个人烙印的能力，也即诗人在自己所处语境中对生活本质的表达能力。但厘清大众身份和个人身份间的区别并不容易，稍一混淆，诗歌就会陷入机械性的泥潭。对于生活，诗人必须是个亲密的知情者。被理解的生活，远比正朝前滚动的生活重要。如果只是复述生活而毫无见地，就是盲目的写作。诗歌必须深入精神领域，寻求那高贵的东西。诗人应当直面这个时代的精神，挖掘并整理它们，而不是交给其他人来处理。

★要写好一首诗，得对生活有点紧张感才行。要用新的命名进行暗示，从中寻找新的道路和无限性。要相信实证，相信物质，但不要轻信社会意义。要发现被忽视的视角，精确地捕捉到物象，并触及其中蕴藏的精神实质，写出无法归类的东西。

★真实性与个性密切相连，它取决于观察者而不是生活。

★诗人对生活应当持有强烈兴趣，但对于身边的喧响，诗人不是和大家一起欢呼，而是要去寻求那些声音的源头。

★写作，需要生活顺从地保持静止状态。只有浮躁者才认为生活目不暇接，世界并没有变，它仍然是人的世界。但生活的复杂性，往往会使人的标准失效。写作，则是重拾人的标准。

★人性没有清晰的轮廓。在生活中，事有始终，人性的开始与结束却不容易辨别。在事件、物象的联系中，准定与模糊是混合的。这不是公众生活的深度，而是写作的深度。写作所触及的，是深层情感的对等物，是存在的神秘性。

★诗是生活的起诉书。生活没有征得一些人的同意，就把他们裹了进去。诗歌要表现这些人为之忍受的东西。不可能有纯粹的静观，不可能抒写悲伤而无动于衷。生活中的小人物是被忽视的社会力量，人性弱点更容易不加掩藏地暴露，因而看上去会让人更揪心；要写他们对卑微尊严的寻求，哪怕是带有绝望味道的追求。虚空中仍有人性的意义存在，而且更有不驯之美，能让我们明白，生活的永恒性在于，受苦是不可避免的，救赎总是与苦难相连。这是生活的宗教，也是写作者的宗教，

★诗歌可以选择温和的表达方式，但不能没有强硬的立场。

★用诗歌描写节日、大型庆典活动是一种坏习惯，它容易使写作者的紧张感被弱化或消失掉。

★诗的意义不在当下，而在其永恒性，也即历史纪念意义。文字有留证和艺术两种功能，诗歌主要对后者负责。

★在生活中，发现诗意和写好一首诗是两码事。

★任何被描写的对象都有眼睛和心灵。诗要找到它们，表现那眼睛里的恐惧，或眼睛闭上时心脏的跳动。

★要让古老的眼睛出现在新的画面中，并传达出不一样的眼神。

★诗歌不是一种流行性、潮流性很强的艺术，它和生活的滚动有一定距离。它不一定非要寻求和生活同步，而是可以独立自足地发展。

★急于寻找筛选标准和急于断代都是轻率的。感觉比公式重要，年龄则毫无意义。

★诗人不必担心自己被公众生活抛弃。寂寞和隔离永远都是幻觉，就像没有完全的世外，即便是一个避世者，山野也会参与他的生活。诗人也不必为自己的声音找不到回声而自责，因为他最重要的工作是寻找自己的心灵镜像。为诗歌不被公众关注而焦虑是不必要的，因为诗人的坐标在语言中，而不在生活中。

★边缘是一个更加广大的空间。实际上，不管生活怎么变化，对诗歌的需求永无止境。

★生活的信息量过于繁复巨大，深思的目的在于学会牺牲。诗，归根结底是极其单纯的艺术，是对生活和语言的嗅觉、洞察力。敏锐的感觉是基本的诗歌哲学。

★诗是一种罕见的艺术。诗人的精神世界，在生活那里，是无名或

罕为人知的。即便在评论家那里，也常常体现为一种主观叙事。

★写作应当是一种挑衅行为，哪怕是自己正持有的写作观。知道一种诗歌理论只需要几分钟或几个小时，而知道怎样去写，一生还是显得太短。最难的是对词语的感觉，不同的词以及它们组合在一起的效果，和对这种效果的理解。一般来说，生活出现在一首诗里的时候需要包含以下要素：1.判断性细节；2.物象在其物理之外的特性；3.寄寓于外部世界的写作者的个人隐喻；4.把物象联系起来的那些关键性的东西。

★一首诗，应该有一个不能被描述的内部。但词语可以暗示出它的存在，并把它置于注视之下。

★物象是一种情感器官。物象更明了它和写作者之间的情感距离，它会左右一首诗的成败。

★发现错觉恍如在制造错觉。要研究哪些是应该被重视的。要理解，并理解理解的局限性。

★细节越具体，一首诗就越概括。在深层体验区域，人们的认同感更有一致性。

★诗不是激情，是怎样处理激情。必须同写作对象决斗。要有一种训练有素的意识，并以此来确定要写什么？意义何在？一首诗不但要表达出作者的见解，还要让人看到不容置疑的事实。此中过程，任何画意般的修饰都是污蔑。被过度拔高的善良更具欺骗性。诗应当诚实，不能让一个成年人降低到以儿童的心智来接受某种幻觉。

★诗人是自己心灵的偷窥者。没有人真正了解自己。诗人也是偶尔才能看见自己的秘密。

★所有的公众生活都是写作者的个人生活，诗人应当安心地待在自己的"片面性"和"局限性"中，在可怕而又令人兴奋的时代，寻找具有决定性意义的片段，并借以界定人的位置和人性的继续存在。

[作者单位：扬子江诗刊社]

我的八十年代诗歌

——《一棵棕榈树和两个女人》①跋

马　莉

我的诗歌写作真正开始于二十世纪的八十年代。那时的中国，是一个自由阅读的时代，也是一个思想破碎又灿烂的时代。那时候的我正年轻，和许多同龄人一样思想正处于"断乳—反叛"时期，举国上下的思想解放运动为我们这一代腾出了思考的空间，伴随着开放大潮，数量巨大的外国作品如洪水般汹涌而入，站在此岸的我们，一下子看到了无比辽阔而蔚蓝的思想天空。

我在广州中山大学的康乐园里感受外面的精彩世界，我开始大量阅读世界名著并接触国外各种现代思潮。星期日，我和中文系的男同学朱子庆一起去书店排队购买外国文学作品，购买商务印书馆的"汉译世界学术名著"系列，以及北京、上海三联书店出版译介的二十世纪西方人文学术丛书"学术文库""新知文库"系列。当时萨特的《存在与虚无》、海德格尔的《存在与时间》、波伏娃的《第二性》以及《第三次浪潮》《外国现代派作品选》都是我们手边容易找到的必读书籍。

在阅读的快乐中，我也在寻找我最喜爱的诗人，他们是：普希金、莱蒙托夫、叶芝、叶赛宁、吉皮乌斯、阿赫玛托娃、茨维塔耶娃、里尔克、埃利蒂斯、兰波、艾吕雅、艾略特、米沃什、凯鲁亚克、金斯堡、迪金森、白朗宁夫人、泰戈尔……这些世界的光芒为我内心的丰富性增加了深厚的底色。不久，"朦胧诗"兴起了，朱子庆不断给我找来当时的民间诗刊《今天》，我接触到了北岛、江河、杨炼、舒婷的诗歌，我们发现他们的诗歌与外国的翻译诗有某些相似之处，这是此前中国诗歌精神中缺少的因素。我在一种表面的开阔与遥远中，发现了更加隐蔽的

---

① 《一棵棕榈树和两个女人》系马莉1980年代诗集，即将由南方出版传媒新世纪出版社（广州）出版。

诗探索10　理论卷　2018年　第2辑

开阔与内在的遥远，这些深度的情感与思想在当时是被讥讽为"朦胧"的，在我的内心却如此地清晰和明亮。

1981 年，我在《北京文学》第一期上发表长诗《处女地》，很快又在《人民文学》第二期上发表长诗《竹颂》。除了阅读和写作，我们中文系几位爱诗的同学共同办起了校园文学民刊《红豆》，作为校园诗人之一，我们在《红豆》上发表自己创作的诗歌。

一个思想开放的年代当然更是一个诗歌勃兴的年代，我们这群在八十年代写诗的青年诗人被美誉为"第三代"。我和我的同时代青年诗人一样，用全部的热情和鲜血疯狂地写诗。有一天，我忽然发现，我从小时候的"大海"浮出了水面，来到了陆地，我开始写大地，写寒冷的冬天里独自行走的我，写大地上生长的大树，写一棵神秘树与"一个人"的神秘故事。1985 年第 10 期《诗刊》（邵燕祥主编）发表了我的探索性诗歌《一棵棕榈树和两个女人》，1986 年第 1 期《中国》（牛汉主编）又发表了我的依然是探索性的诗歌《月光下，那棵神秘树在哭泣》。这两首诗在我的诗歌写作中至今仍具有重大的意义，它们探讨生命与存在的紧张关系，挖掘男权世界与女性世界对立又包容的互为因果的关系。这种互为因果的紧张关系是基于我作为一位女性对宇宙与存在的自觉审视。这样的审视没有被当时的批评家关注，因为当时的批评家主要是男性批评家，其关注视角受到以男权为中心的偏狭视野所局限，他们希望看见的是女性所谓的"性解放"，是一丁点儿都不会危及他们潜意识深处的男权的自我满足感。

我有一首写于 1988 年 6 月的题为《渴望失恋》的诗，发表在当时深受青年拥戴的《诗歌月报》上。在这首诗里我大胆地审视我的精神与肉体的矛盾，我有必要把这首我自认为最重要的诗歌抄录在下面：

不久前 / 两个影子从那幢废弃的小楼 / 走出 两个修长的影子 / 一个向左 / 一个向右 / 修长而洁白 // 他说我的影子是他 / 我没有反对 / 我们幽会时走进去又走出来 / 一只老黑猫惊叫着从窗台跌下 / 跌死在我的脚旁 / 我断定是两个影子在作祟 // 这是致命的一击 / 礼拜日他请我吃狗肉 / 我拔腿而逃 / 猫狗是一对冤家 / 我边跑边想 / 我不是猫 我说 // 醒来以后 / 我发现我的影子躺在杯子里 / 那幢废弃的小楼正向我倾斜 / 我喊救命呀并迅速逃跑 / 他无动于衷 / 不容我挣扎 甚至 / 用嘴嗜住我的红唇 / 舔我的脖子 / 咬我的乳房 / 吮吸我的血液和骨髓 / 缠绕住我 用他修长的四肢 / 经典的呼吸 // 从影子的瞳仁里 / 我看见我的身体在动摇 / 咬牙切齿 / 我从发间摘下簪子 /

刺向他 血流如注 / 醒来时我发现影子正站在墙壁上 / 不错 正是不久前的两个影子 / 从废弃的小楼里款款而出 / 一个向左 / 一个向右……

1988 年 6 月 13 日

　　若把这首诗放在整个八十年代的背景下来反观，诗歌中的象征性与精神气质是特立独行的，我没有选择"性别"，而是选择了"人性"。诗歌里出现的两个影子，一个是肉性，一个是灵性。肉与灵在相互纠缠，相互依存。

　　中国诗歌在八十年代，在"告别革命"的先锋意识下，迅速与国外的现代主义诗歌接轨，大部分诗人都集体无意识地卷入现代主义大潮中，尤其是外国的诗歌给中国诗歌的天空带来了从未有过的陌生而诡异的意象。对于女性诗人来说，这些意象直接指向一个新鲜、生动而又陌生的词：性别。中国的女性毫不犹豫地接受着这些深刻的哲学。有时候一个文本的深刻性是不言而喻的，但在接受者方面而言却未必能"深刻地"接受，也有"浅白地"接受一面。例如，外国的女权主义哲学把一个"性别"意识教给了我们中国开放的新女性——成为不争的事实，也就是说，此前的中国女性是没有自己的性别的，"她们"的眼光是以"他们"的眼光为眼光的。我们从中国女性的"性别意识"发展史来看，也的确如此。于是，中国女性的诗歌书写出现了大量的"黑暗意象""身体意象""反抗意象"等。特别是美国自白派女诗人西尔维亚·普拉斯的最著名的"挖掘潜意识，大胆地写隐私和禁忌"等口号性的诗写诱惑，使得当时大部分的女性诗人主动或被动地加入了这个潮流。普拉斯自有普拉斯的正确，因为这是基于西方女权主义背景下的"个人文本"。虽然思想是没有国界的，但是，的确从此开始，在中国女性诗歌书写的潮流中，"黑暗意识"出现了，甚至逐渐成为一种主流意识，似乎只要在诗歌中伸手抓住一块黑暗的礁石，或者触碰一下黑夜，就是反抗男权的，就是具有先锋品质的……是时候了，作为女诗人的我，很有必要来反思一下当年的"我们"自身的局限。

　　当年，女诗人们这种仿佛"抓住身体"就能"摆平性别"的写作，其实造成的是更加势不两立的性别差异。但是，当时的评论家乃至今天的评论家们似乎从这道风景线上看见了"女性的觉醒"，评论家们与女诗人们的这种不自觉的自我误导不谋而合，实际上更是把女性自身带向一个更被男性窥视的境地。然而，女性诗写者们至今似乎还沉醉在这些

诗探索 10　理论卷　2018 年　第 2 辑

吹捧之中，这种现象在当时让我十分警惕。我后来这样为自己的警惕性寻找总结：在当时，大部分女性"在黑夜中打开自己"，不但不具备较深刻的反思性的哲学意味，反而把千年来的作为"奴役和附庸"的女性包装得更具有了艺术性，变得只不过比过去的传统世俗境地，更高超也更美妙罢了。

尤其是，这种所谓很有"哲学意味"的女性新的诗写境地，这种所谓形而上学的女性意识的觉醒境地，一开始仿佛是从对世界本质的把握介入，实际上更多的是通过身体呈现出一种自虐和对抗，更多的是通过暧昧的身体自白，其中大部分带有很浓的性色彩，仿佛这些就是女性的所谓"身体觉醒"，仿佛女性的"身体觉醒"就证明了女性的"思想觉醒"。果然，在不久的后来，女性写作被当代一些男性批评家深度误读，他们用他们自己希望的"她们"，来解读他们自己认可的历史——无怪乎一位男性批评家说，"当代最优秀的女性诗歌都深刻地触及了女性的性意识"。虽然我不能断定这样的话语是褒是贬，如果是贬，这让我心痛，如果是褒，这更让我心惊！当我们随便在一条商业中心的大街上行走，很容易看见大街两边高耸的巨大商业广告招牌上那些过度暴露的女性，不但男人们欣赏这样的女性，就连女人们自己也欣赏。男人认为女性已经解放，女人们也同样认为自己终于解放！不错，男人们通过看见女性们对自己的性描写从而得出这样的历史结论，仿佛女性的成长是女性通过窥视自己的性——而得以成长的。

不错，在一个人的历史叙述中是这样的，但作为一个"女人类"的成长史，就不是这么简单了，正如作为一个"男人类"的成长史，他的成长与她的成长——是同样的不简单。因为人类的历史并不仅仅是性别的历史，人类的所有性别都打上了意识形态的深刻印痕。而独独以男性视角来解读的女性世界，在浑然无觉的快意之中，一再被误读，女性诗写者又被男性批评家利用或者奴役了一次。有时候我甚至这样想，有意味的是，或许既不是男人误解女人，也不是女人误解男人，倒是人类的"性别史"把男人与女人活活给玩耍了一把！因为女性解放的内涵全然不是这些表面的东西，比这要深刻得多。

那个时期，我虽然被这样的历史潮流诱惑着，被女性自我的所谓"性意识"的觉醒诱惑着，但我同时也警惕着。我的警惕不是盲目的，也不是自命清高的，而是建立在对任何一次伟大而磅礴的文艺复兴运动——人（不仅仅是女性）的身体形象得到尊重并作为人的自觉和自由权利被文学艺术所讴歌所赞咏的——极大的认同之下，这种警惕是在发现和思考之后的自我坚守。我意识到：如果女性的自我觉醒在一个更为高级的层面上再次沦为新时代的男性社会话语和商业工场的诱饵，那么这样的女性解放在多年以后会不会又重新回到原来的起点上？当然，我们不能假设女性解放的历史能或者不能按照我们所期望的轨迹行走，我们必须尊重历史自己行走的轨迹、速度与节奏，就像历史在女性的自我选择上，没有反对或者阻止她们——要么放弃要么拿起这样那样的选择，但我选择了不选择——我选择了不选择"性别"，我选择了不选择"书写身体"或者不"过分书写身体"——作为女性解放的最诱惑男人的手段，我不想走大多数女性走的或者正在走的路线，因为即使在全球化的今天，无论思想将会多么地统一于地球村的规则和法律之下，作为一个个体的人，他或她，依然是作为一个个体的"人"而存在着。现在想来，这也许是当时的我，一个女性自我觉醒的深刻立场。

在这里，我特别想借一位朋友的认同感来证明我的思考是谨慎、严肃并有深度的，在关于"女性的黑夜意识"问题上，我与多年来我所尊敬的学者、我的一位好朋友崔卫平在最近交换过看法，她说她"100%赞同"我的观点。她说，"那是一个陷阱，是男性世界和商业世界愿意为女性提供的，所谓'黑夜'可以说是一种策略和一种合谋，在（黑夜）'分工'中表明自己是无害的，但这样做强化了被指认的女性弱势，谁说女性不同时站在光明之下？（黑夜）也可以说是用来激发男性的窥视欲，挑逗男性的深渊冲动。"她感叹："这就是我为什么不专攻女性主义，至少那样的女性主义，既不增添女性的尊严，也不增添这个世界的精神高度。"在谈到普拉斯时我们也有一致的声音："你可以听出普拉斯是将自己的生命提升为诗，而黑夜意识仅仅是将女性意识提升为诗，挖掘女性的秘密，是一种自我出卖。每件东西都染上了女性色彩，这可能吗？"她的分析让我的思路更为清晰。

我还特别想说的是：大约十年前在苏州同里镇召开的"三月三"诗歌笔会上，我遇见了我的好朋友、同是八十年代的女诗人潇潇，我们亲切地交换着当年在诗歌书写之中有关"女性的黑夜意识"以及女性诗歌中的"性觉醒"，我感到欣慰的是，她也和我一样保持着头脑的清醒！她说："长期以来，诗坛上女性主义写作中黑暗的东西太泛滥了，我一直都在拒绝。我一直希望，诗歌应该写得干干净净，无论在语言上还是在灵魂上。我发现我们俩的观点竟然如此的不谋而合！"

1985年，我在我的诗歌书写中也曾大胆地触及身体，但我是把"身体被控制与反控制"的主题纳入我的诗歌视野，而不是以"哀怨"和"倾诉"的书写方式去为女性争夺所谓的女权席位。人的行为构成人的主体，我在诗歌中试图把过去封建一夫多妻的所谓爱情问题，变成两个女人之间"自己的事情"，变成两个女人在选择同一个男人时是被"主体主导"着，而非像过去一个男人拥有几个女人（妻妾成群）时女人是被男人这个客体主导着，而女人恰恰成为被动的客体。一个女人在世界当中主动地选择和主动地放弃选择，都表明一个女人的觉醒，而这些觉醒也深刻地隐藏在女性"抢夺男人"的世俗本能中，隐藏在"身体的控制与反控制"之中。我这样写："看见那个女人和他坐在棕榈树下／她哭了很久，想上前去咬那个女人／然而，浪很响……"所有的内心活动都隐藏在这个女性窥视者的世俗人性之中。然而故事还只是开始，"她突然一阵昏眩／定定地望着，忘掉浪还很响……"一个女性和她的丈夫被另一个女性窥视，这个女窥视者是如此地嫉妒，因为她是那个男人的情妇！但是，最终的结局是没有结局，因为世界就是如此，只有死去的棕榈树（物质）能证明这些，但是一棵树已经死去，就像人类也将死去一样，而面对天地宇宙，人类所有的社会活动和家庭中男女的爱恨情仇，都不过是过眼烟云，既没有什么意义，也没有什么空虚，只是代代相传而已。在人类社会，所有的掠夺都是"性别"的掠夺，所有的财产、权力都是为了性别，因为"性"才能为人类的延续及传宗接代落定最后一枚棋子。而这最后一枚棋子，就不能不是人类的意识形态——人类所有的历史最终都要被指向人类的主体——意识形态，这是人类最无奈也最能证明人类发展的宿命。

多年以后，大约是 1995 年，我偶然从一本当代法国的新小说派作家罗伯·格里耶那本著名的小说《嫉妒》里，找到了与我一样的隐喻："世界没意义也不荒谬，只是存在着。"别提当时的我有多么惊讶和兴奋了：我在我不知道的地方忽然知道，我在我看不见的地方忽然看见。我以我的诗歌，正如他以他的小说，在人类古老的爱情题材中，没有烟火，没有枪声，在看不见嫉妒的嫉妒中，在人性最深的层面之下，竟然殊途同归。

二十世纪整个八十年代，我的诗歌文本都是面对自我以及整个人类的存在——做小心谨慎的追问。1988 年，老诗人牛汉在读到我的八十年代诗歌手稿时，写下了这样的评论："……有两三天，我是看里尔克和他的诗的同时穿插着读马莉的诗的。使我惊异的是在情绪上并没有出现通常那种不相容的断裂感，从里尔克的内心世界仿佛一步就可以跨入马莉的诗的情境，中间不存在什么障碍和分界。这种偶然的意想不到的超时空的契合，我过去真还没有体验过……里尔克开创的诗的世界，使人类生命的意义得到了拓展，成为全世界众多诗人和读者精神上的故乡。从这个意义上来说，马莉和里尔克可以说是精神上的'同乡'，一个是先辈，一个是后人。我也或许可以算一个他们的'同乡'……当然，我绝不是说马莉的诗已经达到里尔克的那种独特而深远的境界……我只是说明，在创作的心境和个性方面，他们似乎有着相近的追求及因苦苦追问而获得的智慧图像……马莉诗歌中这些有声有色的真情的故事和境像，那么真切，却不是现实的描摹，似乎都发生在她心灵的第二故乡，她凝聚的不是一目了然的实体，而是难以定型、躁动不安的情绪和意象，是搏动着心灵深处隐秘的情愫……马莉的许多诗，语言、形象乃至节奏，在构思完成之前都是不存在的。想象很少先于构思。她的诗更不是由于偶然获得一个不凡的诗句所能以引伸而成。看得出来，马莉的创作过程是一个自觉地苦心探索和发现的历程。这种探索和构思总是异常艰苦的，整个生命中渗透着孤独感和执着的庄严感，它们几乎是宿命地激发着作者去征服和开创陌生的情境……"

与这首诗歌主题接近的是我的另一首《月光下，那棵神秘树在哭泣》一诗，这首诗当年被收入《中外当代女诗人诗歌辞典》及《探索诗集》（公刘主编，上海文艺出版社，1986）等重要选本中。此后我陆续在《诗歌月刊》（蒋维扬主编）、《青年诗坛》（林贤治主编）、《花城》《大家》《诗刊》《星星》《人民文学》《诗潮》《当代》《上海文学》《文学自由谈》及台湾《创世纪》、香港《大公报》等著名报刊发表诗歌及散文、随笔。每年有诗歌、随笔、散文入选当年诗歌年鉴、年度诗选、年度随笔、散文选等。2003 年，我的散文《黑夜与呼吸》被收入"21 世纪高校文科教材"《20 世纪中国散文当代读本》中。

我的八十年代诗歌——被牛汉先生大为赞美的全部诗歌手稿，至今依然安静地躺在我的抽屉里，它们写于二十世纪八十年代，大约两百首。是的，除了在报刊上发表的极少部分诗作之外，我没有出过像样的诗集。我猜想，在所有八十年代写诗的"第三代"诗人之中，也许只有我，还没有出版过自己写于八十年代的那些年轻的诗歌！

现在，我终于有机会将我青春时代的生命激情精选出来，在这里释放了。

[作者为诗人、画家]

向以鲜的金石写作

陶发美

在我的书桌上，放着三大卷《中国石刻艺术编年史》，它的作者就是向以鲜。尽管这一巨著不是我现在要研习、讨论的，但我的思维突然与它有了联系。它的闪烁，让我看到了向以鲜诗歌的闪烁。

近读向以鲜的《短檠：32朵火苗》《唐诗弥撒曲》《人民的七种武器》等作品，我就看到了这种闪烁。我觉得，向以鲜的诗是从石头里长出来的，他的诗就是勒石而生，是石头里的火焰；他的诗有着金石的质地和声音。正是这种质地和声音，让我沉浸其中，从而有了写下这篇评论的冲动。

记得小时候，我们小伙伴常在村头的山坎边寻到一种青灰色石头，拿到很暗的墙角里，或等到天黑了，一手拿一个石子碰击，就会看到火花四溅，那感觉很童蒙、很刺激、很美。后来长大了才知道那就是燧石。现在，我每读向以鲜的诗，不禁有碰击燧石的联想，也似有火花溅出。他的思想似有一把不平常的刻刀，几番砍削，任何物象都得为他呈现格外的绚烂。

我们或会想起，一代女词人李清照在辗转流离中，与丈夫赵明诚共同完成了《金石录》，还写了《金石录后序》。这位易安居士算是与金石有缘，到了后半生，她的部分作品也显出一些金石气节，但总的看，并没有完全形成金石之声。那么，我说今日向以鲜的诗歌有金石的质地和声音，这首先体现在他的语言。他的语言简约、坚硬、刚健、锵然。用这样的词语来评价，也是石头的启示。

再者，就是他的美学倾向或立场。这在他的石刻编年史里也可找到答案。他按黑格尔的美学"三原则"，将中国石刻史划分为三个段落：将先秦、两汉、南北朝时期题名"严峻卷"，将隋唐五代时期题名"理想卷"，将两宋至明清时期题名"愉悦卷"。我们不妨将"三原则"抽

诗探索 10　理论卷　2018年　第 2 辑

离出来，衡量一下向以鲜的诗歌。先说"愉悦"，黑格尔定义的是一种媚世而衰朽的艺术风格，用我们现在的流行语说，就是"娱乐至死"，当然，向以鲜是拒绝的。他的写作告诉我们，他正迈步在"严峻"和"理想"之间。他的诗是"严峻"和"理想"的熔冶和合奏。要说金石写作，他是有内在追求的。因而，以金石写作来认定其诗歌的美学和价值，是再合理不过了。可以说，向以鲜是中国金石写作第一人。

在我们的文化里，金代表了钟鼎；石代表了丰碑。但一般来说，金石一词，则是与器乐相联系的，代表的是一种声音。这意味着，金石是有形象的。这形象一定是充满力量的，也一定是占据人性时空的。但从音说，从乐说，金石又是清越、激扬的声音形象。无论是《短檠：32朵火苗》，还是《唐诗弥撒曲》，还是其他作品，都可感到一种金石形象的庄严和伟岸，而带给我们的，不乏生命的唤醒和警示。

我注意到，作者写在《唐诗弥撒曲》前面的两句诗："我们的灵魂无处安放／就让它安放于唐诗吧"。这是一个极不平凡的引导。作为中国诗人，我们灵魂的故乡在哪里？还能在哪里？在唐诗啊！那些月亮、太阳、云彩、长安、胡姬、将军、剑舞等，都是伟大故乡的风景。尽管"弥撒曲"的原生地不在我们这里，它并不属于唐诗，但很明显地，作者受到了一种神性的驱动，他怀抱的是神圣的声音、信念的声音，是伟大唐诗的声音。伟大唐诗，才是我们永远的栖居地。

"在唐诗中发出重金属与鹰笛的合奏"（《凿像》）。作者所听到的声音，本质上，还是金石声像的一种呈现。就是说，他特别看重的作品，应该传出一种心灵的钟磬之声。我也注意到，他在"互文"里特别训释了一个词："铨镜"，即铨衡和观照。可见，他是在以自己的世界观和价值观，与一个伟大的诗歌时代或对影，或互观。

"世上有这座山吗／空翠的山峦／只在唐诗中时隐时现"（《空山》）。是有这座山，还是没有这座山，已不重要，重要的是他的心中已有了一座山；重要的是，他在深情地、智慧地向一个伟大的诗歌时代，不断地释放着一个个崇高的自我的精神幻象。

若说，《唐诗弥撒曲》还在悠远处飘荡，那么，他的《人民的七种武器》就是现实的驻足，它的诗声太亲近了。这一组诗的最高美学在哪儿？这要看它的艺术形象。我还是看到了他心中的那把刻刀，那把刻刀不是唯表象的，不是茫然的，而是唯良知的、唯使命的。这一组诗的不同之处是，每一首诗的背后都站着一个事件，每一个事件都在酝酿着他的诗情。确实，他的带有良知的刻刀功不可没。他并没有注目那些冗繁的东西，几乎去掉了一切琐碎的枝蔓，以至完全斩断了所有事件的缘起。他一挥刀，就奔着事物的内核而来，好像那些形象天然就在那儿，我们看不到，而他早早看到了。

于此，我又不能不说，当今诗歌，有一种现象是纠缠的、困惑的，即世人麻木了，诗人为何也麻木了？天地麻木了，诗人为何也麻木了？世人麻木、天地麻木，实是广大心的麻木、广大灵魂的麻木。有古语说，"哀莫大于心死"。诗歌已死，实是心死了。心死了，才是我们丢失伟大诗歌的根由。我在这里说，诗人麻木了，也是说，大片诗人之心是死的。那些抛弃灵魂的写作、抛弃良知的写作、机械臂一般的写作，还有诗痞子的盛行，而不惜糟蹋汉语诗言的文明，真是烦扰，让人羞耻。

然而，肯定地说，向以鲜的一颗诗心是清醒的、是悲悯的、是英烈的、是战斗的。他的诗情，犹如闪电抽击苍穹，如此恣肆、如此壮丽、如此震撼。还可以肯定地说，在他的诗里，可见伟大杜甫的形象。他所赋予的那种沉雄的、耸峙的诗歌声像，就是杜甫的声像，就是一代"诗圣"在现代诗语里的显现。

故说，《人民的七种武器》这一组诗的成功，不单是艺术的成功。它更在于诗人之心，更在于一颗诗人之心的伟大存在。

作者在题目里写了"人民"二字，可以想象一下他的沉痛而肃穆的时刻："斧头上的鲜血／不是来自孩子们的血管／而是来自斧头本身／不断从锋芒的内部涌出"（《斧头》）。为了担载一个母亲的全部疼痛，他很想将"一把斧头"从一个血腥的现场，抛到一个文明的现场。他真的不想看到"血腥"，而只想看到"光芒"。

在这里，"人民"是谁啊？它不可以是一个总被抽空、总被劫持的概念。"人民"，也是人类。"人民"，也是你、我、他。是"人民"，总该是幸福的。但你、我、他中，还有多少是不幸福的？还有痛苦的，还有在屈辱下生活的。在《人民的七种武器》里，"人民"与"武器"几乎同一了；那里的斧头、钉子、农药、拳头，还有"不是枪的枪"，还有"一杆秤和西瓜刀"，等等，都有了"人民"的意义。

"人民"是对付敌人的，也是捍卫自己的。可是，有时不得不对付自己，不得不杀死自己，不得不将自己连同生活一同杀死。我们捍卫尊严，却又踩踏了尊严；我们爱着，却又摧毁了爱。向以鲜以诗的名义，以自己独有的方式，为民立言，为民而诗。他写出了这个时代，我们最想看到的人民之诗。

最后，我要说一说他的长诗《我的孔子》。从其写作过程看，他有

诗探索10　理论卷　2018年　第2辑

过海量的阅读和极为深广的思考。可不可以这样说呢？他要唤回的不只是一个孔子，他的每一节诗里都站着一个孔子，每一节诗里都有一个不一样的孔子造像。《我的孔子》就是一座恢宏的、文字的、诗意的孔子群像馆。

我想起了那句话："子在川上曰：逝者如斯夫，不舍昼夜！"时光是流逝的，又是永恒的。这是孔子的一个宇宙观，也是一个宇宙级的悖论。悖论，是伟大真理的母体。时光无情，但它不会无情到漠视光辉的东西。时光带不走孔子，时光里尽有孔子的光辉。

孟子说："孔子之谓集大成。集大成也者，金声而玉振之也。"①十分巧合，这里的"金声玉振"，就是金石之声。在孟子的心中，孔子的德行和学识，就是一座"集大成"的金石般的声像。

向以鲜也是看到了这座"集大成"的声像。也恰好，他的笔锋，他的刻刀，天然般有了一种大音的集纳和散射，也是金声，而玉振之也。

2018 年 2 月

[作者是诗人，现居深圳]

· 姿态与尺度 ·

---

① 见《孟子·万章下》。

澄澈：修炼者的诗学

——论尚钧鹏的诗

李俏梅

一 谁是尚钧鹏？

尚钧鹏，一个在诗歌界已经淡出的名字，却绝不是诗歌的新手。1986 年，徐敬亚在《深圳青年报》搞中国现代主义诗群大展，当时还是中山大学中文系大三学生的尚钧鹏领衔了中大"小城诗派"，诗派之名即得自他的一首诗《小城》，后来徐敬亚主编的《中国现代主义诗群大观》收录了他的四首诗《小城》《戈壁》《行于此地》《清晨此刻》。其时尚钧鹏是中大紫荆诗社的社长，与当时是暨南大学红土诗社社长的黄灿然交往密切，可以说是当时南方校园诗歌中的主将。而尚钧鹏写诗的历史自然还可以往前推，现存最早的他的诗歌是：1981 年，他十五岁时所写的《怀旧的量词》："一间黄泥小屋 / 一只油漆剥落的方木凳 / 一张忧郁的白纸 / 一株失掉热情的葵花 // 一本被人撕去尾声的小说 / 一声最初的叹息 / 一块性格内敛的伤痕 / 一次寂寞的神游"，虽是少年习作，依然可见才情和早熟的情怀。当然，在我看来，这一时期尚钧鹏更好的习作是他的《玉门往事·西河坝》。这首诗写于 1986 年 4 月，我们来看看他当时所达到的诗艺：

西河坝是祁连山脚下 / 大地上的一条裂缝 / 如果你站在高岗上 / 想听到坝底的河水喧响 / 即使西天的云彩纹丝不动 / 你也会觉得自己是 / 站在掠过马鬃的风中 // 没有办法，这就是命运 / 玉门就站在西河坝的边上 / 我就站在风暴的眼里 / 它以赫然的样子与我初见 /

它以伤口的形象横亘心底／人们会说我涉世不深／而我却在沧桑暗度中／……

这些尘封已久的诗歌使我们看到尚钧鹏早年的才华，也建立起我们对他的诗歌的基本信任。正如他后来在一篇回忆与黄灿然的交往的小文里所说的："那时我们都是摆脱了学生稚气、内心已显澄净之人"①，这首诗也表现出思想与诗艺的相当程度的成熟。尚钧鹏出生在甘肃玉门，当时二十岁的诗人虽然"涉世未深"，但借助于出生地的特殊题材却达至了罕见的力度和深度，他将地理的意象化为了生命的镜像，显示出了超越年龄层次的历史沧桑感和命运感。而那个个性鲜明的意象"大地上的一条裂缝""伤口的形象"也深深地扎进了读者的脑海中。

但此后是长久的沉默。在旁人看来，尚钧鹏已经完全离开了诗歌界。是的，在他自己看来，也是离开了诗歌界却从未远离诗歌。大学毕业之后的尚钧鹏经历比较坎坷，做过出版、新闻等多种工作，在兰州待了十来年之后去北京当了三年"北漂"，于 2000 年左右又回到大学待过四年的广州，如今在广州番禺的僻远之地莲花山过着一种半隐居的生活，画画、写诗、喝茶、兼做一个公益项目（教自闭症孩子画画），并有了一间自己的工作室叫"尚之空间"。有了微信以后，尚钧鹏将自己数十年来的诗歌慢慢整理，发表在微信公众号"尚之空间"，本人所阅读的全部作品均来自于这个微信公众号。

尚钧鹏的诗总的来说，数量不多，写作近四十年，目前整理出来也就二百多首。二十世纪九十年代初期以后完全放弃发表，尽管在这之前他已在海内外多家刊物发表诗歌，小有名气。诗歌似乎越来越成为他自身携带的隐形器官。他需要诗歌来完成他的呼吸，却对诗歌在外界的呈现毫不在意，但诗歌的质量惊人地稳定，仿佛比经常发表的人更加自律，精益求精。也许他的内心在向着一部好诗集的方向积攒，却从不追求产量，当然也不拒绝诗神的来临。2015 年之后，他写诗似乎迎来了一个高发期，产量骤然增加，而之前每年不超过十首。

尚钧鹏在重新整理过去的诗歌时有这样一段感言："有些诗篇写在随手抓起的纸片上，有些写在报纸边缘的空白处；有些敲击在电脑上，有些记录在手机里。有些诗篇是后来整理出来的，有些诗篇是一直躺在抽屉里的，有些诗篇是彻底遗失底稿的；而更多的诗篇，是出现在我心

---

① 见《尚之空间》微信公众号第 52 期，尚钧鹏札记《坐在香港这个寂静的周末》，写于 2004 年 4 月，2015 年 11 月 6 日发布。

底又消失在我心底的，仿佛空谷回声，只有我一个人曾经听到过。有时候我为自己是一个纯粹的诗人而向现实生活道歉，有时候我又为自己对诗歌的漠然态度而向诗歌道歉。"[1] 或许这种非功利的诗歌态度才可能诞生真正的诗歌。

在当代诗歌领域，不得不说，有时候诗歌的力量在暗处，在从未被世人知晓的名字中。尚钧鹏属于很早就浮出水面但自己又潜下去的人，属于诗歌的"潜行者"。正是在长久的孤独和沉默中，尚钧鹏的诗像窖藏已久的酒，开始显出它深厚清醇的成色，借着自媒体的有限传播来到我们的眼前。

二 "人间的冷暖就是诗的温度"

在"尚之空间"初识尚钧鹏的诗，是他的《黑胶唱片》：

> 暮色降临得越来越早。空山更空。
> 静默里的最高境界，是鸟的飞翔
> 是另一只鸟的陪伴。它们在湖面上
> 起飞，在丛林中消失。好像黑暗
> 是一张保存完好的黑胶唱片。

（2016 年 10 月 17 日）

这是一首使我略感惊讶的诗。我为一个有年纪的诗人依然能写得这么纯净、这么有细微的感觉而感到惊讶。中国新诗长期是一种青春期写作，当然现在越来越多的诗人写至老年，但中年以后还能保持精敏感觉的凤毛麟角。而尚钧鹏所走过的轨迹却是中年以后重新回归诗歌和艺术，这在中国诗人和艺术家中是不常见的，我也以为几乎是一条险途，如果不是顺应自己内心的要求，敢于试验自己的可能性，一般人很少做这种选择。一个原因是，艺术所需要的精准与深入，往往在漫长的世俗磨砺中退化了，而尚钧鹏却奇迹般地保持了下来。

这首诗的纯净与优美，使我几乎要把尚钧鹏看成是一个自然的诗人。但是，在读过他的所有诗歌之后，我觉得与其将尚钧鹏看成一个自然的诗人，不如将他看成一个人生的诗人，因为无论写作什么题材，自

---

[1] 《尚之空间》微信公众号第 26 期：《我的道歉》，2015 年 9 月 28 日发布。

然的、动物的、自我的、日常生活的、生死的、语言和诗歌本身的等等，我们都可以看到诗的背后所隐含的人生深度和既真诚又克制的人生抒怀。而这首写于2016年的诗，是历经沧桑的诗人最终所达到的优美、沉静的境界。

在一边写作新作，一边整理旧作的过程中，尚钧鹏逆时间顺序将自己的诗分成了几个小辑：广州诗选（2000—2017），北京诗选（1997—2000），兰州诗选（1987—1997），大学诗选（1983—1987），少年诗选（1981—1983）等，这个分法完全是按照自己的人生轨迹而来的。整体地打量，我们可以发现他的诗歌写作像一束光，这束光开始比较窄小稀薄，越到后面光线越密，光域也越来越宽阔。他的"广州诗选"因为太过庞大，已经被诗人再细分为"潜行集""哀歌集""山居集""如果集""仿佛集"等小辑，总数近百首，占他诗歌总量的一半。这意味着，我们几乎可以把尚钧鹏看成一个中年诗人，尽管他起步甚早。中年诗人最大的特点莫过于人生阅历的深广，这种阅历几乎在任何一首诗的背后显示出来：

> 如果天空尚有薄雾，可以忽略不计。
> 或许心中还有拥堵，也可暂且不顾。
> ……
> 在阳光下散步，我就像是人类；
> 就像初抵人间，走在初始的春天里。

（《在阳光下散步》，2017年2月6日）

一个略显压抑的中年诗人，既不美化世界，也不美化自己，而是看见、了然，但有更大的包容心。在接受世界与自我的不完美的前提下重归单纯，直至拥有一颗婴儿般纯洁、欣悦的心。

> 你或知大地之美，并已再次上路
> 如你知情欲之险，也已几度穿越

（《惟念雪霁》，2017年1月26日）

这是《惟念雪霁》一诗的开头。我们一看这个开头，基本就能判断，这绝不是二十来岁的小清新的诗歌，这是有人生历练的诗篇。

犹如一只被生活摧残，又被

命运眷顾的笨鸟，偶然

酣睡在秋风里

（《自觉的人》，2017 年 8 月 15 日）

　　一个中年人看待自己命运的眼光是双重的，既看到命运的残酷，也看到命运的眷顾，最后达成与命运的和解，或许这是智者的态度。

　　当然，作为一个相对早熟的诗人，尚钧鹏早年的诗歌里已见沧桑，如前文所引《西河坝》。他的早熟或许与他的性情及童年经历也有关系，他有短文曾记叙五六岁的时候曾到他父亲蹲牛棚的乡下去，大人们都上工了，他一个人在几十人打地铺的宿舍守着无边的孤寂，和一只偶然飞来的小鸟嬉戏了半天又重归寂寞。从九岁开始他喜欢一个人写写画画。十七岁离开家乡，来到广州，在八十年代"诗歌热"的总体氛围中正式开始了诗歌写作。成年以后的尚钧鹏如前面已经简单介绍的，经历也算得上丰富曲折，长期的南北方生活的经验，三个城市的辗转，工作的变迁，体制内与体制外的双重体验，等等。这些还只是非常粗线条的外在轨迹，至于人生爱恨、生老病死等日常体验，作为相对内向、沉思的诗人，不可见以至于不可描述的更多，它们都在要求着一个诗歌的出口。

　　读尚钧鹏的诗，很容易使人想起里尔克的"经验诗学"。"诗是经验。为了一首诗我们必须观看许多城市，观看人和物。我们必须认识动物，我们必须去感觉鸟怎样飞翔，知道小小的花朵在早晨开放时的姿态。我们必须能够回想：异乡的路途，不期的相遇，逐渐临近的别离……我们必须回忆许多爱情的夜，一夜与一夜不同，……我们还要陪伴过临死的人，坐在死者的身边，在窗子开着的小屋里有些突如其来的声息。我们有回忆，也还不够。如果回忆很多，我们必须能够忘记，我们要有大的忍耐力等着它们再来。因为回忆还不算数。等到它们成为我们身内的血、我们的目光和姿态、无名地和我们自己再也不能区分，那才能得以实现，在一个很稀有的时刻有一行诗的第一个字在它们的中心形成，脱颖而出。"[1]

　　窃以为，里尔克所要求的诗歌的涉世经验几乎一字不漏地被尚钧鹏体验和表达过。

　　从与尚钧鹏断断续续的聊天中得知，他经历过许多人生的危险时刻

---

[1]　《给青年诗人的信》，里尔克著，冯至译，云南人民出版社 2016 年版，第 105 页。

与奇迹时刻。他谈到二十四岁那年得了一场查不出原因的重病，住了几个月院依然没有起色，而临床一个年轻病人的死以及他留下的空病床却给他极大的震撼：或许下一个就是他了。在这样的时刻，他写下《病中》《度过六月》等诗篇：

> 看着我仰卧的姿态
> 犹如看着我的堕落
> 看着一匹马在泥泞中不屈地陷落
>
> （《病中》）

> 无辜的心灵遭受不可名状的胁迫
> 谁能够告诉我们
> 危险何时就会降临
>
> （《度过六月》）

这首诗里的"我们"指的是他本人和后来的邻床，一个藏族小伙子，他们一起去见过甘南拉卜楞寺的一位高僧。或许是对即将施行的治疗方案的拒绝（医院已经将他列为重点科研对象，想开刀看他体内有没有出血点），或许是对神秘力量的一种感悟，他回到医院之后就执意出院了，半年之后病不治而愈。

尚钧鹏的诗里也写到父亲的死亡和癌症母亲的病危：

> 您最后消瘦得犹如尸骨
> 您不想带走人世的一粒米渣
> 您最后仅剩下一颗牙齿，
> 您情愿将它孤零零裸露在外
>
> （《祭歌：最后的父亲》，2009 年）

> 那一刻，我听到虚弱的母亲
> 忽然发出一声长长的哀吟，悲壮的气息里
> 夹杂着酸腐的肺气和刺鼻的药味，
> 仿佛终于抒出了压在心头的
> 整整一生的晦气、霉气和恶气，

恢复了一个女人
今生今世仅此一次的
娇柔与畅快

（《那一刻》，2003 年）

当然不是所有的苦难都表现在诗里，也不是只有诗人才有苦难。但当世间的苦难降临在诗人头上（固然如此不幸），它们就成为诗歌重量的一部分。

作为一个外在经验和内心经验丰沛的诗人，从自己的切身体验出发，既写下生命中的孤独、抑郁、尴尬和苦难，也写下生命的从容、喜悦、宽阔和美好，一切都力求恰如其分，忠实记录，不仅忠实于内心真实，也力求不违于事实真实，这是他写作四十年中一以贯之的态度。因此阅读尚诗，常常打动我的是那种毫无伪饰的真诚，那种把自己和盘地托出的勇气。读《信札》，我像读到一个不忍心看到的自己：

即使杳无音讯，我也会偶尔
发出声音，说给同样杳无音讯的
远方友人，说给想象中的倾听者
或者干脆说给自己：
沿着水草的缝隙，水泡一样
忽然浮出水面，接着瞬息崩裂
像一个抑郁中的爆破音
令人释怀。然而长久的沉默
阻滞了连贯的语速，陌生中我仍会问候：
"久未联系，近况如何，一切都好吗？"
我会趁机观照自己，试着描述
不堪的状况，比如："似乎
习惯了落寞的日子，习惯了
望不到边的孤寂。"又比如：
"读书是唯一的乐趣，也是
唯一的排遣。在忙碌生计的闲暇
翻翻旧书，沉浸于自己的思想，
这使我欣喜于自己的欢乐，
也悲哀于自己的封闭。"我还会
宽慰自己，近乎自嘲，比如：
在这浮华的世纪的尾声里，

"我噤若寒蝉，任凭灵魂的漂游
与滋长。"有时还引用古人的诗句
借以遣兴，比如："世事沧桑
心事定，胸中海岳梦中飞。"
有时会忍不住感慨："在兰州，
除了做隐士，还能做什么呢？"
而水泡最后的裂声是："噫吁嚱"

（《信札》，1994 年）

尚钧鹏说，"诗是人间最真诚的交流"[1]。或许只有真诚，诗歌对于自我的意义才能凸显，也只有真诚，诗歌对于读者才是可信赖的代言者，它的感染力才能自然生发。他的诗，最令人感动之处在于写出了那些内在的深渊，自我的辩驳，灵魂的苦难时刻以及偶尔发自内心的骄傲与欣喜：

我在一座城市蛰伏了十年
又在一座山上隐居了十年
也许我比时代慢了半个节拍
也许我一开始就在高处倾听

（《简单的事物》）

而我的自在只是内在的
宽阔与欢喜，不能与你分享。

（《侧面》）

当然作为深谙语言本质的诗人，他也深刻地意识到，不管怎样忠实于经验，诗所完成的或许依然是一项自我虚构的工作：

这些年来，你一直在虚构一个人。
……而他深居在你心中
不断被唤醒，被营造，被情绪的颜料
反复涂抹、浚染，甚至偶尔破坏

① 《尚之空间》微信公众号第 161 期，《诗是人间最真诚的交流》，2017 年 1 月 13 日发布。

姿态与尺度

而后又在废墟上复活，进而重塑
一次次穿过你的身体，渐渐接近于
灵魂，就像另一个完美的自己
"在返回现实的途中，步履艰难，
我阅读他的诗篇，恍若结局。"

虚构亦是自我的想象与重塑。是的，写作不仅是一种自我的记录，同时也是一种自我的清理、想象和重塑，通过诗歌写作我们成为另外的人，窃以为这就是诗歌写作的生命意义，也是写作最本真的意义。经过一段时间的集中清理之后，我们欣喜他终于达到"表里俱澄澈"的人生境界，也是我们在《黑胶唱片》一诗中所领略过的境界：黑胶唱片不仅仅是一个音乐瘾君子偏爱的唱片，它优美、精致、无痕，还有记忆的功能，所有消失在黑暗里的都在那里得到了另一种形式的保存。一个修炼者终于抵达他生命中的愉悦时刻：

我的表达仿佛进入下半阕，内心
已大致清理干净，通道渐次开阔。

（《可堪抚掌》）

我越来越透明
越来越清澈
简直可以裸睡

（《简直可以裸睡》）

三 诗艺的修炼者：内涵、语言及诗的张力结构

作为诗人，从现存最早1981年的诗到今天，尚钧鹏的写作已经持续整整三十六年。考虑到他不是一出手就能写出《怀旧的量词》这样的诗作，说他的诗歌写作持续了将近四十年，这不是一个夸大的说法。可以说，尚钧鹏历经了中国新诗"文革"后复苏、变化和发展的全部过程。他的诗歌观念及写作风格总的来说比较稳定，但是也经历了一些明显可以感知的变化。我个人感觉最大的稳定，是对于人生经验的忠实，是贴着人生写作，但精神上又能飞翔起来。最大的变化，就是随着人生阅历

诗探索10 理论卷 2018年 第2辑

和语言能力的提高，诗的写作越来越凝练、精准、直接有力，就像一个功夫渐渐高强的武林高手，那种虚与委蛇的动作少了，多的是直击痛点、目击道存的简洁性。

尽管在尚钧鹏早期的作品里，那种内涵深厚之作也有，但大多数作品还是力有未逮之处。以他的代表作《小城》为例：

许多人走进来
走进来又走出去
许多人走进来
走出去便成了诗人

这里有什么呢
无非一座破庙
破得说不清年代
因而传说很多
这又有什么呢
也无非一片沙漠
金晃晃的上面漂一条银河
永远走不近只能远远地看
也无非一群人
黑眼睛黄皮肤没什么特别之处

不过缺少诗人罢了

尚钧鹏因这首诗领衔了"小城诗派"，但在我看来，这首诗的表达还是比较柔弱无力的，并没有很好地逼近他想要传达的中心，使得我们对这首诗究竟想表达什么还是难以把握的，柔弱、飘忽可能是他早期诗歌在语言表达上的一个特点。由此我们可以看到朦胧诗派对于尚钧鹏的一个影响。当然在作者本人看来，他是有明显的诗学追求的：

1985 年完成的《小城》，只是一首短诗，但它是我诗歌创作的一个分水岭，具有标志性的意义。它用反讽的手法——布鲁克斯称之为诗歌的结构原则——表达了荒谬与真实、传统与未来、历史与当下之间的悖论，反映了二十世纪八十年代中期"文化寻根"热潮中世人对于自身或历史的追问与自觉。诗中"破庙""沙漠""银河"等等意象表面上似有确指，但随着"黑眼睛黄皮肤"的出现，确指已被有意泛化，使"小城"进一步指向一种隐喻①。

这是尚钧鹏在 2015 年接受大学生诗歌运动的研究者姜红伟的访谈时谈及的，可见当时的尚钧鹏是有明显的诗学自觉的，他想要表达的东西也很丰厚，很宏大，但是真正表达出来的东西似乎还是有限的。他同时期比较知名的爱情诗《戈壁》也是一样，由于篇幅的关系，这里不再引用。

我个人觉得，尚钧鹏的诗在 1986 年出现了一个飞跃，标志性的诗篇是《西河坝》和《大人不知道的事》。《大人不知道的事》回忆童年时与伙伴们一起在城郊一个"工业废水汇成的"池塘游泳，其中的一个小伙伴永远地不能回来了，诗的后半截令人震撼：

> 后来我们围城一圈
> 湿淋淋的
> 在夕阳下哀悼一具
> 刚刚打捞上来的尸体
> 他的口腔满是泥沙
> 面色瘀青
> 就像我们后来的人生。

诗令人惊异之处在最后一句。一直写到"面色瘀青"，整个诗歌还是记叙性的，但最后一句骤然进入了另一个时空，使得前面的实写"满是泥沙，面色瘀青"由实义转为象征，也使生者与死者之间的界限骤然消失：生者在死者面前并没有优越感，死者不过先于生者领受了人生并不美妙的滋味，所以诗歌非常震撼。这可能是诗人第一次处理死亡题材。假如这首诗在时过三十年后被作者发掘出来时没有经过修改的话，我们当佩服尚钧鹏当年所达到的诗歌高度；假如经过了他的再次修改，我们也要佩服他现时的诗艺。

作为具有学院背景、人生历练又长期阅读、思考、写作的诗人，尚钧鹏有他相当自觉的语言意识和成熟的诗歌观念。早在 1999 年，在北京出租屋的地板上，他就奋笔写下了表达他诗歌观念的诗作《我宁愿相信》：

> 诗是活的，触摸的感觉很好。

①《隐匿在人世忙碌而飘摇的荣光里——诗人尚钧鹏访谈录》，姜红伟，尚钧鹏，《信息时报》2015 年 11 月 17 日。

诗探索 10　理论卷　2018 年　第 2 辑

它必须有体温，人间的冷暖
就是诗的温度。静水深流。
我宁愿相信诗是被迫的写作，
宁愿相信那被灵魂挤压而成的出口
才是诗的道场，而不愿把它
看成是居高临下的勋章或鸡毛。

苦茶盈喉，回甘的终究是
岁月的滋味。语言只是加持。
语言是进出有度的深入与停留。
仅仅把语言当作一场修辞是可耻的，
……

（《我宁愿相信》）

这是诗人在九十年代末期语境中所表达的相当独立的诗歌观念。我认为这首诗直到今天依然是有效的。他试图恢复的是诗歌与人生的朴素关系，信任一种稍稍带点"被迫性"的写作，信任将诗歌作为"灵魂的被迫的出口"的写作，而反对仅仅将诗歌当作一场修辞或语言的炫技表演。熟悉九十年代诗歌发展的人可能知道，九十年代的诗歌其实有两种倾向，一种是修辞化的倾向，学院背景的诗人为现代汉语诗歌发展出了复杂的修辞和语言技巧，诗的内容却显贫乏空洞；一种是一地鸡毛式的日常生活罗列，而缺乏思想的穿透和语言的美。这两种倾向甚至造成了1998年的"盘峰之争"：知识分子写作与民间写作的论争。作为一个独自流落在诗歌边缘的诗人，尚钧鹏无意于参与这样的论争，他只不过以诗的形式表达了他独立不倚的诗学态度，这种态度或许并不时髦，却有纠偏的意义，也是最为扎实的诗歌写作态度。

尚钧鹏从没有发过对诗歌的长篇大论，他表达诗观或许以诗歌的形式（所谓"元诗"），或许在整理诗歌时在原诗的边边角角写上那么一段。他所表达的诗歌观念中有这么几点是很基本的：1.诗必须和人生相关，它不是一场纯粹的修辞，不是一场炫技表演。诗歌当然重视语言，诗人须知晓语言的秘密，但是，无论如何，语言是为了表达人生。2.诗人倾向于表现"世间的弱"。龙应台曾经说"文学是让看不见的事物被看见"，文学必有所发现，将存在着而常常不被看见的东西揭示出来，"世间的弱"可以理解为"柔弱的存在"，苦难和美同属于"柔弱的存在"，常常是不被看见的，所以尚钧鹏说"诗人是另一个佛陀"①。3. 诗歌的感性要求。诗歌必须有纤敏的感性，"在黑暗中微微照亮一首诗的鼻翼和毫发"（《回到途中》），诗是有鼻翼和毫发的，并且是光影中的鼻翼和毫发，可感可触，生动微妙。4. 诗歌的张力要求。尚钧鹏受到过西方现代诗学和诗歌的明显影响，比如他所提到的布鲁克斯，就是美国新批评派的主将，新批评的"张力诗学"在尚钧鹏的诗歌里也一直有出色的表现，可以说这是诗歌的整体美学结构。

关于第一点，这是我们一直在谈论的，下面我想综合地谈一谈后面几点，我认为这也是尚钧鹏作为一个优秀诗人非常重要的方面。

一个中年诗人，他的长处是容易有人生的感悟，但表达起来可能会比较直白抽象，比较容易思想大于形象。而尚钧鹏的诗并不给人这样的印象，相反，我们常常为他抓住瞬间的敏感力所折服，有时是印象主义式的，有时既是形象可感的，又是有深意的、象征的：

再阴郁的丛林
披上薄薄的光
立刻像女人获得了爱抚
身段柔软，表情也变得明亮

（《新年山中纪事》）

这是印象主义式的光影描绘。
……就像任何一场悲欢，
从大地的脚心开始，到天际的
胸口结束，任凭暮色深拥着沉寂。

（《鸟声》）

这首诗写的是鸟的叫声，山上群鸟此伏彼起的叫声，这个隐喻既写出了鸟声的磅礴，又暗合着人生的悲欢体验，这种瞬间交融的能力让人折服。

我反复听：巴赫、莫扎特、贝多芬、马勒。
我听到两种声音：上升的琴音，下降的号角。

---

① 《尚之空间》微信公众号第34期，《诗人是另一个佛陀》，于2015年10月6日发布。

诗探索10 理论卷 2018年 第2辑

更多的是第三种，那是无名的沉寂。
犹如额头的天风，你们注定
成为每天唯一的倾听，唯一
可以信赖的孤独。

（《转移》）

这首诗描绘诗人四十岁以后对于音乐的痴迷。音乐是极难描绘的，但尚钧鹏有多首诗精准地描绘他听音乐的感受。窃以为，是尚钧鹏每日在艺术和自然中的浸淫保持和强化了他的感性敏感，使它不至于随着年龄的增长而减弱，相反在纯粹的感性中总是掺入了复杂的人生况味，使得瞬间的体验呈现出深度模式。比如此诗中"无名的沉寂"是诗人所听到的最隐微的声音，无言的空白之处。

总的来说，尚钧鹏善于或者说习惯于从一个具体的瞬间或场景进入诗思，这或许是避免诗歌抽象化的一条途径或一种方式，或许也是一个忠实于人生的诗人的"老实"之举。这样的进入方式平易，贴近实感，但是最易出现的毛病可能就是平庸，流水账，缺乏深度，一览无余。然而尚钧鹏具备了这样的能力，他通过一个具体的入口，能由实入虚，迅速与整个的人生和宇宙接通，这可能既是一种语言的能力，也与人生阅历相关：

即使童话，也不能挽救／永恒的梦想。海的女儿死了，／卖火柴的小女孩也死了。／丑小鸭才刚刚长大，／流浪的足迹还要向天涯延伸。／而你，被内心的恐惧／一路追杀，像冷暖交汇的／激流，最终归于平淡。／你没有死，你只不过是／看上去好像死了／——这就像我们都知道的：／你从没有娶，只不过／有时候好像爱了。（1997年）

诗人吟咏的是安徒生，当然有诗人自己的影子，这个影子是安徒生与尚钧鹏的合影。"而你，被内心的恐惧／一路追杀，像冷暖交汇的／激流，最终归于平淡。"让人不能不惊叹尚钧鹏在一句话里对于人生的巨大的概括力。一句话写尽一生的力度，这不是一般人可以达到的，语言的功力与人生阅历俱在。

但在这里，我们不能不注意这首诗的最后一句，"有时候好像爱了"。像口语一般平易，非常轻，非常模糊，但是极为出色，写出人生命中永恒的诗意状态。

从这里我们可以追问：什么是尚钧鹏所理解的人生的诗意时刻？诗意时刻可能不是那些非常明确、非常强烈的时刻，而是那些说不清道不明，恍兮惚兮，其中若有光的时刻，可感比可说出的更为丰富的时刻。作为一个思想型的诗人，如何避免简单抽象，可能就是必须抓住这样的时刻，而不是任意一个时刻。

> 院子里唯一闪亮的，正是雨水
> 静守在陶罐里的一小片倒影。
> 落红游弋其间，犹如沉浸在
> 旷世的爱里，幽深而玄微：
> 我的生命就这样被自己照耀。

（《被自己照耀》，2016 年）

这首诗写台风过后的阳光和蓝天，最后一节是这一个具体的场景，"静守在陶罐里的一小片倒影"。这是生命澄明、充满新的领悟的时刻。但是领悟了什么？在可说不可说之间，可感大于可说。有的时候，尚钧鹏干脆呈现陶渊明一样"采菊东篱下，悠然见南山"的境界：

> 我在春天的花园里
> 触及惊蛰的乳房
> 只把一株老树
> 从西栏移植到东篱
> 剪枝、刨坑、填埋，
> 脚底沾满了新泥。

（《丙申二月纪事》，2016 年）

尚钧鹏说他非常喜欢两个词："如果""仿佛"。"我一直认为'仿佛'是汉语中最美妙的词语之一，从来都是我的私心所爱。"[①]将他诗歌中的两个小辑分别命名为"如果集""仿佛集"，将"尚之空间"的两个基本部分"诗"与"画"分别命名为"诗如果""画仿佛"。何谓"如果"？何谓"仿佛"？无非是有意蕴而难以言说的事物。但是，无论如何，我们在这里不能仅仅将尚钧鹏的私心所爱看作是对某个词语的

---

① 《尚之空间》微信公众号第 125 期《更深的浸润》，2016 年 6 月 15 日发布。

喜好，而是对事物的某种状态的领悟，在这种状态下，事物是诗意的，存在是诗意的，因为它是将显未显的状态，将露未露的状态。这种状态难以捕捉，难以描述，精准地捕捉到了，将其从晦暗之中带入了语言，它就是诗的。说到底，诗人的敏感和敏锐即在这里。所以诗人说："我喜欢在引而未发之际，看到峭壁上的/花朵，如你涨红的脸，如我擦出的火花，/在黑暗中微微照亮一首诗的鼻翼和毫发"（《回到途中》），诗是微光中的照耀。

现代诗歌是追求"隐"而有"复意"的，一些人（包括诗人）理解，诗歌应该用含混晦涩的语言去表达这种"隐"与"复意"，这不能说全错，但是也会进入故弄玄虚的死胡同。而尚钧鹏的处理是相反的，他的诗歌语言并不含混，并不难以理解，甚至你可以说每一句话都那么朴素，那么清晰明澈，然而他的诗并不是一览无余的，而是耐嚼有蕴含，不可一语道明的，原因就在于他可能抓住的就是人生中那些微妙的时刻，内心中那些丰富的时刻。而当电光火石般的彻悟降临，尚钧鹏也不忌讳用最直接有力的句子去表达：

时间/是唯一的敌人：/要么被侵蚀/要么挺过去（《谷雨》）

总之，不管怎么表达，诗歌的目的是在短的尺寸里贴近人生，贴近原本复杂、真实的人生体验。所以我们在尚钧鹏的诗里，既可以看到格言式的句子，但是更有细微细节处的描绘，而且他还懂得沉默，懂得空白，能够触及并止于不可说之处。在可说与不可说之间，在瞬间与生命整体之间，在澄明与丰盈之间，在厚重与轻盈之间，在为己与超越之间……保持着诗歌的张力。

当一个念想/悄悄潜入心底，我会捕捉它，接近它/让它变得越来越清晰。但在这个时候/我并不急于捧起它，反倒是"放下"/有意后退半步，让自己澄澈的思绪再次/回到途中，回到粗粝的状态，回到质朴/回到生命本身的真实里：混沌初开。（《回到途中》）

而生命"本身的真实"也不是那么容易回到的："这是一场孤旅，只能一个人深入。就像爱一样，需要时间，需要空间，需要深入到心尖，悄悄泛起涟漪。"①

　　当然，一个诗人，不可能每一首诗都那么完美。2017年春夏季的几首诗，在我看来，反而不如以往的，原因在于诗人开始重复自己。或许在将自己清空之后，的确需要一个再次沉淀的时期，另一方面，诗的题目过于空洞、抽象，没有节制地使用大词，比如《世界观》《核心》《自觉的人》等，而在之前的某些诗歌里，我也发现尚钧鹏有时喜欢四字词，用词有点粗大，意义过于惯性。当然瑕不掩瑜，尚钧鹏依然是我非常喜欢的诗人。

结　语

　　从某种意义上说，尚钧鹏具备成为一个大诗人的所有条件：早期素质，从未中断的对于诗歌的思考与探索，现代艺术、多种艺术打通或培养的敏感性，近乎沧桑的失败者的人生经历，对诗近乎无功利的追求，将诗歌看成真诚的生命表达和修炼方式，这些都将化成诗歌创作的有益的营养。而尚钧鹏也的确写出了在这个时代算得上是罕有的品质的诗歌：沉潜的、深厚的、澄明而不故弄玄虚的，恢复了诗歌与人生的朴素关系的，目击道存，直击人心，不煽情不假浪漫主义的，他的诗歌值得所有这些形容词。他的表达理性与感性交融，细腻而深刻，触及不可说之处。在可说与不可说之间，在瞬间与生命整体之间，在澄明与丰盈之间，在厚重与轻盈之间，在为己与超越之间，造就了极好的诗歌张力。他诗歌的丰厚与深沉以及艺术上的探索，使我们认为他在现当代诗歌史上应有自己的一席之位，尽管他自己并不特别在意。

2017 年 9 月 3 日

[作者单位：广州大学人文学院]

---

　　① 《尚之空间》微信公众号第 96 期，《不与任何人告别——写给马克·罗斯科》，2016 年 2 月 26 日发布。

【编者的话】

邵洵美（1906—1968），祖籍浙江余姚，出生于上海。新月派诗人、翻译家。1938 至 1939 年间，邵洵美曾在《中美日报》上连载《金曜诗话》三十一则，全面阐释了他的诗歌观念，以及他对当时新诗发展的看法。《诗探索·理论卷》已于 2010 年第 1 辑，2016 年第 3 辑、第 4 辑，分三次全部转发。本辑我们又转载了邵洵美发表于 1934 年 10 月《现代》第 5 卷第 6 期上的《现代美国诗坛概观》一文，这是国内对二十世纪初期美国现代派诗歌最早的介绍，具有重要的史料价值。为此我们配发了南京大学外国文学研究所张子清教授《最早全面介绍美国早期现代派诗歌到中国来的开拓者：邵洵美——读邵洵美〈现代美国诗坛概观〉》一文，对邵洵美的文章做了公正而客观的评述。把这两篇文章结合起来，我们不仅能对邵洵美的诗歌观念有更为全面的了解，而且对二十世纪早期美国现代诗歌也能有一个清晰的概念。

现代美国诗坛概观

邵洵美

前　言

讲到现代美国诗歌,许多人都从一九一二年《诗》^①杂志的创刊说起。他们承认恢特曼(W.Whitman)^②的《草叶集》是为他们播下的新奇的,自由的,又有力量的种子;而对于以前的一般抒情诗人,却只有讥讽与指摘。他们觉得郎弗罗、爱麦逊等不过是英国维多利亚时代诗人的应声虫;雪莱的赞美便是他们的讴歌;济慈的忧郁便是他们的悲伤;丁尼孙的眼睛对着的所在便是他们命运的方向。他们觉得这般诗人非特没有可以表现的个性,并且还缺乏观察的能力;对于自然是完全隔绝的。所有的感兴都从书本中得来。只有恢特曼,才是他们的诗父,先知,前驱,革命的英雄,和灵魂的解放者。

但是我却用另一种眼光来看。我以为一个伟大的成就,决不能单靠着反面的工作:破坏并不是建设的母亲;解放以后,我们仍旧需要着一种秩序,而一种秩序的获得,背后犹免不了一番苦功。我以为一般人所取笑的那个美国诗的模仿时期,却正是他们走向最后光荣的正当过程。美国的历史是这样短,他们并没有什么“文学遗产”可以继承,于是这一般诚恳的祖宗,凭了他们多少年的经验与学问,一方面尽力把英国诗的精华选择与模仿,俾能得到一部酷肖的副本;一方面又尽量把古典的名著移译与重述,以充实这一个完美的宝藏。一八六七至一八七二的六年中间,他们已把但丁的《神曲》与《新生》,荷马的《伊利亚特》与《奥德赛》,哥德^③的《浮士德》等完全译出。以后几年,政治陷入紊乱状态,

---

①　《诗》杂志 Poem,今译《诗刊》。

②　恢特曼,今译惠特曼。

③　哥德,今译歌德。

另外一般诗人如台勒（Taylor）①及吕德（Read）②等便关起门来在技巧上用功夫：完备了新诗创造的一切工具。

所以恢特曼也不是个偶然的产物：他虽然从书室里跑到了田野中间，他虽然用自由与粗糙的词句代替了严密与柔和的格调，但是他的精神与素养仍旧遥远地和先拉斐尔派一般热烈的诗人相呼应。他不过是情感更热烈，思想更敏锐；所以当异国的弟兄尚沉醉于美的追怀时，他已在歌颂着平凡的伟大了：

> 我相信一根草不见得比不上星辰的伟大，
> 一只蝼蚁，一粒沙，一个鸟蛋，也和它一样完美，
> 这一头癞蛤蟆也是上帝的杰作，
> 这连串的黑莓子也尽可以拿去点缀天堂，
> 我手上的关节可以使一切的机械失色，
> 还有这条牛，低着头吃草，胜过一切的塑像，
> 而一只小老鼠的神奇可也尽够叫人信服造物的万能。

我们知道这般诗人都是纽英兰③的居民，眼前是一望无际的平原，向远看，一枝草尖可以碰到天顶，因此他们的精神更活泼，思想更自由，气量更宽大，见解更透彻。纽英兰的经营渐渐向西发展，诗人更感到宇宙的浩荡与希望的无穷。东西方居民的会面，也便是东西方文化的携手，恢特曼的歌唱这时候已得到了各处的酬和了。于是我们有了赞美田园的佛罗斯特（R.Frost）④，叙述故事的鲁滨逊（A.E.Robinson）⑤，以及记载民间生活的马斯特斯（E. L.sters）。《诗》杂志由门罗女士（H.Monroe）集资私人出版，诗人便像花蕾等到春天，满园开放了。因为早先已有了健全与完美的准备，所以新的思想，新的格调，新的辞藻，新的形式的出现，竟像是一种自然的现象。知道了美国诗歌过往的历程，我们便可以明白现代美国诗歌必然的趋势。

《诗》杂志出版以来，陆续发现了许多新的诗人。这些新诗人里面，虽然同样地采取着自由或比较自由的格调，但是各人有各人描写的对象；各人有各人走向的目标；同时，各人也有各人对于时代的反应。为

① 台勒，今译泰勒。

② 吕德，今译里德。

③ 纽英兰，今译新英格兰。

④ 佛罗斯特，今译弗罗斯特。

⑤ 鲁滨逊，今译罗宾逊。

了叙述上便利起见，我把他们分开在六个小标题下来讲；也许有人会说我太主观，但是也许有人会喜欢我这种方法。

乡村诗

我不把乡村诗依了习惯叫作田园诗，是因为后者染着一种浪漫的色彩，容易使人误会到理想的成分要多过现实。我所谓的乡村诗，换句话说，可以叫作平民诗；不过这平民是乡村里的平民。因为在这些诗里面，描写的是乡村里的人物，景地；而同时又是用乡村里所能了解的语言写的。这一类的诗，我们可以把鲁滨逊、佛罗斯特、马斯特斯来代表。他们的生活和乡村的接近，当然是使他们有这种倾向的重要原因；但是他们革新的精神，却更是我们所要注意的地方。我们知道，在他们以前，恢特曼早已对因袭的辞藻表示了厌恶，他要从平民中间去发现诗句。他曾喊出：凡是最平凡的，最鄙陋的，最亲近的，最容易的，便是我。但是他所成就的，不过是论调的狂放与格律的自由。他运用的辞藻虽然已比较显明，而所谓平凡，鄙陋，亲近，容易，却仍旧没有达到。他的诗歌虽然能叫更多数人感动，但是仍难使简单的平民了解。鲁滨逊、佛罗斯特、马斯特斯等便是继续了他未完成的工作。这三位诗人并不生在一个地方，预先也并没有商量过一定的计划，但是他们的工作却似乎有了很适当的分配。鲁滨逊所专长的是人物的描写与性格的表现。他的通顺与浅易的词句中所流露的是真实与生动。这人物是乡村里每天会碰见的；这声音笑貌是他们每天会听到的；这一举一动他们也早有了熟悉的印象：所以这首诗是活的，是属于他们的，他们认识这里面有他们自己，有他们的朋友与亲戚。我们要举起例子来，随手便可以得到，因为他的诗几乎每一首都是一样的真切与透彻。譬如他的《米尼佛·季维》[1]中的几节：

　　米尼佛·季维，专爱埋怨的孩子，
　　诅咒着季候，他的身体消瘦：
　　他悲伤他竟会诞生世上
　　而他总有他的许多理由。

　　米尼佛爱慕着那过去的时代
　　利剑的辉耀与骏马的驰骋；

---

① 《米尼佛·季维》（Miniver Cheevy）今译《米尼弗·奇弗》。

一个勇敢的卫士的幻象
会使他快乐得足蹈手舞。

米尼佛·季维，诞生得实在太晚，
他抓一抓头继续地冥想；
米尼佛咳一咳嗽，说这是命运，
他继续地喝他面前的黄浆。

假使我们走到乡村里的小酒店中，这一种追慕着过去，诅咒着命运的米尼佛是时常可以见到的。单看这全首里的三节，一个平凡的人物已活跃在纸上，这便是鲁滨逊技巧的成功处。他的诗，富有戏剧的力量，这也许是更能感动人的原因：他诗中的人物，不只是有形状，思想；简直还有声音与动作。他知道怎样可以提高读者的兴趣，怎样可以指使读者的情感。所以他后期的诗歌，便倾向于长篇的叙述：亚塞王[①]的故事，是他最喜欢的材料。他并不改动情节，但给予每一个人物一个新的生命，一个明显的性格。这些古代的英雄与佳人，第二次得到了血和肉；不是和我们一同生存在社会里，只是有声有色地活现在我们的舞台上。他知道怎样选择题材，来表出生活的空虚与内心的苦闷；所以他有时虽也受些白郎宁[②]的影响，但是对于人生的观念却完全相反：一个觉得宇宙间是充满着甜蜜与光明，一个觉得宇宙间是散布着痛苦与障碍，于是他所抱的态度便只是——

他会像一个乐天的罗马人向前走去
尽使这道路上铺遍着苦痛与恐怖——
或者，他也会提到了女人迅疾的论调，
诅咒上帝而死。

佛罗斯特是一位更深沉的诗人。他也写实，但是他的着手处和鲁滨逊的恰好相反：对于后者的动，对于他是静；后者的热是他的冷；而后者紧的地方，却正是他宽的地方。鲁滨逊要描写的是人物，要表现的是性格；而他所要描写的乃是景地，所要表现的乃是情致。假使鲁滨逊的诗是电影，那么，他的诗是图画。我不说他的诗是照相，因为他是一位艺术的写实诗人。他自己曾经解释过："写实主义者有两种典型——

① 亚塞王，今译亚瑟王。
② 白郎宁，今译布朗宁。

诗探索10 理论卷 2018年 第2辑

一种给你看的是带泥的山芋，证明这是真的；另一种给你看的是洗净的山芋。我自己以为是第二种……我觉得艺术对于人生的工作是洗涤，要使形式显露出来。"所以他的土白是提炼过的。他的随便处，正是他的严谨处。试看他的《田园》一诗：

> 我是出去理清那田园里的泉流：
> 我只要去把几张树叶子拿掉
> （也许我要等到水完全干净）：
> 我去得不会长久。——你也来好了。

> 我是出去牵回那条小黄牛
> 它站在老牛边上，它真是小，
> 老牛把舌头舐它，它会立不稳。
> 我去得不会长久。——你也来好了。

轻淡的描写反而表现出缠绵的情致，这是一首最纯粹的诗。所以一般批评家都把他放在鲁滨逊的上面；后者虽然能运用自然的题材，但他却能领悟自然的真趣。便因为他理解得透彻，于是景物的描写时常澄清得变成情感的抒发；一般人对于他的欢迎便不及对于鲁滨逊的热烈了。但是纽英兰特殊的氛围却将在佛罗斯特的诗中永垂不朽。没有鲁滨逊的热烈的情感，没有佛罗斯特的空洞的哲学；用详细的观察，忠实的笔法，去记载当地一切风俗，习惯，生活的是马斯特斯。他不想讲什么故事，也不想显示什么神秘，他只去把村姬恳切的谈话，农夫简单的念头，或是街巷里飘来的一些声音，写成诗。地方色彩与乡土风光使一切人都明白了平民生活的真相，田野间的伟大。这一种介绍的劳绩，都应当归功于马斯特斯的《匙河诗集》。《匙河诗集》出版于一九一四年，史丹特曼（Stedman）[①] 正提出所谓美国诗的复兴运动。"除了恢特曼是我们的正宗"，马斯特斯在一篇文章里说，"美国没有需要复兴的诗。"所以这个运动并未给这般诗人多大的影响；但是在另一方面，新的试验已逐渐被一般人所认识，《匙河诗集》便被称为一部划时代的作品。

城市诗

机械文明的发达，商业竞争的热烈：新诗人到了城市里。于是钢骨

---

① 史丹特曼，今译斯特德曼。

的建筑，柏油路，马达，地道车，飞机，电线等便塞满了诗的字汇。"以前的诗，音调与情感，都是温柔的。现在的诗是坚硬的了，有边缘，又有结构；又有一种勇敢的突出的思想的骨干。诗人已不再以催眠读者为满意；他要去惊动他，唤醒他，震撼他使他注意；他要威逼他当读诗的时候要运用他的心灵。"梵多伦（Van Doran）① 为《得奖诗选》② 序（十二——十三页）。所以新诗人的文字是粗糙的；题材是城市的；音节是有爆发力的。他和读者的关系，是人和人关系；他已不再是个先知，也不再是个超人：他不再预言了，他只说明；他也不再启示了，他只广告。这一种大锣大鼓的宣言，当然未免过火。生吞活剥地采用新的字眼不能便成功新诗。法国的新诗人高克多（J.Cocteau）③ 也说："一个天才吞了火车头，会吐出来些神奇的东西；但是平常人吞了火车头，吐出来的仍是火车头。"城市诗的前驱，商业美国的代言人，以《支加哥诗集》④ 成名的桑德堡（C.Sandberg）也始终没有像上面那样炙手的喊叫。不错，他的文字是简单的，音节是有力量的，他引用俗语，给人一种鄙陋的印象；但是，我们要知道，他是生活在这一个时代里，而他是在表现着这一个时代。况且即以他的那首《支加哥》来看，一连串的粗俗的字眼都安排在它们最适当的位置。假使把梅司非（Masefield）⑤ 的《货色》里的象牙，孔雀，金刚钻，香料，放在这些杀猪屠，造铁器的，堆草的，一般人的旁边；我们一定会感觉到前者的病态，与后者的康键。这城市是充溢着罪恶，他便也出之以鄙俗的口吻：他诅咒，他了解。桑德堡本来是一位技巧极成熟的抒情诗人，他的《十条诗的定义》仍旧说"诗是启示"——

八、诗是一个幻形的抄本说明那些虹是怎样创造的与它们为什么要消逝。

九、诗是玉簪花与饼干的调和。

十、诗是门户的一开一闭，让一般张望的人去猜想在那一刹那间他们看见的是什么东西。

但是他已经得到了新的启示了。我觉得《支加哥》诗中，非特是新

---

① 梵多伦，今译马克·范多伦。

② 《得奖诗选》，书名翻译或有误。

③ 高克多，今译科克多。

④ 支加哥，今译芝加哥。

⑤ 梅司非尔，今译梅斯菲尔德。

诗探索10　理论卷　2018年　第2辑

的题材，新的字汇，更有极完美的新的技巧。在开首的五行里，表示出这城市的鄙俗与复杂；接下是许多长的句子，使我们直觉地感到他的怒恨的申诉与痛快的咒骂。于是来了一位懒汉，四个分行排的形容字使一个可怕得像是挂着舌头要咬人的狗的懒汉变得更可怕。紧接着的六行中，一共有九个"美"字，一张悲惨地狞笑着的脸便活现在我们眼前。这种生动的表现法是旧诗中所没有的。新诗里更有专用排列的形式来暗示内容的，我当在后面详细地论及，这里不说了。桑德堡的成功当然得力于恢特曼的地方不少；但是，技巧方面，他是显然地进步了。正式地描写城市与讴歌机械文明的却是哈德·克兰（Hart Crane）[①]。他写铁桥，写工厂，写发电机，写飞艇；他又叫飞艇有了生命；叫发电机有了思想；叫铁桥有了性格……但是他并不是模仿浪漫主义的技巧，把一切无生物来人化：他创造矿质的灵魂。在《桥》一诗中有关于发电室及工厂的紧张的调和：

> 这电气哼出来的怨声驱使着一个新的宇宙……
> 无数的涌起来的柱子在黄昏的天空追踪，
> 在那庞大的电气室的朦胧的烟囱底下
> 星辰刺眼以一种尖利的阿木亚的代名词，
> 许多新的真理，许多新的讽示在发电机的
> 天鹅绒的欺骗里，皮带又在疯狂地拨弹……
> 他又有诗句，说明飞艇的高翔的经验：
> 迅速的旋转，羽翼脱出了银色的小屋。
> 紧张的马达，咬破了空间，汹涌到天上；
> 穿过闪霎的太空，展开着，夜不闭眼，
> 羽翼剪断了最后的几丝光亮……

这些服务的怪物，它们郁闷的发泄与反抗的暴力都被人类所利用了。城市中充动着动、力，伟大的形式与错综的颜色；暗示着大毁灭的革命：诗人的兴奋，是这群惊天的兽类的供状。

抒情诗

并不是因为太新的形式不适宜于抒情，但是有许多诗人情愿运用着旧式的体裁；一半也许是因为他们对于传统的格律已经惯熟，一半

---

① 哈德·克兰，今译哈特·克兰。

邵洵美论现代美国诗歌

也许他们以为习闻的韵节更容易拨动一般人的心弦。在英国有台维斯（W.H.Davies）①、霍斯曼（L.Houseman）②等；在美国也有爱肯（C.Aiken）③及蒂丝黛儿（S.Teasdale）④、魏丽（E.Wylie）⑤一般人。他们相信旧瓶子可以装新酒；他们又觉得故意要使形式显示新奇的时候，会把诗意打断：抒情诗像是轻烟，像是香气，你不能使它的活动有一忽的静止。但是时代是决不会忽略这般诗人的；这般诗人也能深切地感觉到这时代的变迁。这是一个转动的时代，同时也是一个更可以肯定的时代；所以他们的调子比以前更活泼，同时又更是直线的。这当然又是现代美国诗中的一种典型。像爱肯和魏丽，他们在十七世纪中是经过一番锻炼的⑥，这里有纯净与透明的意味：尤其是前者的作品，几乎变成音乐了。但是他的音乐和史文朋（Swinburne）⑦的音乐是不同的：他不会挑拨人的心思，而会迷醉人的灵魂，他不会叫血肉颤动，而会叫花草低头。他们爱好纯净与透明，不能不说是他们要使这一个复杂和烦躁的时代得到一种相当的调和；但是现实似乎变成了空虚，热烈的情调变成了冷淡的忏悔。所以这些诗人里面，我总喜欢蒂丝黛儿，她并不向克劳叟⑧或是韦白士脱⑨的词句里去接受感化；而同情于狄更孙（Dickenson）⑩及李丝（L.Reese）⑪两大美国女诗人的系统。前者和英国的罗瑟蒂兄妹同时，但是生前没有被人发现；到了最近，竟使一切诗人惊异她的力量，而感受她的影响。他们词句的含蓄，和意象的丰富；读着，谁都会感觉到这是两库蜜饯的宝藏。在种族上，在性别上，蒂丝黛儿和他们都是一样的；所以她的诗便十足表现着美国女子的最可爱处：它们丰富的情调，它们饱满的线条，它们自由的意志，它们透明的幻象。她曾在一部诗选的序里说："虽然恋爱这一种情欲经过了多少年没有透穿的变换，但是我们对于它的观念

① 台维斯，今译戴维斯。

② 霍斯曼，今译豪斯曼。

③ 爱肯，今译艾肯。

④ 蒂丝黛儿，今译蒂斯代尔。

⑤ 魏丽，今译怀利。

⑥ "他们在十七世纪中是经过一番锻炼的"宜改为"他们是受过十七世纪英国诗歌熏陶的"，因为二人出生在十九世纪。

⑦ 史文朋，今译斯温伯恩。

⑧ 克劳叟（Crashaw），今译克拉休。

⑨ 韦白士脱（John Webster），今译韦伯斯特。

⑩ 狄更孙，今译狄更生。

⑪ 李丝，今译里斯。

却变换了，而且是高速度地变换了。这一种新观念的成立，可以推源到女子经济的逐渐独立及教育的平等，以及使一切情感理智化的那种普遍的情形。"恋爱本身不变，但是人们眼睛里的恋爱是变了：这是现代抒情诗的最好的解释，同时也是用旧格调写新歌词的最好的理由。

> 我问这满天的星斗
> 把什么来给我的情人——
> 它拿沉默来回答我，
> 沉默的高深。
> 我问这黑暗的海水
> 渔翁去打鱼的地方——
> 它拿沉默来回答我，
> 沉默的渺茫。
> 啊，我可以给他哭泣，
> 我也可以给他歌唱——
> 但是，我怎能给他沉默，
> 生命是如此地悠长？

从这首诗里，我们便可以明白现代的女子已不惯沉默了；她们要的是动作，声音与光亮。在蒂丝黛儿诗里，这三样东西全有；她技巧的成熟，使我们不想要求格律的自由：所以这一派的抒情诗，在现代诗里，仍占据着一个很光荣的地位。

意象派诗

要动作更自由，要声音更准确，要光亮更透明：

这是意象派诗（Imagism）。意象派是一个有组织的诗歌运动：这在英美是不多见的，英美没有分学派的习惯。即从这方面看，我们便可以知道，他们是除了希腊、希伯拉等以外，多少还受着法国的影响；而高蹈派（Parnassians），尤其是象征（Symbolism），是给予他们启发及参考的。要说明这一个诗派的源流，和它运动的经过，自身需要一篇很长的叙述；在本文里，我不想使史实占据太多的篇幅。但是这一个运动是如此的有趣，它和现代诗有如此密切的关系；我不得不先约略说一说它的主义，它的哲学背景，然后再论到这一派的诗。正像高蹈派和象征派一样，他们是反对放诞的浪漫主义的。在理它不能算是美国的运动，但是因为这运动的创始人里面有一半是美国诗人，况且这个运动在英国当时只有少数人的附和，而在美国则竟引起了极大的波浪，所以我暂时把它归给了美国。最活动的当然是邦德（Ezra Pound）①及艾梅·劳威耳（Amy Lowell）②，但是他们的元首仍应当推举休姆（T.E.Hulme）。休姆是英国人、哲学家，他死得很早；不过他留下的一些残稿及五首短诗，却尽足以代表这个运动的哲学基础及作品的典型了。他痛恨浪漫主义，他说："自从他们把神的'完美'介绍给人类，人与神的分别便模糊了。"我们可以称他是一位新古典主义者。他有一篇短文，曾说明浪漫主义使人得到一种空浮的影响，及古典的真义：古典作品里的坚硬对于他们（一般读者）只能引起嫌恶了。不是潮湿的诗已不再是诗。他们不懂正确的描写是韵文的一个正当的目的。对于他们，韵文总应当带来些不着边际的字眼的情感。对于一般人，诗的要素是在领他们到某种疆域以外。近情的与确定的对象的韵文（如济慈诗中有的），他们也许以为是很好的写作，很好的技巧，但是他们不承认是诗。浪漫主义败坏了我们，使我们沉湎于空虚的形式，而否定真正的上品。古典的始终是日常的光亮，不是一种在陆上海上找不到的光亮。但是浪漫主义的可怕的结果是，我们既习惯于这一种奇怪的光亮以后，竟然非此不能生活了。它对我们的作用像是一种麻醉剂。他对现代诗的要求便是：（1）毁灭人像神的观念；（2）扫除空灵及对于"无疆"的迷信。"最大目的是正确，明显，及确定的描写。"根据了他的议论，又经过了一些修改，意象派诗的规则便决定了：1. 去运用普通语言的文字，但是务须选择准确的字眼，不是类似准确的，也不多专为装饰用的字眼。2. 去创造新的韵节——新的心景的表现——不是去抄袭旧的韵节，这只是旧的心景的回声。我们不坚持说"自由诗"是写诗的不二法门。我们为它奋斗即为自由的主义而奋斗。我们相信诗人的个性在自由诗里比在传统的形式里可以表现得更好。在诗里面，一个新的音节即是一个新的意思。3. 去允许取材有绝对的自由。恶劣地写出飞机和汽车不能算好的艺术；能美妙地写出旧的东西便也不是坏的艺术。我们热烈地信任现代生活的艺术价值，但是我们应当指明天下没有比一九一一年的飞机更没意味和更老式的东西。4. 去呈现一种意象（因此叫作意象派）。我们不是一群画家，但是我们相信诗应当把特点准确地显示出来，不应当去注意那些空虚的普通情形，无论它怎样壮丽与响亮。所以我们反对那种广大无边的诗人，

---

① 邦德，今译庞德。

② 艾梅·劳威耳，今译艾米·洛厄尔。

诗探索10 理论卷 2018年 第2辑

我们觉得他是在偷避他艺术的真正困难的地方。5. 去写出坚硬与清楚的诗，避免模糊与不确定。6. 最后，我们大部分人相信思想集中是诗的要素。他们觉得日本的俳句是一种最凝固①的形式；他们的诗里面便更多那些实质的字眼。休姆的《秋》也许是第一首意象派诗，所以虽然他不是美国人，我也拿来举例：

> 在秋夜里一个冷的感触——
> 我走远去，
> 看见赤色的月亮倚靠在篱笆上
> 像是个红脸的农夫。
> 我不停止讲话，就点一点头，
> 周围散布着沉思的星辰
> 有白脸像城里的小孩。

因了这一首诗不知产生了几千万首同样的诗。邦德有一个时期沉默了，运动的领袖便轮到劳威耳；正像前者去感动了英国的杂志编者，后者带了一个最大的惊异给美国的诗坛。意象派的典型诗人，当时自定的是六位：劳伦思（D.H.Lawrence）②、萧林德（F.S.Flint）③、爱尔廷登（Richard Aldington）④、H.D.⑤、萧雷丘（J.G.Fletcher）⑥、邦德与劳威耳；恰巧前面三位是英国人，后面三位是美国人，所以又有人说这荣耀是要由两国平分的。但是劳威耳以后专注重在所谓"多音的散文"（polyphonic prose）；萧雷丘又专注重在自由诗（vers libre）；H.D. 便被目为最纯粹的意象派诗人。她对于古典文学极有研究——这几个人中间，几乎每一个都认识希腊文、拉丁文。有人竟然称她是"生在现代的古希腊人"。所以我总觉得意象派诗人受到古希腊诗的影响最深；用实质去描写实质；用实质去表现空想。

> 卷起来，海——
> 卷起你尖顶的松树，

---

① 凝固，即凝练。

② 劳伦思，今译劳伦斯。

③ 萧林德，今译弗林特。

④ 爱尔廷登，今译奥尔丁顿。

⑤ H.D.（Hilda Doolittle）以 H.D. 出名，中文不翻译的，就称 H.D.（有人译为希尔达·杜利特尔）。

⑥ 萧雷丘，今译弗莱彻。

冲你的大松树
在我们的石上，
丢你的绿颜色在我们上面，
覆你的枞木的水池在我们上面。

从这首诗里，我们可以看出什么叫作意象，和它的运用。也有人觉得这首诗像是一个断片，但是你仔细一看便可以发现它的完全：个人的情感与这情感的表现；外形的简洁与内在的透明。这一群诗人都能忠于他们的主张；尤其是 H.D.，她始终没有变换过表现的方式，只是技巧更纯净，思想更精密。但是这个运动已是历史上的光荣了；许多诗人，除了 H.D. 已不再完全写意象派的诗。所以我觉得这个运动的最大的意义，是在充分表现了幻想在诗里面的重要；理想是理智的，而幻想则是灵感的。我觉得这个运动的最大的功绩，不在为我们留下许多透明的雕刻，而在使后来的诗人更明白如何去运用他们的天才。

现代主义的诗

爱好新奇许是人类的天性，他总会去想出许多的方法与理由；于是现代诗里面，即又有所谓"现代主义的诗"（Modernism）。这派诗的首领是肯敏斯（E.E.Cummings）[①]；他最忠诚的宣传者是格雷夫斯（Robert Graves）[②]与赖衣廷（Laura Riding）[③]。他们把他和莎士比亚比较，甚至把他和创造主比较。他们的主张是要充分表现"字"的个性与它的功用。因为文字的历史已极久长，他们已被各时代与各方面的人来运用过；所以每一个字都会使我们发生一种或几种联想，于是一首诗的真正或是唯一的意义，便始终不能完全传达给读者。他们要使读者可以从一首诗的排式上与读音上直接得到一种确定的意义。这议论是无可非议的；但是他们表现的方法，却使我们怀疑我们因此会失掉了许多诗的要素，而以为他们不过是在做文字上的游戏。他们的技巧既是完全在文字，所以便无从去向不认识他们文字的人解释了。尤其是我们中国字是决不能像他们一样拆开的，因此我在本章里便只得举原文作例，约略看一看现代美国诗里有这一类的玩意。

---

① 肯敏斯，今译肯明斯。

② 格雷夫斯，今译格雷夫士。

③ 赖衣廷，今译赖丁。

诗探索10　理论卷　2018年　第2辑

SUNSET

stinging
gold swarms
upon the spires
silver
chants the litanies the
great bells are ringing with rose
the lewd fat bells
and a tall
wind
is dragging
the
sea
with
dream
—s

　　这是一首讲太阳下山的诗。开始的那个字不依照英文传统的习惯用大写；这词句的排列法完全特殊；词句的构造法不依文法。最后一个 S 似乎是从上面那个 dream 字拿下来的。为什么要拆开来另行写，为什么在前面还要加个短划，他都有解释。据说这首诗全在 S 上用花巧，因它在各个字上读音的轻重使我们得到各种的印象。这里面有热的字，有冷的字：说是要给我们一种太阳下山的感觉。最后一个 S，说是暗示我们读这首诗的一个口诀。我想真要了解这首诗，除非把查地图的本领，调琴弦的本领，称斤量的本领，试热度的本领，完全用出来。究竟为的是什么？所以这一派的诗，我觉得，始终只能当作一种理论的参考。和现代主义的诗相近的是斯坦因（Gertrude Stein）[①] 的作品，有人呼作"野蛮主义的诗"（Barbarism）。它利用动词的时态，几乎用算学方法来排列，使我们得到一种对音乐的原始的感觉。她也是要屏除字眼的历史性的。读着，像是听着野蛮人的鼓声；但是因为动词的变化，于是我们情感便也有了各种的跳动。她觉得时光是永远不变的，所变的是我们对时光的意识。她的诗里面便要屏除这一种的意识。

---

① 斯坦因，今译格特鲁德·斯泰因。

世界主义的诗

格雷夫斯等曾经为了要庇护肯敏斯，而对一般现代诗人加以批评和调笑。他觉得一般现代诗人，正面地或是反面地，对于时间的观念总太着重，而失掉了真实性；因为不论你是歌颂时代，或是反对时代，或是超越时代，你总是忘记不了时代。他们说桑德堡不过是改换了字汇；意象派诗不过是改换了表现的态度；林德赛（Vachel Lindsay）[①]，邦德等不过是改换了题材：只有现代主义的诗才改换了一切（改换了一切）！

他们又说一般超越时代的诗人，为要表示他们的前进，于是从外国去找字汇，材料与空气。他们呼作"文学上的国际主义"（literary internationalism）。他们所指的是邦德和爱里特（T.S.Eliot）[②]。

不错，国际主义，但是，我们更应当呼作"世界主义"（Cosmopolitanism）。所以邦德和爱里特，尤其是后者，是不被国界所限止了。他们的作品简直还不受时间的限制。为他们，字汇、态度、题材、形式、音调，不过是工具；他们所显示，传达，及感动我们的，乃是"情感的性质"。字汇、态度、题材、形式、音调，均会变换；但是情感的性质是千古不易的。他们发现了诗的唯一的要素了。

全历史是他们的经验，全宇宙是他们的眼光：他们所显示的情感，不是情感的代表，而是情感的本身。古人的作品中也许有不自觉的流露，但是他们却可以意识地去运用。最伟大的作品当然是爱里特的《荒土》（The Waste Land）[③]。有人说，这首诗是过去和将来的桥梁；又有人说他是在这首诗里给予一切以一个新的解释；但是我却觉得这首诗乃是一个显示，一个为过去所卷盖而为将来所不会发现的显示。这首诗里的技巧，我们所能看到的是关于：（一）用典；（二）联想；（三）故事的断续；（四）外国文的采用；（五）格律和韵节。用典——在《荒土》里，用典方法的特殊，可以说是爱里特的创造，这首诗长不过四百零三行，但是引用的典故竟多至三十五家的作品。有的时候引用一种空气；有的时候引用一种结构；有的时候好像为古诗句作注解；有的时候几乎把所引的典故来修改。他觉得诗人可以分作三种：有的是去发展技巧的，有的是去模仿技巧的，有的是去创造技巧的。他又觉得创造是不可能的，否则一定是和时代脱离的，而将为文化的废物；模仿是太平凡了；所以

---

① 林得赛，今译林赛。

② 爱里特，今译艾略特。

③ 《荒土》，今译《荒原》。

诗探索10　理论卷　2018年　第2辑

只有发展，真正的创造便是发展。况且以历史讲，也无所谓改革，或是进步；只有发展。他的用典，便是去发展技巧。他自己承认，这样用典，是受邦德的影响。但是我们很容易看出他们不同的地方。邦德是极聪明的诗人。他给我们看的不过是他精心的收藏；而爱里特却会把一切的力量聚合拢来，完成他伟大的人格。譬如在《荒土》的第一章里：

> 非现实的城，
> 一个冬天的早晨在棕黄的雾里，
> 一群人浮过那伦敦桥，这许多，
> 我想不到死曾经放弃了这许多。

最后一句话是但丁在《地狱篇》中说的。但是爱里特引用这句话，不在说出有这许多人没有死，而在说出是什么样的人没有死。因为在《地狱篇》里，当但丁说了那句话，维吉尔便对他说："这些人活着不被人赞美也不被人咒骂，他们不做什么事也不信任人家。"甚至死都不敢收留他们；他们便只得无目的地，昏懵地去鬼混。这是他用典方法的一斑。在这里，我们已可以看出他所引用的不是古人的描写，而是那描写的意义：这意义在人类的本性中是有永久地位的。联想——茀罗乙德（Freud）[①]的学说的确给予现代文学一个极大的影响。从描写心理的变化，进而分析潜意识的动作。有许多人批评现代诗，便说里面有种联想是太个人的；有种联想除了诗人自己便没有人可以看懂。《荒土》是一首写毁灭的诗：干旱是毁灭的象征。他喊着再生，喊着水——他把水来象征自由，繁殖，与灵魂的食量。他于是引用了许多典故，忽然有这两句：

> 一年前你先给我许多玉簪花；
> 他们便叫我玉簪花的女子。

这当然是他个人的经验，谁也不会明白是什么一回事。大概和水一定有关系。在同章的第一段讲起在花园里遇雨的话，那一段里的女子不知是否和讲这两句话的是同一个女子？不过在这两句话的前面，他引了华格纳的歌剧里的四句歌，中间两行是"我的爱尔兰的女子，你在哪里了？"这联想也许从这上面来的。同时玉簪花是一种春天的花，古诗里惯常把它和被杀的神道一起讲；所以它有时被认作是再生的神道的象征，

---

① 茀罗乙德，今译弗洛伊德。

跟了来的，是花草的重放。现代诗里这一类的联想最多，而爱里特则更能给它们一种自身的生命。

故事的断续——爱里特不是讲故事，而是讲故事的性质。所以在他的诗里，你时常会看见一个古人出现在现代的社会里。他在《邦德诗选》的序里说："但是他的确把他们当同时代人看，他在他们里面获到了在人类的本性里一种永久的东西。"他又说："地鼠掘土，老鹰穿天，它们的目的是一样的，是去生存。"这是最好的解释。所以他故事断的地方，却正是连的所在。

外国文的采用——为了他们时常采用，所以格雷夫斯等便讥为"文学上的国际主义"；说他们的目的不过在表示新奇与前进。我在前面已经辨明过了。不错，有许多现代诗人喜欢采用外国文，以表示他们的渊博，及故意流露一种异国情调。但是爱里特和邦德的采用外国文，却正和他们引用典故一样，为的是丰富他们的表现：是一种发展技巧的工作。他们采用希腊文、拉丁文、希伯拉文、梵文、中文、德文、法文；几乎使读者要疑心永远会看不懂他们的诗。但是，事实上，在我们未曾查明典故及认识文字以前，他竟能使我们直觉地感到他意义的传达了。

格律和韵节——他绝对承认内容和形式是绝对不会分开的东西。所以《荒土》里的题材，典故，联想，援引，格律和韵节，是一个必然的整个。"这是一个战后的宇宙；破碎的制度，紧张的神经，毁灭的意识，人生已不再有严重性及连贯性——我们对一切都没有信仰，结果便对一切都没有了热诚。"[见威尔生（Edmund Wilson）[①]《论爱里特》[②]] 这个宇宙已变成了一片荒土[③]，"草已不再会绿，人已不再会生育"。所以这首诗的格律有无韵诗；有自由诗；有韵诗；有歌谣。这首诗的韵节有干燥的，也有潮润的；有刚强的，也有柔弱的。一个无组织的秩序，一种无分量的平衡。这种诗是属于这个宇宙的；不是属于一个时代或是一个国家。我们读着，永远不会觉得它过时，也永远不会觉得它疏远。现代美国诗中又有和爵士音乐一样轰动的黑人诗：像林德赛等，他们是从黑人里去寻材料的；像休士（Langston Hughes）[④]等则是黑人自己的表现。但是我相信这种诗是走不出美国的，

---

① 威尔生，今译埃德蒙·威尔孙。

② 《论爱里特》，今译《论艾略特》。

③ 荒土，改为荒原。

④ 休士，今译兰斯顿·休斯。

至少走不出英语的圈子。这是在世界主义的诗的脚底下蠕动的小动物；正好是一种对照，但他们有他们自己的生命。

结　论

美国的一切是在高速度地进展，美国人的知识便走着一种跳跃的步骤。暴富的事实常有，破产的机会增多：一切都在不停地变化，社会的不安定是一种显著的现象。信任已不能在人与人中间存在，一切东西都要拿目的来做标准。无论什么都可以商业化，灵魂真的有了代价，诗集便竟然能和通俗小说去竞争。所以即使有少数的人或者凭了卓特的天才，或者受了外国的熏染，有过一时期的兴奋；但是结果美国的诗坛分成了两条路。

一个诗人，无论他怎样清高，他心目中总有他自己的一群读者。这种观念时常使他的作品受到一种影响。丁尼孙并不比爱里特不严重[①]或是不诚恳；但是因为读者的分别，于是诗便也两样了。丁尼孙的读者，贵族比较多，无形中他们的趣味便变了丁尼孙趣味[②]：他的《公主》（*Princess*），诗虽然如此著名，但是我们决不能相信这是丁尼孙真正的作品。因为他的读者贵族来得多，所以他的诗的韵节便格外美妙；词句便格外浅显；题材也格外的浪漫。产业革命以后，读者便换了一般资产阶级。到了现代，一则为了制度的改革，一则为了交通的便利；读者便变得异常复杂，诗人已无从去认识他的读者：于是有的便选了一部分作为对象，也有的简直为他自己写了。诗人便有所谓"向外的"与"向内的"。鲁宾逊，与爱里特以及后期的威廉·卡洛斯·威廉谟斯（William Carlos Williams）[③]，便代表了这两种诗人。所以前者的作品出版，有时候可以销到几十万本；而后者的作品则几乎有使一般人不能了解的情形。前者是去迎合一般人的趣味，而后者则是去表现他自己的人格。前者是时髦的，而后者则是现代的。前者是在现代文化中生存的方法，而后者是在现代文化中生存的态度。前者是暂时的，而后者是永久的。

大战也给予现代美国诗一个极大的影响：不是战壕里的经验，而是战后的那种破碎的状态。所以他们没有像英国的沙生（Siegfried

---

① 严重，即严肃。

② 丁尼孙的趣味，宜称"阿尔弗雷德·丁尼生勋爵（Lord Alfred Tennyson）趣味"。

③ 威廉·卡洛斯·威廉谟斯，今译 W.C. 威廉斯。

Sassoon）① 及白罗克（Rupert Brooke）② 的战争的记载；而只有像爱里特一般人那种幻灭的叙述。太容易的死亡，使他们对现实生活绝望；于是进而推求事物的永久性质：所以像爱里特的作品，我们可以说是对过去的历史，可以说是对现在的记录，也可以说是对将来的预言。但是在一个工商业发达的美国，暴发户众多；他们为要挤列进知识社会以增加自己的地位，于是不得不把一切的知识来生吞活咽；出版界便尽多一种常识的书籍，后期的鲁宾逊便是这些暴发户所崇拜的诗人；浅明而容易背诵的诗句，生动而浪漫的题材，这是一种现代美国人的高尚装饰。我以为艺术品的成功，虽不一定要把来③ 完全商业化，但是一种经济的鼓励是需要的。翡冷翠④ 的成为"西方的雅典"，不能不归功于米地西（Medici）⑤ 一家人：结果的种子，是他们对金钱的爱好与对艺术的爱好。艺术有了"人趣"，它才会在人类里生长。现在的美国诗坛已有了它富裕的赞助者，和努力表现自己的趣味和人格的诗人：桂冠从此将为西半球的荣耀了。

[原载 1934 年 10 月《现代》第 5 卷第 6 期]

---

① 沙生，今译西洛夫里·萨松。

② 白罗克，今译鲁伯特·布鲁克。

③ 把来，即将之。

④ 翡冷翠，即佛罗伦萨。

⑤ 米西地，今译美第奇。

最早全面介绍美国早期现代派诗歌到中国来的开拓者：邵洵美

——读邵洵美《现代美国诗坛概观》

张子清

近年来推动邵洵美著作整理出版和研究的陈子善先生说："在二十世纪中国文学史上，邵洵美的名字绝不是可有可无的。他是一位具有独特风格的诗人、作家、评论家、翻译家、编辑家和出版家，也是一位对三十年代中外文学交流做出了可贵努力的文学活动家。"邵洵美著作是中国现代文学不可分割的一部分，全方位深入评价邵洵美作品应由陈子善先生及其他专门从事三十年代中国文学研究的学者来做。拙文只是从美国现代派诗歌研究的角度，对诗坛前辈邵洵美《现代美国诗坛概观》（1934）一文发表一些读后感。在确定邵洵美（1906—1968）介绍美国诗歌的贡献和历史地位时，我们最好先大致了解他的先行者胡适（1891—1962）、闻一多（1899—1946）和叶公超（1904—1981）留学美国时与美国诗或美国诗人的关系以及后来对美国诗歌吸收、译介和研究的情况。

以白话文倡导者、新文化运动领导者著称于世的胡适，早在1910—1917年留学美国，对美国意象派诗歌感兴趣，曾表示意象派美学原则大部分与他提出的八不主义类似。他的八不主义是不是接受意象派美学原则影响在先，还是不谋而合，他没有说，但是我们至少看出他是密切关注意象派诗的。胡适翻译过美国朗费罗、英国托马斯·康贝尔、拜伦、雪莱、哈代、布朗宁、苏格兰安妮·林赛、德国海涅、歌德等人的诗，唯独看重他翻译美国萨拉·蒂斯代尔的短诗《关不住了》（*Over the Roofs*），在他的《尝试集》自序里宣称它"是我的'新诗'成立的新纪元"。

二十年代，闻一多赴美留学（1922—1925）。他在芝加哥大学美术学院学习时碰巧是自称王红公的肯尼斯·雷克斯罗思的同学。他们当时同攻美术，成了朋友。王红公称闻一多为"革命诗人"，后来他在旧金山文艺复兴时期成了金斯堡、克鲁亚克、惠伦等一群垮掉派诗人的领袖。西部新诗运动浓郁的氛围却激发了闻一多诗歌创作的热情，改变了他赴美留学学画的初衷。经对收藏中国古董有兴趣的美国朋友介绍，闻一多结识了对中国文学文化有感情的《诗刊》（*Poetry*）主编哈丽特·门罗、副主编尤妮斯·蒂金斯和艾米·洛威尔，并且聆听了桑德堡的演讲。他为结识到这些诗歌界名人感到异常高兴，称哈丽特·门罗是"著名杂志总编辑、著名批评家"，称艾米·洛威尔是"此邦首屈一指的女诗人"，称桑德堡是"美国最著名诗人"，对她/他们推崇备至到无以复加的地步。在他心目中身价没有艾米·洛威尔高的尤妮斯·蒂金斯却赏识他，乐意和他探讨他的诗，并推荐给主编发表。

对闻一多诗歌创作起了实质性影响的是意象派诗人艾米·洛威尔和约翰·弗莱彻。他虽然没有机会与后者个人交往，但读到后者的《在蛮夷的中国诗人》（*Chinese Poet among Barbarians*）时兴奋至极，引起他阅读后者意象诗的强烈兴趣，特别钦佩后者捕捉色彩的高超本领，甚至试图写一首"黄底 Symphony"！弗莱彻的名篇《交响乐》包括《绿色交响乐》《蓝色交响乐》《白色交响乐》等十一首色彩交响乐诗，旨在按照色彩的性质叙述一个艺术家在情感和智性方面发展的阶段，描写想象中变幻不定的景观，找出人与自然相似的情绪。当时的中国作家尤其翻译家有时把领属关系"的"写成同义词"底"。鉴于忌讳称《黄色交响乐》，闻一多便变通地称它为"黄底交响乐"。像胡适一样，他也对萨拉·蒂斯代尔感兴趣，把她的短诗《忘掉它》（*Let It Be Forgotten*）改译成《忘掉她》，用来纪念他的亡女。

比闻一多接触美国文学文化更深入的叶公超早在 1912 年就读英美中小学三年，1920 年再度到美国读高中和大学。他在狄更生家乡阿默斯特学院入读三年期间，有两年选修罗伯特·弗罗斯特的文学课，学会创作英文诗，并有发表。叶公超发现弗罗斯特的诗歌异于意象派诗，接近传统诗。1923 年获阿默斯特学院学士学位后，叶公超赴英国学习，1924 年获剑桥大学硕士学位，再赴巴黎大学研究院深造。叶公超在剑桥学习期间交友 T.S. 艾略特，彼此常有机会相见。他当时研究艾氏的论文多数发表在《新月》杂志上，自认为自己是介绍艾氏的诗歌和文学理论到中国的第一个学者。1926 年回国。叶公超由于受到了完备的英美文学教育，对当时的英美诗歌尤其是 T.S. 艾略特的诗歌及其理论有透辟

诗探索10　理论卷　2018年　第 2 辑

的了解。这特别体现在他为赵萝蕤先生 1937 年出版的 T.S. 艾略特《荒原》译著所写的序言上。例如，他引用黄山谷创造性挪用杜甫诗句的例子，对揭示《荒原》如何创造性地挪用十七世纪英国玄学派诗歌的见解极其精辟、独到。这就是为什么他曾试图写一首《荒原》式的长诗，囊括从《诗经》到他当时的中国政治、历史、文化，可惜后来由于种种原因没有实现。总之，他在中国开创了研究 T.S. 艾略特及其为首的英美现代派诗歌的风气。

与胡适、闻一多和叶公超相比，邵洵美没有留学美国的经历，自 1925 年起到剑桥大学攻读经济，业余学习文学，两年不到回国。但是，他对美国诗歌的了解不亚于他们。他的《现代美国诗坛概观》证明他是最早全面介绍美国早期现代派诗歌到中国来的开拓者。它不是当代意义上的论文，没有脚注或尾注，也没有开列文献资料来源（Bibliography），只是根据自己的体会，概括他当时了解的美国诗歌情况，材料丰富，涉及面也很广。他分六个小标题逐一论述：

（1）乡村诗。以埃德温·阿灵顿·罗滨逊、弗罗斯特和埃德加·李·马斯特斯为代表。他说，罗滨逊擅长人物的描写与性格的表现；弗罗斯特以描写新英格兰农村见长；马斯特斯通过他的《匙河集》（*The Spoon River Anthology*，1915），忠实地记载了当地一切风俗、习惯和生活风貌。邵洵美所论符合历史事实，切中要点。只是这里需要指出的是，邵洵美忽视或因篇幅限制，没有介绍《匙河集》创作的背景，即：马斯特斯在与他的母亲闲谈中，回忆和了解到他童年时期的家乡匙河小镇各行各业已经去世的各式人等。他们包括当地和后来离开当地到外地工作的工人、农民、牧师、职员、妓女、法官、诗人、哲学家、科学家、士兵、无神论者和虔诚的基督徒，等等。他们这些躺在匙河畔教堂墓地的鬼魂各自总结自己的身世，毫无顾忌地坦白生前见不得人的内心秘密，暴露了灵魂深处的隐事和社会阴暗面，也反映了西部地区社会生活、历史演变和风俗人情。

（2）城市诗。以卡尔·桑德堡和哈特·克兰为代表。邵洵美说桑德堡的成功得力于惠特曼的地方不少，但技巧方面显然进步了，说克兰是正式描写城市与讴歌机械文明的诗人。邵洵美这样的判断是准确的，因为桑德堡的长诗行，与惠特曼相似，但不像惠特曼那样有时显得太啰唆，这是为什么邵洵美说他在技巧上进步了。桑德堡在他的名篇《芝加哥》里以他那亢奋的情绪和爆炸性语言使长期习惯于风雅派诗歌传统的读者发聋振聩！不过，邵洵美没有注意到桑德堡作为城市诗人只是他的一面，而他的另一面却是歌颂西部大草原的歌手。克兰的重要性其实是他和 T.S. 艾略特几乎是同时首先使现代化城市的意象同强烈的智性和情感在诗中得到有机的结合。对于这一点，邵洵美也忽略了。

（3）抒情诗。以康拉德·艾肯、蒂斯代尔、埃莉诺·怀利为代表。邵洵美说，他们的艺术形式上偏于传统，是旧瓶装新酒。在这三个抒情诗人中，他喜欢蒂斯代尔，因为她的诗表现了美国女子的最可爱处，有丰富的情调、饱满的线条、自由的意志和透明的幻象。难怪他早在他的译诗集《一朵朵玫瑰》（1928）中选录了蒂斯代尔的《十一月》《吻》《礼物》和《赏赐者》等他翻译的四首诗。邵洵美没有注意到，在二十世纪一二十年代，蒂斯代尔的名气远远超过 T.S. 艾略特和庞德。她遵循的诗歌路线是弗罗斯特和 W.B. 叶芝所主张和实践的。她的声名远播，诗篇发表在全国各大报刊上，被广大的读者所传诵，甚至被配乐传唱。这就是为什么胡适和闻一多也喜爱蒂斯代尔诗歌的缘故。

（4）意象派诗。邵洵美说，意象派诗运动中最活跃的是庞德和艾米·洛厄尔。没错，庞德是意象派诗前期运动的旗手，艾米·洛厄尔后来凭她的财力和努力成了后期意象派诗运动的领袖。邵洵美还说，意象派的典型诗人当时自定为六位：D.H. 劳伦斯、F.S. 弗林特、理查德·奥尔丁顿、H.D.、J.G. 弗莱彻、庞德与艾米·洛厄尔，恰巧前面三位是英国人，后面三位是美国人，所以又有人说这荣耀是要由两国平分的。这里需要明确的是：最早卷入的是六位，前三位是英国人，后三位的确是美国人。邵洵美对英美平分意象派诗荣誉的说法是正确的，也很形象、生动，因为意象派运动起始点是在英国。艾米·洛厄尔在美国得知英国开启的意象派诗歌运动后很兴奋，认为与自己的创作实践和审美感不谋而合，才赶到英国，参加他们的活动。所以，相对而言，艾米·洛厄尔是意象派诗歌运动中的后来者。意象派诗歌运动在当时的英美声势很大，受到胡适尤其闻一多的关注也很自然。邵洵美还注意到艾米·洛厄尔后来专注于所谓"多音的散文"，弗莱彻后来专注于自由诗，只有 H.D. 被目为最纯粹的意象派诗人。的确如此，意象派诗人后来的诗风各自发生了变化。但是，邵洵美没有提庞德后来与艾米·洛厄尔分道扬镳，去投身漩涡派诗歌运动（Vorticist movement）了。

（5）现代主义诗。邵洵美说现代主义诗的首领是 E.E. 肯明斯，其最忠诚的宣传者是罗伯特·格雷夫斯和劳拉·赖丁，并说他们要使读者可以从一首诗的排式上与读音上直接得到一种确定的意义。邵洵美注意到 E.E. 肯明斯是在文字上做游戏，同时把故意顶撞传统语言惯性的格特鲁德·斯泰因也放进了现代派诗人的行列。没错，他俩都是现代派诗人，而且是激进的现代派诗人。可是，肯明斯算不上现代主义（或现代派）诗歌的首领，现代派诗歌的首领当属 T.S. 艾略特和庞德。

肯明斯的激进主要在于他的诗歌艺术形式。如果你翻阅肯明斯的《诗歌全集：1913—1962》（1963），你就会发现他绝大多数的诗篇以第一行为标题，标题首字母都是小写。他的诗不少是视觉诗，谈不上韵律，只能看，无法朗诵。邵洵美以肯明斯的《日落》（SUNSET）一诗为例，揭示该诗如何激进，如何打破常规，这首诗在他的全集里没有《日落》这个标题，是邵洵美加上去的，原标题就是首行"stinging"，作为视觉诗，它的诗行排列形式还不够典型。为了说明肯明斯诗的奇巧，我们不妨举他另一首描写猫形态的视觉诗《（im）c–a–t（mo）》：

（im）c–a–t（mo）
b, i; l: e

FallleA
ps！fl
OattumblI

sh？dr
IftwhirlF
（Ul）（lY）
& & &

away wanders：exact
ly；as if
not
hing had，ever happ
ene

D

该诗翻译成中文便是：

（岿）猫（然）
不，；：动

纵落！
浮空而跌

倒？还是
急转纵身
（而）（下）
＆＆＆

完全地：走开
了；仿佛
没有
响出，什么
声音

来

　　从原文诗行与字母排列的整体布局来看，前三节描绘一只坐着岿然不动的猫：第一节是头部，两个括号是眼睛；第二节是猫身；第三节是猫的下部，两个括号是两只撑地的前脚，末行显然是猫爪。这三节诗给读者的悬念是，这只坐着的猫是要浮空跳下，会跌倒吗？还是急转身纵身而下？最后两节是描写猫轻轻地跳到地上，悄悄地离开了。肯明斯让读者了解：为什么诗主要取悦于听觉而不是视觉？他的这首诗在艺术形式上完全颠覆了传统诗的审美期待。邵洵美表明并不赏识肯明斯，批评他玩文字游戏。这首诗发表于1950年，邵洵美没有机会看到这么一首设计巧妙的诗，否则也许会改变他的成见。

　　邵洵美也不看好斯泰因，是因为她的诗歌艺术太超前了，超前到被当今语言诗人奉为他们审美标准的一个有力依据。如果他注意到斯泰因的名句"一朵玫瑰是一朵玫瑰是一朵玫瑰"为什么在当时那么广泛流行的话，他可能也会改变他对她的成见。因为他的这篇文章表明，他在评介前期美国现代派诗歌时，总体上并不保守，相反很赞赏。

　　（6）世界主义诗。邵洵美把T.S.艾略特和庞德归到世界主义诗人范畴里，陈述理由欠充分。如果T.S.艾略特和庞德是国际主义诗人，那么斯泰因更是国际主义诗人了。这三位美国诗人后来分别定居在英国、意大利和法国。

　　综上所述，邵洵美在一定程度上狭义地理解了美国现代主义诗或现代派诗。其实他在《现代美国诗坛概观》一文里已经勾勒了以T.S.艾略特和庞德为首的美国早期现代主义或现代派诗歌的一整幅图景。在他所提到的诗人群中，如果系统地归类或排列，我们会看到各个诗人在现代派文学中的历史地位：惠特曼和狄更生作为美国现代派诗歌的先声，成了占领美国现代派诗歌各种有影响的文选和诗选的首席诗人；埃德温·阿灵顿作为一位预示现代派诗歌来临的诗人，他不是美国现代派诗的开创者，但美国现代派诗与他携手同来；弗罗斯特是当时家喻户晓的"非官方的桂冠诗人"，论地位，与T.S.艾略特、庞德、W.C.威廉斯和沃莱士·史蒂文斯相当，但他是现代派诗歌大师中比较弱的一位；斯泰因差不多与T.S.艾略特和庞德同时走上现代派诗歌道路，被称为二十世纪先锋派文学的先锋、"作家的作家"和"达达派的妈妈"；意象派诗歌，作为现代派诗歌的开路先锋，虽然它本身存在一定的局限性，但它的功绩在于为现代派诗开了先河，T.S.艾略特把它看作现代派诗歌的起点；桑德堡、马斯特斯和林赛是现代派时期西部第一代的主要诗人，他们的成名与《诗刊》创始人哈丽特·门罗的支持分不开；《诗刊》创立的1912年成了美国传统诗与新诗的分界线，也成了现代派诗开端的坐标；蒂斯代尔诗风与风雅派迥然不同，是现代派时期第一代美国女诗人中的佼佼者。

我们站在二十一世纪的今天，审察二十世纪的美国现代派诗歌，其历史图景当然更加清晰。但是，邵洵美的《现代美国诗坛概观》发表在1934年，他缺少现代派诗歌盛期和后现代派诗歌时期的经历，凡是忽略之处或某些走偏的地方只能归于历史的局限。但这不是他一个人的历史局限，例如，闻一多在他没有来得及充分了解当时整个美国诗坛的情况下，称艾米·洛威尔为"此邦首屈一指的女诗人"，这显然与事实不符，艾米·洛威尔的诗瑕多掩瑜，远不如H.D.优秀。他的这个片面看法当然也属于历史局限。又如，邵洵美同胡适、闻一多和叶公超一样，在人名和地名译名的翻译上不如现在统一和规范。须知，直到1965年中国译者才有了商务印书馆出版的第一版《英语姓名译名手册》和1993年第一版《外国地名译名手册》。

邵洵美描述早期美国现代派诗歌的内容基本上很丰富，其贡献在于把美国诗歌最早最全面地介绍到中国来，属于该领域的拓荒者。更难能可贵的是，他根据自己的心得体会评介美国诗歌，容易被当时的读者接受。众所周知，邵洵美在当时的中国文学艺术圈是一位异常活跃的人物，全国左中右文学家和艺术家几乎全是他的朋友："胡适、叶公超、潘光旦、罗隆基、曹聚仁、林语堂、沈从文、方令孺，闻一多、夏衍、邹韬奋、徐悲鸿、刘海粟、张光宇、丁悚、鲁少飞，以及张道藩、谢寿康、刘纪文等等。"（见"百度"）他介绍美国诗歌的情况自然会在文学界和艺术界产生较大的影响。中国新诗的产生与欧美诗歌的译介密不可分。在二十世纪，中美诗人文化交流有两次高潮，第一次高潮从二十年代开始，第二次高潮从紧接"文革"结束后的七十年代晚期开始。中美诗人的对话，中外诗人的对话，对中国诗歌走向世界无疑地起了积极的推动作用。胡适、闻一多、叶公超和邵洵美在第一次中美文化交流高潮中，无疑地起了推波助澜的作用。

《现代美国诗坛概观》不但为中外文学比较特别是中美诗歌影响比较研究提供了珍贵资料，而且还澄清了世人对邵洵美的某种误解。1938—1940 年是邵洵美出版业的盛期，诚然与他的情人、美国作家项美丽的默契合作分不开。他结识项美丽是在 1935 年，文章发表后的第二年。他在这篇文章上显然下了大功夫、苦功夫。邵洵美曾表白："你以为我是什么人？是个浪子，是个财迷，是个书生，是个想做官的，或是不怕死的英雄？你错了，你全错了；我是个天生的诗人。"他慷慨大方，助人为乐，一掷千金，被誉为孟尝君，但没有在著述上有任何懈怠，正因为对诗歌的酷爱，他才显出了他不畏艰难的开拓精神。鲁迅曾经说："邵公子有富岳家，有阔太太，用陪嫁钱，做文学资本。"邵洵美当时确实有雄厚的资本搞出版事业，他善良的有远见的妻子也乐于助他一臂之力。鲁迅当时在一定程度上说的是实情，只是带着揶揄的口吻，在当时或者现在，也只不过是对一个人很寻常的议论。何况邵洵美不是他的宿敌，否则他在参加接待萧伯纳宴会之后，不会在雨中等待公共汽车时接受邵洵美的邀请，搭邵的专车回家。然而，他没料到这话后来对邵洵美的影响和伤害很大，尤其在解放后历次的政治运动中。事实证明，诗人、作家、评论家、翻译家、编辑家和出版家的邵洵美作出的贡献是全方位的，即使单凭他具有开拓性的《现代美国诗坛概观》这篇文章也足以消除人们对他是花花公子或纨绔子弟的误解。当我们知道他曾说"人家看我一天到晚手里那本书，不知道我的苦心"时，我们能不为他的肺腑之言感动吗？

[作者单位：南京大学外国文学研究所]

外国诗论译丛

诗歌重要吗？

[美]戴那·乔亚 著 刘瑞英 译 章 燕 审校

【译者前言】

戴那·乔亚（Dana Gioia，1950— ），美国诗人、作家。目前已经出版五部诗集，三部文学评论集。诗集《正午审讯》（*Interrogations at Noon*，2001）获得2002年度美国国家图书奖。2003年至2009年，他为美国国家艺术基金会（NEA）主席。2015年他成为美国加州桂冠诗人。乔亚的诗歌已被翻译成法语、德语、意大利语、西班牙语、俄语、罗马尼亚语、保加利亚语、汉语和阿拉伯语等多种语言。他的诗歌被认为是"新形式主义"诗歌的代表，主张回归诗歌的韵律和传统的形式。乔亚也是意大利诗歌的翻译者和编辑者，翻译过意大利诗人蒙塔莱的诗歌作品。目前，他在美国南加利福尼亚大学任诗歌及大众文化课程的教授。

乔亚常在多种文学期刊发表批评文章，包括《大西洋月刊》《国家民族政坛杂志》《纽约客》等。本文选自1991年的《大西洋月刊》（第267卷，第5期），并作为首篇论文收入他1992年出版的评论集《诗歌重要吗？》。乔亚职业生涯的前十五年在大众食品公司谋职，只利用晚上的时间进行创作。1991年该文发表之后产生广泛影响，引起国际学界的关注。乔亚遂辞去公司的工作，成为专职作家。该文较为全面地分析了美国当前的诗歌形势及出现的问题，特别是大学中的诗歌创意课程及大学的教育机制给活跃的诗歌生命力带来的困境，诗歌亚文化造成的诗歌评论的乏力，诗歌影响力的局限等等。乔亚对此提出了尖锐的批评并指出了走出这一困境的途径。

诗歌作为一种文化力量已经在美国消失。

假如诗人敢于走出他们封闭的世界，他们可以

诗探索 10 理论卷 2018年 第2辑

使诗歌再次变得不可或缺。

美国诗歌现在属于一种亚文化。诗歌已不再是艺术和学术生命的主流，它已成为一个相对较小而孤立的群体的专门职业。它所激发的热情活力很少传到那个封闭的群体之外。作为一个阶层，诗人并非没有文化地位。他们像不可知论盛行的城镇里的牧师，仍然拥有残存的一丝声望。但作为个体的艺术家，他们几乎不为人知。

当代诗人的处境令人颇为惊讶，这是因为时下恰逢诗歌正获得前所未有的蓬勃发展。此前从来没有如此之多的新诗集、诗选集或文学杂志面世。靠诗歌谋生也从来没有像今天这样轻而易举。现在大学里有好几千个教授创意写作的职位，中小学里的职位更多。国会甚至设立了桂冠诗人一职，有二十五个州有自己的桂冠诗人。人们还可以看到为诗人创建的复杂的公共补助网络，提供来自国家、各州和地方机构的资金，并且辅以来自私人的基金奖励、奖金及艺术家社区补贴（subsidized retreat）①。此前从未出版过如此之多的有关当代诗歌的评论；它们遍布几十种文学简报和学术期刊。

无论以何种历史标准进行评判，新诗作和诗歌项目的繁荣都令人瞩目。除了大小杂志上发表的数不胜数的新诗作，每年有近千种新诗集出版。没有人知道每年有多少场诗歌朗诵会，但总计一定成千上万。美国现在大约有二百个研究生创意写作项目，一千多个大学生创意写作项目。每个研究生项目中平均有十个诗歌专业的学生，仅这些项目在未来十年就能产生大约两万名合格的职业诗人。通过这些数据，观察者可能会很轻易地得出结论，即：我们生活在美国诗歌的黄金时代。

然而，诗歌的繁荣一直是个封闭的现象，令人沮丧。几十年来的公共及私人资金赞助已经为新诗的创作和接受创造了一个庞大的专业群体，包括众多的教师、研究生、编辑、出版商及行政人员。这些人多以高校为基础，逐渐成为当代诗歌的主要读者。因此，曾经外指的美国诗歌的能量，现在正越来越向内聚集。名望和奖励都局限于诗歌亚文化之内。借用拉塞尔·雅各比（Russell Jacoby）在《最后的知识分子》（*The Last Intellectuals*）中对当代学术声誉的定义，一个"著名的"诗人现在指的是只被其他诗人所知的诗人。但有足够的诗人使这个有限的声誉比较有意义。不久之前，"只有诗人读诗"这句话意在批评。而现在，这

·外国诗论译丛·

---

① retreats 指的是像亚多（Yaddo）这样的艺术家社区。艺术家或作家们可以免费前往并住在艺术家社区，居住期间甚至不必操心饮食之类的琐事。本文中的注释均为译者所做。

是一个被证实了的市场策略。

形势变得有些自相矛盾，成为文化社会学的一个未解之谜。在过去的半个世纪里，美国诗歌的专业读者稳步增长，而大众读者却在下降。同时，推动诗歌制度性胜利的引擎——学术写作项目的迅猛发展、受补贴的杂志和出版社的增加、创意写作职业轨道的出现及美国文学文化向大学的迁移——都不经意地导致其从公众视线中消失。

诗歌自己的世界

对普通读者来说，诗歌读者在减少这个命题看起来可能不言自明。这一看法在该亚文化圈内部常常被否认，反映出诗歌艺术目前的封闭状态。如同来自帕纳萨斯山的商会代表[①]，诗歌的支持者提供了诗歌出版、项目和教授职位的增长方面的可观数据。面对诗歌蓬勃发展的可观数据，怎么来证明其学术影响力及精神影响力的下降呢？整理数据不那么容易，但对于任何公正的观察者来说，整个文化思想领域显现出的迹象看起来都是不能回避的。

日报不再刊登诗歌评论。事实上，大众媒体很少有关于诗歌或诗人的内容。从 1984 年至今，国家图书奖没有诗歌这一项[②]。重要的评论家很少写诗歌评论。实际上，除了其他诗人，没有人写诗歌评论。除了像《诺顿选集》那样针对学术读者群的诗集，几乎没有面向大众的当代诗歌作品集。简言之，好的小说作品拥有的大量读者看起来似乎没注意到诗歌。熟悉乔伊斯·卡罗尔·欧茨（Joyce Carol Oates）、约翰·厄普代克（John Updike）或约翰·巴斯（John Barth）的小说的读者可能甚至不认得关朵琳·布鲁克丝（Gwendolyn Brooks）、加里·斯奈德（Gary Snyder）和 W.D. 斯诺德格拉斯（W.D.Snodgrass）的名字。

通过研究《纽约时报》对诗歌的报道便可以看到诗歌目前地位的缩影。新诗评论几乎从来没有出现在日报版，只是间或发表在《星期天评论》上，但几乎总是出现于三本书一起被简短评论的集体书评。一本新的小说或传记在其出版时日的前后通常就有评论出现，而像唐纳德·霍尔（Donald Hall）或大卫·伊格纳托（David Ignatow）这样的重要诗人的新诗集却要等上一年才有人注意。也许压根儿就不会有人评论他们的

[①] 帕纳萨斯山（Parnassus），希腊神话中主管文艺的缪斯女神的居所。此句话本意为：诗坛的商会代表。

[②] 本文于 1991 年发表，因此，这里应该指 1984—1991 年，美国国家图书奖没有诗歌奖。

诗探索 10　理论卷　2018 年　第 2 辑

诗集。亨利·泰勒（Henry Taylor）的《飞变》（*The Flying Change*）只是在获得普利策奖之后才有书评。罗德里·琼斯（Rodney Jones）的《透明手势》（*Transparent Gestures*）是在获得了全国图书评论奖数月之后才有人评论。《纽约时报》根本没有对丽塔·达芙（Rita Dove）的普利策获奖作品《托马斯与比尤拉》（*Thomas and Beulah*）进行过评论。

别处有关诗歌的书评状况也一样差，通常更糟糕。《纽约时报》只是反映了这样的观点，即尽管有大量诗歌存在，在读者、出版商或广告商——或任何人看来（其他诗人除外），没有一首诗是非常重要的。对于大多数报纸和杂志而言，诗歌已经成为一种文学商品，与其说是为了被阅读，不如说是为了获得赞许。多数编辑处理诗歌及诗歌评论的方式如同蒙大拿州的牧场主保留一些野牛的做法——不是为了去吃这些濒危动物，而是为了传统的缘故去展示它们。

诗歌是怎样衰落的

有关诗歌文化地位衰落的言论并非新创。在美国文学中，此类言论可以追溯至十九世纪。但现代的辩论可以说始于 1934 年。这一年，埃德蒙·威尔逊（Edmund Wilson）[①] 发表了其引起争议的评论文章《诗歌是将逝的技艺吗？》（*Is Verse a Dying Technique？*）的第一版。通过梳理文学史，威尔逊指出，诗歌的作用自十八世纪起便迅速削弱。尤其是浪漫主义对强烈情感的重视使得诗歌看起来如此"稍纵即逝而又必不可少"，以至于诗歌最终退化为一种抒情媒介。当诗歌——从前一直是用于为叙事、讽刺、戏剧，甚至历史和科学设想的流行媒介——隐退于抒情，散文便占据了大片属于诗歌的文化领域。真正有抱负的作家最终除了写散文别无选择。威尔逊推测，伟大文学的未来几乎完全属于散文。

威尔逊是一位优秀的文学趋势分析家。在过去的半个世纪里，他对诗歌在现代文学中所处位置的怀疑态度屡屡遭受攻击，也常常得到认可，但从未受到有力的驳斥。他的观点为此后所有现代诗歌的保卫者设立了基本规则。也为后来包括戴尔莫·施瓦茨（Delmore Schwartz）和克里斯托夫·克劳森（Christopher Clausen）在内的反对偶像崇拜的人们提供了出发点。这些修正主义者中最近的，也是最著名的要数约

① 埃德蒙·威尔逊（Edmund Wilson, 1895 — June 12, 1972），美国作家、批评家。主要研究弗洛伊德和马克思主义理论。他的思想对美国作家产生重要影响。

瑟夫·爱泼斯坦[①]，他 1988 年的尖锐评论《谁杀死了诗歌？》（*Who Killed Poetry？*）最早发表于《评论》，后由《联合写作项目年鉴》一个语言极为辛辣的专题论文集转载。并非偶然的是，爱泼斯坦文章的标题对威尔逊的文章表达了双重敬意——其一是它模仿了原题目的疑问形式，其二是它使用了原标题的死亡隐喻。

爱泼斯坦本质上更新了威尔逊的观点，但与之有着重要不同。威尔逊把诗歌文化地位的衰落看作跨越三个世纪的渐进过程，爱泼斯坦则专注于刚刚过去的几十年。他对把诗歌从僵滞的浪漫主义带进二十世纪的现代主义者——艾略特（T.S.Eliot）和史蒂文斯（Wallace Stevens）那一代人的伟大成就和当前诗歌创作者取得的，在他看来不那么重要的成就进行了对比。爱泼斯坦认为，现代主义者是基于宽阔的文化视野进行创作的艺术家。而当代作家是"诗歌职业人士"，在大学的封闭环境中写作。威尔逊将诗歌的困境归咎于历史原因；爱泼斯坦则将矛头指向诗人自身及他们帮助建立的体制，尤其是创意写作项目。爱泼斯坦是位出色的辩论家，他意在使文章产生轰动效应，而该文的确导致批评的大爆发。近来从未有过哪篇有关美国诗歌的文章在文学期刊引起如此众多而迅捷的反应。当然更没有哪篇文章招致诗人们如此猛烈的抨击。时至今日，已有至少三十位作家发表了书面回应。诗人亨利·泰勒（Henry Taylor）发表了两篇反驳文章。

诗人们对诗歌文化地位降低这一观点的敏感无可厚非，因为记者和评论家们过于简单化地利用了这样的言论来宣称，所有当代诗歌都无足轻重。通常情况下，一个评论家对诗歌了解得越少，他（或她）就越轻易地对诗歌持不屑的态度。两篇假定诗歌衰亡的最有说服力的文章出自两位优秀的小说评论家之手，我想这并非偶然。两人都没有写过多少关于当代诗歌的文章。目前判断爱泼斯坦的文章观点是否准确还为时尚早，但文学史家会发现威尔逊的分期颇具讽刺意味。威尔逊完成这篇著名文章时，罗伯特·弗罗斯特（Robert Frost）、华莱士·斯蒂文斯、T.S.艾略特、埃兹拉·庞德（Ezra Pound）、玛丽安·穆尔（Marianne Moore）、E.E.卡明斯（E.E.Cummings）、罗宾逊·杰弗斯（Robinson Jeffers）、H.D.（希尔达·杜丽特尔，Hilda Doolittle）、罗伯特·格瑞夫斯（Robert Graves）、W.H.奥登（W.H.Auden）、阿奇博尔德·麦克利什（Archibald MacLeish）、巴兹尔·邦廷（Basil Bunting）和其他诗

---

① 约瑟夫·爱泼斯坦（Joseph Epstein, 1937），美国短篇小说家、评论家、编辑。1974—1998年，为《美国学者》杂志的编辑。

诗探索10　理论卷　2018年　第2辑

人们正在创作他们最好的作品，这些作品涵盖历史、政治、经济、宗教和哲学，是英语史上最具文化包容性的作品。同时，新一代诗人，包括罗伯特·洛威尔（Robert Lowell）、伊丽莎白·毕晓普（Elizabeth Bishop）、菲利普·拉金（Philip Larkin）、兰德尔·贾雷尔（Randall Jarrell）、狄兰·托马斯（Dylan Thomas）、A.D. 霍普（A.D.Hope）等等，刚刚开始发表他们的作品。威尔逊自己后来承认，多才多艺又雄心勃勃的诗人奥登的出现使他的好几个论点自相矛盾了。但如果说威尔逊的预言有时尚不够准确，他对诗歌整体形势的理解却是极其敏锐的。尽管仍有伟大的诗作问世，但诗歌已经从文学界的中心退出了。虽然诗歌仍有忠实的支持者，它却已丧失了面向普众文化、言说普众文化的自信。

在亚文化内部

即使在欣欣向荣的诗歌亚文化内部，也可以看到其声望式微的证据。诗歌界的惯例——朗诵会、小杂志、专题讨论会和会议——表现出数量惊人的自设的局限。比如，为什么诗歌与音乐、舞蹈和戏剧的交集如此之少？多数朗诵会的节目只包括诗歌，而且通常只有当晚嘉宾作家的诗作。四十年前，狄兰·托马斯会用朗诵会的一半时间背诵其他诗人的作品。他并不是一个谦逊的人，然而在艺术面前，他非常谦卑。今天，多数朗诵会与其说是诗歌的庆典，不如说是对作者自我的颂扬。难怪这些活动的观众通常只有诗人、未来的诗人和作者的朋友。

目前，有几十种只刊登诗歌的杂志。它们不刊登文学评论，只是一页又一页新鲜出炉的诗歌作品。看到这么多诗作像下等舱里颓靡的移民一样挤在一处，不由得让人心生沮丧。在众多黯淡无光的作品中，真正优秀的作品很容易被错过。以开放而专注的心态阅读这些小杂志需要做很大努力。很少有人愿意费心去读这些杂志，甚至向这些杂志投稿的人也懒得读。大众媒体对诗歌的冷漠产生了一个自我对立的怪物——过分爱诗又爱得不够明智的杂志。

大约三十年前，多数诗歌发表在面向非专业读者的，有着多种主题的杂志上。诗歌为获得读者的兴趣与政治、幽默故事、小说和评论展开竞争——这种竞争证明有利于所有文学体裁的健康发展。一首诗若抓不住读者的注意力，就算不上诗歌。编辑们选择他们认为会吸引特定读者的作品，杂志的多元化确保了诗歌的多样化。早期的《凯尼恩评论》

将罗伯特·洛威尔的诗作与评论文章和文学评论放在一起发表。过去的《纽约客》把奥格登·纳什（Ogden Nash）置于漫画和短篇小说之间。

有几种兴趣广泛的杂志，如《新共和》和《纽约客》，每期仍然刊登诗作，但重要的是，除了《国家民族政坛杂志》外，没有一种杂志定期发表诗歌评论。有些诗作会发表在一贯与非专业读者探讨广泛的文化事件的少量小杂志和季刊上，比如《三便士评论》《新标准》和《哈德逊评论》。但是，多数诗歌发表在面向文学专业人士这个孤立读者群的杂志上，这个群体的读者主要是讲授创意写作的教师和他们的学生。这些杂志中有几家，比如《美国诗歌评论》和《联合写作项目年鉴》有比较大的发行量，更多的杂志则读者寥寥。然而问题并不在于发行量，而是它们满足于或顺从于这一状况，即它们只存在于亚文化中，且只为亚文化而存在。

诗歌亚文化出版物有何特点？首先，它所关注的是当代美国文学（有可能补充一些已经被广泛翻译的诗人的作品）。其次，假如它发表诗歌以外的作品，那通常就是短篇小说。如果刊登述评文章，那些文章和评论都持过分肯定的态度。如果刊登访谈，其语气会毫不掩饰对作者的敬意。对于这些杂志来说，评论文章不是为了提供一个关于新书的客观视角，而是为它们做宣传。通常评论家和他们评论的诗人之间有明确的个人关系。如果偶有负面评论发表，也是公开的门户之见，通常为批判该杂志已经受指责的美学标准。一条不成文的编辑原则似乎是：决不要让我们的读者感到惊讶或烦恼；他们毕竟多是我们的朋友和同事。

放弃了评价这桩难事，诗歌亚文化也贬低了自己的艺术。由于每年有太多的新诗集面世，不可能一一评判，读者必须依赖评论家以公平的态度和敏锐的眼光推荐好书。但一般的出版社大都放弃了这项任务，而专业出版社如此过度地保护诗歌以至于不愿意发表苛刻的评价。罗伯特·布莱（Robert Bly）在其新书《美国诗歌：荒野与家庭》（*American Poetry: Wildness and Domesticity*）中准确描绘了这种热衷赞扬的评论带来的有害影响。

我们面临一种很奇怪的情形：尽管现在发表的拙劣诗歌比美国历史上以往任何时候都多，多数评论却是肯定的。评论家说，"我从不批评不好的作品，它们会自生自灭。"……但问题是，这个国家众多的年轻诗人和读者因为看到平庸的诗歌得到赞扬或从未遭到抨击而感到困惑，并最终怀疑自己的评判能力。

排外情绪也是最近多数当代诗选的特征。尽管这些选集扮成最佳新

诗探索 10　理论卷　2018年　第2辑

诗的值得信赖的向导，它们并非为学术界以外的读者编纂。不止一位编辑发现，让一本选集成为指定教材的最佳途径是收入讲授该诗歌课程的诗人的作品。本着一团和气的投机心理来编诗选，于是许多诗选便给人留下这样的印象，即编辑和读者都不必太认真对待文学作品的质量。

例如，1985 年的《美国青年诗人明日诗选》（*Morrow Anthology of Younger American Poets*）与其说是一部文学选集，不如说是一本创意写作课教师的综合名录（书中甚至有每位作者的照片）。这本书将近八百页，介绍了至少一百零四位重要的青年诗人，他们几乎都在教创意写作。入选诗集的编辑原则似乎是担心遗漏有影响力的同行。这本书的确选入了一些有创新性的好诗，但它们被这么多的平庸之作包围，以至于让人产生疑问：好的作品出现在书里究竟是有意选择的，还是随机抽取的？更糟糕的部分甚至让人怀疑也许此书根本就不是让人读的，只是给学生布置作业用的。

而这正是问题的关键。诗歌亚文化圈不再认为所有已发表的诗歌都有人去阅读。像其他系的同事们一样，诗歌专业人士必须发表作品，既为工作的稳定，也为职位的升迁。发表的作品越多，他们晋升就越快。如果不发表或等太久才发表作品，他们的经济前景就会陷入严重的困境。

当然，在艺术界，人人都同意重要的是质量而非数量。有些诗人仅靠一首令人难忘的诗作生存——比如，埃德蒙·沃勒（Edmund Waller）的《去吧，可爱的玫瑰》（*Go, Lovely Rose*）或埃德温·马克汉（Edwin Markham）的《拿锄头的人》（*The Man With the Hoe*）就是因为在几百种报纸上多次重印而为人所知——这在今天是绝不可能的。但官僚体制因其本质所限，很难衡量像文学作品的质量这种无形的东西。机构为用人或提拔员工而评价创造性艺术家时，仍然必须找到貌似客观的手段。正如批评家布鲁斯·鲍尔（Bruce Bawer）所说，诗歌终究是娇弱之物，其内在价值或缺少内在价值是极其主观的考量；但是研究员津贴、学位、职位和出版物是客观事实，可以量化；可以写在简历中。

致力于在机构中任职的诗人明白，成功的标准主要是量化的标准。他们必须尽快发表尽可能多的作品。真正的创造性的缓慢成熟在委员会看来像是懒惰。华莱士·史蒂文斯发表第一本诗集时四十三岁。罗伯特·弗罗斯特三十九岁。今天这些懒汉将找不着工作。

过去三十年里，文学杂志和出版物一片繁荣，这与其说反映了大众对诗歌增长的需求，不如说是写作课教师职业认定的紧迫需求的反映。这就像种植没人想要的粮食作物的补贴型农业，诗歌产业的出现是为了维护生产者而不是消费者的利益。在此过程中，这项艺术的品质遭到背叛。当然，没有哪个诗人可以公开承认这一点。职业的诗歌界权威的文化公信力有赖于坚持礼貌的虚伪。几百万美元的公共资金和私人资金正面临险境。幸运的是，在这个亚文化之外没有人特别关注并深究这一点。不会有伍德沃德（Woodward）和伯恩斯坦（Bernstein）这样的人去调查联合写作项目成员的隐瞒行为。

新诗人不是靠发表文学作品，而是靠提供专业化的教育服务来谋生。他或她很可能为一个大机构或渴望为一个大机构工作——通常是国有单位，如一个学区，一个学院，或一所大学（最近甚至有可能是医院或监狱）——教别人怎么写诗，或者，在最高层次，教别人怎么教诗歌写作。

从严格的经济学角度来看，多数当代诗人已经疏离了他们最初的文化功能。正如马克思所坚持且很少数经济学家所反驳的，一个阶级的经济功能的转变最终导致其价值观和行为的改变。在诗歌领域，这种社会经济方面的变化导致文学文化的分裂：小阶层内部诗歌的泛滥与外部的诗歌贫乏。甚至可以说在课堂之外，诗人和普通读者不再交流，而社会则要求两个群体间的互动。

诗歌与受过教育的读者的疏离有另一个更加有害的后果。看到如此多的平庸之作不仅得以发表，还受到赞扬，多数读者，甚至像约瑟夫·爱泼斯坦那样富有经验的读者，在艰难地翻阅了如此多枯燥的选集和小杂志之后，就会认为新诗作品都没什么分量。这种公众的怀疑代表了诗歌艺术在当代社会的最终孤立。

具有反讽意味的是，这种怀疑出现在诗歌获得真正成就的时期。格雷欣法则，即劣币驱逐良币法则并不完全适用于今天的诗歌。大量的平庸作品也许吓跑了多数读者，但并没有将优秀的诗人逐出这一领域。如果有人耐心地对当代混乱而芜杂的作品进行筛选，他就会发现很多丰富多彩的新诗作品。例如，无论以什么标准来评价艾德里安娜·里奇（Adrienne Rich），她都是一个重要诗人，尽管她的论辩常常专横独断。唐纳德·贾斯蒂斯（Donald Justice）、安东尼·赫克特（Anthony Hecht）、唐纳德·霍尔（Donald Hall）、詹姆斯·梅利尔（James Merrill）、路易斯·辛普森（Louis Simpson）、威廉·斯塔福德（William Stafford）和理查德·威尔伯（Richard Wilbur）——只提几位老一辈的诗人——他们最好的作品都可以在美国文学中占有一席之地。还可以加上西尔维亚·普拉斯（Sylvia Plath）和詹姆斯·赖特（James Wright），

诗探索10 理论卷 2018年 第2辑

他们两位是上一辈的重要诗人，英年早逝。美国也是一个有着众多流亡诗人的国家，重要的有切斯瓦夫·米沃什（Czeslaw Milosz）、尼娜·卡西安（Nina Cassian）、德里克·沃尔科特（Derek Walcott）、约瑟夫·布罗茨基（Joseph Brodsky）和汤姆·冈恩（Thom Gunn）。

由于在更广阔的文化界没有地位，杰出的诗人也缺乏公开演讲的信心。诗人偶尔参与社会政治运动，从中获得益处。里奇利用女权主义扩大了其作品的视野。罗伯特·布莱最好的作品表达了对越战的抗议。他面向广大而多样的读者，这种意识为他之前的极简派诗歌增添了幽默感、广度和人文关怀。但是，让缪斯与政治幸福地联姻是个艰巨的任务。因此，多数当代诗人知道自己在更广阔的文化界不被注意，便将注意力聚焦于更加私人化的抒情诗和冥想诗。（有几个特立独行者，如 X.J. 肯尼迪〈X.J.Kennedy〉和约翰·厄普代克〈John Updike〉，将自己的天赋用于创作颇受非议的谐趣诗和儿童诗。）因此，虽然当代美国诗歌往往不以政治诗或讽刺诗等公众诗歌形式见长，但还是出现了一些有着超凡之美和力量的个人诗歌。这些新作显然相当优秀，它们在诗歌亚文化之外却没有读者，因为传统的传播机制——值得信赖的评论、诚实的批评和精心编辑的选集——已经出了问题。曾经一度成就了弗罗斯特、艾略特、卡明斯和米莱（Millay）的读者作为其文化景观的一个部分，仍然是遥不可及的。今天，沃尔特·惠特曼的挑战"要想有伟大的诗人，就必须有伟大的读者"，这听起来好像在控诉。

从波希米亚^①到官僚体制

为了展开活动，亚文化通常需要设立机构，因为社会大众与他们的兴趣不一致。裸体主义者们聚集到"自然营"表现他们不羁的生活方式。僧侣们待在修道院里去保护他们的苦修理想。只要诗人们属于一个广阔的艺术家和学者阶层，他们就会住在城市中放荡不羁的文化人聚集区，维持独立于体制的怀疑姿态。一旦诗人们开始住进大学里，他们就放弃了格林威治村和北海滩^②工人阶级的异质性，去追求学术界的专业同质性。

① 波西米亚（Bohemia），吉卜赛人的聚集地。波西米亚人，意指豪放的吉卜赛人和颓废派的文化人。这里指带有独立思想的，特立独行甚至放荡不羁的艺术家和作家、诗人。本文中所称的文化人聚集区即指这批作家艺术家的居住地。

② 格林威治村（Greenwich Village）：坐落在美国纽约市西区，居住在这里的大多是波西米亚式的作家、艺术家等，代表着美国的反文化。北海滩（North Beach），指美国旧金山的北海滩地区，二十世纪五六十年代这里是"垮掉的一代"的聚集地。

起初他们处在英文系的边缘，这也许是有益的。没有高等级的学位和正式的职业道路，诗人们被看作特殊物种。他们可以根据自己的规则行事——像土著的族长参观人类学家的营地。但随着对创意写作需求的增多，诗人的工作从单纯文学领域扩大到行政职责。这些自学成才的作家响应大学的号召，为年轻的诗人们设计了有史以来第一套机构性课程。创意写作课程从英文系的临时性课程变成英文系本科专业或研究生学位项目。作家们依照大学的其他科目设计自己的学科专业。随着新的写作院系的增长，新的专业人员按照教育机构而非城市文人聚居地的标准设计他们的基础设施——职称、期刊、年会、组织，等等。在这种教育扩张所产生的职业网络中，诗歌亚文化诞生了。

起初，创意写作项目的发展一定是件高兴得令人目眩的事情。曾经在文化人聚居区勉强度日或青年时代参加"二战"的诗人们突然有了稳定而报酬优厚的工作。从来没有得到公众多少注意的作家们发现自己被热情的学生包围。曾经穷得没钱出游的诗人们从一个校园飞到另一个校园，从一个会议飞到另一个会议，在观众的面前谈论着他们的同行。威尔弗里德·西德（Wilfrid Sheed）曾经这样描绘约翰·贝里曼（John Berryman）事业生涯中的一个瞬间："通过迅速发展的大学网络，把自己看作一个民族诗人这件事突然间成为可能，哪怕这个民族最终证实完全由英文系组成。"明亮的战后世界预示着美国诗歌的复兴。

从物质方面来说，这个愿景已经实现了，并且超出了贝里曼那一代深受大萧条之害的人们的梦想。现在，诗人们在学术界的每个阶层都占有一席之地，从少数有着六位数收入的教授职位到更多的，大致相当于汉堡王提供的工资的业余职位。但即使是最低工资的职位，教诗歌也比写诗更赚钱。在创意写作繁荣之前，当一名诗人意味着要过体面的贫穷或者更糟的生活。诗歌要求人们做出的牺牲招致许多个人的痛苦，为弥尔顿"徒劳无功的缪斯"服务的艰辛也吓跑了忠诚的艺术家之外的所有人，而这对集体义化是有益的。

今天，诗歌是一种适度上升的中产阶级的职业——不像废物管理或皮肤病学那么赚钱，但比文化人聚居区的贫困生活好多了。只有庸俗之辈才会美化昔日被幸福地放逐的艺术的贫穷。但是头脑清醒的观察者也必须认识到，将诗人职业向所有的申请者开放并让作家做写作以外的事情，如此一来，一些机构已经将诗人的社会经济身份从艺术家变成了教育者。从社会角度来说，诗人已完全等同于教师。现在诗人在互相介绍时问对方的第一个问题是："你在哪里任教？"问题并不在于诗人当了

诗探索10　理论卷　2018年　第2辑

老师。校园作为诗人的工作场所也不坏。但把校园作为所有诗人的工作场所却不是件好事。失去了诗人为公众文化带来的想象和生机，社会将遭受损失。文学标准被迫与公共机构标准一致，诗歌将遭受损失。

即使在大学内部，当代诗歌也是作为亚文化而存在。讲课的诗人发现自己与其他同事几乎没有什么共同之处。过去二十五年的文学研究已经向理论转向，大多数富有想象力的作家对此不认同或不熟悉。三十年前，创意写作的诋毁者预言大学里的诗人将陷入文学批评和学术研究的泥潭。这个预言已经被证明彻底错了。诗人们建立了与他们的批评界同事几乎隔绝的领地。比起进入大学之前，他们现在写的批评文章更少了。迫于要跟上过剩的新诗、小杂志、专业期刊和诗选集的节奏，他们对过去文学作品的阅读也常常缩减。他们英文系的同人们通常读的文学理论比当代诗歌要多。在许多院系，作家和文学理论家公开交战。将这两个群体安排在一个屋檐下反倒让双方的地盘意识更强。即使在大学内部诗人也如此孤立，他把整个人类的存在作为自己书写的真正对象，却不情愿地成为专业教育人士。

当人们关注诗歌时

若想了解美国诗人的境况发生了怎样剧烈的变化，只需将今天与五十年前相比。1940年，除了弗罗斯特这个特别的例外，很少有诗人在大学工作，除非他们像马克·范·多伦（Mark Van Doren）和伊沃·温特斯（Yvor Winters）一样讲授传统的大学课程。唯一的创意写作项目是几年前在爱荷华大学作为一项试验开设的。现代主义作家证明了诗人谋生的几种选择。他们可以进入中产阶级的职业圈子，如 T.S. 艾略特（由银行家变为出版商）、华莱士·史蒂文斯（公司保险律师）和威廉·卡洛斯·威廉斯（William Carlos Williams，儿科医生）。他们也可以住在文化人聚居区，像埃兹拉·庞德、E.E. 肯明斯和玛丽安·穆尔一样作为艺术家以不同的方式谋生。如果城市对他们没有吸引力，他们可以像罗宾逊·杰弗斯那样在加州卡梅尔这样的乡间艺术聚居地勉强度日，也可以像青年时代的罗伯特·弗罗斯特一样做农民。

诗人们常常做编辑或审稿人维持生计，积极参与他们那个时代的艺术和学术活动。阿奇博尔德·麦克利什是《财富》杂志的编辑和作家。詹姆斯·阿吉（James Agee）为《时代周刊》和《国家民族政坛杂志》撰写影评，并为好莱坞写剧本。兰德尔·贾雷尔写书评。威尔登·基斯（Weldon Kees）写爵士乐和现代艺术方面的评论。戴尔莫·施瓦茨写各种评论。即使最终在大学任教的诗人们也是在文学杂志上度过扩大他们学术视野的学徒时光。年轻的罗伯特·海登（Robert Hayden）为密歇根的黑人出版物写音乐与戏剧方面的评论。没有上完中学的R.P.布莱克默（R.P.Blackmur）在去普林斯顿任教之前为《猎犬与牛角》（Hound & Horn）写书评。诗人偶尔通过朗读会或讲座增加收入，但这种机会很少。例如，罗宾逊·杰弗斯第一次公开朗读他的诗作时已经五十四岁。对于那时的多数诗人来说，维持生计的手段不是教室或讲台，而是文字。

当时诗人们如果靠写作谋生，那主要是靠写散文作品。诗作的报酬有限。除了通常倾向于刊登谐趣诗或政治讽刺诗的几家全国性杂志，无论何时都只有几十种大量刊登诗歌作品的杂志。新的严肃季刊的出现是真正有意义的大事，如《党派评论》（Partisan Review）和《狂劲音章》（Furioso），忠诚的小范围读者群热切期待每一期杂志的面市。如果有人买不起，他们会借来读或去公共图书馆阅读。如果排除自费出版的诗集，每年有不到一百本新诗集出版。但真正问世的诗集会得到杂志、季刊和日报的评论。《诗歌》这样的专业月刊实际上可以涵盖整个诗歌领域。

按照今天的标准，五十年前的评论家极其尖锐。他们说出了自己的所想，即使面对当时最有影响力的诗人也是如此。听听兰德尔·贾雷尔是怎样描绘著名的诗选编撰者奥斯卡·威廉姆斯（Oscar Williams）编的一本诗集的吧：它"给人的印象是打字机自己写在打字机上的"。这句评论导致贾雷尔的诗再也没在威廉姆斯后来编辑的诗选中出现过，但他毫不犹豫地发表了这一观点。再来看看贾雷尔对阿奇博尔德·麦克利什的公众诗《美国曾是希望》（America Was Promises）的评价：这首诗"很可能是基督教青年会的秘书在精神病院想出来的"。或者读一读威尔登·基斯为穆里尔·鲁凯泽（Muriel Rukeyser）的《清醒岛》（Wake Island）写的一句话评论——"关于穆里尔可以说的只有一点：她不懒惰。"但这些评论家同样可以对他们欣赏的诗人大加赞赏，如贾雷尔关于伊丽莎白·毕晓普的评论和基斯关于华莱士·史蒂文斯的评论。他们的赞扬很重要，因为读者知道这种赞扬不是轻易为之的。

五十年前的评论家们知道他们首先必须忠诚于读者，而不是同行诗人或出版社。因此他们谨慎、诚恳地表达自己的见解，即使这可能使他们失去文学盟友和写作配额。在讨论新诗时，他们面向广阔的受过教育的读者群体。他们从不以居高临下的态度对待读者，而是创造了一种公共风格。他们重视清晰易懂，避免使用专业术语和学究式的炫耀。他们像严肃的知识分子应该做的那样，努力阐明诗歌中反映的社会、政治和艺术潮流，而专家学者通常做不到这一点。他们赋予诗歌文化的重量，使之成为自己学术话语的中心。

这些报酬低廉、过度劳累、不受赏识又好争辩的"实践"批评家们都是诗人，他们取得了了不起的成就。他们明确了现代诗歌的经典，确定了分析极为难懂的诗歌的方法，识别出二十世纪中期新一代的美国诗人（洛厄尔、罗特克〈Roethke〉、毕晓普、贝里曼等），这些诗人现在依然占据着我们的文学意识。无论怎样看待他们确立的文学经典或批评原则，我们必须钦佩这些批评家的学术能量和顽强的决心，他们在成长为作者的过程中没有补贴和稳定的教职，常常做着不稳定的自由撰稿工作。他们代表美国知识界的一个高峰。甚至在五十年之后，他们的名字仍然拥有比当代批评家的名字更高的权威，只有少数的例外。一个简短的名单将包括如下名字：约翰·贝里曼、R.P. 布莱克默、露易丝·博根（Louise Bogan）、约翰·西阿迪（John Ciardi）、霍勒斯·格雷戈里（Horace Gregory）、兰斯顿·休斯（Langston Hughes）、兰德尔·贾雷尔、威尔登·基斯（Weldon Kees）、肯尼斯·雷克斯雷斯（Kenneth Rexroth）、戴尔莫·施瓦茨、卡尔·夏皮罗（Karl Shapiro）、艾伦·泰特（Allen Tate）和伊沃·温特斯。当代诗歌有自己的支持者和宣传者，却没有在奉献精神和天分方面可与他们相比的，能够面对普通文学读者的批评群体。

像所有真正的知识分子一样，这些批评家很有远见。他们相信如果现代诗人没有读者，他们可以创造读者。渐渐地，他们做到了。这不是大众读者；任何时代的美国诗人中都鲜有能与一般公众直接发生关联的人。这是一个艺术家与知识分子交融的读者群，包括科学家、牧师、教育家、律师，当然还有作家。这个群体构成了一个文学知识界，主要由非专业人士构成，他们像对待小说和戏剧一样认真对待诗歌。最近，唐纳德·霍尔和其他一些批评家根据当时成名诗人一本新诗集的平均销量（通常低于一千本）对这个读者群的人数提出质疑。但这些持怀疑态度的人不了解当时人们是怎样读诗的。

1940 年的美国人口比现在少，是现在人口的一半，国家也没有现在富裕，国民生产总值是现在的六分之一。在大萧条后期的前平装书时代，读者和图书馆都没有能力像今天一样买那么多的书。也没有创意写作专业的学生这个特定的读者群，他们购买当代诗歌作品用作课本。当时的读者通常购买两种诗歌作品——重要作家偶尔出版的《诗全集》或多位作家的诗选。像弗罗斯特、艾略特、奥登、杰弗斯、怀利（Wylie）和米莱这样的诗人的诗全集销量很好，多次重印，永远都在发行。（今天，多数《诗全集》在一次印刷后便销声匿迹。）偶尔会有一本新诗集得到读者的喜爱。埃德温·阿林顿·罗宾逊的《崔斯特瑞姆》（*Tristram*，1927）被文学协会选中。弗罗斯特的《又一片牧场》（*A Further Range*）1936 年被每月读书会推荐，售出五万册。但是人们主要通过诗选了解诗歌，他们不仅买，而且带着好奇与专注阅读这些诗选。

最早出版于 1919 年，由路易思·昂特梅耶（Louis Untermeyer）主编的《现代美国诗歌》（*Modern American Poetry*）因得到反复修订，不断更新，成为多年的畅销书。比如，我手头的 1942 年的版本，到 1945 年时已经重印了五次。我手边这版由奥斯卡·威廉姆斯（Oscar Williams）主编的《现代诗歌口袋书》（*A Pocket Book of Modern Poetry*）在十四年里重印了十九次。由于坚持自己选集的广泛基础并及时更新，昂特梅耶和威廉姆斯颇为自豪。他们努力将最好的作品展现在书中。每一版都有新作和新诗人添加进来，也有过去的诗人被淘汰。公众感激他们。诗歌选集是任何严肃读者的藏书中不可或缺的一部分。例如，兰登书屋的《现代图书馆》系列很受欢迎，它包含了两部诗选——塞尔登·罗德曼（Selden Rodman）的《新现代诗歌选》（*A New Anthology of Modern Poetry*）和康拉德·艾肯（Conrad Aiken）的《20 世纪美国诗歌》（*Twentieth Century American Poetry*）。这些诗选被多样化的读者群一读再读。人们熟记自己最喜欢的诗作，积极讨论艾略特和托马斯这样艰涩作家的作品，并为此展开辩论。诗歌在课堂之外也很重要。

今天，诗歌失去的读者正是这些大众读者。受信息和好奇心所限，这个异质群体跨越种族、阶级、年龄和职业。他们是我们文化界的代表，是支撑艺术的一群人——他们既买古典唱片，也买爵士乐唱片；他们看外国电影，看严肃戏剧，听歌剧、交响乐，也去参加舞会；他们阅读高品质小说，也读传记；听大众广播，也向最优秀的期刊投稿。（他们通常也是为自己的孩子读诗的父母，并且记得他们从前在大学、中学或幼儿园里，自己也喜欢诗歌。）没有人知道这个群体有多大，但即使接受保守的估计，即只占据 2% 的美国人口，这个群体仍然代表了将近五百万的潜在读者。不论诗歌在其职业亚文化中显得多么兴旺，诗歌已经失去了这较大的一部分读者，而他们是连接诗歌与大众文化的桥梁。

对诗歌的需求

　　然而，除了诗人，谁会关心美国诗歌的问题？这种古老的艺术形式与当代社会能有何关系？在一个较好的社会中，诗歌除了自身的辉煌，无须别的理由证明自己的存在。正如华莱士·史蒂文斯所言，"诗歌的目的是增进人类的幸福"。当孩子们要求一遍又一遍地听他们最喜爱的儿歌时，他们懂得这个最基本的真理。美学的愉悦不需要证明，因为没有这种快乐的人生是没有意义的。

　　但社会上的其他人大都忘记了诗歌的价值。对于大众读者来说，讨论诗歌的状况听起来就像是流亡者在脏乱不堪的咖啡馆谈论外国政治。或者，如西里尔·康诺利（Cyril Connolly）用更犀利的笔调描绘的，"诗人们为现代诗歌而争辩：豺狼们在一眼枯井上嗥叫"。任何希望扩大诗歌读者的人——批评家、教师、图书管理员、诗人，或孤独的业余文学爱好者——都面临严峻的挑战。怎样用他们可以理解和欣赏的方式说服那些持合理怀疑态度的读者，让他们相信诗歌仍然是重要的？

　　威廉·卡洛斯·威廉斯的《日光兰，那朵绿色的花》（*Asphodel, That Greeny Flower*）中有一段提供了一个可能的出发点。这首诗创作于诗人生命的晚期，那时他因中风而身体部分瘫痪了，这些诗行表达了他在多年的诗歌创作和行医之后总结出的有关诗歌及其读者的沉痛教训。他写道：

　　我的心振奋
　　　　想着带给你关于
　　　　　　一些事的新闻

　　这些事与你相关
　　　　与很多人相关。来看看
　　　　　　什么是人们说的新鲜事儿。
　　你找不到它，除非
　　　　在受人鄙视的诗中。
　　　　　　很难

从诗中获得新闻
　　而人们每天痛苦地死去
　　　因为缺乏
　　　　诗中所有。

威廉斯懂得诗歌的人性价值，但也明白与自己同时代的诗人在努力吸引急需诗歌艺术的读者时所面临的困难。为了重新为诗歌赢得读者，诗人必须从迎接威廉斯提出的挑战开始，找到"与很多人相关"的东西，而不仅仅是诗人的关切。

诗歌状况对整个知识界都很重要，这至少有两个原因。第一个原因涉及语言在自由社会的作用。诗歌艺术赋予语言以最大限度的意义。如果一个社会的知识界领袖失去了创造、欣赏并理解语言的力量的技能，那么，这个社会将成为那些仍然拥有这种技能的人们的奴隶——无论他们是政客、牧师、广告撰写人，还是新闻播音员。现代作家频繁提及诗歌的公众责任。甚至象征主义大师斯特芳·马拉美也称赞诗人的核心使命是"净化人类的语言"。埃兹拉·庞德也警告说：

好作家是那些使语言保持高效的人。也就是说，使语言准确而纯净。不论是好作家想有益于人，还是坏作家想有害于人……如果一个民族的文学衰败了，这个民族也随之衰败。

或者如乔治·奥威尔在"二战"后所言，"我们应当承认目前的政治混乱与语言的衰退有关……"要想保持民族语言的准确纯净，诗歌并非全部的解决之策，但很难想象一个国家的公民可以在放弃诗歌的同时改善其民族的语言。

诗歌状况对所有知识分子都很重要的第二个原因，是诗歌不是唯一处于边缘地位的艺术。如果说诗歌读者已沦落为专业人士的亚文化，那么多数当代艺术形式——从严肃戏剧到爵士乐的观众也都是如此。过去半个世纪中，美国高雅文化前所未有的分裂状态使得多数艺术门类在与大众疏离的同时也彼此隔绝。当代古典音乐在大学院系和音乐学院之外几乎不再是一门活生生的艺术。曾经拥有广泛听众的爵士乐已经成为爵士乐迷和音乐家的半私人领地。（今天，即使颇具影响力的爵士乐创新者在许多大都市的中心也无法找到表演场所——对于即兴艺术来说，不能表演是个严重的障碍。）目前，严肃戏剧局限于美国剧院的边缘，只有演员、渴望成为演员的人、剧作家和少数铁杆粉丝观看。只有视觉艺术，也许因为经济诱惑和上流社会的支持，逃过了公众关注度降低的厄运。

诗探索10　理论卷　2018年　第2辑

诗人怎样才能被听到

对于美国文化的未来，最严肃的问题，是艺术将继续孤立存在并沦落为接受补贴的专业，还是存在着与受过教育的大众修好的可能。每一种艺术都必须独自面对挑战，而没有哪一种艺术面临比诗歌更巨大的障碍。面对读写能力的下降、其他媒体的激增、人文教育的危机、批评标准的瓦解，甚至过去的失败造成的严重影响，诗人怎样才能成功地被人们听到？难道不需要奇迹吗？

玛丽安·穆尔在晚年曾写过一首题为《啊，做条龙》（*O To Be a Dragon*）的短诗。这首诗引用《圣经》中提到的一个梦，梦中上帝出现在所罗门面前并对他说，"向我要你想要的东西"。所罗门的愿望是一颗智慧、宽容的心。穆尔的愿望很难总结。她的诗是这样的：

> 假如我，像所罗门……
> 可以许个愿——
> 我的愿望……啊，做条龙，
> 天堂力量的象征——像蚕那样小
> 或庞大无比；有时隐形。
> 绝妙佳境！

穆尔实现了她的愿望。像所有真正的诗人一样，她成为"天堂力量的象征"。她成功实现了弗罗斯特所说的"最大的抱负"——"把几首诗放在不易被除掉的地方"。她永远是美国文学"绝妙佳境"的一部分。

因此愿望可以成真——甚至很奢侈的愿望也不例外。假如我像玛丽安·穆尔一样能够许愿，并且像所罗门一样有不为自己许愿的控制力，我希望诗歌再次成为美国公众文化的一部分。我认为这不是不可能的。其全部要求只是诗人和诗歌课教师承担更多的责任，将他们的艺术带给公众。对于怎样实现这个梦想，我将提出六点卑微的建议。

1. 诗人公开朗诵时，应该花一部分时间朗诵其他人的作品——最好是与他们没有私交的诗人写的令他们欣赏的诗作。朗诵会应当是诗歌整体的庆典，而不只是重点推出的诗人作品的庆祝会。

2. 艺术管理者安排公众朗读会时，应当避免仅采用诗歌这一种标准的亚文化形式。要将诗歌与其他艺术结合起来，尤其是音乐艺术。要为已故诗人或外国诗人筹划朗诵晚会。使简短的评论讲座与诗歌表演相结合。这种结合会吸引诗歌界以外的观众，同时不会损害朗读会的质量。

3. 诗人需要更经常、更坦率、更高效地撰写诗歌评论。诗人必须为非专业性的出版而写作，以此来重新获得更广泛的学术界的关注。他们还须避免使用当代学术批评的术语，写出公众熟知的语言风格。最后，诗人必须明确支持他们喜欢的作品并坦率承认他们不喜欢的作品，以重新赢得读者的信任。职业性的谦恭有礼在文学刊物中没有生存之地。

4. 编纂诗选的诗人，甚至列出阅读书目的诗人，应该谨慎诚实，只选他们真心钦佩的作品。诗选是诗歌进入大众文化的门槛。他们不应被用作创意写作行业的"猪肉桶"①。一门艺术通过展示杰作而非平庸之作来扩大观众。诗选应当感动、愉悦、启发读者，而非奉承指定教材的写作教师。诗人—编者绝不能拿缪斯的财产来换取职场的青睐。

5. 诗歌教师，尤其中学和大学的诗歌教师，应当少花时间分析作品，多花时间进行诗歌表演。诗歌需要从文学批评中解放出来。诗歌应当被熟记、背诵、表演。艺术本身的快乐必须得到重视。表演的乐趣是诗歌吸引孩子的首要原因，是聆听、诵读诗歌带来的感官的快乐。表演也是数百年来让诗歌保有活力的教学技巧，也许它还是通往诗歌未来的钥匙。

6. 最后，诗人和艺术管理者应当利用收音机扩大诗歌的受众。诗歌以听觉为媒介，因此很适合收音机。几百个大学和公共电台稍加富有想象力的设计，就可以将诗歌带给成百万计的听众。现有的电台设计主要局限于在世诗人朗读自己作品的亚文化标准模式。古典音乐和爵士乐电台可以将诗歌与音乐结合起来，或开发新颖的广播谈话节目，这能够重建诗歌与普通听众之间的直接联系。

艺术史重复着同一个故事。随着艺术形式的发展，指导创作、表演、讲授，甚至分析的规范也随之确立起来。但这些规范终究会过时。它们挡在艺术与观众之间。尽管仍有精彩的诗作诞生，美国诗歌的建构仍遭受着一系列陈规陋俗的局限——诸如过时的展示、讨论、编辑和讲授诗歌的方式、方法。教育机构已将这一切编制成一套令人窒息的官僚规范，削弱了该艺术的生命力。这些规范也许曾经是合理的，但今天它们却将诗歌囚禁于学术的贫民窟。

现在，已经到了进行诗歌实验的时候了，到了离开秩序井然却枯燥

---

① 猪肉桶（porkbarrel），这是美国政界经常使用的一个词语。或可意译为"政治分赃"，指议员在法案上附加对自己的支持者或亲信有利的附加条款，从而使他们受益的手段。"猪肉桶"喻指人人都有一份。

无味的教室、恢复诗歌的大众活力、释放局限于亚文化中的诗歌能量的时候了。我们不会失去什么。社会已经告诉我们，诗歌死了。让我们在包围着我们的干燥的成规中点燃葬礼的柴堆，看着古老的、羽翼闪亮、永生不朽的凤凰在灰烬中腾飞。

[译者单位：中国政法大学；审校者单位：北京师范大学]

外国诗论译丛

Poetry Exploration

(Theory Volume 2ⁿᵈ 2018)

CONTENTS

// ATTITUDE AND SCALE

// SHAO XUNMEI ON MODERN AMERICAN POETRY

// TRANSLATION OF FOREIGN POETICS

（Contents Translated by Lian Min）

图书在版编目（CIP）数据

诗探索·10 / 吴思敬，林莽主编． —北京：作家出版社，
2018. 6

ISBN 978-7-5212-0098-0

Ⅰ．①诗… Ⅱ．①吴… ②林… Ⅲ．①诗歌—世界—
丛刊 Ⅳ．①I106.2-55

中国版本图书馆 CIP 数据核字（2018）第 133016 号

诗探索·10

主　　编：吴思敬　林　莽
责任编辑：张　平
装帧设计：刘营营
出版发行：作家出版社
社　　址：北京农展馆南里 10 号　　　　　邮　　编：100125
电话传真：86-10-65930756（出版发行部）
　　　　　86-10-65004079（总编室）
　　　　　86-10-65015116（邮购部）
E-mail: zuojia@zuojia.net.cn
http://www.haozuojia.com（作家在线）
印　　刷：北京亚通印刷有限责任公司
成品尺寸：165×260
字　　数：426 千
印　　张：26
版　　次：2018 年 6 月第 1 版
印　　次：2018 年 6 月第 1 次印刷
ISBN 978-7-5212-0098-0
定　　价：75.00 元（全二册）